한국 희곡선 2

세계문학전집 318

한국 희곡선 2

허규 외

양승국 엮음

민음사

엮은이의 말

희곡은 문학의 한 갈래면서도 연극의 핵심 요소이다. 따라서 희곡을 읽는 일은 문학성과 연극성을 함께 발견하고 즐기는 작업이라고 할 수 있다. 서양에서는 희곡 창작의 전통이 멀리 그리스 시대부터 현재까지 긴 세월 동안 이어 오지만, 한국에서 희곡 창작의 역사는 매우 짧다. 개화기 이후 서양식 무대를 지향한 실내 극장들이 세워지면서 한국에서도 희곡이 창작되고 연극이 공연되기 시작했다. 1908년 이인직이 발표한 『은세계』의 공연을 한국 현대 연극의 효시로 삼지만, 안타깝게도 연극의 대본이 되는 많은 희곡들은 오늘날 전해지지 않는다. 특히 해방 이전 활발했던 수많은 대중극 작품들은 거의 전해지지 않아 공연 문화사의 큰 손실이다.

이 선집에 수록한 희곡 열여섯 편은 해방 이전부터 1990년대까지 한국 희곡계의 대표작들을 엄선한 것이다. 문학성과 연극성을 두루 갖춘 작품들로서 그 시대의 흐름을 대표할 만한 것들을 골라 시대 순으로 각각 여덟 편씩 두 권으로 엮었다. 오늘날에도 희곡을 구해 읽기는 어렵다. 공연 후 극작가가 의도적으로 어딘가에 작품을 남기지 않으면 거의 사라지고 마는 것이 희곡의 운명이다. 한편으로 희곡은 지면에 발표되는 것으로 끝나지 않고 끊임없이 공연되어 살아 움직이는 대본으로서 존재한다. 이 선집에 실린 작품들 대부분은 처음 발표된 이후 꾸준히 거듭 공연되어 온 것들이다. 따라서 독자들은 이 희곡들을 통해서 희곡 읽기의 재미를 얻을 수 있을 뿐 아니라 한국 현대 연극의 흐름을 잘 이해할 수 있을 것이다.

독자의 이해를 돕기 위하여 작품 원문 중 현대 맞춤법에 맞지 않는 표현들은 구어체 표현을 손상하지 않는 범위 내에서 가능한 한 현대 맞춤법에 맞게 수정했고, 그 외 보충 설명이 필요한 부분에는 각주를 추가했다. 그리고 원문 등장인물 설명의 인물 표기와 본문 중 인물 표기가 일치하지 않는 경우, 오류면 바로잡았고 그렇지 않으면 원문 표기를 존중해 그대로 두었다. 또한 각 작품 뒤에는 해설을 실었다.

2014년 2월
양승국

차례

1권 차례

물도리동

허규(許圭) 1934~2000

1934년 경기도 고양 출생으로 1957년 서울대학교 농과대학 임학과를 수료했다. 대학 연극부를 거쳐 1960년 극단 실험극장 창립 동인이 되었으며 1961~1972년 방송극 연출로도 활동했다. 1960년대 극장주의적인 연극 운동에 참여했던 그는 1973년부터 1981년까지 극단 민예의 대표로 있으면서 가면극과 마당극 등 다양한 전통 연희의 기법과 방식을 훈련하고 발전시켰다. 1978년 창극 「심청가」를 처음으로 연출한 이후 1980년대까지 거의 모든 창극의 연출을 도맡았다. 1981~1989년 국립극장장, 1988~1991년 판소리학회 회장을 역임하면서 창극의 연구와 발전을 위해 노력했고, 1992년 북촌창우극장을 설립하여 전통 연희 공연의 활성화에 기여했다. 희곡을 쓰고 연출하여 1977년 「물도리동」으로 제1회 대한민국연극제 대통령상을, 1979년 「다시라기」로 제4회 대한민국연극제 연출상을 수상했다. 이 밖에도 윤봉길 의사를 극화한 「순국의 일생」(1986), 신재효의 생애를 다룬 「광대가」(1998) 등 창극 대본을 창작하기도 했다. 그는 전통의 계승과 현대화에 관심을 두어 전통 예술의 뿌리에 서구식 연극을 접목하는 작업을 꾸준히 진행하여 마당극이라는 새로운 형식을 낳는 데 크게 기여했다. 1995년 보관문화훈장을 수훈했다.

등장인물

산주

도령

각시

서낭님

초랭이

이매

어머니

떡다리

별채

백정(주인)

부네

무당

스님

사공

양반

선비

마을 사람들

학 1, 2

악사(피리, 대금, 가야금)

아쟁(북, 장고, 징)

서장

이 연극의 분위기와 주제를 암시하는 음악이 은은히 울려 퍼지며 막이 오르고 무대가 서서히 밝아진다.

연기자 전원 객석을 향해 반달형으로 줄을 정돈, 정좌하고 있는 모습 보이고 무대 중앙에 기름때가 묻고 그을음에 찌든 고풍의 반닫이 궤짝이 놓여 있다.

궤짝 앞에 작은 상 하나, 그 위에 낡은 고서 몇 권, 수백 년쯤 묵은 향로에서 몇 줄기의 가느다란 향연이 피어오르고, 조명 차차 넓게 밝혀지면서 무대 위에 열두 폭짜리 병풍에 산수화(반드시 산과 마을 사이에 ㄹ 자로 흐르는 강물의 그림이어야 함.)가 아련하게 나타나며 내실(內室)에 어울리는 작은 병풍이 양쪽 앞 무대에 나타난다.

병풍의 색깔이나 고서, 향로 등 모두 수백 년 묵은 오랜 전통의 냄새를 맡을 수 있게 해 주지만, 정좌하고 있는 사람들의 표정과 태도에는 어딘지 세련미가 보이고 특히 그들의 눈빛은 초연한 가운데에도 엄숙함이 깃들어 있고, 어딘지 모르게 도전적인 의태가 보이고 품위와 열정이 숨어 있음을 감지케 한다.

음악 연주가 끝나고 한참 동안 정적이 흐른다.

멀리 개 짖는 소리, 밤 물새 소리, 다듬이 소리, 무대 공간을 번갈아 메아리쳐 온다.

가늘고 섬세한 긴장이 흐르고, 무대 가운데 앉아 있던 반백 머리 고집스레 보이는 중년 노인, 산주 일어서 징을 둥─두둥, 둥─두둥 한참을 치고, 침착하고 또박또박하게 입을 연다.

그의 언동으로 보아 이 무리 중에서 지도적인 입장에 있는 사람임을 짐작할 수 있다.

산주   이 시각부터 우리 동간네[1]들은 매일 밤 한 차례씩 찬
       물에 목욕하고 수정같이 맑은 마음으로 별신굿 끝나
       는 날까지 이렇게 함께 지내야 하네.
       지난 세월 궂은 일 좋은 일 들 돌이켜 보고, 나만의 소
       망, 나만의 부귀영화를 꿈꾸지 말고, 온 마을의 소망,
       우리 모두의 소원이 이루어지도록 정성을 다하는 것
       이 우리 동간네들 사명.
       우리들의 춤과 노래와 재주로써 천지 만물과 사람의
       영혼을 감동시켜 사람들이 삶의 보람을 느끼고 삶의

---

1) 같은 마을 사람.

은혜를 깨닫게 하는 것, 그것이 우리 동간네들의 사명
이라네.

(징을 다시 친다.
산주, 궤짝 뚜껑에 두 손을 얹고 잠시 망설이다 뚜껑을 연다. 궤짝 속
을 주시하다가 보물이라도 들어내듯 탈 하나를 끄집어낸다.
하회 별신굿 각시탈이다.
산주, 모두에게 보인다.)

산주   탈, 탈, 타알, 물도리동네 별신굿 각시탈, 이 탈에 얽히
       고설킨 얘기인데 옛날 아주 먼 옛날에 물이 돌아 흐르
       는 강촌에 신랑 없는 새색시 시집을 왔지. 오늘 밤 그
       전설을 얘기하려네.

1장

끼룩끼룩 물새 소리 허공을 가르고 지나간다.

좌중에 있는 허름한 옷차림의 키가 큰 중년(떡다리), 머리에 수건을 동여매고 배의 노를 상징하는 듯 길고 얄팍한 나무를 들고 일어서고, 화려한 혼례 복장을 하고 앉아 있던 각시와, 함을 지고 일어선 별채, 사공을 따라 무대 앞쪽으로 나와 선다.

나머지 사람들, 궤짝과 상을 치우고 연기에 방해가 안 되도록 양옆으로 물러앉는다.

음악이 연주되면 떡다리, 노를 젓는 몸짓을 하면서 노래 부르고 좌중 연기자들, 후렴을 합창한다. 마치 선유(船遊) 놀이를 하는 듯. 노래 진행되는 동안 각시는 체념한 듯한 표정에 입가에는 자조의 빛이 보인다. 눈은 산마루에 올라앉아 황량한 벌판 위에 흩날리는 눈발을 바라보듯 멀고 먼 어느 곳을 응시한다.

뱃사공의노래 에루화 에헤야 어이디여 어기야.

① 태백산 정기 박달 뿌리 썩은 물이 리을 자(ㄹ)로 굽
이도는 낙동강이 절경일세.
에루화 에헤야 어이디여 어기야.

② 물이 돌아 물도리동네 천지 만물 돌고 돌아 만 년
층암 천 척 절벽 부용대가 우뚝 솟았다.
(후렴)

③ 남산에 아침 햇살 색색 꽃이 방싯 웃고 안개 걷힌
북강 백사장에 철새 울음 신묘하다.
(후렴)

④ 울울창창 만송정은 부용대를 마주하고 청솔 바람
물새 소리 화답을 하는구나.
(후렴)

⑤ 선바위〔立岩〕 말바위〔馬岩〕 장수와 준마련가 네가
오너라 손짓만 하니 오작교를 기다리는가.
(후렴)

⑥ 정월 보름 별신굿 칠월 칠석 불꽃놀이 두레 소리
풍류 가락 화답하는 물도리동네.
(후렴)

사공   (배를 나루터에 대는 동작으로) 자, 건너왔소.

(각시와 함재비,[2] 배에서 내리는 몸짓을 하면 조금 전부터 모여들기 시작한 마을 사람들, 합창을 하고 방정스럽게 생긴 초랭이와 어릿어릿하게 생긴 이매, 춤을 추며 새색시 행렬을 따른다.)

마을 사람들   (합창) 시집을 온다네, 꽃다운 열여섯 살, 강 건너
          월내 마을에서 시집을 온다네, 꿈도 많고 웃음 많던 어
          린 시절 보내고 산 넘고 강 건너 월내 각시 시집오네.
이매   저 각시, 이 마을 소문 아는가 모르는가.
          이 동네 총각 하나 물에 빠져 죽은 후에 강물 속에 총
          각 귀신 처녀들을 데려간다고, 꽃 같은 각시가 총각
          혼령에게 시집오네.

(노래하는 동안 각시는 천천히 무대 앞을 지나간다. 노래가 끝났을 무렵, 중앙에는 화문석이 깔리고 초례상이 차려지며, 신랑 설 자리에는 망자의 위패를 얹은 신위 받침대가 놓여 있고, 이 집 주인이며 망자의 아버지인 양반이 긴 수염에 큰 관을 쓰고 관복을 입고 중앙 뒤쪽에 서 있으며, 무당이 양손에 부채와 방울을 들고 풍악에 맞추어 움직인다.

각시, 두 팔로 얼굴을 가린 채 마을 여자의 부액을 받들며 음률에 맞추어 혼례상 앞에 다가간다. 굿의 부정거리이다. 부정거리가 끝나면

---

2) 혼인 때 신랑 측에서 신부 측에 보내는 함을 전해 주는 사람.

망자의 넋을 부르는 넋청을 하고 넋반을 들고 있는 수수한 노파에게 넋 내림을 하여 노파의 몸을 떨게 한다.

굿의 내용은 연극이기보다는 굿이 갖고 있는 신비와 경이, 전율감이 감도는 주술적 효과가 잘 나타나게 연출되어야 한다.

무당, 음악 반주를 멈추도록 하고.)

무당   (마달[3] 조로) 아이 답답구나 아이구 답답구나.
       천 길 물속에서
       진흙에 발이 빠지고
       바위는— 가슴을 누르니—
       숨이 막히고 답답하구나.
       나를 보내 주오. 나를 보내 주오.

산주   어쩌다 그리 되었나.

무당   말도 말우 말도 말어—.
       강 건너 각시 하나를 사모했는데
       강물이 막혀 한을 못 풀다가
       강물에 조각달 잠긴 밤에 물새 소리 들리길래
       강 건너 보았더니
       부용대 말바위에 처녀 하나 서서—
       나를 오라 손짓하여 물을 건너다 그랬지.
       아이 답답 숨막혀—.

─────────────

3) 경기도 무가의 한 종류. 일명 대연주. 신을 청하기 위해 무당이 완전한 노래가 아닌 반사설 조로 부르는 것이다.

산주　　그래그래, 알았다.

　　　　(위로하듯) 그래그래.

　　　　이제 — 네 소원 풀어 줄 양으로 강 건너 예쁜 색시 데려왔으니 한일랑 모두 풀고 마음 편히 저승으로 가 거라!

　　　　이제 좋지, 이제 됐지.

(무당, 고개를 몇 번 끄덕이더니 방울을 흔들며 신이 올라 춤을 추면 서 각시에게 다가간다.

벌써부터 질려 있던 각시, 비명을 길게 지른다. 같이 놀라는 마을 사 람들.

초랭이 방정스레 팔짝팔짝 뛰고, 이매는 무서워 다른 사람의 발목을 잡고 병신스럽게 떤다.

어떤 사람은 도망치기도 하고.)

양반　　쉬 —. (위엄이 있다.)

(일동 멈춰 선다. 마을의 젊은 여자, 비틀거리는 각시를 부축하고 있 다. 이때 얼굴이 희고 둥글며 다부지게 생긴 소년 도령 뛰어들어 와 서 무당의 진로를 가로막아 선다.)

도령　　그만해요, 그만해.

　　　　이런 짓은 못 해요 —.

　　　　소문 소문 헛소문이 사람을 죽여요. 귀신 허깨비가 생

사람을 죽여요. 성한 사람도 미치게 해요.

(일동, 어리둥절 공포에 잠긴다.)

산주   허허, 이런 고이헌 놈 봤나! 무엇들 하느냐, 저놈을 끌
        어내지 못할까!

(함을 지고 온 별채, 배시시 웃고 초랭이는 콩 튀듯 안절부절. 힘이 세
고 험상궂게 생긴 백정이 선뜻 나서더니 도령을 힘껏 밀어 버린다.)

도령   (밀려 나가며) 헛소문, 허깨비! 헛소문, 허깨비!

(굿 가락은 계속되고 무당은 각시에게 사배(四拜)를 시킨 다음 각시
를 감싸고 무대 뒤쪽으로 움직인다.
사람들, 초례상과 신위대를 치우고 각시와 무당 뒤에 화사하고 아담
한 작은 병풍을 둘러치고, 가야금과 불이 켜진 고풍의 등잔대를 각시
앞에 놓아 두고 물러간다.
무대에는 각시와 무당, 양반, 산주. 굿 장단은 더욱 빠르고 무당은 이
부자리를 펴는 시늉을 한 다음, 각시의 족두리, 비녀, 활옷을 벗긴다.
첫날밤 신랑의 역할을 연출하는 것이다. 각시는 삽시간에 머리를 푼
소복 차림이 된다.
이러는 동안 초랭이와 이매 그리고 젊은 아낙들, 문창호지에 구멍을
뚫고 신방을 들여다보는 시늉을 한다. 각시는 소복하고 등잔 옆에 앉
아 있다. 무당은 신랑의 혼령을 대신해서 각시에게 구애와 애무의 몸

짓을 춤으로 나타낸다. 방울 흔들며 밖으로 나와 가상의 방문과 벽을 돌면서 혼령이 밖으로 나가지 못하게 부채로 단단히 막는 시늉을 한다. 사람들, 무당을 보고 질겁하여 도망한다. 신방을 들여다보던 무당은 양반에게 모든 것이 끝났음을 고하고 양반, 만족한 듯 고개를 끄덕이고 무당에게 후한 사례를 한다. 무당, 돈을 받고 퇴장하면 양반과 산주, 반대편으로 퇴장.)

2장

병풍 앞에 다소곳이 앉은 새 각시. 기러기 소리 — 들린다.

이어서 피리 소리, 가슴을 후비는 듯 애원하는 듯 숨이 막혀 끊어지는 듯하다가는 다시 이어지고 잠이 드는가 했더니 다시 넘실대는 파도처럼 하늘 높이 날아가 버린 듯 들리다가 금시 귓전에서 부는 듯 가까이 들린다.

마치 귀신의 솜씨 같은 피리 소리, 그 소리에 화답하듯 강 건너 절에서 들리는 은은한 종소리가 합주한다.

각시는 등잔불을 바라보다가 가야금으로 눈을 돌린다.

사이.

벗어 논 활옷과 족두리를 보고 자기의 소복 차림을 본다. 풀어 놓은 머리를 손으로 가만히 만져 보면서 피리 소리에 귀를 기울인다.

사이.

손을 뻗쳐 가야금을 가만히 끌어당긴다. 무릎 위에 걸치고, 고운 손으로 가야금의 줄을 골라 누르고 튕기기 시작한다. 뚱뚱 퉁 투둥 당──.

가야금 소리는 피리 소리를 따라가고 두 가지 소리는 음과 양이 화합하듯 조화를 이루어 간간이 들려오는 절의 종소리와 어울려서 합주를 한다.

손놀림이 점점 빨라진다.

현재 각시의 처지와는 어울리지 않게 입가에는 비밀스러운 미소가 감돌고 어깨와 손놀림이 열정적이고 흥겹다.

각시   (노래) 조각달은 강물에 출렁이고 청솔 바람
        자장가에 물새도 잠자네.
        북편 강 나는 기러기
        슬픈 노래에
        옥구슬 굴리는 피리 소리
        반가워라.
        연지 곤지 분 바르고 저 강을 건널 때
        은빛 물결 타고 오는 범종 소리 들으니
        속마음 설레고 가야금에 피맺힌다. (각시 노래 끝날 때
        피리 소리도 멈춘다.)

(잠시 후── 피리 소리는 다시 처음으로 돌아간 듯 길게 들려온다.
마치 각시를 부르는 듯. 각시의 눈매에 어떤 결의의 빛이 보인다.
사이.

각시, 가야금을 제자리에 놓고 등잔 쪽에 몸을 기울여 한 손으로 등
잔불을 감싸더니 입으로 훗 하고 불을 끈다.
──무대는 검푸른 색으로 바뀌고 어둠 속에 흰옷 입은 각시의 희미
한 움직임이 보인다. 각시의 걸음은, 피리 소리를 따라 한 마리의 상
처 입은 학이 고향을 찾아 너풀거리고 가는 형상이다. 때로는 용기를
내고 때로는 지쳐서 쉬었다가 다시 발걸음을 내딛는다. 달빛 같은 밝
음이 무대를 밝혀 주면 피리 불고 있는 도령의 모습. 아까 혼례굿 장
소에 나타났던 그 도령이다. 도령, 각시의 출연을 알았으나 무관심한
듯 피리만 불고 있고, 각시는 무엇에 홀린 듯 도령 옆을 돌아 무심히
지나친다. 도령, 피리를 멈추고 각시가 나간 쪽을 지켜보고 있다.
북소리가 두리둥둥 울린다.)

각시   (비명) 사람 살려요, 사람 살려요.

(물새들이 놀라 깨어서 삐──삐──끼룩거린다.
도령, 각시가 사라진 쪽으로 뛰어간다. 떡다리가 황급히 뛰어들며 소
리친다.)

떡다리   어허, 어허, 사람이 물에 빠졌어요…… 새색시가 강물
          에 뛰어들었어요.

(초랭이와 이매가 눈을 비비며 나타난다.)

초랭이   누가 빠졌지? 누가 빠졌지?

떡다리　누군 누구야, 오늘 시집온 월내 새댁이지.

초랭이　새댁이? 새댁이 왜 물에 빠졌지?

떡다리　(아는 체하며) 그야 뭐 신랑이 데려가는 거지, 이 맹추야.

이매　어메, 그, 그 총각 귀신 말이야?

초랭이　그래서…… 그래서?

떡다리　뭐가 그래서야?

초랭이　죽었나? 살았나?

이매　살면 뭐하노, 살면 뭐하노.

초랭이　아깝다.

이매　아깝지야.

(이때 물에 젖은 각시를 안은 도령 나타난다. 세 사람 흠칫 놀란다.)

떡다리　저걸 어쩌지? 큰일 났네 제 신랑이 데려가는 것을 가
　　　　로채 왔으니…….

초랭이　살았을까 죽었을까.

이매　살면 뭐해, 죽는 것만 못하지. 저런…… 저런, 저 각신
　　　　살아도 못 살아.

(도령, 각시를 마루 위에 눕히고 자기 옷자락으로 각시의 얼굴과 손
의 물기를 닦고 살려 내는 듯, 포근히 안고.)

도령　각시, 각시…… 정신 차려요, 조금만 기운을 내요. 각
　　　　시는 살 수 있어! 안심해요.

(초랭이와 이매, 호기심에 차서 바라보고 있다. 떡다리, 불만스럽게
보고 있다.

각시, 서서히 정신이 든다.

도령, 안도하고 초랭이와 이매는 궁금해서 살았는지 죽었는지 눈짓
몸짓으로 도령에게 묻는다. 도령, 조용히 물러가라고 손짓한다. 두
사람 안달을 하면서 계속 묻는다. 도령, 고개를 끄덕인다. 초랭이, 의
외라는 듯 이매를 보고 쑥덕거린다.

각시, 몸을 움츠려 움직여 본다. 몸을 일으켜 주위를 둘러본다.
그녀의 거동은 꿈꾸는 듯이 보인다. 사람들을 둘러보더니 경계하는
듯 몇 발씩 물러선다.

도령은 각시의 안전을 생각하며 달래듯 다가간다.

각시, 슬금슬금 쫓기고 도령, 쫓아간다.

각시, 멈추고 도령을 바라본다.

도령, 각시의 손을 잡는다.

각시, 한동안 도령의 눈을 바라보다가 도령에게 안겨 얼굴을 묻는다.
초랭이와 이매는 못 볼 것을 본 듯 질겁을 하고 부러워하기도 한다.
떡다리는 안절부절.

이때 무대 뒤쪽에 붉은 불빛이 너풀대고 연기가 피어오른다.)

각시   (노래) 내 서러운 마음이 달빛 따라갔어요.
        불 같은 아침 해가 솟아올라
        어둠 속 두려움은 사라졌어요
        불 같은 뜨거운 아침 햇빛이
        당신 가슴에서 솟아났어요.

차가운 내 마음을 녹여 주어요.
(불타는 쪽을 가리키며) 저것 보세요.
너울너울 아침 해
아직까지 나는 저런 해를 본 적이 없어요.

(도령, 각시가 가리키는 쪽을 보고 놀란다. 다른 사람들도 놀란다.)

떡다리 불이 난 거다. 이거 큰일 났군. (큰 소리로) 저 여자
　　　　　가…… 불이야, 불이야—.

(뛰어나간다. 초랭이, 이매도 "불이야." 소리를 치며 뛰어나간다.
잠시 후 마을 쪽에서 요란한 경종 소리 울려 퍼진다.
각시는 여전히 제정신이 아닌 듯
"내 서러운 마음……."의 노래를 부른다.
도령, 가엾은 생각이 든다.
초랭이, 빠른 걸음으로 뛰어나온다.)

초랭이 동사[4]에 불이 났어요,
　　　　　아씨, 아씨, 어서 내려가세요. 주인마님이 이쪽으로
　　　　　오시고 계십니다요.

(이매가 비척거리며 들어온다.)

─────────────

4) 洞祠. 마을의 수호신을 모시는 사당.

이매 어메야, 동사가 탄다.

별신굿재비[5]가 다 타 버린다. 이를 우얄꼬!

도령 여기서 떠들지 말고, 불을 꺼야지. 자, 불을 잡으러 갑
시다.

(도령, 뛰어간다. 양반, 황급히 나타나고 뒤따라 백정, 떡다리, 잘난
체하며 나선다.)

떡다리 아까 각시가 이상한 말을 했어요. 불 같은 해가 뜬다
고― 그리고 몸이 뜨거워지고 열기가 솟는다고― 그
러고 나서 동사 쪽을 가리켰어요. 가리키는 쪽을 보니
까 동사에 불이 났어요. 연기도 났어요.

그리고 또 각시가 어둠이 사라졌다는 말도 하고 그리
고 둘이서……둘이서……. (말을 못 하고 껴안는 시늉을
해 보인다.)

양반 입 다물고 내려가서 불이나 잡아!

떡다리 (굽실거리며) 예, 예…… (나가면서) 둘이서 뜨거운 열
기가 몸을 덮어 준다고…….

양반 (버럭 소리치며) 입 다물지 못할까?

(떡다리, 겁에 질려 나간다.)

―――――――――

5) 별신굿 준비 물품.

양반   (각시에게 다가가서) 아가, 내려가거라. 젖은 몸에 찬
        바람 쏘이면 병난다. (사이) 아가, 내려가거라.

(각시, 무거운 발걸음으로 걸어 나간다.)

양반   (몇몇 마을 사람들의 시선을 느끼다가 호령한다.) 뭣들 하
        고 있는 거야! 불을 꺼야지. 불, 불을.

(모두 나간다.
조명 밝게 바뀐다. 산주, 관객을 향해 노래 부른다.)

산주   (노래) 물도리동에 탈이 났구나.
        불길은 하늘로 치솟고
        강바람은 회오리치네.
        불길은 마을을 덮었고
        동사는 잿더미로 변했네.
        서낭님이 노해서 화가 되었는가.
        월내 각시가 부정하여 탈이 났는가.
        마을에 괴질이 돌고 돌아
        하나둘 죽어 가고
        인근 마을에 소문이 번져
        마을 사람들 발이 묶였네.

3장

동네 아낙네들과 노인, 아이들, 병고에 시달린 몸짓으로 나타
난다.
여자 1은 아기를 안은 채, 여자 2는 머리에 짐을 인 채,
노인은 머리에 띠를 매어 병자임을 쉽게 알 수 있다. 세 사람
은 각자 춤을 춘다.
여자 1은 병든 어린아이를 구하려는 노력, 여자 2는 남편을
잃고 슬피 울고, 노인은 괴질에 걸려 죽어 가고 있다.

여자1   (노래) 금구슬 옥구슬로 바꿀 수가 있을까?
        내 옥동자!
        무서운 병 얻었으니 이를 어쩨!
        손가락 잘라 피 먹여도
        이를 어쩨!

여자2   서방님 서방님

　　　　어이 혼자 떠나시오.

　　　　찬 이슬 내리고

　　　　길고 긴 가을밤을

　　　　원앙금침 홀로 베고

　　　　나는 어이 살라고

　　　　혼자서 떠나시오.

노인　　전생에 무슨 죄로

　　　　이 몸이 병들었나.

　　　　머리는 불덩어리

　　　　가슴은 터져 나고

　　　　무슨 죄로 이리 아플까.

여자1, 여자2, 노인　(합창) 비나이다, 서낭님 전 비나이다.

　　　　마을마다 길목은 막혀 있고

　　　　떠나간 나룻배는 돌아오지 않으니

　　　　어리석은 백성들

　　　　굽어보소서. 살펴보소서.

(모두들 자리에 앉아 빈다. 도령이 어머니를 업고 들어와서 내려놓는다.)

어머니　아가, 나는 괜찮다. 늙은것이 얼마나 살겠다구 여길 떠나니? 나는 물도리 땅에 남아 있다가 이 땅에 묻힐란다. 너 혼자 떠나거라.

도령 어머니,

   저는 젊고 힘이 있어요.

   죽음을 생각지 않아요.

   이 두 팔과 두 다리로 어머니를 어디든지 모실 수 있
   어요.

   자, 얼마든지.

어머니 아니다. 나는 더 갈 수 없다.

   업힐 기운도 없구나.

도령 그럼 어머니 여기서 좀 쉬었다 가지요. 푹 한숨 주무
   셔요.

   (어머니를 눕힌다. 도령, 장난스레 어머니의 어깨를 토닥거
   리며 노래한다.)

   (노래) 아가 아가 금동아가

   잘도 생긴 우리 아가

   샛별 같은 두 눈 속에

   금빛 별이 잠들었네.

   새근새근 잠이 들면

   별나라에 날아가서

   꽃구름을 타고서는

   너울너울 춤을 추네.

   선녀 같은 우리 아가

   잘도 생긴 우리 아가.

(어머니와 마을 사람들, 모두 도령의 노래에 안겨서 잠이 들어 있다.

도령, 노래를 그치고 봇짐에서 피리를 꺼내 분다. 잠시 후 산주가 초췌한 모습으로 나타난다.)

산주   (잠자는 사람들을 둘러보고) 모두들 일어나요. (도령, 피리를 멈춘다. 졸던 사람들, 산주를 바라본다.) 모두 돌아가시오.

여자1   이제는 마을로 갈 수가 없어요. 서낭님 영험도 없어지고 산주님 내림도 다 소용없어요. 이 동리는 사람 살 곳이 못 돼요. 나는 의원을 찾아갈 테요.

여자2   (울부짖듯) 하늘이 노하셨소. 하늘이 노하셨어.

노인   산주 영감, 나 좀 살려 주구려, 나 좀. 이 불덩이 같은 머리, 가슴은 치밀어 올라 먹을 수도 없고, 배 속은 돌덩이가 들어 있는 듯 뒤틀리고, 산주 영감, 좀 살려 주구려. (엎어진다.)

산주   여러 말 말고 마을로 돌아갑시다. 물도리동 사람들은 아무 데도 갈 수가 없소. 아무 동리에서도 받아 주지를 않소. 길목마다 막혀 있소. 살아도 여기서 살 궁리를 해야 하오.

여자1   그럼 그럼 이대로 자식을 죽인단 말이오? 죽을 줄을 번연히 알면서 지옥 같은 곳으로 병든 아이를 데리고 돌아가잔 말이오?

산주   내 말을 잘 들으면 사는 수도 있지.

노인   산주 영감, 어떤 내림이라도 받으셨나?

(노인, 산주의 거동을 살핀다. 산주, 입을 열기 시작한다.)

산주 서낭당에 올라가 내림대 잡고 서낭님께 빌기 몇십 시
     간, 서낭님 홀연 내 앞에 나타나 말씀하시길 "물도리
     동은 늙었다. 늙었어, 벌써부터 탈이 났어. 탈을 만
     들어 별신굿을 해라, 정결한 총각을 골라 탈을 만들어
     야 해. 탈을 다 만든 다음엔 영험이 들도록 온 정성을
     다해 만들어서 바쳐라." 이렇게 말씀하시곤 남산 쪽
     구름 위로 자취를 감추었소, 마을이 늙었소…… 나도
     늙었고. 자, 마을로 들어가요. (명령조다. 아무도 움직이
     지 않는다.)
     자, 모두들 돌아갑시다. 가서 서낭님 말대로 정성을
     다해 탈을 만듭시다. 탈이 다 만들어질 때까지 한 사
     람도 부정한 짓을 해서는 안 되오. 부정을 타면 탈 만
     든 사람은 물론 마을 전체가 지옥이 돼요. 정성을 다
     해야 돼요. 그래야만 우리가 살 수 있소. 그냥 이대로
     죽을 수는 없지 않소?

(산주의 강압적인 언동에 위축되어 마을 사람들, 움직이기 시작한다.)

도령 (어머니를 업고 산주에게) 그럼 그 탈을 누가 만드나요?
산주 그야 내림굿을 해서 서낭님이 지시하는 대로 할 수밖
     에. 자, 다들 내려갑시다.

(모두 퇴장한다.)

4장

삼신당 당나무 앞, 무당과 또 한 사람이 간단한 제사상을 들
고 들어와 무대 중앙에 놓는다. 악사들, 굿 가락 울리면서 등
장하고 마을 사람 몇이서 내림대를 들고 들어와 제사상 앞에
세운다.

내림대 꼭대기에는 여러 개의 방울(신령)이 달려 있고, 청, 홍,
백, 흑, 황포를 사방으로 늘여 내림대가 움직이지 않게 잡아
맨다.

이어서 산주, 양반, 선비와 그 밖의 마을 사람들이 들어오고,
도령복을 입은 젊은이 세 사람이 따라 들어온다. 세 사람 중
하나는 허 도령이다.

분위기는 엄숙하면서 어딘지 살기가 도는 듯 날카롭고 잔인
한 느낌을 준다. 무당은 자리가 정돈된 것을 확인하고 내림대
가까이서 빈다.

무당   물도리 대동에……
　　　갑술년 화재로 동사가 소실되어 제기를 모두 불태웠
　　　고……
　　　원인 모를 괴질이 온 동네에 번져서 병들고 죽어 동네
　　　가 망해 가고 있는데에……
　　　서낭님 분부 받잡고, 별신굿 탈을 새로이 만들고자
　　　하오니 굽어살피시고, 내리 보시와 내림을 주옵소
　　　서―!

(굿 장단이 시작된다. 무당, 한차례 춤을 춘다. 춤추는 동안 산주는
내림대 앞에서 무당이 한 말을 되풀이하며 정성껏 빈다.
그의 이마에 땀방울이 솟고, 장단이 고조될 때 내림대의 신령이 약간
씩 울기 시작한다.
산주, 드디어 두 팔을 올려 내림대를 잡는다.
잡자마자 신령이 크게 울리고 굿 장단은 박자 없이 요란한 소리를 내
다가 갑자기 그친다.)

무당   서낭님! 뵈온 지 오래시오―.

(산주, 내림대를 잡은 채 끄덕끄덕한다.)

무당   서낭님, 이 동네에― 불벼락이 나더니 나쁜 병까지
　　　들고 있사온데― 어찌하시려고 굽어살피지시 않으
　　　시는지― 살펴 주셔야지요.

(산주, 고개 좌우로 돌린다.)

무당   물도리동네 사람들이 뭘 잘못했수?

(산주, 끄덕끄덕.)

무당   서낭님을 잘못 모셨수?

(산주, 도리도리.)

무당   누가 살인을 했나요? 도둑질을 했우? 간통을 했우?
산주   (고뇌가 섞인 목소리) 이 동리는 몇백 년 동안 큰 고난
        없이 잘 지내 왔다. 다 내 덕인 줄 알아야지.
무당   그저 다 서낭님 은혜지요.
산주   큰 고난이 없었으니 마을은 묵은 때가 끼었어.
        작은 죄가 쌓이고 쌓여 큰 죄가 되고 그 죄를 죄로 생
        각지 않는 사람들로 가득 차 있어.
        큰 죄 덩어리가 되었으니 작은 벌을 받아서는 깨달을
        수 없다.
        너희들은 이제부터 큰 죄의 값을 치러야 하느니라.
무당   네네, 그저 서낭님이 시키는 대로 하겠사와요. 옳은
        말씀이셔요.
산주   큰 정성을 올려라.
무당   네네, 그래서 오늘 서낭님 모실 총각들을 불러 모았으

니 살펴보시고 영을 내려 주시옵소서.

(마을 사람들과 총각들 긴장한다.)

무당　　안씨 가중 세 형제 중 막냇손자 열일곱 살 난 안씨 대
　　　　주—.

(방울 울리지 않는다.
잠시 기다린다.
산주, 측은할 만큼 진땀을 흘리고 있다.)

무당　　다음, 정씨 가중 삼 남매 맏자손 열아홉 살 정씨 대
　　　　주—.

(방울 소리 안 난다.
마을 사람 중 안도의 숨을 쉬는 몇 사람.)

무당　　다음, 허씨 가중에 이대독자 자손 열여덟 살 허씨 대
　　　　주—.

(방울 요란하게 울린다.
정 도령과 안 도령, 조용히 숨을 돌린다.
허 도령은 멍청히 그대로 앉아 있다.)

무당　　내렸소, 내렸소. 허 도령에게 내렸소.

(굿 장단이 울리고 무당은 신에게 감사하는 춤을 춘다. 마을 사람들의 표정은 각양각색. 연민과 동정의 시선, 회심의 미소, 감탄과 경이, 공포와 회의, 걱정과 한숨. 그러나 산주는 대수술을 끝낸 의사처럼 피곤해 있다.

정 도령, 안 도령은 일어서서 마을의 굿 장단에 어울리나 허 도령은 움직이지 않는다.

허 도령은 회의와 고뇌에 빠진 듯하다.

아니, 산주를 의심하고 있다. 천천히 일어서서 내림대 쪽으로 발을 옮긴다. 이 마을 사람들 틈에 끼어 있던 각시가 홀연 나타난다.)

각시　　도령은 죄를 지었어요. (모두 놀라서 각시를 바라본다.)
　　　　도령은 죄 많은 나를 물속에서 건져 내었소, 내 몸에
　　　　손을 댄 남자예요.
　　　　그러니 내 죄가 옮아간 깨끗지 못한 남자예요.
　　　　이런 사람에게 탈을 만들게 할 수는 없어요.

(마을 사람들, 각시의 대담성에 놀란다. 각시, 도령에게 다가간다.)

도령　　그랬소. 그랬으니 어쩌겠소. 그리고 난 저 각시를 사
　　　　랑했소.
양반　　(각시에게) 그 자리에 서 있거라. (자존심과 권위가 무너
　　　　져 노발대발하고 있다.) 저 아이를 끌어내라.

도령 (나서며) 아무도 손대지 말아요. 만일에 손을 대면 정
　　　말 큰 죄를 짓고 말 테요.

(모두 제자리에서 움직이지 않는다. 발이 얼어붙은 듯—.)

산주 여러분 진정하십시오, 도령은 죄가 없습니다.
　　　각시도 죄가 없어요.
　　　만일 도령이 각시를 부정하게 사랑했다면 서낭님이
　　　지시를 하지 않았을 겁니다.
　　　죽으려는 사람을 살려 낸 것이 어찌 죄가 됩니까? 모
　　　두 진정하고 내 말을 들으시오.
　　　자, 허 도령, 이 내림대를 잡아라. 이 명령은 내가 하는
　　　것이 아니라 서낭님께서 내리신 명령이다. 어서…….
도령 (내림대를 잡고) 죄가 아니라면, 각시를 사랑하는 것이
　　　죄가 아니라면 무엇이든지 하지요, 기꺼이 하지요.
각시 안 돼요, 도령은 죽어요. (산주, 도령이 잡은 내림대를 함
　　　께 잡고 중얼거리듯 말한다.) 탈을 만든 다음에 죽게 된
　　　대요.
　　　죽어야 한대요.
산주 허씨 가중의 독자 허씨 대주…….
도령 (복창한다.)
산주 삼신님이 지켜보시는 앞에서…….
도령 (복창한다.)
산주 서낭님께 서약합니다.

도령   (복창한다.)

산주   오늘부터 목욕재계하고.

도령   (복창한다.)

산주   백 일 동안 외부와는 일체 접촉을 금하며.

도령   (복창한다.)

산주   크나큰 정성을 다 바쳐서.

도령   (복창한다.)

산주   별신굿 탈을 만들어 바치겠나이다.

도령   (멈칫했다가 복창한다.)

산주   동리 여러분들도 함께 서약하시오.

(사람들, 갑자기 엄숙해진다.)

산주   오늘부터 탈이 완성될 때까지 부정한 짓을 하지 않고.

일동   (복창한다.)

산주   별신굿을 위해 탈을 만드는 허 도령 가까이 가지 않을
            것을 서약합니다.

일동   (복창)

(산주의 지시에 따라 재비들, 풍악을 연주하고 내림대를 든 남정네
들, 덩실덩실 춤을 추며 무대를 돌아 밖으로 나가면 산주, 허 도령을
부액하고 뒤따라 나간다.)

양반   (각시를 가리키며) 저 아이는 가두어 둬라.

초랭이   아씨, 가시죠.

(각시, 마을 사람들의 저주스러운 시선을 받으며 퇴장한다.)

5장

흰색 작은 병풍이 펴지면서 제사상을 가린다. 병풍 옆에 백정과 떡다리가 파수를 보고 서 있다. 곧이어서 허 도령의 어머니가 목판에 뭔가 싸 들고 구부러진 허리를 지팡이에 의지하고 비척거리며 나타난다.

떡다리   (소리치며) 누구요?

어머니   날세, 나야, 떡다리. 내 자식 좀 만나 보려고 왔네.

떡다리   (백정을 힐끗 보고 큰 소리로) 안 돼요. 어서 내려가요.

어머니   나는 저 아이의 어미야. 자네도 알지 않아?

떡다리   알고 모르고 간에 누구도 들여보내지 못해요. 들여보냈다간 도령이 죽어요.

어머니   난 괜찮네. 제 어미가 보는데 부정 탈라구. 먹을 것을 좀 가져왔을 뿐이네. (들어가려 한다.)

떡다리 (몽둥이로 어머니를 밀어붙이며) 안 된다니까요.

(어머니, 비칠비칠하면서 넘어진다. 떡다리, 당황한다.
얼른 어머니에게 가서 일으켜 부축해 준다.)

어머니 (노래) 제 어미 보고 놀라서 죽는다니! 무슨 말인가.
　　　　내가 낳은 자식인데…… 내 자식인데…….
　　　　천지간에 어미 보고 놀라서 죽는 자식 보았는가, 보았
　　　　는가? 내가 낳은 자식인데, 내 자식인데…… 내가 내
　　　　자식을 더 잘 알지!
　　　　나는 믿어! 내 아이는 죽지 않아. 죽지 않는다니까. 잠
　　　　깐만 만나게 해 줘— 응. (떡다리를 피해 들어가려 한다.
　　　　떡다리, 다시 막아서며—.)
떡다리 안— 안 돼요. 산주님의 내림 없인 아무도, 그 아무도
　　　　들여보낼 수 없어요. 먹을 것도 안 돼요. 죽어도 안 된
　　　　다니까요. (백정보고) 저 사람보고 물어봐요. (어머니,
　　　　백정을 본다. 백정, 고개를 끄덕한다.)
어머니 (떡다리를 무시하고 소리친다.) 아가. 내가 왔다. 네 어
　　　　미다.

(떡다리, 어머니의 입을 막는다. 어머니는 떡다리의 손을 뿌리치고
소리친다. 이때 산주 나타나 이 광경을 보고 엄하게 꾸짖는다.)

산주　　누가 여기서 큰 소리를 내고 있나? ……누군데 이리

소란을 피우는 게야?

어머니 　나요, 산주 영감 나요, 저 아이 좀 만나려고 왔수—
　　　　 잠깐 만나도 되지요?

산주 　　(냉정하게 잘라 말한다.) 안 돼요. 이 일은 인정사정 보
　　　　 고 안 보고 할 일이 아니오. 할머니 아들은 당분간 서
　　　　 낭님의 영험이 담겨 있는 탈을 다 만들 때까지는 아무
　　　　 도 만날 수 없다는 걸 알지 않소. 저 도령 만나면 도령
　　　　 이 다친단 말이오. 자, 내려가시오.

어머니 　(분개하며) 천지간에 이런 법이 어디 있소. 죄를 짓
　　　　 고 갇힌 아이도 아닌데, 어미가 제 아들을 못 만난다
　　　　 니…… 목소리라도 듣게 해 줘요. (떼를 쓰듯 밀고 들어
　　　　 가려 한다.)

산주 　　(어머니가 가진 걸 보고) 그게 뭐요……?

어머니 　먹을 것 조금하고 그 아이가 읽던 책하고…… 또 피
　　　　 리…… 이 피리는 조상 대대로 전해 내려오는 것인
　　　　 데, 이것만이라도 꼭 들여보내 주구려, 정말 부탁이
　　　　 우. (산주, 망설인다.) 정 안 된다면 할 수 없지. 어떤 탈
　　　　 을 만드는지…… 제가 신명이 나서 만들어야 값이 있
　　　　 지…… 남이 시켜서 억지로 만들면 무슨 영험이 있어.
　　　　 강제로 시키는 일에 무슨 신통력이 있을라구.

산주 　　(좀 생각하다) 그 물건들 날 주고 가시오. 내 적당한 때
　　　　 에 서낭님 내림을 물어 들여보낼 테니.

(어머니, 불신의 눈초리를 보내다가 산주에게 목판을 건네주고 피로

한 듯 밖으로 나간다. 산주, 목판을 들고 병풍 쪽을 한참 바라보다 퇴장한다.)

6장

청아한 음악 스며들며 병풍 조용히 걷히면 도령이 책을 읽고 있다.

도령   공부는 극기(克己)가 제일이니라.

        기(己)란 것은 이른바 나의 마음이 좋아하는 것이 천리 (天理)에 부합하는 유혹을 이름이니, 반드시 나의 마음을 검찰하여 벼슬, 향락, 보배 중 어느 것을 좋아하는가. 백 가지 좋아하는 바가 이치에 맞지 않으면 즉시 일체를 통단(通斷)하여 그 삯과 맥을 머물지 못하게 하라. 나의 마음이 좋아하는 것이 의리에 있고 이(利)와 기 (己)가 없으면 비로소 극기한 것이니라. (도령, 책을 덮고 졸기 시작한다.)

(청아하고 신비스러운 음악 들려오고 오색영롱한 불빛이 비쳐 마치 꿈결 같은 세계 열린다.

작은 병풍이 걷히면 두 마리의 학이 너울너울 춤을 추며 날아들고 뒤이어 휘황한 금빛 옷을 입고 머리에 금은보석이 장식된 관을 쓴 귀부인이 학의 깃으로 만든 큰 부채로 얼굴을 가리고 나타나서 한두 마리의 학, 허 도령의 주위를 선회하며 날개로 도령의 몸을 쓰다듬기도 하고 마치 잠에 빠진 그의 혼을 깨우려는 듯 큰 날갯짓을 한다.

학춤이 진행되는 동안 도령이 몸을 일으킨다. 두 마리의 학이 귀부인 옆으로 가서 다소곳이 서 있다.)

서낭님   도령아, 일어나거라. 지금 잠들 때가 아니다.

도령   누구시오?

서낭님   나는 이 마을을 지키는 서낭의 어머니다.

공부는 시작도 끝도 없는 것.

서두르지 마라. 서두르지 마라.

너무 많이 가지면 그 값을 모른다.

월내 각시는 전생에 나의 딸이니라.

네가 나의 딸을 사랑하거든 그 아이의 고통을 지켜보아야 한다.

굶주리고 가엾은 아이가 밥 한 알의 고마움을 알 듯 사랑의 값을 알려 주어라.

사랑을 위해서라면

죽음까지도 달게 받아들이겠느냐?

억울하고 분하고 부당한 희생, 그 희생은 사랑을 더욱

진하게 할 것이다.

네가 진정으로 누구를 사랑하거든

그 사랑하는 마음을 버려야 한다.

그래서 많은 사람들이

네 몫까지 그를 사랑하게 해야 하느니라.

도령　서낭님, 나는 젊어요.

나의 죽음, 나의 고통이 무슨 의미가 있나요? 탈을 만들고, 굿을 하고 제사를 지내는 것이 무슨 의미가 있나요?

나는 아직 젊어요.

할 일이 많고 하고 싶은 일이 너무 많은데……

나를 이런 장막 속에 가두어 놓고 어쩌시려는 거예요?

서낭님　누가 너를 가두어 둔 것이 아니다.

네 스스로가 갇혔다고 믿는 것이니라.

(노래) 인생은 신비로운 것,

무궁한 비밀들이 조화를 부리는 것.

마음을 열고 모두 받아들이면

천지 만물이 모두 너의 것.

외롭다고 생각하면

죽음처럼 괴로운 것.

인생은 오묘한 것,

영롱한 구슬이 조화를 부리는 것.

마음을 열고 모두 받아들이면

자유를 찾고 자유를 얻으리라.

죽음을 이겨라.

절망을 이겨라.

세상이 모두 너의 것이 되느니.

도령　나는 이해할 수 없어요.

내가 왜 이런 속박에서 탈을 만들어야 하는지를! 난 아무 일도 하지 않겠어요.

서낭님　납득되지 않는다고? (빙긋이 웃는다.)

죽음이나 태어남이 본래 이해할 수 있는 것이 아니란다.

(인자한 어조로) 네가 왜 이 세상에 태어났는지를 이해할 수가 있느냐?

인간세계에는 이해되지 않고 납득이 안 가는 일들이 얼마든지 있단다.

별, 물, 바람, 고기, 이름 모를 풀벌레들, 네가 알고 있는 것만이 존재하는 것은 아니다.

네가 하고 싶은 일, 만나고 싶은 사람들 모두 네 마음속으로 불러들여라.

장막이 어찌 네 마음을 가두어 놓을 수 있겠느냐.

자, 이제 네가 알고 있고 그래서 그리워하는 바깥세상이 어떤지 보여 주마.

(무대 한쪽에 양반과 선비가 등장하며 거드럭거리고 춤출 때 탈을 쓴 초랭이와 이매, 부네를 대동하고 나타난다. 초랭이와 이매는 각기 자기 주인에게 부네를 데려왔다고 한다.

양반과 선비, 서로 부네를 차지하려고 싸운다.

그러는 동안 부네는 살짝 피해 버린다. 화가 난 양반과 선비는 하인들을 부른다.)

양반   여봐라.

선비   (동시에) 여봐라.

초랭이, 이매   네—.

양반   저 부네를 어서 내 앞에 대령 못 할꼬.

선비   너 냉큼 저 부네를 내 앞에 대령하지 못할꼬.

(초랭이, 부네에게 가서 절을 하고 양반에게 가자는 몸짓을 하면 이매, 땅에 엎디어 두 손과 두 발로 빌면서 선비에게 가자고 한다. 부네, 이매에게 다가가자 초랭이, 방정을 떨며 부네의 앞을 가로막고 양반께 가자고 손을 끌고 간다.

마침내 이매와 초랭이, 부네를 사이에 두고 싸움이 벌어진다. 주먹질도 하고 씨름을 하지만 항상 무승부이다. 이때 백정 가면을 쓴 사람이 칼과 도끼를 휘두르며 망나니 춤을 추며 들이닥친다. 백정의 난폭한 기세에 눌린 양반, 선비, 초랭이, 이매, 부네는 질겁하여 도망치고 백정은 그들의 뒤를 쫓는다.

바람 소리가 일더니 오색 채륜이 서리고, 무대 한쪽에 수를 놓고 있는 각시 모습이 보인다. 도령은 믿을 수 없다는 표정으로 각시를 바라본다. 서낭님은 학들에 에워싸여 바람처럼 사라진다.)

도령   (환상에 빠져) 각시는 언제부터 이곳에 있었소?

각시   도련님이 불러서 오게 되었소.

도령   (기뻐하며) 각시는 지금 무얼 하고 계시오?

각시   수를 놓고 있어요. 옥색 같은 소복에 꽃송이도 그리
      고 청학, 백학 춤추는 그림도 수를 놓아요. 도련님 만
      나는 날 입으려 했는데 벌써 만났으니 이젠 그만두겠
      어요.

(각시, 수놓던 일을 멈추고 도령을 바라본다. 도령이 손을 뻗쳐 각시
를 부른다. 각시는 수줍은 듯 맵시 있게 걸어서 도령에게 다가간다.
도령, 각시의 손을 부드럽게 잡고 노래한다.)

도령   (노래) 장막은 무덤같이 적막했어요.
      각시 생각을 하면서
      다시 만날 수 있기를
      서낭님께 빌었어요.
      내 앞에 나타난 각시!
      아, 나는 지금 행복해요.

각시   (노래) 나는 알아요.
      죽음을 향해 가고 있는
      당신의 외로움
      나는 알아요.
      하늘엔 먹구름 뭉쳐 오고
      차가운 바람이
      옷 속을 스며들지요.

내 목숨 구해 준 사람

무엇으로 보답하리.

무엇으로 표현하리.

내 가슴속 이 사랑을!

도령   (노래) 사랑이 바닷물처럼

행복이 바닷물처럼

넘쳐흐르면, 넘쳐흐르면

고마움도 모르고

아쉬움도 모르고

미워질까 봐

원망할까 봐

사랑은 절반만을

절반만의 사랑을!

당신에게 바치리!

그리하여 둘이서 완전한 사랑을 이루리.

(두 사람, 환희에 넘쳐 춤춘다. 구름 속을 헤매듯 환상에 빠져서 불길
속에 뛰어든 듯 격정적이다.

각시의 요염한 자태, 성난 파도와 같이 난폭해지는 도령 춤이 절정에
이를 때 어디선가 마루를 치는 둔탁한 소리 탁, 탁, 탁. 각시, 갑자기
굳어져 뒷걸음치고 각시의 등 뒤로 별채가 나타난다.

잔인한 미소를 띠고 각시를 잡으려 한다.

각시, 뭐라 하며 저항하나 목소리가 나오지 않는다. 각시의 뒤를 별
채가 따른다.)

도령   (애절하게) 각시, 각시, 가지 말어.

나와 함께 있어 줘.

(체념한 듯)

(노래) 사람과 사람이

얼마나

헤어져야 하나요.

어머니 품에서

혼자 떨어져

죽는 날까지, 죽는 날까지

얼마나 많은 이별을

맞이해야 하나요.

(안타까운 몸짓으로)

(대사) 서낭님, 서낭님.

조금만 더 시간을 주세요.

(도령, 무릎을 꿇고 하늘을 향해 간절히 빈다.

무대 뒤에서 다시 발을 구르는 둔탁한 소리.

도령, 비로소 꿈을 꾸고 있었던 것을 알아챈다.

꿇어앉은 자신을 발견한다.

그때 무대 뒤에서 교활하고 잔인한 별채 불쑥 나타나 도령의 거동을

보면서 배시시 웃는다.

도령, 장막 안에 사람이 들어온 것을 느낀다.

잠시 침묵—.

별채, 여전히 배시시 웃고 있다.)

도령   누구요……

        여긴 아무도 들어와선 안 돼…….

별채   나는 별채라는 사람이오.

        이 동리에 이상한 소문이 돌길래 궁금해서 한번 들어

        와 봤소.

도령   …….

별채   (도령을 빤히 쳐다보다가) 별일도 일어나지 않는 걸 가

        지고 쑥덕거리는구먼. 실례했소. (나가려 한다.)

도령   (낮은 소리로 다부지게) 잠깐…….

(별채는 멈춘다.)

도령   당신이 여기 들어왔을 땐 무슨 곡절이 있었던 것 같은

        데 누가 시켜서 들어왔소? 아니면 나를…….

별채   (웃으며 고개를 젓는다.) 난 단지 궁금해서, 도령이 정말

        죽는지 어떤지 궁금해서 들어와 보았을 뿐이오. 실례

        했소. 잘해 보시오. (빈정거리듯 말을 던지고 고양이처럼

        살금살금 사라진다.)

(도령, 생각에 잠긴다. 마치 거미줄 같은 죽음의 그물에 감겨 있다가
풀려난 듯한 해방감에 잠긴다. 삶의 가능성을 확인한 기쁨인지도 모
른다.

흰 병풍이 가려진다.)

7장

주막집의 오후, 부네 혼자 앉아서 먼 산을 바라보며 신세타령을 부르고 있고, 술집 주인(백정), 코를 드르렁거리며 낮잠을 자고 있다.
잠시 후 별채, 기세등등해서 들어온다. 부네, 손님 온 줄도 모르고 노래만 부르고 있다.

별채　이 집 장사 안 할려나.

(부네, 힐끗 귀찮다는 표정. 별채, 낮잠 자는 주인을 흔들어 깨운다.)

별채　이봐 주인, 잠만 자고 있음 어떡해.
　　　　돈을 벌어야지.

주인　(화를 벌컥 내며) 이거 어떤 뼈다귀가 깝죽거리는 거야?

별채	가난한 고기 장수라 뼈다귀밖에 모르는군.
주인	뭣이 어째? (벌떡 일어나 때릴 듯이 멱살을 잡는다.)
별채	(생글생글 웃어 가며 주인 손을 뿌리치고, 돈 몇 푼을 꺼내 술상 위에 탁 소리가 나게 놓는다. 주인, 의아하게 쳐다본 다.) 내 부탁이 하나 있소.
주인	부탁이라니!
별채	사람을 좀 찾아 주오.
주인	……?
별채	의성 월내에서 시집온 각시 알죠?
주인	알지.
별채	내가 그 색시를 만나러 온 사람인데 벌써 며칠째 찾을 수가 없소. 본 사람이 없으니.
주인	(건성인 듯) 친정으로 간 게지, 뭐.
별채	친정으로 갈 여자가 아냐. 그래서 찾아온 거지.
부네	소문에 들으니 허 도령하고 좋아 지낸다는데 포장 속 에 신방 차린 건 아닌지요?
별채	그게 문제야. (의미 있게) 그게 다 미친 짓이란 말요.
부네	누가 미쳤단 말이오?
별채	이 동리 사람 모두가 미쳤지.
주인	(다시 험악해지며) 말 다 한 거야?
별채	내가 말을 잘못했나? 미쳤으니 미쳤다고 했지. (또 생 글거린다.)
주인	(돈을 보더니 슬쩍 집어넣고는) 너 이놈, 아가리가 근질

거리냐? 헛소릴 하게. 어디 맛 좀 봐라.

별채 (생글거리며) 내가 너한테 맞는다면 생겨나지도 않았
       겠다.
       잠깐 기다려!
       내 재미있는 얘기 들려줄 테니. (부네, 주인, 어이가 없다.)
       내가 어젯밤에 허 도령인가 뭔가 하는 녀석이 있는 포
       장 속을 들여다봤지.

주인 (놀라서) 뭐?

별채 정말이라니까.

주인 이제 보니 네놈이 미친놈이구나.

부네 (호기심이 생겨) 그래서?
       들여다봤더니…… 죽었나요?

별채 두 눈 말똥말똥 뜨고 날 쳐다보던데?

부네 그래서……그래서요?

별채 날 보고 나가라고 그러데? 그래서 나왔지. 이래도 동
       리 사람들이 미치지 않았단 말이오?

주인 (느닷없이 별채 팔을 비틀며) 네가 죽으려고 주둥일 함
       부로 놀리는구나. 이놈, 맛 좀 봐라. (별채, 아파 소리친
       다.) 뺀질뺀질해 가지고, 네놈이야말로 미쳐도 되게
       미쳤지, 너 이놈 산주 어른께 가자. (끌고 가려 하자)

별채 갈 것 없어. 이리 오실 테니.

주인 어째? 이리 오셔?

별채 초랭이한테 얘길 했지. 나는 여기 있겠다고…… 아이
       구, 팔이야. 이것 좀 놓으시오.

주인   오냐, 그럼 기다리자.

(주인, 허리끈으로 별채를 잡아매 놓고 흘러내리는 바지를 붙잡고 있다. 이때 양반을 선두로 산주, 초랭이, 바쁘게 들어온다.)

양반   어느 놈이냐, 어서 일러라.
초랭이 (묶인 별채를 보고) 저 녀석올시다. (둘러선다.)
양반   네 이놈, 어디서 온 자인데 입을 함부로 놀렸느냐?
별채   사실대로 말했을 뿐입니다.
주인   어르신네, 이놈이 주둥일 함부로 놀리길래 어른께 끌고 가려고 묶었습죠.
별채   어르신네와 산주 어른께만 드릴 말씀이 있으니 아랫것들을 물러가게 하시오.
주인   뭣이 어째? (때리려다 바지춤이 내려가 얼른 붙든다.) 아랫것들?
산주   모두 밖으로 나가 있거라. (나간다.) 자, 바른대로 말해보거라.
양반   만약 사실무근이면 넌 살아남지 못할 것이니라…….
별채   이 두 발로 걸어 들어가서 두 눈으로 똑똑히 보고 얘기까지 하고 나왔습니다. (얄미울 정도로 자신이 있다.)
양반   (산주를 의심하며) 어떻게 된 거요? 이게 무슨 망신인가…….
       산주 영감은 저놈의 말을 믿소? 안 믿소?
산주   (당황한다) 무슨 말씀을…….

양반   영감을 의심해서가 아니라 저놈의 말이 전혀 거짓말 같지가 않으니 말이오.

산주   어른께서 그런 말씀을 하시다니…… 큰 벌을 받으십니다.

양반   (깜짝 놀라 변명한다.) 아니, 그런 게 아니라고 말하지 않았소? 산주 영감을 의심하는 것이 아니라…….

별채   간단한 일 가지고 어렵게 궁리를 하시는군요.

양반   뭐? 간단해?

별채   간단하지 않구요. 문제는 심 각시를 찾아서 내쫓으면 되지요.

양반   아니, 저놈이 병 주고 약방문까지 지어 주려는군. 에이, 고얀 놈. (산주에게 은밀히) 됐네. 저놈 말이 맞어. 그 아기를 찾아 친정으로 보내면 되겠군. (너털웃음) 정말 간단한 걸, 괜한 고민을 했군.

(산주, 양반의 태도를 못마땅하게 보고 있다. 이때 밖에서 술렁이는 마을 사람들 소리 들린다.)

마을 사람들   (떠든다.) 그 미친놈을 이리 내보내시오. 그놈을 쫓아내라.

(마구 떠든다. 양반, 겁나서 슬슬 피한다.)

마을 사람 A   (앞으로 나서며) 양반 어른, 산주 어른, 빨리 저놈을 내쫓으십시오. 그리고 흑백을 가려 주십시오. 우리 모두 의논을 했어요. 저놈 말이 사실이면 농사짓는 일이고 뭐고 다 그만두고 동리를 모두 떠나겠소. 지금 허도령 모친은 막사에 가서 아들을 데리고 가겠다고 실랑이를 하고 있고…… 도대체 온 동리가 벌집을 쑤셔 놓은 듯 야단들이오.

산주　모두들 진정하시오.

양반　(용기를 얻어) 조용들 해라. 무식한 것들이 뭘 안다고 떠들어 대는 거야.

마을 사람들　저런 못된 놈 봤나, 저놈을 당장…….

(별채, 갑자기 깔깔거리고 웃는다. 모두 놀란다.)

마을 사람들　저놈이 미쳤군, 미쳤어.

산주　그 원한은 각시 때문이오. (마을 사람들 어리둥절한다.) 저자가 원래 각시를 사모한 끝에 정신이 돌아 버린 것이오. 제 각시를 찾아서 자기 친정으로 돌려보내 주기로 의논이 되었소.

별채　(빈정대듯) 그래요. 난 미친놈이오. 각시를 찾아만 주면 얌전히 돌아가겠소. (마을 사람들, 어리둥절한다.)

양반　그래, 그렇게 되면 만사가 해결되는 거야. 만사가 깨끗이 끝나는 거야.

아낙A　그 의성 월내댁이 애물이야. 그것이 오자 전에 없던 불이 나고 사람이 죽는…… 괴질이 돌고. (양반에게)

그 애물을 찾아 빨리 돌려보내세요. (양반, 아까 기세와
는 반대로 풀이 죽는다.)

아낙B   그러나저러나 산주 영감님, 허 도령은 어떻게 되는 거
예요. 허 도령은 정말 죽어야 되나요? 심 각시를 보내
버려도 죽어야 해요?

산주   (신경질적으로) 허 도령이 죽고 사는 것을 내 맘대로
하는 것이 아니니 나한테 묻지 마시오. 각시 있는 데
를 누가 아오? 아는 사람 없소?

아낙C   며칠 전에 제비원 미륵바위에서 본 사람이 있다고 들
었는데, 지금도 있는지 모르지만요.

마을 사람들   동리가 망하기를 바라는 공수를 드린단 말이지.
당장 찾아다가 쫓아 버려야지. (모두 떠든다.)

별채   저를 보내 주십시오.
제가 데리고 의성으로 돌아가겠습니다.

양반   그게 좋겠군.
어서 녀석을 풀어 줘라.
그리고 동요하지 말고 가서 하던 일이나 하도록 해라.
(술집 주인, 별채를 풀어 준다.)

별채   그럼 여러분들, 평안히 사십시오.
제비원에 가서 이 동리 소원 이루어지게 빌어 드리
지요.
(독특한 웃음 띠며 퇴장)

양반   그놈 참, 기분 상하게 하는 놈이로군.

산주   자! 여러분은 동사 지을 차비나 계속하시오.

정성을 잊으면 안 돼요.

마을 사람들 자, 다들 갑시다. (나간다.)

8장

제비원 석상 앞.

병풍 중앙에 미륵석상 그림이 걸린다. 각시, 얌전하게 걸어 들어와 석상 앞에 서서 큰절한다.

각시   (노래) 비나이다, 비나이다. 제비원 미륵님 전에 비나이다. 경상도 의성 심 소저, 제비원 미륵님 전에 발원하옵니다. 소녀는 가난한 집안에 태어나서 16세에 강을 건너 물도리로 시집왔사온데, 신랑은 망자이오라 처녀 과부가 되었습니다.

분하고 서러운 마음 달랠 길 없다가 죽기로 결심하고 강물에 뛰어들었사옵니다. (재배하고) 때마침 총각 도령이 물에서 건져 내어 이렇게 살아 있사옵니다.

그 도령은 지금 장막 속에 갇히어 서낭님 전에 제물

되기를 기다리고 있사옵니다. 하루빨리 미륵님의 영
험 은혜 베푸시어 모진 마음 유화하여 주옵시고, 마을
화평 번영 이루게 하여 주옵소서. (다시 큰절을 하고 춤
추기 시작한다.)

(지나가던 중이 각시의 모습을 보고 거드럭거리며 다가선다.)

스님   나무 관세음보살. (각시, 중을 보고 경계한다.)
        이런 곳에 젊은 아녀자가 혼자 있으면 위험하실 텐
        데……
        이곳은 호랑이도 자주 나타나고, 도둑들이 지나다니
        는 곳이라오.
        날은 저물고 빗발마저 서리었으니 어서 내려가십시
        오. (각시, 못 들은 체 절만 한다.)
        각시의 모습 보니 무슨 딱한 사연 있으신 것 같은데
        발원하실 일이 있으면 우리 절로 가십시다. 이곳에서
        얼마 안 떨어진 석가산에 봉정사가 있소이다.
각시   말씀은 감사하나 소녀는 이곳에서 머물러 있겠으니
        가시던 길이나 가십시오.
스님   만나고 헤어지는 인연이 모두 부처님의 뜻, 어서 우리
        절로 가십시다. (각시, 중을 한번 보고 하늘을 보더니 석
        상을 본다. 잠시 조용히 앉았다가 몸을 일으킨다. 갑자기 뇌
        성이 크게 울린다. 각시, 멈칫 선다. 뇌성은 계곡을 흔들면
        서 멀리 사라진다. 별채 나타난다. 각시, 사색이 된다.)

별채　각시가 여기 와 있는 줄 모르고 얼마나 찾았는지 모르
　　　오. (각시에게 다가가려 한다.)

스님　(앞으로 나서며) 댁은 누구시오?

별채　이 각시를 모시러 온 사람이오. (과장해서 합장, 인사를
　　　한다.)

각시　(입 속으로) 저를 구해 주시옵소서.

스님　이분은 불공을 드리러 우리 절로 가실 분이오. 부처님
　　　의 뜻이니 못 데려가십니다.

별채　이 각시는 불쌍한 사람이올시다. 죽은 총각 혼령에게
　　　팔려서 시집을 온 처녀 과부올시다. 나는 이 고을 현에
　　　서 세곡을 거둬들이는 별채인지라 마을 속사정을 잘
　　　알지요. 이 각시의 처지가 불쌍하여 각시 부모님과 의
　　　논 끝에 파혼을 시켜 나와 같이 살기로 약정했습니다.

각시　나는 이제 월내 마을 심은례가 아니어요.
　　　과부 각시도 아니고요.
　　　월내 심 각시는 물도리강에 빠져 죽었어요. 나는 나
　　　예요.
　　　스님, 저 사람을 돌려보내 주십시오.

별채　각시, 그렇게 간단히 넘길 일이 아니오. 나는 모든 것
　　　을 알고 있소. 허 도령…… 그 사람이나 각시나 물도
　　　리동 사람들 모두가 지금 허깨비에 홀려 있어요. 나는
　　　허 도령도 만나 보았소.

(각시, 크게 놀랐다가 곧 의심하는 듯하다.)

별채   (배시시 웃으며) 안 믿으시는군…… (중에게) 대사님은
      내 얘기를 믿으시겠죠? 사실입니다. 제가 허 도령이
      목욕재계하고 탈인가 뭔가를 만드는 장막 속에 들어
      가 봤어요. 물도리 마을 사람들은 도령 있는 곳에 접
      근하면 도령이 죽는다고 믿기에 내가 들어가 봤소. 말
      도 건네었소.

(각시, 안 믿는다.)

별채   스님은 믿으시죠? 사실이올시다. 각시는 믿으려 하지
      않는군요.
스님   (빙그레 웃으며) 원인이 있겠지. 원인 없는 결과란 없
      으니까.
별채   (화를 발끈 내며) 원인이고 뭐고 따질 필요 없소. 사실
      이니까요. 사실은 사실이죠. 스님도 안 믿으시는군요.
      (미륵을 가리키며) 미륵님도 안 믿으실까요? 안 믿어
      줘도 좋아요. 나 혼자 믿죠. 난 내 눈으로 확인을 했으
      니까요.
스님   그렇게 오만불손하게 말한다면 아무도 믿을 수가 없
      지. 자비심 없는 곳에 믿음이 없고 믿음이 없는 곳엔
      사랑도 없지.
별채   (놀리듯) 자비심, 믿음, 사랑? 그런 것이 밥 먹이나?
스님   (점점 기세가 등등) 나는 복잡한 것은 몰라요. 명확해
      요. 도령은 안 죽을 것이 확실하고 난 저 각시를 데려

가야 된다는 목적이 뚜렷해요.

(스님, 느닷없이 별채의 뺨을 세게 때린다. 별채, 예기치 못한 일이라 어리둥절하고 각시도 놀란다.)

별채   중이 사람을 쳐? (화가 나서) 이 돌중 같은 놈이 누구를 쳐?

(별채, 중을 때리려고 덤벼들자 중, 태견으로 간단하게 별채를 내리쳐서 바닥에 눕힌다.)

스님   믿을 수 있어? 없어? 사실이나 믿기는 어렵지, 믿음이란 그런 것이야! 알았으면 어서 일어나 가 봐.

(별채, 정말 믿을 수 없다는 표정으로 중을 본다. 그러나 중의 자신만만한 태도에 눌려 일어나서 뒷걸음치면서.)

별채   중이 사람을 쳐? 어디 두고 보자. (각시 쪽으로 가서 각시의 손목을 잡아챈다.) 할 수 없지. 강제로 끌고 갈 수밖에.
스님   (위협적으로) 허허, 그래도 소란을 피우고 있군.

(이때 "그 손을 놔." 하는 날카로운 목소리, 곧이어 허 도령 나타난다. 별채는 귀신을 만난 듯 혼비백산 각시의 손을 놓고 뒷걸음친다.)

각시　도령, 도령. (믿을 수 없다는 듯 보고만 있다.)

도령　(중에게) 스님, 수고가 많으셨습니다. 이제 이 각시는
　　　염려 마시고 어둡기 전에 절로 올라가십시오. (중 또한
　　　도깨비에 홀린 사람처럼 나무아미타불을 외면서 자리를 뜬
　　　다. 도령, 각시에게 다가서며)

　　　(노래) 이승에서 영영
　　　못 만날 줄 알았지.
　　　나의 만남, 나의 생명
　　　그대 만나 이 순간!
　　　이곳도 나의 장막 속!

각시　(노래) 구름 뒤로 숨어 온
　　　구름 타고 떠나온.
　　　멀리멀리 날아가서
　　　천국으로 가 버려요.

도령, 각시　(둘이 함께) 바람 불고 눈꽃 송이 내리는
　　　저 하늘로 하늘 멀리로
　　　구름 타고 사라져요.
　　　바람 타고 사라져요.

(두 사람, 노래 부르며 행복한 듯 춤을 추다가 퇴장.)

9장

산주 등장, 관객 쪽으로 향해서.

산주   (노래) 남산 위에 낮게 뜬 구름
        비바람 몰아쳐 오고
        서녘에는 노을이
        보라색 빛을 발하고 있네.
        물새들 솔밭으로 날고
        솔잎 타는 냄새
        마을을 뒤덮었네.
        들창에 등잔불 하나둘
        도령의 장막에서
        탈을 깎는 망치 소리
        부용대 절벽을 울리누나.

(대사) 마을 사람들은 정성을 바쳐서 마을 사랑을 짓기 시작했지.

(초랭이를 비롯한 마을 사람들, 집터 다지는 노래를 부르며 무용을 한다.)

초랭이 에헤야 지경[6]이오.

(마을 사람들, 돌을 잡아맨 줄을 당겼다가 땅을 다지며 후렴을 부르면서 집 짓기 무용을 한다.)

마을 사람들 얼싸 좋구나, 지경이오.
　　　　　경상도 태백산은
　　　　　낙동강이 둘러 있고
　　　　　물이 돌아 물도리
　　　　　마을 사랑 지경이오.

　　　　　동방에는 청제지신
　　　　　남방에는 적제지신
　　　　　서방에는 백제지신
　　　　　북방에는 흑제지신
　　　　　중앙에는 황제지신

―――――――――
6) 일정한 테두리 안의 땅. 집터를 다지는 일을 '지경 다지다'라고 한다.

열의열신 하강하자
마마에 화평번창
소원성취 발원이오.
이 집터를 다질 적에
오색찬란 무지개가
재목하러 산에 가니
사슴 한 쌍 나타나고
돌을 깨러 산에 가니
산삼밭이 열렸다네.
집터 파기 시작할 제
거북이가 나타났고
우물 파기 시작할 제
학이 한 쌍 날아들고
물을 길러 가 봤더니
봉황새가 날아드네.
에헤이야 지경이오.
얼싸 좋다 지경이야.
힘을 주어 높이 들어라.
얼싸 좋다 떵쿵이야.
마을 사랑 지어 놓고
천추만대 누려 가세.
에헤이야 지경이오.
얼싸 좋구나 지경이야.

(노래 끝날 즈음 떡다리가 바삐 등장.)

떡다리　여보게들, 내 말 좀 듣게. (일동 바라본다.)

초랭이　뭐야, 떡다리?

떡다리　저…… 저…… 샌님 댁에서 도령 밥을 지어 바쳤는데
　　　　신령이 울지 않았대. 방울이 울지를 않았어.

초랭이　그거야 뻔한 일이지.

떡다리　뻔하다니?

초랭이　지경 다지는 우리들 먹으라고 그러는 거 아니야?

마을 사람들　에끼, 이 사람!

초랭이　아이고, 말이 빠져서 이가 헛나왔소.

이매　(몸을 비꼬면서) 나는 알지.

떡다리　알긴 뭘 알아! 못난이가.

이매　어젯밤에 기생 데리고 잤지.

초랭이　너 그게 정말이냐?

이매　내가 내가 데려왔지.

(마을 사람들 쑤군거린다. 뭔가 불길한 예감과 분노의 빛이 엇갈린다.)

떡다리　벌을 받는 거지.
　　　　쌀을 주고 처녀를 사다가
　　　　생과부를 만들고
　　　　별신굿을 시작했는데
　　　　기생 데려다 잠자고

동리도 망했어.

초랭이 　얼금쌜쭉[7] 못난 것이 잘난 체를 혼자 하고 개뿔도 못 본 것이 아는 체는 먼저 하고 쪽박도 못 찬 것이 있는 체는 혼자 하고 쓸개도 없는 것이 배꼽 자랑 혼자 하는구나. 이도 안 들어가는 호박 같은 소리 하지 말고 어서 지경이나 다지자.

이매 　그건 이니까 못 들어가지.
　　　너 같은 벼룩이면 들어갈걸?

초랭이 　너야말로 빈대 같은 소리만 하는구나.

떡다리 　(한쪽을 보더니 질겁하여) 온다, 와. 다들 와.

(떡다리가 손짓하는 쪽에서 양반과 선비, 산주 나타난다. 산주의 표정, 근심에 싸여 있다.)

선비 　(빈정거리며) 고얀지고, 샌님 댁 밥은 기름이 잘잘 흐르는 구데기 쌀밥인데 그걸 어찌 안 받는고?

이매 　(선비에게) 그거야 구데기 같은 밥이니까 우리같이 천한 놈들이나 먹으라고 그러는 것입죠.

양반 　(웃으며) 복이 없는 자는 금덩이를 주어도 돌이라고 버린다네.

초랭이 　(양반에게) 그럼 복 있는 사람은 구더기도 쌀밥인 줄 알고 먹겠군요? 그렇죠? 샌님?

---

7) 얼굴이 얽고 한쪽으로 치우친 모양.

양반　암 그렇지…… (화를 내며) 뭣이 어째?

초랭이　(비는 척하며) 아니올습니다. (이매를 가리키며)
　　　저 녀석이 흰 밥을 구더기라고 하니 말입니다.

산주　시끄러워.
　　　천한 것들이 웬 말참견이냐.
　　　너희들 할 일이나 해라.

(초랭이, 이매, 뒤로 물러선다.)

양반　산주 영감.

산주　네.

양반　이제 어찌하려는가?

산주　뭘 말입니까?

양반　방울이 울지 않아 밥을 들여보낼 수 없다는 것이 무얼
　　　말하는지 알겠나?

산주　(주저하며) 알고 있습니다.

양반　(노기를 띠며) 알면서 그리 처리하는가?

산주　그것은 제 뜻이 아니라 서낭님의 뜻입니다.

양반　설사 서낭의 뜻이라 해도 마을에 질서가 깨지는 일임
　　　을 모르는가?

산주　마을 질서를 위해서 서낭님의 뜻에 따를 수밖에 없습
　　　니다.

선비　산주 영감, 질서라는 것은 상하좌우 전후가 다 조화를
　　　이루어야 질서가 유지되는 것. (빈정대듯이) 이 동리에

단 한 분이신 양반 댁에 부정한 일이 있다고 마을에서 알게 되면 상하가 무너져서 마을은 잠깐 사이 수라장이 되고 말 것인데……

(산주, 무언가 결단을 내릴 것처럼 숨을 죽이고 있다. 이때 별채가 뒤쪽에서 나타난다.)

산주 우리 마을은 벌써부터 질서가 흩어져서 혼란에 빠져 있습니다. 뿐만 아니라 어린 총각이 저 장막 속에서 죽음의 위험을 안고 탈을 만들고 있습니다. (점차 흥분하기 시작한다.)
       한 사람의 목숨을 바치고 있습니다. 음식을 아무것이나 넣을 수 없습니다.
별채 (앞으로 나서며) 죽음 같은 것은 없소. 이건 모두 조작이오.

(모두들 별채를 본다.)

양반 무슨 뜻이야?
별채 도령은 저 장막 안에 없어요.
일동 뭣이?
별채 허 도령을 제비원에서 만났소. 각시도 함께 있었소.
산주 그럴 리가? 저자가 미쳤어요.
양반 어떻게 된 거요? 산주 영감.

산주   (고집스럽게) 그럴 리가 없습니다.

      절대로…… 그럴 리가.

별채   절대로? ……조작이오.

      이 모든 짓은 샌님을 모함하는 음모올시다.

마을 사람들   저런…… 못 하는 말이 없구만.

별채   (양반에게) 샌님이 못마땅해서 조작한 거지요, 안 그
      렇습니까? 며느리와 도령이 사랑을 하게 되고 동사가
      타고 질병이 돌고 샌님은 바람을 피우고 내가 산주라
      도 조작을 안 할 수 없겠소. 산주의 입장에선 어쩌는
      수도 없었겠지요. 저 산주의 조작이오.

산주   (흥분해서) 천벌을 받을 인간 같으니! (무릎을 꿇고) 서
      낭님, 저자에게 벌을 내려 주소서.

양반   (마을 사람들에게) 누구 장막 쪽에 가 보고 오너라. 여
      봐라, 저 산주를 묶어서 당장 현청으로 보내라.

(마을 사람들, 움직이지 않는다.)

양반   뭣들 하고 있느냐! 이놈들!

주인   우리들은 산주의 말을 믿소.

마을 사람들   우리도 산주의 말을 믿소.

주인   (별채를 가리키며) 저자가 거짓말을 하는 거요.

      저 탈 깎는 소리를 들어 보시오. (탈 깎는 소리 가까이
      들린다.)

별채   거짓말이 아니오!

거짓말이 아니오!

제비원에서 각시하고 도령을 만났소.

(마을 사람들, 별채에게 위협을 하며 따라간다.)

별채   (양반에게 매달려서) 샌님! 제 말을 믿어 주십시오. 도
령을 제비원에서 정말 봤습니다.

(탈 깎는 소리 점점 크게, 빠르게 들린다.)

마을 사람들   이 마을에서 나가.

별채   샌님, 저자들을 막아 주시오.

만일 그렇게 하지 않으면 샌님의 비리와 부정을……

낱낱이 현청에 사뢰겠소……

뿐만 아니라 방방곡곡에 퍼뜨리겠소.

(양반, 망설인다.)

산주   (명령조로) 저자를 쫓아 주시오.

(양반, 잠시 망설이다가 별채를 밀어 버린다. 주인, 별채의 덜미를 잡
고 끌어낸다.)

별채   (끌려가며 소리친다.) 나는 각시를 데려가려고 한 것뿐

이야. 심 각시를…….

산주 이제 샌님이 하실 일이 한 가지 더 남았습니다. 월내 각시를 단단히 방에다 가두어 둬야 할 일입니다.

양반 (실성한 사람처럼) 허허, 이제 자네가 나한테 명령을 하는군. 허허.

산주 그 각시한테서 죽음의 냄새가 납니다.

도령을 구해야 합니다.

각시도 구해야 합니다.

죽음에서…….

양반 (빈정거리듯) 도령이 죽는다고?

각시가 죽는다고?

(이때 북장단 소리 들리며 주인, 칼과 도끼를 들고 등장, 칼춤을 추며 들어온다. 별채를 죽인 것이다. 백정, 정의를 위한 싸움에서 승리한 병사가 승전무를 추는 듯. 양반은 겁에 질려서 무릎을 꿇고 만다. 산주는 죄책감에 얼굴이 일그러지고 역시 무릎을 꿇는다. 마을 사람들, 백정과 어울려 광란한다.)

주인 (춤을 다시 춘 뒤 자기 가슴을 뜯으며 괴로움을 못 이긴다.)

이 가슴을 찢고 죗값을 치르겠소

마을 사람들 (합창) 이 세상에 죄인이 없다면

죄의 값을 모른다오.

이 세상에 죄인들만 있다 하면

또한 죄의 값을 모른다오.

당신의 죄……
우리의 마음 비춰 주는 빛줄기
검은 마을 씻어 주는 잿물이라오.

(합창 끝날 때 조명 바뀌고 산주 홀로 남고 다른 사람들 모두 퇴장
한다.)

10장

장막 근처.

도령의 탈 깎는 소리 크게 들린다. 산주 나타난다. 탈 깎는 소리를 잠시 듣더니 약간 혼란에 빠진 듯이 보인다. 산주, 병풍 앞으로 간다. 병풍이 열리고 탈을 깎는 허 도령의 모습이 나타난다.

산주　　(망설이다가 말을 건다) 여보게, 도령!

(도령, 일을 계속한다.)

산주　　여보게, 허 도령!

(도령, 일을 멈춘다.)

산주 　날세, 산주야.

(도령, 다시 일을 시작한다.)

산주 　탈은 잘 만들어지는가?
도령 　쉽지가 않아요. (보지 않고)
산주 　온 마을 사람들이 자네의 용기와 희생에 감복되어 일
　　　을 열심히 하고 있고 남녀노소 주인과 종들이 합심해
　　　서 일을 하고 있네. 동사도 짓기 시작했네.
도령 　정말 다행스런 일이군요.
산주 　(의심스럽기도 하고 한편 대견스럽게 생각한다.) 자네 어
　　　머닐 만나고 싶지 않은가?
도령 　(사이) 아니요.
산주 　그래? (사이) 각시는?

(도령, 가만히 생각을 하고 있다.)

산주 　각시는 아주 곤란한 처지에 있어.
도령 　왜요?
산주 　자네를 위해서 제비원 미륵님한테 공을 들이고 있을
　　　때 낯선 자가 찾아갔다가 스님에게 봉변을 당하고 내
　　　려왔는데…… 그자가 앙심을 품고 이 동리 사람들에
　　　게 이상한 소문을 퍼뜨렸네. 그래서 각시는 피투성이
　　　가 되도록 매를 맞고 기진해 있다네.

도령   무슨 소문인데요?

산주   솔직히 대답해 주겠나?

도령   무슨 얘긴데요?

산주   얼마 전에 이 물도리동에 낯선 사람이 하나 들어왔네.
       월내 심 각시 친정 동네 사람이야. 그자 말이 어느 날 포
       장 속으로 들어가서 자네를 만났다고 하던데? 그리고
       또 간밤에는 그자가 제비원에서 자네를 보았다더군.

도령   (사이) 그런 일 없습니다.

산주   거짓말하면 안 되네. (약간 흥분하여) 나는 지금 어떻
       게 해야 할지 모르겠어! 자네가 죽든지 말든지 내버려
       둬야 할지. (더 흥분해서) 차라리 내가 탈을 만들고 싶
       네. 지금이라도 자네 그 속에서 나와 버리게. 그러곤
       아무도 몰래 마을을 떠나게. 어디에 간들 못 살겠나?
       그 뒷일은 내가 책임을 지지. 난 나를 믿을 수가 없게
       됐어.

도령   산주님이 그런 말씀을 하시다니…… (도전적으로) 전
       서낭님의 내림으로 이 일을 하고 있지 않아요? 그래
       서 전 그 일을 충실히 해내려고 할 뿐이에요. 누구보
       다도 멋지게 만들 거예요.
       산주님, 마을 사람들이 열심히 살고 있다고 하셨죠?
       그 이유를 아세요? 그건 제가 이 속에 있기 때문이에
       요. 아니, 제가 이 속에 있도록 산주님이 도와주셨기
       때문이에요. 산주님과 제가 내림대를 잡고 서약한 것
       을 깨뜨려서는 안 됩니다. 그것은 산주님과 저만이 한

약속이 아니고 마을 사람 전부와 서낭님께 한 약속이
에요. 그 서약을 지켜야 해요. 저도 지키겠어요.

(한참 사이)

산주   자네, 무섭지 않은가?
        그 장막 속이? 그리고 죽음이?
도령   아니요. 이 장막 속은 벌판처럼 넓고 한가해요. 그 테
        두리가 안 보일 만큼 너무 한가하여 탈을 안 만들 수
        가 없군요. (산주의 마음은 착잡하다. 죄의식마저 느끼는
        듯하다.)
        그리고 산주님, (진지하게) 부탁이 있습니다. 제가 이
        탈을 다 만들면 피리를 불겠습니다. 그 피리 소리가
        들리면 몰래 북쪽 포장을 들치고 들어오세요. 꼭 와
        주셔야 해요. 이 약속은 산주님과 저와 둘만의 약속이
        어요.

(도령, 피리를 꺼내 분다. 이때 병풍이 도령을 가린다.)

도령   이 소리 들리시죠? (다시 분다.)

(산주는 피리 소리를 들으며 착잡해한다.)

산주   (노래) 내 임부 무엇인가.

괴로움 못 이기겠네.

내가 너라면

나도 너처럼 했을 것을.

네가 나라면

너도 그럴 수밖에 없을 것을.

우리는 누구나

하늘을 나는 새처럼

자유로운 평화를 꿈꾸네.

마을의 행복 마을의 평화.

그러나 사랑 없이는

사랑 없이는

이룰 수 없네.

(산주 퇴장)

11장

다시 병풍이 걷히면 조명은 되도록 초현실적인 분위기를 자아낸다. 검정 옷의 배우 열한 사람이 하회 가면을 쓰고 들어와서 정좌하고 앉아 있다. 가면에 비치는 조명은 신비감을 조성해 준다. 그들의 자세는 득도의 경지에 이른 선승들같이 엄숙하고 초연하다. 중앙의 허 도령, 입을 연다. 그의 말투는 다정한 친구에게 하듯 부드러우면서 상대를 신 나게 해 주고, 어느 때는 엄한 훈장처럼 준엄하고 날카롭기도 하고, 때로는 광기에 사로잡혀 광인과도 같은 면이 보인다. 이 장면에서의 허 도령은 백 일간 자기가 바쳤던 정열과 죽음의 공포, 야망과 지극한 정성이 응축됐다가 일시에 폭발하는 듯 호소력 있는 연기를 해내야 한다.

도령   (이매 가면에게 가서) 너를 마지막으로 내 작업은 모두 끝났다. 내 육신과 정신을 다 바쳐 너희들에게 생명과 영혼을 심어 주고 떠나는 일만 남았다. 너희들에게 내 숨결과 피를 갈라 주고 내 영감을 고루 심어 너희들을 탄생케 하였다. 너희들은 나의 친구요, 내 가족이다. 우리는 이제부터 진정한 친구답게 대화를 해 보자. 너희들은 각각 사람의 얼굴에 씌워져서 사람 앞에서 살게 될 거다. 지금은 한낱 나무 조각에 불과해. 너희들은 하나의 나무 조각품에 불과하지만 그것이 사람에 의해서 사람을 위해서 움직일 때 비로소 너희들은 생명을 갖게 되는 거야. 너희들은 별신굿에서 각지의 주인을 만나게 된다.

천리준마가 전쟁터에 나가기 전 기다리듯 그런 위치에 있다.

싸움터에서 장수와 준마는 하나의 공동 운명체이다. 따로 떨어져서 그 능력을 발휘할 수는 없지. 관중이 없는 탈이란 적이 없는 전쟁같이 맥 빠지고 무의미해진다.

너희들은 적을 찾아야 한다. 관중도 적이고 너와 내가 서로 적으로 생각해야 한다.

그보다도 더 큰 적은 너희들 자신 속에 있는 적이니 그것을 잘 찾아봐라. 그리고 그 적을 사랑해야 해. 진정한 적은 진정한 친구가 될 수 있다.

탈들 (합창) 진정한 적은 진정한 친구, 적을 미워하거나 두려워하는 자는 졸장부요, 비겁자다. 적이 있으므로 너의 존재는 뚜렷해지는 거다. 상대가 크면 클수록 너는 커지는 거야.

일동   (합창) 적이 크면 너도 커지는 것.

도령   너희들의 무기는 빈정거리고 놀리는 것. 상대방도 신명 나게 해 줘. 야비해선 안 돼. 친구처럼 봉사하고 꾸짖고 사랑해라.

탈들   (합창) 야비해선 안 돼.

친구처럼

사랑해──.

도령   과장을 해라. 그러나 뿌리는 정직한 뿌리를 내려라.

탈들   (합창) 정직의 뿌리, 정직의 뿌리.

도령   이매, 너는 선비의 하인. 넌 바보의 표본이다.

비뚤어진 코, 짝짝이 눈. 언청이, 썰스러진[8] 얼굴 바탕, 어리석음, 병신스러움을 보고 많은 사람들이 웃을 거야.

사람들이 많이 웃을수록 너의 승리는 큰 승리. 웃음 속에, 징벌의 웃음 속에 자각이 있으니 너의 바보는 너의 무기.

(이매탈을 쓴 배우, 이매의 몸짓을 한다.)

---

8) 이매탈은 하회 별신굿 탈놀이에 등장하는 바보 하인탈을 말한다. 이 탈은 턱이 없고 안면 좌우 근육의 방향, 주름살 방향 등이 불균형하다. 이러한 모양을 '썰스러진'으로 표현했다.

도령 얼쑤 좋지. 겉은 바보 같으나 바른말을 해 봐라. 그 얼
마나 유쾌하겠니?
다음, 부네.

(부네 가면, 앞으로 나선다.)

도령 넌 예쁘게 만들고 싶었다. 아름다운 꽃일수록 독이 있
다지?
너의 미모, 너의 미소, 교태 뒤에 추하고 수치스런 고달
픔이 깃들어 있어야 한다. 맵시 있는 부네 걸음.

(부네, 입에 손을 대고 교태를 부린다.)

일동 얼쑤 좋지.
도령 다음, 양반 나리.

(양반 가면 나선다.)

도령 넌 근엄하고 분별력 있고 용단이 있고 뭇사람들의 존
경을 받아야 할 위인이다. 그러나 염치 분수 다 버리
고 뭐가 좋아서 그리 웃고 있느냐? 너의 역할은 그 웃
음 때문에 관중들에게 빈축과 모욕을 당하는 입장이
되어야 해.
용기가 필요하다. 양반걸음. 황새걸음.

(양반탈, 건드렁춤⁹⁾을 춘다.)

도령   선비.

(선비 가면 나선다. 도령의 대사 점점 빨라진다.)

도령   너는 청렴결백, 박식, 덕망, 극기, 풍류 어디다 버리고
        눈은 부릅뜨고 코는 벌렁코, 얼굴에 여유라곤 전혀 없
        느냐. 넌 선비답지 않은 짓을 해서 사이비 선비들을
        질책해라.

(선비, 거드럭거리고 춤을 춘다. 일동, "얼쑤 좋지.")

도령   다음, 중.

(중 가면 나선다.)

도령   색즉시공, 있는 것이 있는 것이 아니며 없는 것 또한
        없는 것이 아니다. 너는 중답지 않은 모습과 행실을
        함으로써 너를 희생해야 하느니 스님들을 질책해라.

_____

9) 굿거리 장단에 맞추어 추는 춤으로 주로 손 춤사위이며, 아기자기한 동작춤
과 뛰지 않는 답지무(踏地舞)로 되어 있다.

(중, 춤을 잠깐 춘다.)

도령   다음, 할미.

(할미 가면 나선다.)

도령   자기의 불행도 모르는 채 체념 속에서 노후를 맞이한
　　　　할머니.
　　　　움푹 들어간 눈, 말라빠진 코, 탄력 없는 입술, 콜록거
　　　　리는 가래침 소리, 괴로운 생활의 금빛 훈장을 얼굴에
　　　　덕지덕지 달았으니 울지 말아요. 주책이든 뭐 그런 짓
　　　　을 해요. 이 탈놀음이 울리는 것은 아니니까요.
　　　　춤을 춰요. 할멈!

(할미, 덩실덩실 춤을 춘다.)

도령   다음, 초랭이.

(초랭이 가면 나온다.)

도령   다음, 떡다리.
　　　　못난 놈이 잘난 체 모르는 것도 아는 체 사사건건 끼
　　　　어들고— 손님굿을 안 했느냐 얽은 얼굴을 쳐들고
　　　　서— 분수에 맞게 살라는 교훈을 알려 주어라.

톡 불거진 두 눈으로 세상을 똑바로 봐라.

입은 비뚤어졌어도 말은 바른말을 해야 돼.

(떡다리, 이리저리 다니며 싱거운 짓을 한다.)

도령   다음, 별채.

인간 중에 가장 못난 것이 기생하는 인간이다. 제 배
불리기 위해서 남의 물건에 값을 얹어 먹고사는 자가
기생이다.

노름판에 개평 떼기

장사 흥정 구전 먹기

어부지리 공돈 먹기.

오죽 할 짓이 없어 피땀 흘려 바치는 환재곡분[10]을 제
입에 털어 넣는가?

겉은 희고 속은 검은 너, 남의 돈으로 사는 자니 헤프
기 그지없고 돈 떨어지면 망나니요, 돈 있을 땐 천하
한량. 너와 같은 놈들이 너를 보고 웃게 하라.

백정!

(백정 가면 나선다.)

---

10) 換財穀粉. 춘궁기에 나라의 양곡을 백성이 빌렸다가 가을 추수 때 상환하
는 제도.

도령　　죄진 자가 죄의식을 갖고 있지 못하면 정말 불행한 자
　　　　다. 죄진 자가 자기 죄를 뉘우칠 길이 없고 자기의 고
　　　　뇌를 나타낼 수 없다는 건 얼마나 불행하냐?
　　　　생명은 소중한 것, 살생의 죄 막중하나니 죄의 무거움
　　　　을 깨닫게 해. 너는 죄의식을 갖지 말라.

(별채, 망나니 춤을 춘다.)

일동　　얼쑤 좋지 ―.

도령　　(기둥에 걸려 있는 총각탈을 꺼내 들고) 총각! 젊디젊은
　　　　것이 울안에만 갇혀서 햇볕 못 본 화초마냥 여리기 한
　　　　량없군.
　　　　지체 학식 자랑 마라. 젊었을 때는 잠잘 때도 눈을 뜨
　　　　고 자야 한다. 눈뜬장님이란 말 듣지도 못했는가. 눈
　　　　크다고 잘 보고 귀 크다고 잘 듣는가. 기골만 장대하
　　　　면 장수가 되는가? 행불행은 모두 자기가 만드는 것.
　　　　생각하기에 달렸지.

도령　　각시!

(각시 가면, 앞으로 나온다.)

도령　　사뿐사뿐 각시 걸음.

(각시 나온다.)

도령 너의 눈은 어찌 보면 부끄러운 듯, 한을 품은 듯, 굳게
다문 입은 심한 내적 갈등을 갖고 있는가? 움직임은
조용하고, 우아하고 사랑스러워, 사람들을 매혹하는
구나.
(노래) 사랑, 사랑
분 칠한 얼굴같이
온화하고 부드러운 사랑
사랑, 내 사랑, 바다같이 깊은 사랑
송죽같이 굳은 사랑
어머니같이 넓은 사랑
귀여운 사랑, 사랑, 사아랑──.

(도령의 가락에 맞추어 모든 가면들, 춤을 춘다. 노래 끝나고 문득 생
각난 듯 도령, 피리를 가져와서 든다.)

도령 이제부터 신명이 다할 때까지 춤을 추자.
우리들의 정(精)과 기(氣)가 다할 때까지. 그래서 나의
죽음이 너희들 삶이 되도록…….

(피리 분다. 반주가 끼어들고 각기 자기 역의 춤을 춘다. 춤은 점점
흥겨워지고 신 내린 듯 고조된다.
허 도령, 불던 피리를 치우고 도령 가면을 쓴다. 가면을 쓴 도령탈들
속에 어울려 춤을 춘다.
각시와 같이 대무(對舞)한다.)

12장

무대 한쪽에 동그라미 불빛 비치고 그 불빛 아래 나타난 각시의 모습. 머리는 흐트러지고 옷은 찢겨 있어 핏자국이 낭자하여 보기에 처절하다.

그러나 눈은 영롱하고 입가에 미소가 어리어 있다.

각시   (노래) 나의 사랑, 님이여,

        내 노래 들어 주오.

        뜨거운 우리들의 마음도

        이별의 슬픔만은 견딜 수 없어라.

        모든 두려움과

        슬픔이 사라지고

        죽음의 공포도

        물리친 그대여,

나의 소중한 빛

나의 사랑 빛이여,

그대 다시 만나리.

(노래 끝나자 산주 나타난다.

음악, 칼로 자르듯 끊기고 춤추던 가면들, 제자리를 찾아 선다.

한동안의 정적, 석고상 같은 가면들.

허 도령, 산주와 마주 선다.

도령, 가면을 서서히 벗는다.)

도령   (흥분을 가라앉히며) 이제 다 끝났습니다.

산주   (의식적으로 도령을 외면하고 가면들을 둘러본다. 시간이

        흐른다.) 참 훌륭하게 만들었군.

        살아 있는 것같이……

도령   각시는 이 마을에 아직 있습니까?

산주   밖에 와 있네.

도령   (약간 안도하며) 산주님을 오시라고 한 것은…… 실은

        심 각시를 한번 만나 보고 싶어서입니다.

산주   (굳은 결의에 차서) 만나 보게. 사람 모습이 아니야.

        타동 사람에게 맞고 마을 사람들에게 살갗을 찢기면

        서도 이 마을을 떠나지 않고 있네. 자네가 불러 봐. (명

        령하듯) 어서.

(도령, 주저한다.)

산주　　자네가 안 부르면 내가 부르겠어.

(도령, 심각하게 생각한다.)

산주　　소리쳐 부르라니까. (낮지만 위협적으로)

　　　　일은 다 끝났어.

　　　　이제 남은 일은 각시를 만나는 일이다. 그리고 나서
　　　　(사이)

　　　　죽어야 돼. 너는 안 믿겠지만, 그렇게 되어야 해.

　　　　(난처해서) 이것은 내 뜻이 아니야.

　　　　(고통스럽게) 서낭님의 뜻이야. 이 마을을 위해서는 제
　　　　물이 필요해.

　　　　난들 어쩌겠나.

　　　　나도 어쩔 수 없다니까.

도령　　(자존심이 상한 듯 강경한 어조로) 모든 것은 나의 뜻이
　　　　에요, 나의 뜻. 난 피할 수도 있었고 안 할 수도 있었어
　　　　요. 살려고 마음먹었으면 살 수도 있었어요.

　　　　낯선 자가 왔을 때도……

　　　　제비원에 갔을 때도…….

　　　　허지만 전 편한 길을 택하고 싶지 않았어요.

　　　　죽음을 걸어 놓고 일을 완성하고 싶었어요.

　　　　(기운이 빠진 듯) 지금 전 살아 있는 것 같지가 않아요.

　　　　죽은 것 같지도 않고, 지금 난 아주 행복하고 자유스
　　　　러워요. (허 도령, 산주의 눈을 바라본다.)

(산주, 사명을 다해야겠다는 표정이다.

도령, 하늘로 천천히 시선을 돌린다. 뭔가 기억하는 듯하더니 자기가
만든 가면들을 자세히 바라본다.

허 도령의 표정에 차츰 묘한 환희가 떠오른다. 노래를 시작한다.)

도령   (노래) 님이여! 사랑하는 님이여!

         사랑이 바닷물처럼

         행복이 바닷물처럼

         넘쳐흐르면

         고마움도 아쉬움도 모르게 된다오.

         약속을 잊어요.

         테두리를 벗어나서 영원으로 영원으로

         저 별나라 끝까지 날아가요!

(도령, 노래를 마치고 가면을 산주에게 정중히 바친다. 산주, 허리춤
에서 단검을 꺼낸다.

타악기의 거친 리듬과 함께 긴장된 순간 탈들이 산주 앞에 막아선다.

도령을 호위하려는 듯 갑자기 병풍이 도령과 산주, 탈들을 가린다.)

소리   도령, 도령. (절박하게 부르는 소리)

(잠시 사이.

도령, 피 흐르는 가슴을 손으로 쥐고 비틀거리며 병풍 뒤에서 나온
다. 행복한 듯)

도령   나는 이제 완전한 자유의 몸이 됐어요.

나는 이제 장막에서 해방됐어요.

서낭님으로부터…… 산주님으로부터……

이 마을의 테두리로부터……

아니, 나를 둘러싸고 있는 온 누리의 테로부터…….

어머니의 태 속을 벗어나 보다 큰 테두리 속에 살았더니

이제 그 테두리에서 벗어났소.

죽음의 테로부터…… 죽음의 테로부터. (도령, 그 자리에 엎어진다.)

각시   도령! 도령! 도령! (연발하며 도령을 부축해서 앉힌다.)

도령   (겨우 입을 열며) 나는 이제 자유의 몸이 되었소. 이제 나를 둘러싼 '테두리' 같은 것이 없어졌소. 이제 비로소 모든 것이, 존재하는 모든 것이 내 것이며 또한 내 것이 아님을 알았소. 내 목숨까지도 말이오.

각시   도령! 도령!

도령   (만족해하며) 우리는 헤어져야 할 것 같소. 잠깐 동안만, 아주 잠깐만일 것이오. 잠깐, 잠깐 동안만 다녀오리다.

(각시의 손을 꼭 쥔 채 절명하자, 각시, 도령의 시체를 힘 있게 끌어안고 한참 동안 숨을 죽이고 있더니 갑자기 피를 토하듯 절규한다.)

각시   살인이오, 살인!

사람이 죽었어요! (고통에 찬 표정, 다물지 못하는 입)

(갑자기 징 소리 바뀌고 마을 사람들 몰려나와서 이 광경을 보고 전율한다.)

마을 사람들　아니, 저 새댁이 저럴 수가…… 사, 사람을 죽이다니.
　　　　　심 각시 때문에 천벌이 내린 거야.
　　　　　저 여자를 끌어내라.
　　　　　아니, 저 여자가 화근이라니까.

(등등의 소리. 남자 하나, 각시에게 다가가서)

동네 여자　(소리친다) 영감! 손대지 말아요, 영감도 저렇게 죽
　　　　　으려고 그래요?

(남자, 주춤한다. 이때 마을 사람들 헤치고 산주와 양반 들어온다.
동네 사람들, 경계하며 뒤로 물러난다. 산주, 마을 사람들을 향해서
선다.)

각시　　(침통한 표정이지만 분명한 어조로 말한다.) 오지 말아요.
　　　　도령은 제가 죽였어요. 제가 포장 속을 들여다보았기
　　　　때문에 도령이 죽은 것이에요.
　　　　이 죄 많은 여자를 죽여 주세요. 그래서 함께 잠들게
　　　　해 주세요.

(이때 도령의 어머니 나타난다. 각시, 도령의 어머니를 보자 시체를 조용히 놓고 괴로움에 찬 얼굴로 비켜선다.

얼굴을 두 손에 파묻으며 오열하는 심 각시.)

어머니　아가, 네가 왜 이리 됐느냐? 무엇 때문에 하필 네가…….

이렇게 이 어미에게 천벌이 내려진 거지. 조상의 앙화를 대신 받은 거냐? (산주 다가오자) 산주님, 이 아이를 살려 줘요. 살려 내야 해요. (마을 사람들에게) 당신들은 이 아이가 죽어 가는데 그냥 보고만 있단 말이오?

이 애는 정말 착한 아이였다우. (정신이 혼미해지는 듯)

제 어미에게 자장가를 불러 주는 아이였다우.

(침묵)

(갑자기) 쉿! 조용히 해요.

(어머니, 노래를 부르기 시작한다. 노래는 전에 도령이 부르던 자장가.)

어머니　(노래) 아가 아가 금동아가

잘도 생긴 우리 아가

샛별 같은 두 눈 속에

금빛 별이 잠드는구나.

새근새근 잠이 들면

별나라에 날아가서

꽃구름 타고
너울너울 춤을 추지.
아가 아가 금동아가
잘도 생긴 우리 아가 잘 자거라.

(어머니, 실성한 듯 노래 계속하고 산주, 무거운 걸음으로 마을 사람
들 앞에 나와 선다.)

산주   도령은 마을을 위해 탈을 만들고 서낭님 곁으로 갔소.
도령의 죽음은 우리들 마음에 찌들어 붙은 죄의 때를
말끔히 씻어 주고 저 구름 속을 날아간 것이오…… 도
령은 지금 우리를 지켜보고 있는 것이오, 듣고 있을
것이오.
저를 낳아 주신 어머니의 슬픔을.
저를 사모한 각시의 한마음 엉클어진 흐느낌을, 그리
고 숙연하게 마음속에서 속삭이는 우리들의 목소리,
저 탈들 속에 서린 숨결, 흥겨운 가락을 듣고 있을 것
이오.
이제 우리들의 동네 분들……
도령에게 감사와 위로의 뜻을 표해야겠소.
온 정성과 신명을 다 바쳐 별신굿을 시작합시다.

(이때 남자 하나가 '하회 별신굿'이라고 쓴 넓고 긴 베천기를 들고
들어와 허 도령을 가린다.

음울한 장송곡 합창이 들리다가

탈춤에 어울리는 신바람 나는 음악으로 바뀌고

'굿 가락' 조명이 바뀌면 열두 사람, 탈을 쓰고 탈 역에 어울리는 춤을 춘다.

음악은 점차 빠른 가락으로 옮겨 가고 탈꾼들은 별신굿기를 가운데 두고 이 극이 시작될 때와 같이 자리를 잡고 조형적인 자세를 취한 채 정지한다.

음악이 고조될 때 천천히 막이 내린다.)

작품 해설

허규(1934~2000)는 극단 민예 대표와 국립극장장 등을 역임한 연출가이자 극작가이다. 1956년 제작극회 연구단원과 1960년 실험극장 창단 맴버로 연극계에 투신한 그는, 초창기에는 서구 현대 연극의 연출가로서 모습을 드러냈다. 1973년 극단 민예극장을 창단하면서 '전통적 연극 유산의 한국적 극장 정립'이라는 기치 아래 굿, 탈놀이, 민요, 판소리, 민속무용 등을 바탕으로 한국적 연극을 정립하기 위해 노력했고, 1980년대에는 창극의 현대화를 위해 매진했다.

「허생전」(1970) 등에서 시도된 전통 연극 유산의 현대화는 「물도리동」(1977)과 「다시라기」(1979)에서 정점에 이르렀다. 「물도리동」은 작가 자신의 연출로 1977년 10월 13일부터 시민회관에서 초연되었고, 제1회 대한민국연극제 대통령상을 수상했다.

「물도리동」은 총 열세 장으로 구성된 희곡이다. 허 도령 설화를 중심 줄거리로 삼고, 하회 별신굿의 장면들을 연행하면서 사건을 전개한다. 월내 사람 심 각시는 물도리동의 죽은 총각에게 시집을 오지만, 첫날밤에 강물에 뛰어들어 자살을 시도한다. 자살하려는 각시를 허 도령이 구하자 마을의 별신굿 제구를 보관하던 동사(洞祠)가 불에 타고 마을에는 곧 괴질이 돈다. 산주(山主)는 탈을 다시 만들라는 서낭의 뜻을 알리고, 내림굿을 통해 허 도령을 탈 깎는 자로 선출한다. 마을 사람들과 격리되어 장막에서 지내던 허 도령은 그곳에서 서낭을 만나 인생의 의미를 깨닫고 심기일전 탈을 만든다. 한편, 월내에서부터 심 각시를 쫓아온 별채는 마을 사람들을 설득하여 심 각시를 데려가려 하지만 끝내 뜻을 이루지 못한다. 그러나 장막을 열고 들어

갔어도 허 도령이 죽지 않았다는 별채의 말에 산주와 마을 사람들은 동요한다. 산주는 이매탈을 끝으로 탈을 완성한 허 도령을 칼로 찌르고, 허 도령은 순순히 죽음을 받아들인다. 각시는 죽은 허 도령을 안고, 자기가 장막을 침범했기 때문에 도령이 죽은 거라며 마을 사람들에게 자신도 죽여 달라고 부탁한다. 그리고 산주가 마을을 위해 희생한 허 도령에게 감사와 위로의 뜻을 표하는 별신굿을 시작한다.

「물도리동」은 춤, 노래, 굿, 창 등을 무대 안에 불러오며 전통 예술 유산을 차용한 무대극의 가능성을 타진한다. 춤과 노래, 그리고 굿의 무대화는 이후 제의와 놀이, 굿이 어우러진 한국적 '가무극(歌舞劇)'의 창작을 주장하는 허규의 연극적 행보와도 이어진다. 작가는 이 작품에서 허 도령 설화의 내용을 현대적으로 각색하여 주인공 허 도령의 희생을 통한 사랑을 강조한다. 허규의 첫 창작 희곡인 「물도리동」에서는 서양식 무대극의 극작술을 바탕으로 전통적 소재 및 주제 의식을 결합하려는 시도가 엿보인다. 「물도리동」이 시도한 전통의 현대화, 한국 연극만의 독창적 양식에 대한 탐색은 지금까지도 한국 연극계에 적지 않은 울림을 전한다.

불가불가

이현화(李鉉和) 1943~

1943년 서울 출생으로 서울고등학교를 거쳐 연세대학교 영문과를 졸업했다. 1970년 《중앙일보》 신춘문예에 「요한을 찾습니다」가 당선되어 데뷔했다. 1976년 《중앙일보》 창간 10주년 기념 1000만 원 고료 작품 모집에 「쉬- 쉬- 쉬잇」이 당선되었고, 1977년에는 《문학사상》 신인 작품 모집에 「누구세요」가 당선되었다. 그는 초기작에서 주로 자아 상실, 소외적 부부 관계, 프로이트적 인간관에 집중했으며, 1978년 「카덴자」 이후 역사와 개인의 문제로 관심을 넓혔다. 인간 내면 탐구에 대한 관심을 감각적이고 충격적인 무대를 통해 구현하는 것이 이현화 작품의 특징이다. 대표작으로 「카덴자」(1978), 「0.917」(1981), 「산씻김」(1981), 「불가불가」(1987), 「넋씨」(1991) 등이 있다. 1978년 「카덴자」로 한국연극영화예술상과 제1회 서울극평가그룹상을, 1987년 「불가불가」로 서울연극제 희곡상 등을 수상했다.

등장인물

배우 1, 2, 3, 4, 5, 6, 7, 8, 9, 10, 11, 12, 13
여배우
악공들
소품
연출
피디

최초의 관객이 공연장에 들어섰을 때 그가 볼 수 있는 것이라 곤 아무것도 없다.

꾸밈이라곤 전혀 없는 텅 빈 무대.

썰렁한 객석.

단지 공연장 안 여기저기에(심지어 객석 군데군데에도) 아무렇게나 흩어져 제가끔 분장에 열중하고 있는 몇몇 사람들밖엔 정말이지 공연장 원래의 모습뿐이다. 물론 그들이 이 공연에 출연하게 될 배우들일 게란 짐작이 안 가는 건 아니지만, 조금도 별스러울 게 없는 평상복 차림으로 너무나도 천연덕스럽게 연지 곤지 찍어 바르는 데에는 한동안 어리둥절해지지 않을 수가 없다. 간간이 그들의 일상적인 잡담 중 터지는 웃음소리에 귀가 솔깃해지기도 하고.

그렇게 그렇게 한참 후—.

하기야 계산된 시각이겠지만 어지간히 객석이 메워졌을 때 불쑥 객석 한구석에서 분장을 하고 있던 남자 하나가 큰 소리로 운을 뗀다.

배우1 어이, 부인.

여배우 왜?

배우1 입 맞춰 볼까?

여배우 좋아, 던져.

배우1 (분장사의 도움을 받아 수염을 붙이며, 높낮이 없는 무감정의 대사를 외워 본다.) ⋯⋯부인.

여배우 (멀리 떨어진 곳에서 역시 분장사의 도움으로 머리를 틀어 올리며, 장단과 고저가 전혀 무시된 무감정의 대사를 받아 맞춰 온다.) ⋯⋯알고 있습니다.

배우1 ⋯⋯한 나라가 두 나라를 맞아 생사를 결해야 하오.

여배우 승전 못지않게 자랑스러워지셔야지요.

배우1 ⋯⋯삶을 버리고 죽는다는 것이 쉬운 일은 아니오.

여배우 죽지 못해 삶을 잇는 것은 더욱 쉬운 일이 아니지요.

배우1 오, 부인⋯⋯.

여배우 ⋯⋯삶을 이어 노비가 되느니 죽음 얻어 날개를 펴리다.

배우1 오, 오⋯⋯.

여배우 삶도 죽음도 쉽지 않지만, 사람이 사람답게 죽을 곳과 때를 얻는 건 더욱 어려운 일. 어서 황산벌로 달려가셔야지요.

배우2　거 잘하는데.

여배우　해해……. 이젠 주인공 좀 시켜 봐 달래두 될까요?

배우2　그럼, 그럼, 되고도 남겠는걸.

여배우　해해…… 고마워요, 선배님.

배우3　이봐, 연출 선생이 알아줘야지, 저 사람 백날 칭찬해
　　　봤자 헷거다 헷거.

배우2　이봐, 우리도 한번 맞춰 볼까?

배우3　오케이, 던져.

배우2　어디 할까?

배우3　2장 어때?

배우2　(대본을 뒤적이며) 2장?

배우3　응, 난 자꾸 거기가 아삼삼하더라.

배우2　(대본에서 찾던 페이지를 젖히며) 그럼 자기가 먼저 던
　　　져야지.

배우3　아 참, 그렇던가? (무감정의 톤으로 바뀌며) 마마.

배우2　(역시 무감정) 말씀해 보오.

배우3　십 년을 넘기지 못해 반드시 토붕와해(土崩瓦解)의 화
　　　(禍)가 바다를 건너올 것이오이다.

배우2　뭐요? 토붕와해의 화가?

배우3　예, 마마.

배우2　허어.

배우3　바라옵건대 미리 10만의 병력을 양성하심이 가할 줄
　　　아뢰옵니다.

배우2　(분장에 열중하고 있는 배우 4에게) 어이, 뭐 해?

배우4 어? 나 말이야?

배우2 그래. 입 좀 맞춰 보자구.

배우4 (옆의 대본을 찾아 집으며) 응, 어딘데?

배우3 2장.

배우2 자, 다시.

배우3 마마.

배우2 말씀해 보오.

배우3 십 년을 넘기지 못해 반드시 토붕와해의 화가 바다를 건너올 것이오이다.

배우2 뭐요? 토붕와해의 화가?

배우3 예, 마마.

배우2 허어.

배우3 바라옵건대 미리 10만의 병력을 양성하심이 가할 줄 아뢰옵니다.

배우4 아니, 대감.

배우3 예.

배우4 병력을 10만씩이나?

배우3 그렇소이다, 대감. 각 도에 1만을 두고 도성(都城)에 2만을 두어 화가 도래했을 때 합하여 10만으로 방비함이 가할 줄 아오.

배우4 도성에 2만!

배우3 충족치는 않소이다만.

배우4 오, 상감마마.

배우2 말씀해 보오.

배우4 불가하옵니다.

배우3 대감!

배우4 그것은 양병(養兵)이 아니라 양화(養禍)인 줄 아뢰오.

배우3 그 어쩐 말씀이오!

배우4 아니 그렇소이까 대감, 대문을 지키는 덴 충견(忠犬) 한 마리면 족할 것을, 어찌 호랑이 새끼를 기르잔 말씀이오.

배우3 대문을 넘보는 것이 호랑이일진대 어찌 충견 한 마리로 족하겠소이까?

배우4 해서, 십 년 후에 올지도 모른다는 호랑이가 급해서, 당장 코밑에 호랑이를 키우잔 말씀이오?

배우3 허어, 이런…….

배우4 상감마마.

배우2 어서 말씀해 보오.

배우4 10만 양병은 절대 불가하온 줄 아뢰옵니다.

배우3 속유(俗儒)는 본래 시의(時宜)에 통달치 못하다더니…….

배우4 시의?

배우3 대감도 그런 말씀을 하시오?

배우4 오, 대감.

배우3 명약관화한 것을…….

배우4 대감께선 바다 건너 화살이 더 두렵소이까, 아니면 대궐 밖의 칼이 더 두렵소이까?

배우3 뭐요? 대궐 밖의 칼?

배우2 그만들 두오.

배우3,4 황공하여이다, 마마.

배우2 경은 어떠시오?

배우3 (역시 분장하고 있는 배우5에게) 형님.

배우5 (수염을 붙이다가) 응?

배우3 형님두 참. 지금 입 맞춰 보는 중이에요.

배우5 나야 뭐 몇 마디 안 되는 거 그냥 하지 왜…….

배우4 그래두 어디 그렇습니까, 형님 대사가 시퀀스를 끝내
주는 포인트인데.

배우5 그래, 그래 다시 던져 봐.

배우2 자, 큐—.

배우3 마마.

배우2 말씀해 보오.

배우3 십 년을 넘기지 못해 반드시 토붕와해의 화가 바다를
건너올 것이오이다.

배우2 뭐요? 토붕와해의 화가?

배우3 예, 마마.

배우2 허어.

배우3 바라옵건대 미리 10만의 병력을 양성하심이 가할 줄
아뢰옵니다.

배우4 아니, 대감.

배우3 예.

배우4 병력을 10만씩이나?

배우3 그렇소이다, 대감. 각 도에 1만을 두고 도성에 2만을 두
어 화가 도래했을 때 합하여 10만으로 방비함이 가할

줄 아오.

배우4 도성에 2만!

배우3 충족치는 않소이다만.

배우4 오, 상감마마.

배우2 말씀해 보오.

배우4 불가하옵니다.

배우3 대감!

배우4 그것은 양병이 아니라 양화인 줄 아뢰오.

배우3 그 어쩐 말씀이오!

배우4 아니 그렇소이까 대감, 대문을 지키는 덴 충견 한 마리면 족할 것을, 어찌 호랑이 새끼를 기르잔 말씀이오.

배우3 대문을 넘보는 것이 호랑이일진대 어찌 충견 한 마리로 족하겠소이까?

배우4 해서, 십 년 후에 올지도 모른다는 호랑이가 급해서, 당장 코밑에 호랑이를 키우잔 말씀이오?

배우3 허어, 이런…….

배우4 상감마마.

배우2 어서 말씀해 보오.

배우4 10만 양병은 절대 불가하온 줄 아뢰옵니다.

배우3 속유는 본래 시의에 통달치 못하다더니…….

배우4 시의?

배우3 대감도 그런 말씀을 하시오?

배우4 오, 대감.

배우3 명약관화한 것을…….

배우4 대감께선 바다 건너 화살이 더 두렵소이까, 아니면 대
      궐 밖의 칼이 더 두렵소이까?

배우3 뭐요? 대궐 밖의 칼?

배우2 그만들 두오.

배우3,4 황공하여이다, 마마.

배우2 경은 어떠시오?

배우5 예? 소신 말씀이오이까?

배우2 경의 의견을 듣고 싶소.

배우5 ……불가불가(不可不可)하온 줄 아뢰옵니다.

배우4 예? 무어라…… 하셨소?

배우5 불가불가…….

배우3 아니, 대감, 불가불, 가요, 아니면 불가, 불가요?

배우5 불가불가…….

배우1 히히히…….

배우5 왜 웃어?

배우1 어이구, 죄송합니다. 선배님. 히히히…….

배우5 원, 녀석…….

배우1 전, 선배님 그 대사 하실 때가 왜 그렇게 우스운지……
      히히히…… (흉내 내서) 불가불가…… 히히히.

배우3 야, 인마, 그 대사가 그래 꽤두 끝내 주는 포인트야.

배우1 알구 있어요. 형님. 히히히…….

배우4 얼씨구, 쟤가 오늘 왜 이래?

배우1 불가불가…… 히히히…….

배우4 그만 웃어, 허리 부러질라.

배우1   미안해요, 형. 히히히…….

배우3   형님.

배우5   응?

배우3   아닌 게 아니라 공연 때 쟤처럼 관객들이 웃으면 어떡
        하죠? 불가불가…… 하실 때.

배우5   설마 웃기야 할라구.

배우4   정말 거기서 웃어 버리면 김 팍 새는데…….

배우5   까짓거 한바탕 웃다 보면 뭔가 느껴질 수도 있겠지 뭐.

배우1   (여배우 옆으로 가 블루진 엉덩이를 툭 치며) 부인.

여배우   어머, 얘가 왜 이래?

배우1   야, 우린 부부 사이 아니니.

여배우   부부?

배우1   그래, 난 장군, 넌 장군 부인.

여배우   얘, 너 설마 연기하고 현실을 혼동하는 건 아니겠지?

배우1   극장 안에서만은 좀 그런 척해 두자.

여배우   좋아하시네. 난 쳤다 하면 너처럼 엉덩이 같은 덴 안
        친다는 걸 알아줘.

배우1   뭐?

여배우   어디 한번 뺨이 좀 얼얼해 볼래?

배우1   어이구, 아서라, 장가두 안 갔는데 벌써부터 여자한테
        뺨 맞는 연습을 해?

여배우   그러게 싱겁 떨지[1] 말구 어서 입이나 다시 맞춰 봐.

---

1) 싱겁게 굴다.

배우1 오케이. (다가가며) 부인.

여배우 아, 아, 거기 떨어져서 해. 뺨 맞는 연습하기 싫음.

배우1 원, 젠장. (약간 감정을 섞어) ……부인.

여배우 (역시 약간의 감정을 섞어) ……알고 있습니다.

배우1 ……한 나라가 두 나라를 맞아 생사를 결해야 하오.

여배우 승전 못지않게 자랑스러워지셔야지요.

배우1 ……삶을 버리고 죽는다는 것이 쉬운 일은 아니오.

여배우 죽지 못해 삶을 잇는 것은 더욱 쉬운 일이 아니지요.

배우1 오, 부인…….

여배우 ……삶을 이어 노비가 되느니 죽음 얻어 날개를 펴리다.

배우1 오, 오…….

여배우 삶도 죽음도 쉽지 않지만, 사람이 사람답게 죽을 곳과 때를 얻는 건 더욱 어려운 일. 어서 황산벌로 달려가셔야지요.

배우1 그리고 척 (제스처를 하며) 칼을 뽑아 들어 (여배우 목을 향하여 손으로 시늉하며) 내리친다.

여배우 얘.

배우1 응?

여배우 너 진짜 공연할 땐 조심해라.

배우1 왜, 정말 목을 칠까 봐 겁나니?

여배우 아냐, 너 아까부터 수작하는 게 연기와 현실을 오락가락하는 경향이 있어.

배우1 히히히…… 걱정 마. 소품 담당자가 네 목 썩뚝 베어질 진짜 칼을 가져오진 않을 테니.

여배우 어머, 끔찍하다 얘, 썩뚝이 뭐니?

배우1 히히……. (손으로 여배우의 목을 베며) 이렇게 썩뚝―.

여배우 어머!

배우1 히히히…….

여배우 미쳤어, 정말―.

배우1 히히히…….

배우5 거 왜 장난들이지?

여배우 선배님, 쟤 좀 혼내 주세요.

배우1 죄송합니다. 히히히…….

배우3 (배우 4에게) 어이 3장도 한번 맞추지.

배우4 3장?

배우3 응.

배우4 좋아, 던져.

배우3 ……(약간 감정을 섞어) 조선국 왕은 삼가 대청국의 관
온인성황제(寬溫仁聖皇帝) 폐하께 글을 올리나이다.

배우4 대감.

배우3 엎드려 생각하건대 대국의 위엄과 덕이 사해에 떨치
고 있으되 소방(小邦)은 미처 이를 깨닫지 못하고 있
었나이다.

배우4 아니, 대감.

배우3 소방은 감히 대국에 거역하여 스스로 병화(兵禍)를 재
촉하였던바…….

배우4 무엇이?

배우3 고성(孤城)에 몸을 두게 되어 위난은 조석에 닥쳤사옵

　　　　나이다.

배우4　이보시오, 대감.

배우3　소방은 이미 그 죄를 깨우치고 있사오니…….

배우4　지금 제정신이오?

배우3　이 생령을 구휼하사 소방으로 하여금 다시 스스로 새
　　　　로움을 도모케 하여 주시오면…….

배우4　오.

배우3　신(臣)은 오직 개심역려(改心易慮)하여 구습(舊習)을
　　　　일세(一洗)하고 소방이 모두 황제 폐하의 명을 받들어
　　　　제번(諸蕃)과 같아지어 섬기겠사옵나이다.

배우4　대감은 글을 배워서 겨우 이런 항복문이나 쓰려 하
　　　　였소?

배우3　대감이 찢으니 나는 이를 주워서 이으리다.

배우4　그래, 창피하지도 않소?

배우3　대감으로선 마땅히 그러셔야겠지요.

배우4　오랑캐에게 칭신을 하다니, 황공하옵게도 상감마마
　　　　께 그런 치욕을…….

배우3　대감께선 이 글을 찢어 그 곧은 뜻과 맑은 이름을 후세
　　　　에 남기시겠지만, 종묘사직은 누가 보존해 남기지요?

배우4　종묘사직…….

배우3　내가 남기리다, 이 글을 다시 잘 이어서.

배우4　저런 쳐 죽일…….

배우3　물론 나의 더러운 이름과 함께.

배우4　상감마마. 소신으로 하여금 당장 저자의 목을 치게 하

여 주시옵소서.

배우2　그만들 두오. 모든 것이 과인의 부덕한 탓.

배우3, 4　황공하여이다.

배우2　경은 어떠시오?

배우3　(배우 5에게) 형님, 받아요.

배우5　……예? 소신 말씀이오이까?

배우2　경의 의견을 듣고 싶소.

배우5　……불가불가하온 줄 아뢰옵니다.

배우3　예? 무어라…… 하셨소?

배우5　불가불가…….

배우4　아니, 대감, 불가불, 가요, 아니면 불가, 불가요?

배우5　불가불가…….

배우1　히히히…….

여배우　(배우 1의 뺨을 꼬집으며) 웃지 마.

배우1　아얏.

여배우　아까 야단맞구선 또…….

배우5　어디, 대충 분장들 됐으면 한번 서 볼까?

배우3　예, 그러죠.

배우4　정말 이거 행동선이 엇비슷해서 자꾸 헷갈리더라.

배우2　자, 그럼 올라가 보죠.

(배우 2, 3, 4, 5 어슬렁어슬렁 무대 위로들 올라가 제가끔 자기 위치를 찾아 서 본다.)

배우 4 내가 여기였지, 아마.

배우 3 (배우 5에게) 형님은 저쪽예요.

배우 2 (배우 4에게) 이봐, 내가 거기야.

배우 4 아 참, 참, 옥좌가 여기였지. 글쎄 이렇다니깐.

배우 3 잘들 한다 잘들 해. 공연이 내일이야 내일, 쯧쯧……
       총연습한다고 나온 사람들이…… 연출 선생 또 신경
       질깨나 부리겠군.

배우 5 자, 해 봐.

배우 3 예…… 음, (목청을 가다듬고, 적당한 종이 한 장을 받쳐
       들어) 이게 국서라 치고, ……음, 조선국 왕은 삼가 대
       청국의 관온인성황제 폐하께 글을 올리나이다.

배우 4 (배우 3을 홱 돌아보며) 대감.

배우 3 엎드려 생각하건대 대국의 위엄과 덕이 사해에 떨치고
       있으되 소방은 미처 이를 깨닫지 못하고 있었나이다.

배우 4 (한 발 나서며) 아니, 대감.

배우 3 소방은 감히 대국에 거역하여 스스로 병화를 재촉하
       였던바…….

배우 4 (눈을 부릅뜨며) 무엇이?

배우 3 고성에 몸을 두게 되어 위난은 조석에 닥쳤사옵나이다.

배우 4 이보시오, 대감.

배우 3 소방은 이미 그 죄를 깨우치고 있사오니…….

배우 4 (어이가 없어) 지금 제정신이오?

배우 3 이 생령을 구휼하사 소방으로 하여금 다시 스스로 새
       로움을 도모케 하여 주시오면…….

배우4   오. (치를 떤다.)

배우3   신은 오직 개심역려하여 구습을 일세하고 소방이 모
두 황제 폐하의 명을 받들어 제번과 같아지어 섬기겠
사옵나이다.

배우4   (달려가 종이를 뺏어 찢고) 대감은 글을 배워서 겨우 이
런 항복문이나 쓰려 하였소?

배우3   (종이를 주워 모으며) 대감이 찢으니 나는 이를 주워서
이으리다.

배우4   그래, 창피하지도 않소?

배우3   대감으로선 마땅히 그러셔야겠지요.

배우4   오랑캐에게 칭신을 하다니, 황공하옵게도 상감마마
께 그런 치욕을……

배우3   대감께선 이 글을 찢어 그 곧은 뜻과 맑은 이름을 후세
에 남기시겠지만, 종묘사직은 누가 보존해 남기지요?

배우4   종묘사직…….

배우3   내가 남기리다, 이 글을 다시 잘 이어서. (찢어진 종이
의 짝들을 찾아 맞춘다.)

배우4   저런 쳐 죽일…….

배우3   물론 나의 더러운 이름과 함께.

배우4   상감마마. 소신으로 하여금 당장 저자의 목을 치게 하
여 주시옵소서.

배우2   (지금껏 등을 보이고 서 있다가 돌아서며) 그만들 두오.
모든 것이 과인의 부덕한 탓.

배우3, 4   황공하여이다.

배우2 경은 어떠시오?

배우5 (묵묵히 숙이고 있던 고개를 들며) 예? 소신 말씀이오이까?

배우2 경의 의견을 듣고 싶소.

배우5 ……불가불가하온 줄 아뢰옵니다.

배우3 예? 무어라…… 하셨소?

배우5 불가불가…….

배우4 아니, 대감, 불가불, 가요, 아니면 불가, 불가요?

배우5 불가불가…….

배우1 …….

여배우 (배우 1에게) 얘.

배우1 …….

여배우 아, 얘.

배우1 ……응?

여배우 너 이번엔 왜 안 웃니?

배우1 왜, 그게 이상하니?

여배우 이상한 게 아니라 신통해서 그래, 철들었나 해서.

배우1 또 야단맞을까 봐 그런다. 아니면 너한테 꼬집히는 게 귀찮아서든가.

여배우 치.

배우4 지금 우리 위치가 맞는 거야?

배우2 왜, 틀린 거 같아?

배우4 자꾸 2장하고 혼동돼서.

배우3 그런 소리 마라, 괜히 또 연출 선생 들으면 신경질 부리실라.

배우5 그럼 2장도 미리 한번 서 봐 뒈. 괜히 성미 급한 사람 성깔 돋우지 말고.

배우4 예. (배우 2에게) 자, 이쪽으로 와. 이번엔 이쪽이 옥좌야.

(서로 위치들 바꿔 제자리를 찾는다.)

배우3 (배우 2를 향해 굽히며) ······마마. (좀 더 감정이 진해졌다.)

배우2 (같이 짙어져) 말씀해 보오.

배우3 십 년을 넘기지 못해 반드시 토붕와해의 화가 바다를 건너올 것이오이다.

배우2 (놀라) 뭐요? 토붕와해의 화가?

배우3 예, 마마.

배우2 허어.

배우3 바라옵건대 미리 10만의 병력을 양성하심이 가할 줄 아뢰옵니다.

배우4 아니, 대감.

배우3 (배우 4를 향해) 예.

배우4 병력을 10만씩이나?

배우3 그렇소이다, 대감. 각 도에 1만을 두고 도성에 2만을 두어 화가 도래했을 때 합하여 10만으로 방비함이 가할 줄 아오.

배우4 도성에 2만!

배우3 충족치는 않소이다만.

배우4 (배우 2를 향해) 오, 상감마마.

배우2 말씀해 보오.

배우4 불가하옵니다.

배우3 대감!

배우4 그것은 양병이 아니라 양화인 줄 아뢰오.

배우3 그 어쩐 말씀이오!

배우4 아니 그렇소이까 대감, 대문을 지키는 덴 충견 한 마리
       면 족할 것을, 어찌 호랑이 새끼를 기르잔 말씀이오.

배우3 대문을 넘보는 것이 호랑이일진대 어찌 충견 한 마리
       로 족하겠소이까?

배우4 해서, 십 년 후에 올지도 모른다는 호랑이가 급해서,
       당장 코밑에 호랑이를 키우잔 말씀이오?

배우3 허어, 이런…….

배우4 (배우 2를 향해) 상감마마.

배우2 어서 말씀해 보오.

배우4 10만 양병은 절대 불가하온 줄 아뢰옵니다.

배우3 속유는 본래 시의에 통달치 못하다더니…….

배우4 시의?

배우3 대감도 그런 말씀을 하시오?

배우4 오, 대감.

배우3 명약관화한 것을…….

배우4 대감께선 바다 건너 화살이 더 두렵소이까, 아니면 대
       궐 밖의 칼이 더 두렵소이까?

배우3 뭐요? 대궐 밖의 칼?

배우2　그만들 두오.

배우3, 4　황공하여이다, 마마.

배우2　(배우 5에게) 경은 어떠시오?

배우5　(당황히 고개를 배우 2로 향하며) ……예? 소신 말씀이
　　　　오이까?

배우2　경의 의견을 듣고 싶소.

배우5　……. (머뭇머뭇거리며) 불가불가하온 줄 아뢰옵니다.

배우4　예? 무어라…… 하셨소?

배우5　불가불가…….

배우3　아니, 대감, 불가불, 가요, 아니면 불가, 불가요?

배우5　불가불가…….

배우1　……젠장…….

여배우　뭐라구?

배우1　아, 아냐.

배우2　(쿡쿡 웃다가 터뜨린다.) 하하하…….

배우5　어허, 웃는 사람이 또 생겼네.

배우2　죄송합니다. (쿡쿡 웃음을 참으며) 형님, 정말 그러고
　　　　보니 우습네요.

배우3　이봐, 연습할 때 웃어 버릇하면 공연 때도 웃음 터진
　　　　다고.

배우2　미안, 미안, 하하하…….

배우4　저런, 야단났군.

배우3　(분장하던 자리로 돌아가며)
　　　　……사방 멀리 구름은

어둡기만 한데

중천의 해는

밝기도 하여라.

외로운 신하의

한 줄기 눈물

한양성 향하여

흘려지누나.

(담배 한 개비 꺼내 붙여 물며 다시 외운다.)

……사방 멀리 구름은

어둡기만 한데

중천의 해는

밝기도 하여라.

외로운 신하의

한 줄기 눈물

한양성 향하여

흘려지누나.

배우 4 (다가가 배우 3의 담배 케이스에서 한 개비 뽑아 물며) 난
그 시 읊을 때가 좋더라.

배우 3 (라이터를 켜 불을 붙여 주며) 공연 때 악공들이 받쳐 주
면 좀 더 녹여질걸.

배우 4 (연기를 뿜고) 아냐, 어쩜 그건 음악 없이 낮은 목소리
로만 차분히 읊조려 가는 게 더 효과적일런지도 몰라.

배우 3 그럴까?

배우 4 그럼, (또 한 모금 내뿜고) 연출 선생이 고집해도 오히

려 그냥 하겠다고 버텨 봐.

배우3   (2층 조명실을 올려다보며) 어이구야, 저 고집을 누가 꺾니?

배우4   허긴 그래. (같이 2층 조명실 쪽을 올려다본다.)

배우3   어이, 악공.

악공   (악공 차림의 옷매무새를 가다듬고 있다가) 예.

배우3   어디 한번 맞춰 보자구.

악공   알았습니다, 선배님. (장고와 대금을 챙겨 정좌하고) 어이, 대금, 한번 잡아 보자.

배우3   (장고와 대금이 운을 떼자 제대로 감정을 섞어 높낮이를 가다듬으며)

……사방 멀리 구름은

어둡기만 한데

중천의 해는

밝기도 하여라.

외로운 신하의

한줄기 눈물

한양성 향하여

흘려지누나.

악공   좋습니다.

배우3   좋아?

악공   그럼요, 선배님이 어련하실라구요.

배우3   (배우 4에게) 어때?

배우4   응, 괜찮은데?

배우5 이것들 봐.

배우4 예.

배우5 이왕 내친김에 다음 장면도 한번 서 보는 게 어때? 총
       연습 들어가기 전에…….

배우3 예, 그러죠.

(어슬렁어슬렁 다시들 무대 위로 모여든다.)

배우2 이번에도 이쪽이 옥좌던가?

배우3 (배우 6, 7에게) 야, 너희들두 올라와야 될 거 아냐.

배우6 아, 그 장면예요?

배우4 애네들이, 정신은 강남 가 있나?

배우7 (뛰어 올라가며) 죄송합니다.

배우5 자, 갑시다.

배우2 오케이.

배우4 (당당히 걸어 들어와 버텨 서서) 상감.

배우2 대장군.

배우4 (배우 2의 옆에 쭈그리고 숨은 자세를 취한 배우 3을 가리
       키며) 옆에 숨은 자를 내어 주시오.

배우2 대장군.

배우4 어서 내어 주어 우리들로 하여금 베게 하시오.

배우3 (초주검이 다 된 목소리로) 상감마마.

배우2 대장군.

배우4 어서.

배우3 마마.

배우2 대장군.

배우4 비록 소응(紹膺)이 무부(武夫)라 할지라도 관위(官位)가 삼품(三品)인데 어찌 그리 욕을 보일 수가 있소.

배우3 마마.

배우2 대장군.

배우4 어서.

배우3 마마.

배우2 희(戱)는 희(戱)인 것을…… (배우 6에게) 야, 너 뭐 해?

배우6 예?

배우4 연극 안 할 거야?

배우6 제 차렌가요?

배우3 얘네들이……?

배우6 (배우 7을 가리키며) 쟤가 먼전데…….

배우7 아냐, 아냐, 네가 먼저 받은 다음에 내가 "무어요?" 하고 뒷북을 치는 거야.

배우6 그렇던가……?

배우4 너희들 정말 단체 기합 좀 받아 볼래?

배우6,7 죄송합니다.

배우5 자, 자, 다시 해 봐.

배우4 비록 소응이 무부라 할지라도 관위가 삼품인데 어찌 그리 욕을 보일 수가 있소.

배우3 마마.

배우2 대장군.

배우4 어서.

배우3 마마.

배우2 희는 희인 것을.

배우6 희?

배우7 무어요?

배우6 무신은 문신의 희롱이나 감내하란 말씀이오?

배우7 그래, 무신은 아무리 연로한 삼품의 장수라도 저런 젖
비린내 나는 문신의 손찌검까지도 참아야 된단 말씀
이오?

배우3 마마.

배우2 대장군.

배우4 (배우 6에게 눈짓) 이 교위.

배우6 (달려가 배우 3에게 칼로 치는 시늉을 하며) 에잇.

배우3 (푹 꼬꾸라지며) 으아.

배우2 (겁에 질려) 대장군.

배우4 무릇 문관(文冠)을 쓴 자는 비록 서리(胥吏)라 할지라
도 모두 베어 씨를 남기지 말아야 가할 줄 아오.

배우2 대장군.

배우4 윤허하시오.

배우2 상서령.

배우5 (처져서 비켜서 있다가) 예? 소신 말씀이오이까?

배우2 경, 경도 말씀을 좀…….

배우4 (돌아보며) 말해 보라.

배우5 ……불가불가하온 줄 아뢰오.

배우4 뭣이?

배우5 불가불가…….

배우4 아니, 불가불, 가요, 아니면 불가, 불가요?

배우5 불가불가…….

배우1 흥.

여배우 뭐라구?

배우1 응?

여배우 지금 나보구 뭐라구 한 거 아니니?

배우1 너보구?

여배우 아니었어?

배우1 응, 어서 분장이나 끝내라구.

여배우 (일어서며) 다 했어.

배우3 (툭툭 털고 일어서며 배우 4에게) 영 어색하지 않아?

배우4 글쎄.

배우3 좀 어떻게 탁 쳐 오면 쿡 쓰러지는, 뭐 좀 그런 맛이 있어야 되는데…….

배우4 근데 참, 피는 어떻게 할 거야?

배우3 그것두 문제야. 교묘하게 숨겼다가 재빨리 발라야 될 텐데…….

배우4 그거 눈에 안 띄게 잘 처리해야지 자칫 관객들에게 들키기라도 하면 영 굿판 초장에 깨진다구.

배우3 (배우 7에게) 야, 한 번 더 찔러 봐.

배우7 (빈손으로 찌르는 시늉) 에잇.

배우3 (쓰러지며) 으아—.

배우2 에이, 좀 이상하다.

배우5 너무 멋 부리는 거 아냐?

배우3 (일어서며 배우 7에게) 야, 다시 한 번 해 봐.

배우7 (찌르는 시늉) 에잇.

배우3 아니, 인마, 대사부터 해.

배우7 예, (다시 자세를 정리하고) 무어요?

배우6 무신은 문신의 희롱이나 감내하란 말씀이오?

배우7 그래, 무신은 아무리 연로한 삼품의 장수라도 저런 젖비린내 나는 문신의 손찌검까지도 참아야 된단 말씀이오?

배우3 마마……

배우2 대장군.

배우4 이 교위. (눈짓)

배우7 (찌른다.) 에잇.

배우3 으아—. (쓰러진다.)

배우2 좀 나아졌나?

배우4 가만있어 봐. 아예 칼을 쥐고 한번 해 보는 게 어때?

배우3 어이, 소품.

소품 (멀리 객석 뒤쪽에서) 예.

배우3 칼 준비됐어?

소품 예.

배우4 이리 가져와 봐.

소품 예. (여러 개의 칼을 들고 객석 뒤쪽에서 중앙 통로를 거쳐 나간다. 칼이 필요한 배우들, 제각기 하나씩 골라잡는다.)

배우1   내 칼은 어느 거야?

소품   (하나 골라 주며) 이거예요.

배우1   (받아 들어 이리저리 허공에 휘둘러 본다.)

여배우 얘, 너 공연 때 조심해.

배우1   이 가짜 칼이 그렇게 겁나니?

여배우 아무리 가짜래두 한 대 얻어맞으면 멍이야 들 거 아냐?

배우1   멍?

여배우 그래, 생각해 봐. 여자애가 얼굴 같은 데 시퍼런 멍이라도 들어 있음 그게 무슨 꼴이니?

배우1   좋알대다 남편에게 한 대 얻어맞은 줄 알겠지, 뭐.

여배우 남편?

배우1   뭐 흔히 있는 일 아냐?

여배우 처녀 애가 남편이 어디 있니?

배우1   아 참, 그렇지.

여배우 얘 좀 봐. 너 정말 이상하다. 또 내가 네 부인이라구 생각했지?

배우1   이상하긴 뭘. (멋쩍게 허공에 칼을 휘젓는다.)

여배우 장난감 칼 휘두르니까 정말 장군 된 기분 아냐? 눈앞에 뭐가 오락가락 막 헷갈리구.

배우1   공기가 좀 답답한 것 같은데……. (목 단추를 풀어 헤친다.)

여배우 그래, 맘대루 생각해라. 착각은 자유라더라.

배우3   (배우 7에게) 자, 골라잡았으면 한번 찔러 봐.

배우7　예. (찌른다.) 에잇.

배우3　아얏, 야 인마, 그렇게 세게 찌르면 어떡하니?

배우7　죄송합니다.

배우3　너 임마, 연기한답시고 평소 감정 풀어 보는 거 아냐?

배우7　원 참, 선배님두…….

여배우　저거 봐. 너두 공연 때 저런 식으로 실수하지 말란 말이야.

배우1　걱정 마라. 네 예쁜 얼굴 멍들게는 안 할 테니.

여배우　너 그거 정말이니?

배우1　아무렴.

여배우　정말 예뻐?

배우1　뭐?

배우5　어디 칼들을 다 찾아 쥐었으면 한번 또 맞춰 봐야지?

배우3　예, 그러죠.

배우2　자, 자, 모두 제 위치로.

배우4　……상감.

배우2　대장군.

배우4　옆에 숨은 자를 내어 주시오.

배우2　대장군.

배우4　어서 내어 주어 우리들로 하여금 베게 하시오.

배우3　상감마마.

배우2　대장군.

배우4　어서.

배우3　마마.

배우2　대장군.

배우4　비록 소응이 무부라 할지라도 관위가 삼품인데 어찌
　　　　그리 욕을 보일 수가 있소.

배우3　마마.

배우2　대장군.

배우4　어서.

배우3　마마.

배우2　희는 희인 것을.

배우6　희?

배우7　무어요?

배우6　무신은 문신의 희롱이나 감내하란 말씀이오?

배우7　그래, 무신은 아무리 연로한 삼품의 장수라도 저런 젖
　　　　비린내 나는 문신의 손찌검까지도 참아야 된단 말씀
　　　　이오?

배우3　마마…….

배우2　대장군.

배우4　이 교위. (눈짓)

배우6　(찌른다.) 에잇.

배우3　아, 잠깐, 잠깐, 하하하…….

배우7　예?

배우3　이거 안 되겠는데, 어이 소품.

소품　　예.

배우3　칼 이거 좀 다른 걸로 바꿀 수 없냐?

소품　　왜요?

배우3 이거야 원, 무서워서 벌벌 떨어야 할 판인데 보면 볼
수록 웃음만 나오니 어디 되겠어?

배우4 그래, 허긴 너무 장난감 같아.

배우3 아무리 나무 막대기라도 좀 칼 같은 기분이 들어야지.

배우2 어디 좀 비슷한 걸로 구해 볼 수 없겠나?

소품 그렇다고 진짜 쇠칼을 가져올 순 없잖아요? 그거 무
거워서 연기하실 때 불편해요.

배우2 그래두 공연 때 관객들이 웃는 거보담은 낫지. 너 두
고 봐라, 이 장난감 막대기 들고 했다간 틀림없이 관
객들 웃는다. 잘나가다가 한순간에 코미디 돼 버리는
거지.

소품 예. 알았습니다. 바꿔 오죠. (중앙 통로를 거쳐 객석 뒤쪽
으로)

배우5 자, 그건 그렇다고 치고, 계속하자고. 나도 좀 대사 해
보게, 몇 마디 안 되는 거.

배우3 예.

배우4 이 교위. (눈짓)

배우7 (찌른다.) 예잇.

배우3 으아. (쓰러진다.)

배우2 대장군.

배우4 무릇 문관을 쓴 자는 비록 서리라 할지라도 모두 베어
씨를 남기지 말아야 가할 줄 아오.

배우2 대장군.

배우4 윤허하시오.

배우2　상서령.

배우5　예? 소신 말씀이오이까?

배우2　경, 경도 말씀을 좀…….

배우4　말해 보라.

배우5　……불가불가하온 줄 아뢰오.

배우4　뭣이?

배우5　불가불가…….

배우4　아니, 불가불, 가요, 아니면 불가, 불가요?

배우5　불가불가…….

여배우　선배님들, 커피 한잔 드시고 계속하지 않으실래요?

배우2　뭐, 커피? 거 좋지.

여배우　(보온병과 컵들을 내놓으며) 아직 따뜻해요.

배우3　근데 웬 커피야?

여배우　집에서 올 때 끓여 왔어요.

배우4　오메, 기특한 거. 난 너 같은 후배를 가진 걸 자랑스럽게 생각한다.

배우2　얼씨구, 즉각 반응이 있구만.

배우1,2,3,4　하하하…….

여배우　(웃으며) 거참 자랑스런 후배 되기 쉽네요. (잔을 준다.)

배우4　(배우 5에게 건네주며) 형님 먼저 드시죠.

배우5　고마워. (마신다.)

배우1　선배님은 참 편하시겠어요.

배우5　왜?

배우1　대사가 적어서.

배우5 편한 게 뭐야, 오히려 더 힘들지.

배우1 왜요, 매 장면 끝마다 몇 마디 안 되는 거 똑같이 반복만 하면 되잖아요?

배우4 이봐, 연기란 열 마디보다는 한 마디가 더 힘들구 한 마디 보다는 말 없는 눈짓이 더 힘든 거야.

여배우 글쎄, 내 너 또 야단맞을 줄 알았다구.

배우1 헤헤헤……. 그러게 후배 아니니.

여배우 좌우간 너 오늘 좀 이상하다구, 아까부터 하는 짓거리가.

배우3 (술잔을 기울이듯 커피를 마시며)

그대 마음 돌과 같아

끝내 풀릴 줄 모르건만

나의 마음 고리 같아

돌고 돌 줄만 안다오.

(한 모금 더 마시고) 어이, 받아 봐.

배우4 오케이, 다시 읊어.

배우3 (커피 잔을 기울이며)

그대 마음 돌과 같아

끝내 풀릴 줄 모르건만

나의 마음 고리 같아

돌고 돌 줄만 안다오.

배우4 (커피 한 모금 마시고)

조용히 살펴보니 두 길 모두 갸륵해

백 년이나 오랜 의심

문득 풀리는구려.

……아냐, 아냐. 톤이 이게 아니었는데. 한참 높여져 흐르던 대금이 다운되어 비지로 흐른다, 그리고 한 호흡 쉬고 나서……. (살며시 눈을 감으며)

……조용히 살펴보니

두 길 모두 갸륵해

백 년이나 오랜 의심

문득 풀리는구려.

악공 선배님, 저희들이 장단 잡아 볼까요?

배우4 그래그래, 한번 운을 떼 봐.

악공 (장난스럽게 다른 악공들을 돌아보며) 여봐라, 풍악을 울려라.

배우4 (목청을 가다듬고 배우 3에게) 자, 폼 잡고 한번 읊어 보자구.

악공 (악기들을 다 챙겨 들었나 다른 악공들을 점검하고) 자, 된장 풉니다.

배우3 (악공들의 호흡에 맞춰)

그대 마음 돌과 같아

끝내 풀릴 줄 모르건만

나의 마음 고리 같아

돌고 돌 줄만 안다오.

악공 (북편, 채편, 번갈아 돋우며) 좋다.

배우4 조용히 살펴보니

두 길 모두 갸륵해

백 년이나 오랜 의심

　　　　　문득 풀리는구려.

악공　　좋고.

(그때 장내 마이크 켜진다.)

연출(마이크)　여기 주목해 봐.

(모두들 2층 조명실 쪽을 향해 올려다본다.)

연출(마이크)　5장에 나오는 사람들 모두 무대 준비해. 조명을
　　　　　맞춰 볼 테니까 모두들 정확한 제 위치를 찾도록.

(배우들 서둘러 무대 위로 올라간다.
소품 담당자, 무대 좌측에 돗자리 한 장을 펴 놓고 무대 우측엔 의자
하나를 갖다 놓는다.)

배우1　　(무대 좌측 돗자리 위에 선다.)

여배우　　(배우 1과 같은 에어리어 안에 선다.)

배우2　　(무대 우측 의자에 앉는다.)

배우11　　(배우 2 앞에 선다.)

배우12　　(배우 11 옆에 같이 선다.)

연출　　　(워키토키를 들고 2층 조명실에서 내려와 객석 중앙에 서
　　　　　며 퉁명스레) 자, 스탠바이!

(배우들 제각기 자세들을 취하고 조용히 대기한다.)

연출　　(2층 조명실을 향해 워키토키에 대고) 조명, 상시등 아웃!

(장내 모든 조명 컷 아웃.

철저한 어둠.)

연출(소리)　악공, 큐──.

(악공들의 연주 흘러 들어와 점점 고조된다.)

연출(소리)　스니크 아웃──.

(연주, 꼬리를 감춰 가면)

연출(소리)　라이트, 페이드인.

(조명 페이드인 돼, 무대 좌측 돗자리 부분에만 둥그렇게 내려 쏜
는다.)

연출　　(배우 1을 향해 손짓하며) 큐──.
배우1　……부인.
여배우　……알고 있습니다.
배우1　……한 나라가 두 나라를 맞아 생사를 결해야 하오.

여배우　승전 못지않게 자랑스러워지셔야지요. (배우 1 앞에 무릎을 꿇고 앉아 목을 곧추세운다.)

배우1　……삶을 버리고 죽는다는 것이 쉬운 일은 아니오.

여배우　죽지 못해 삶을 잇는 것은 더욱 쉬운 일이 아니지요.

배우1　오, 부인…….

여배우　……삶을 이어 노비가 되느니 죽음 얻어 날개를 펴리다. (두 눈을 살포시 내려 감는다.)

배우1　오, 오…….

여배우　삶도 죽음도 쉽지 않지만, 사람이 사람답게 죽을 곳과 때를 얻는 건 더욱 어려운 일. 어서 황산벌로 달려가셔야지요.

배우1　(칼을 내려친다.)

연출　(워키토키에 대고) 라이트, 체인지.

(악공들의 사잇소리 연주와 함께 좌측 돗자리 부분 조명 페이드아웃되며 동시에 우측 의자 부분 페이드인 된다.)

연출　(무대 우측 배우 12에게) 큐.

배우12　(국서를 받쳐 들고) ……일본 정부와 한국 정부는 양 제국을 결합하는 이해 공통의 주의(主義)를 공고히 하고자 한국 부강의 실(實)을 인정할 수 있을 시(時)에 이르기까지 차(此) 목적을 위하여 좌(左)의 조관(條款)을 약정함.

악공들　(짧은 강조)

배우12   제1조, 일본국 정부는 동경 외무성을 경유하여 금후 한국의 외교 관계 및 사무를 감리(監理) 지휘할 것이며, 일본국 외교 대표자 및 영사단은 외국에 있어서의 한국의 신민 및 이익을 보호할 것임.

악공들   (강조)

배우12   제2조, 일본국 정부는 한국과 타국 간에 현존하는 조약의 실행을 담임(擔任)하고, 한국 정부는 금후 일본 정부의 완전한 중개를 불유(不由)하고는 국제적 성질을 띤 하등의 조약이나 약속도 하지 않기로 상약함.

악공들   (강조)

배우12   제3조, 일본국 정부는 그 대표자로 하여금 한국 황제 폐하의 궐하(闕下)에 한 명의 통감을 치(置)하되, 통감은 전적으로 외교에 관한 사항을 관리하기 위하여 경성에 주재하고, 친히 한국 황제 폐하에게 내알(內謁)하는 권리를 유(有)함.

또한 일본국 정부는 한국의 각 개항장 및 기타 일본국 정부가 필요하다고 인정하는 지역에 이사관을 설치하는 권리를 유(有)하며, 이사관은 통감의 지휘하에 종래 재(在)한국 일본 영사에게 속하던 일체 직권을 집행하고 아울러 본 협약의 조관을 완전히 실행하기 위하여 필요로 하는 일체 사무를 장리(掌理)할 것임.

악공들   (강조)

배우12   제4조, 일본과 한국 간에 현존하는 조약 및 약속은 본 협약에 저촉되지 않는 한 모두 그 효력을 계속하는 것으로 함.

배우 11   폐하.

배우 2   어찌…….

배우 11   인준해 주셔야 됩니다.

배우 2   이러한…….

배우 11   양국의 보존을 위함입니다.

배우 2   오히려…….

배우 11   폐하께서 인준만 해 주신다면 이는 양국 간의 행복일 뿐만 아니라 실로 동양 평화의 영원한 유지책이라 사료됩니다.

배우 2   심지어…….

배우 11   바라옵건대 속히 인준해 주십시오.

배우 2   이는 짐이 독단으로 할 일이 아니며…….

배우 11   폐하.

배우 2   정부 대신 또한 능히 마음대로 행할 수 없고…….

배우 11   폐하.

배우 2   정부 대소 관리와 원임 대신…….

배우 11   폐하.

배우 2   뿐만 아니라 초야에 묻힌 유림들의 여론을 모두 들어야…….

배우 11   폐하.

배우 2   감히…….

배우 11   사람들의 그릇된 여론이야 마땅히 병력을 가지고 진압할 터이니.

배우2　병력…….

배우11　오직 속히 처분만 내려 주십시오.

배우2　오.

배우11　폐하.

배우2　차라리…….

배우11　폐하.

배우2　짐이 죽어 순국하면 하였지…….

배우11　폐하.

배우2　인준할 수 없소.

배우11　폐하.

배우2　오…….

배우11　폐하.

배우2　제발…….

배우11　폐하.

배우2　몸이 아프오…….

배우11　폐하.

배우2　가 주시오.

배우11　폐하.

배우2　오.

배우11　폐하.

배우2　……내 대신들과 상의하시오.

악공들　(사잇소리)

연출　(워키토키에 대고) 조명, 뭐 해!

(조명 전환)

연출 (배우 1에게) 큐.

배우1 ……부인.

여배우 ……알고 있습니다.

배우1 ……한 나라가 두 나라를 맞아 생사를 결해야 하오.

여배우 승전 못지않게 자랑스러워지셔야지요. (앉는다.)

배우1 ……삶을 버리고 죽는다는 것이 쉬운 일은 아니오.

여배우 죽지 못해 삶을 잇는 것은 더욱 쉬운 일이 아니지요.

배우1 오, 부인…….

여배우 ……삶을 이어 노비가 되느니 죽음 얻어 날개를 펴리다.

배우1 오, 오…….

여배우 삶도 죽음도 쉽지 않지만, 사람이 사람답게 죽을 곳과
　　　　　때를 얻는 건 더욱 어려운 일. 어서 황산벌로 달려가
　　　　　셔야지요.

배우1 (칼을 내려친다.)

악공들 (사잇소리)

(조명 전환)

연출 (워키토키에 대고) 조명, 템포가 처져. 호흡을 맞춰야
　　　　　지, 호흡을.

배우2 ……신중히 하시오.

배우3 이미 부결키로 굳게 합의하였사옵니다.

배우8 하오나…….

배우3 하오나 뭐요?

배우8 이 같은 중요 안건은 옳지 않다 하는 것이 당연하나 부득이 인준하게 된다면…….

배우3 뭐요?

배우8 물론 부득이한 경우이오만.

배우3 부득이한 경우란 있을 수 없소.

배우8 어차피 이길 수 없는 지경에 이르면 차라리 개정이라도 하는 것이…….

배우3 이 무슨 망발이오?

배우2 살펴서 신중히 하시오.

배우3 허어, 이러한 망언이 아측에서 먼저 튀어나오니 어찌 저들의 주장을…… 촌야의 필부도 식언을 수치로 아는 법, 다시 한 번 가부를 묻겠소.

배우4 이미 부결을 합의했는데 어찌 다른 말이 있을 수 있겠소이까?

배우6 개정이라니 천부당만부당한 일이오.

배우3 공의 의견은 어떠하오?

배우7 비록 약간의 어구를 고친다 해도 종지(宗旨)는 그대로 있는 것, 어찌 감히 구차한 짓을 할 수 있겠소이까?

배우9 역시 개정한다는 것은 옳지 못하다고 생각하오이다.

배우10 결단코 다른 뜻은 없소이다.

배우2 십분 신중히 하오.

배우3 폐하, 금일지사는 오직 인준하느냐 안 하느냐에 있사옵니다. 황공하오나 아국은 인준을 해도 망하고 인준을 거부해도 또한 망하옵니다. 사람은 죽지 아니하는 사람이 없으며 나라 또한 망하지 않는 나라는 없는 것, 진실로 군신이 함께 순국하면 사직은 비록 망한다 하나 천하에 할 말은 남기는 것이오이다. 만약 그렇지 못하고 망한다면 남겨진 냄새가 만 년은 갈 터. 오직 바라옵건대 성지를 확정하여 주시옵소서.

배우2   짐의 뜻은 이미 결정되었소.

배우3   황공하여이다.

배우2   경들은 다시 신중히 하오.

악공들   (사잇소리)

(조명 전환)

연출   (워키토키에 대고) 조명, 거 좀 리드미칼하게 체인지 시킬 수 없어! 어이……. (배우 1에게) 큐.

배우1   ……부인.

여배우   ……알고 있습니다.

배우1   ……한 나라가 두 나라를 맞아 생사를 결해야 하오.

여배우   승전 못지않게 자랑스러워지셔야지요. (앉는다.)

배우1   ……삶을 버리고 죽는다는 것이 쉬운 일은 아니오.

여배우   죽지 못해 삶을 잇는 것은 더욱 쉬운 일이 아니지요.

배우1   오, 부인…….

여배우   ……삶을 이어 노비가 되느니 죽음 얻어 날개를 펴리다.

배우1　오, 오…….

여배우　삶도 죽음도 쉽지 않지만, 사람이 사람답게 죽을 곳과 때를 얻는 건 더욱 어려운 일. 어서 황산벌로 달려가셔야지요.

배우1　(칼을 내려친다.)

연출　잠깐, (배우 1에게) 이봐.

배우1　예.

연출　칼을 완전히 내려치질 말고 목 바로 위에서 막 내려치는 순간 스톱해 봐.

배우1　(다시 해 보며) 이렇게요?

연출　응, 그런데……. (무대 위로 올라가 배우 1에게) 이리 한 번 쥐 봐. 이렇게 (자기가 한번 해 보인다.) 목 바로 위에서 멎은 다음엔 거 왜 텔레비전 스포츠 중계할 때 많이 써먹는 거 있잖아. 스톱모션.

배우1　예, 예, 알겠습니다.

연출　고대로 정지해서 눈썹 한 올 깜박거리지 말고 굳어지라구.

배우1　예, 예, 알겠습니다.

연출　(다시 객석 중앙 쪽으로 내려보며) 자, 다시 해 봐.

여배우　……삶도 죽음도 쉽지 않지만, 사람이 사람답게 죽을 곳과 때를 얻는 건 더욱 어려운 일. 어서 황산벌로 가셔야지요.

배우1　(지시대로 칼을 막 내려치려는 자세에서 굳어진다.)

연출　좋았어. (워키토키에 대고) 라이트, 체인지—. 아, 뭐

해, 조명.

(조명 전환되면.)

연출　정신 좀 차려!

배우12　이 일은 동아시아의 대국을 유지하려 함인데 어찌 이
　　　리 오해가 심하오.

배우3　오해? 오해는 오히려 귀측이오.

배우12　뭐요?

배우3　생각해 보시오. 귀국은 수년 내 우리의 가죽과 살을
　　　도려내고 기름과 피를 빨아먹어 거의 남은 것이 없소.

배우12　이보시오.

배우2　남아 있다면 겨우 독립이란 명칭뿐인데, 이제 그것마
　　　저 병합하여 없이 하겠다 하니…….

배우12　독립, 독립……. 좋소, 그럼 한 가지 묻겠소. 실로 귀국
　　　역사에 한 번이라도 독립을 누린 적이 있소?

배우2　뭣이라고?

배우12　최근 삼백 년만 보더라도 귀국은 청국의 속국이었잖소.

배우3　이, 이자가…….

배우12　이에 아국은 귀국의 독립을 주장하고 청국과 싸워 물
　　　리쳤소. 또한 아라사와의 전쟁에서 귀국을 위해 막대
　　　한 인명과 재화를 던졌소. 헌데 이제 와 아국을 못마
　　　땅히 여기니…….

배우3　오호, 어찌 여기까지 이르렀을고……. 타국의 일개 공

사까지 아국 정부를 이처럼 욕보이다니…….

연출   (워키토키에 대고) 효과 큐.

(포성 소리 들려오기 시작한다.)

배우8   아니, 이게 무슨 소리요?

배우12   아, 놀라지 마시오. 단지 아국의 수비대가 잠시 훈련 중인 것뿐이오.

배우4   뭣이?

배우12   자, 이제, 청국은 물러갔소. 아라사 역시 이국과의 전쟁에서 패했소. 미국— 그렇지, 귀국과는 우호조약을 맺은 미국— 허지만 귀국을 돕기엔 너무나 먼 곳에 있소.

연출   (워키토키에 대고) 효과 큐.

(포성에 군대 행진 소음이 섞이기 시작한다.

날카로운 호각 소리도 끼어들고.)

배우9   아니, 이건 또……?

배우12   아, 아, 놀리지 마시라니까. 이것 역시 아국의 수비대가 시내 치안과 이곳의 경비를 위해 배치 중인 것뿐이오.

배우3   무어라고, 이놈!

악공들   (사잇소리)

연출   (워키토키에 대고) 라이트 체인지— 오디오 아웃—.

(조명 전환과 동시에 음향효과 멎는다.)

연출   (배우 1에게) 큐.

배우1   ……부인.

여배우   ……알고 있습니다.

배우1   ……한 나라가 두 나라를 맞아 생사를 결해야 하오.

여배우   승전 못지않게 자랑스러워지셔야지요. (앉는다.)

배우1   ……삶을 버리고 죽는다는 것이 쉬운 일은 아니오.

여배우   죽지 못해 삶을 잇는 것은 더욱 쉬운 일이 아니지요.

배우1   오, 부인…….

여배우   ……삶을 이어 노비가 되느니 죽음 얻어 날개를 펴리다.

배우1   오, 오…….

여배우   삶도 죽음도 쉽지 않지만, 사람이 사람답게 죽을 곳과
       때를 얻는 건 더욱 어려운 일. 어서 황산벌로 달려가
       셔야지요.

배우1   (칼을 치켜든다.)

악공들   (사잇소리)

연출   (워키토키에 대고) 라이트 체인지— 오디오, 인—.

(조명 전환되며, 포성과 군대 행진 소음 깔리기 시작한다.

더욱 가까워진 호각 소리.)

연출   (배우 3에게) 큐.

배우 3   아니요! 아니 되오!

배우 11   장군.

배우 13   예. (배우 3을 끌어낸다.)

배우 3   (끌려가며) 아니 되오! 아니 되오! 아니 되오!

배우 11   폐하께서 여러 대신과 협의하라는 유시가 계셨으니
다시 가부를 묻겠소. (배우 3이 끌려 나간 쪽을 한 번 흘
겨보고) 참정 대신은 불가고. 공은 어떠시오?

배우 7   단연코 동의할 수 없…….

배우 11   (배우 7을 노려본다.)

(갑자기 신경질 부리는 호각 소리.

유난히 크게 들린다.)

배우 7   ……으나 상명이 있다면 따를 수밖에 없소이다.

배우 11   그러면 절대 반대는 아니니 오히려 가(可) 편이고…….

연출   (워키토키에 대고) 라이트, 큐.

(좌측 조명도 들어와 양측을 동시에 비춘다.

음향은 끊어지고.)

연출   (워키토키에 대고) 아냐, 아냐, 음향 그냥 계속해. 오디
오 뭐 하는 거야!

(음향 효과, 다시 들어와 높아진다.)

연출   (배우 1에게) 큐.

배우 1   ……부인.

여배우   ……알고 있습니다.

연출   큐.

배우 11   공은?

배우 4   불가요.

배우 11   절대적이오?

배우 4   그렇소.

배우 11   그럼 불가 편.

연출   체인지.

(좌측 돗자리 부분에만 청색 조명이 들어온다.)

연출   큐.

배우 1   ……한 나라가 두 나라를 맞아 생사를 결해야 하오.

여배우   승전 못지않게 자랑스러워지셔야지요.

연출   체인지.

(좌측 조명만 적색으로 바뀐다.

음향은 점점 더 고조돼 흐르고.)

연출   큐.

배우11 공은?

배우8 강약이 부동하여 거부할 힘이 없으니 어쩌겠소.

배우11 오, 전적인 동의라 인정하겠소. 이는 절대적 가.

연출 체인지.

(좌측 조명, 청색으로.)

연출 큐.

배우1 ……삶을 버리고 죽는다는 것이 쉬운 일은 아니오.

연출 체인지.

(좌측 조명, 적색으로.)

연출 큐.

배우11 공은?

배우6 이런 있을 수도 없는 일이 생겼다는 자체가 불행한 일
        이오. 누구를 탓하겠소.

배우11 그래서 가요, 불가요?

배우6 승낙할 수 없소.

배우11 그럼 불가 편이고.

연출 체인지.

(좌측 조명, 청색으로.)

연출　큐.

여배우　죽지 못해 삶을 잇는 것은 더욱 쉬운 일이 아니지요.

연출　체인지.

(좌측 조명, 적색으로.)

연출　큐.

배우11　공은?

배우9　대체로 찬동이나 연대 책임인 이상 참정 대신의 의견
　　　에 일임하겠소.

배우11　별로 불가 편이라 볼 수 없으니 가고.

연출　체인지.

(좌측 조명, 청색으로.)

연출　큐.

배우1　오, 부인…….

여배우　……삶을 이어 노비가 되느니 죽음을 얻어 날개를 펴
　　　리다.

연출　체인지.

(좌측 조명, 적색으로.)

연출　큐.

배우 11   공은?

배우 10   (배우 8, 9를 보며) 같은 의견이오.

배우 11   그럼 가. 자, 불가가 셋이고, 가 편이 넷이오. 공의 의
　　　　견은 어떠시오?

연출　　체인지.

(좌측 조명, 청색으로.)

연출　　큐.

배우 1　오, 오······.

여배우　삶도 죽음도 쉽지 않지만, 사람이 사람답게 죽을 곳과
　　　　때를 얻는 건 더욱 어려운 일.

연출　　체인지.

(좌측 조명, 적색으로.)

연출　　큐.

배우 5　불가불가······.

배우 11   뭐라······ 하시었소?

배우 5　븕기불가.

배우 11   아니, 불가불, 가요, 아니면 불가, 불가요?

연출　　체인지.

(좌측 조명, 청색으로.)

연출   큐.

여배우   어서 황산벌로 달려가셔야지요.

연출   체인지.

(좌측 조명, 적색으로.)

연출   큐.

배우5   불가불가······.

연출   악공, 큐.

악공들   (끝소리 연주한다.)

연출   (워키토키에 대고) 라이트, 큐.

(좌측의 조명 점점 번져 무대 우측뿐만 아니라 무대 전체를 빠알간
노을 색으로 물들인다.
조명 변화와 동시에 악공들의 끝소리 연주 점점 목청을 높이고 완전
히 분위기가 젖어 들었을 때.)

연출   (워키토키에 대고) 라이트, 페이드아웃, 길게— 끝소
        리, 스니크 아웃.

(조명, 길게 길게 꼬리를 흐리며 어두워진다.
악공들의 연주 역시 조명을 따라 스러진다.)

연출   자, 이리들 모여 봐.

(상시등들 켜지며 장내 원래대로 밝아진다.

몇몇 스텝들 박수 치고.

"좋은데……." "많이 나아졌어." 운운하며.)

연출　좋긴 뭐가 좋아? 빨리들 집합이나 해.

(연기자와 스태프 들 여기저기서 연출을 향해 모여든다.)

연출　오늘 텔레비전 방송국에서 오겠다고 연락이 왔어.

배우1　아, 우리 꺼 녹화하나요?

연출　몇 장면 녹화해다가 소개하면서 토크쇼를 꾸며 보겠다는 거야, 피디 말이.

배우2　거 좋죠, 선전도 잘될 거고.

배우3　그럼 어느 장면을 하죠?

연출　5장 어때? 그래서 조명을 한번 맞춰 본 건데.

배우4　차라리 6장이 어때요?

연출　6장?

배우4　예, 그 장면이 더 강렬하게 어필할 수 있을 것 같은데요. 사실 뭐 여자 매달아 놓고 고문하는 것보다 더 자극적인 상황이 어디 또 있겠어요?

여배우　어머, 선배님, 끔찍해요, 매달다니요.

배우1　아니, 그럼 넌 지금까지 그렇게 연습하고도 아직 몰랐니?

여배우　모르다니 뭘?

배우1　너 진짜 묶어 놓고 매질하고 벗기구 고문하구…….

여배우　시끄러!

배우1　얼래.

여배우　이건 연극이야, 연극.

배우1　그래, 너 두고 봐라, 총연습 할 때 어떻게 되나, 진짜 대본에 쓰여 있는 대로 덜렁 벗겨 놓고…….

연출　조용히 못 해!

배우1　죄송합니다.

여배우　쌤통이다. 내, 너 또 촐랑대다 야단맞을 줄 알았어.

연출　다른 사람들 의견은 어때?

배우5　연출 선생 의견대로 5장 합시다.

배우4　형님, 선전 효과론 6장이 더 안 좋을까요? 아마 그 장면이 방송 나가면 손님발 끝내줄걸요.

배우5　이 사람아.

배우4　예.

배우5　6장엔 내가 안 나오지 않나.

배우4　예에?

배우5　그렇지 않아도 대사가 한 마디뿐인데, 나도 좀 매스컴 타 보자.

모두들　(웃음)

연출　자, 그럼 5장들 준비해. (객석 뒤쪽 바라보며) 어이, 의상.

의상　예.

연출　다 준비됐지?

의상　예.

연출 (연기자들을 향해) 자, 그럼 의상들을 다 입구 한번 해 보자우.

여배우 얘.

배우1 응?

여배우 혹시 신문사에서 호외 뿌리지 않을까?

배우1 호외?

여배우 응, 방송국에선 임시 뉴스 준비하고.

배우1 왜, 쿠데타라도 일어났니?

여배우 생각해 봐라, 너 같은 신인 주제에 주인공 맡은 것도 토픽감인데 텔레비전에 얼굴까지 디밀게 됐으니. 게 다가 잘생기기라도 했으면.

배우1 그게 다 실력 아니겠니? 연기력, 배우는 얼굴보다는 연기력이 제일이거든. 연출 선생님 좋아하시는 내면 의 연기.

여배우 내면의 연기.

배우1 암은.

여배우 연출 선생님한테 매번 호통이나 듣는 내면 연기?

배우1 너무 그러지 마라, 얘. 그래도 널 끔찍이 생각해 주는 건 나뿐일 거다.

여배우 언씨구, 고맙다구 그럴까?

배우1 말 대신 뽀뽀로 대신해 줄 순 없니?

여배우 뭐얏! (꼬집는다.)

배우1 (이리저리 피하며) 어이구, 어이구, 잘못했어.

배우5 어허.

배우1 죄송합니다.

의상 (무대 쪽으로 의상 꾸러미를 들고 나와 나눠 주기 시작한다.)

(연기자들, 일상적인 잡담들을 하며 의상을 골라 갈아입기 시작한다.)

여배우 (배우 1에게) 얘.

배우1 응?

여배우 고개 좀 돌릴 수 없니?

배우1 와?

여배우 왜? 구태여 네 시선을 느끼면서 옷을 벗을 필요는 없
        지 않겠니?

배우1 구태여 내 시선만을 느끼는 건 또 무슨 심보니?

여배우 네 시선이 왠지 오늘 좀 수상해 봬서 그래.

배우1 뭐, 수상해?

여배우 왜, 뜱니?

배우1 아냐, 아냐, 관두자. 그러지 않아도 후덥지근하고 갑
        갑한데 혈압 높이지 말자.

여배우 그럼 빨리 고개 돌려.

배우1 그래, 알았다. 알았어. (여배우와 등을 돌리고 옷을 갈아
        입는다.)

여배우 (블루진과 블라우스를 벗고 극중 의상으로 갈아입는다.)

소품 (칼들을 들고 들어와 나누어 준다.)

배우1 (칼을 받아 들며) 아니, 이건 진짜 아냐?

여배우 뭐? 진짜?

배우1 (소품에게) 어이구, 이런, 비슷한 걸로 바꾸어 오랬지 언제 진짜 쇠칼을 집어 오랬어?

여배우 아니, 그거 정말 칼이란 말이야?

배우1 왜, 등골이 오싹해지니?

여배우 어머, 어머, 미쳤어.

배우1 (칼을 허공에 휘저어 보며) 이거 좀 무거운데…….

여배우 애, 너 정말 연기할 때 조심해.

배우1 걱정 마. 최소한 멍은 안 들 테니, 베어지면 베어졌지.

여배우 끔찍한 소리 마라 애, 소름 끼친다.

배우1 (불빛에 칼을 쳐들어 비춰 본다. 번쩍 섬광을 쏘는 칼날.)

여배우 저리 좀 치워.

배우1 원 성미두. (칼을 내려놓으며) 고런 때가 더 이쁘더라.

여배우 너 감상하라구 이쁜 거 아니니까 염려 비끄러매 둬.

배우1 어라?

여배우 왜, 틀린 말 했니?

배우1 애, 너 여자애가 그게 무슨 꼴이니?

여배우 뭐라구?

배우1 (비상구 쪽으로 가며) 이리 와 봐.

여배우 안 속아.

배우1 넌 칭피한 줄도 모트니?

여배우 뭐? 창피?

배우1 네 눈에 눈곱이 꼈단 말이야.

여배우 뭐, 뭐? (당황히 눈을 비비려는데)

배우1 (제지하며) 아, 아, 조심해, 분장 지워져. (손을 끌고 비

상구 쪽으로 가며) 창피하게 남들 눈에 띄기 전에 이리
와, 내가 떼 내 줄게.

여배우 (흘끔흘끔 주위를 살피며) 웬일이니, 눈곱이 다 끼게.

배우1 (비상구 구석에 서며) 자, 눈을 감아. (손수건을 꺼내 들
며) 어서 눈을 감으라니까, 그래야지 눈 화장 안 지워
지게 살짝 떼어 내지.

여배우 (눈을 감으며) 아이, 속상해.

배우1 (눈을 감고 내민 여배우의 입술에 슬그머니 키스한다.)

여배우 어머!

배우1 조용해.

여배우 미쳤어.

배우1 (와락 껴안고 놓아주지 않는다.)

여배우 (이리저리 반항하다 못 이기는 척 내맡긴다.)

배우1 (소리 없이 비상구 커튼을 살짝 밀어 가린다.)

연출 (마시던 커피 잔을 내려놓고) 자, 다들 갈아 입었으면 다
시 시작해 보자우.

(완전히 의상과 소품을 갖춘 연기자들, 무대 위로 오른다.)

연출 다들 제자리 잡았어?

배우2 어? 쟤네들이 어디 갔지?

배우3 누구?

배우2 저 봐, 칼만 누웠구 칼잽인 휴일 아냐?

연출 어디 갔어? 빨리 오라구 해!

배우5 　(비상구 쪽을 향해) 어이, 이봐, 장군.

배우1 　예. (당황히 커튼을 들치고 나선다.)

배우5 　장군의 이별이 뭐 그리 길어, 어서 출전해야지.

배우1 　(멋쩍게) 헤헤…….

연출 　야, 넌 뭐 하고 있는 거야!

배우1 　죄, 죄송합니다. (후다닥 무대 위로 오른다.)

여배우 　(쑥스럽게 주뼛주뼛 뒤따른다.)

연출 　도대체 연극을 할 거야, 말 거야? 기본 자세부터가 틀려먹었잖아!

배우1 　주의하겠습니다.

연출 　내가 네 그 돼먹잖은 연기력 보고 발탁한 줄 아나? 네 틀을 보고 사 준거야, 이 고깃덩어리야!

배우1 　알고 있습니다.

연출 　알고 있음 뭐가 좀 달라야 될 게 아냐! 그래, 선배들은 다 준비하고 있는데 새까만 신인 주제에 한눈팔고 있어!

여배우 　애, 다신 안 그러겠다고 빨리 빌어.

연출 　너두 마찬가지야! (꽥 소리를 지른다.)

여배우 　(기겁을 해 움츠러들며) 죄, 죄송해요, 선생님.

배우1 　다신 안 그러겠습니다.

배우5 　(분위기를 바꾸려고) 자, 그럼 다시금 마음과 자세를 가다듬고……. 어흠.

연출 　…… (힘들게 참고) 해 봐.

배우5 　(과장해서) 여봐라, 악공들, 풍악을 울려라.

악공　(역시 어색한 분위기를 의식해 과장되게) 예이.

(악공들의 연주와 조명이 자리를 펴면.)

배우1　……부인.

여배우　……알고 있습니다.

연출　야!

배우1　예?

연출　너 지금 학예회 하는 거니?

배우1　…….

연출　관객들은 애들 재롱이나 보러 온 학부형이 아냐, 좀 성실하고 진지하게 해 봐. 비싼 입장료 내고 들어온 관객들이 네 촐랑대는 꼴을 귀엽게 봐줄 줄 아니?

배우1　……다시 하겠습니다.

연출　똑바로 해.

배우1　……부인.

여배우　……알고 있습니다.

연출　이봐, 이봐.

배우1　예.

연출　지금 총연습을 해야 할 단계야, 총연습.

배우1　…….

연출　도대체 그동안 연습한 것들은 다 뭐야, 엉?

배우1　…….

연출　이건 말짱 책 읽기부터 다시 두들겨야 될 꼬락서니 아냐!

배우1   ……저, 죄송합니다만 ……잘못된 점을 꼬집어 지적
        해 주십시오. 그래야 저도…….

연출   뭐얏!

배우1   죄송합니다.

연출   그럼 알면서도 잘 안 되는 게 아니고, 애초에 모른단
        말이야!

배우1   그게 저…….

연출   야, 이 멍청아.

배우1   예.

연출   부인이 뭐라고 응답했지?

배우1   저…….

여배우   "알고 있습니다."

배우1   예……. "알고 있습니다."

연출   그래 뭘 알고 있단 말인가?

배우1   저…….

연출   네가 얘기한 건 "부인." 한 마디뿐이야. 그런데 부인
        은 알고 있다고 대답했단 말이야.

배우1   …….

연출   (여배우에게) 네가 대답해 봐. 뭘 알고 있다는 건가?

여배우   에, 앞으로 일어날 일, 그리고 그럴 수밖에 없는 필연
        성, 그리구 그 필연성을 뒷받침해 주는 현재의 상황
        들…….

연출   (배우 1에게) 알겠어?

배우1   …….

연출   알았어? 몰랐어?

배우1 ……알겠습니다.

연출   그럼 그런 긴 뜻의 응답을 건지려면 역시 그런 긴 뜻
의 말을 던져야 될 게 아냐! 그저 대사가 두 글자뿐이
라구 해서 그냥 "부인." 하고 종 칠 거야? 그 짧고도
긴 대사 속엔 그런 응답이 나올 수밖에 없는 이심전심
의 강렬한 힘이 있어야 된단 말이야. 복합적이고도 함
축성 있는 대사.

배우1 잘해 보겠습니다.

연출   좀 화끈하게 극중 인물에 빠져 봐, 극중 인물에.

배우1 예.

연출   아예 극중 인물이 돼 버리란 말이야, 이 한심한 비곗
덩어리야.

배우1 ……부인.

여배우 ……알고 있습니다.

배우1 ……한 나라가 두 나라를 맞아 생사를 결해야 하오.

여배우 승전 못지않게…….

연출   저거 봐, 저거 봐.

여배우 예?

연출   아니, 저 막대기 말이야.

배우1 예.

연출   너 군댄 갔다 왔니?

배우1 물론이죠.

연출   그래, 넌 군대 있을 때 장군두 못 봤니?

배우1 많이 봤죠. 사령관 호위병이었는걸요.

연출 그래, 장군들이 너처럼 신파 배우 흉내 내대? 장군들 어투가 그래 너처럼 고 꼴이야?

배우1 …….

연출 너 지금 그 대사의 뜻이나 알고 내뱉는 거야?

배우1 알고 있습니다.

연출 인마, 알고 있다면서 그거밖에 못 해!

배우1 연구해 보겠습니다.

연출 연구는 인마, 내일이 공연이야, 내일이. 언제 연구 정진하니?

배우1 노력하겠습니다.

연출 장군이 되란 말이야, 장군이.

배우1 예.

연출 이봐.

배우1 예.

연출 장군엔 세 가지 유형이 있다. 용감한 맹장, 슬기로운 지장, 그리고 그릇이 큰 덕장. 넌 지금 어떤 장군이어야 된다고 생각하나?

배우1 …….

연출 왜 대답이 없어?

배우1 저…….

연출 이날까지 그렇게 오랜 연습을 하고도 아직 성격 설정도 구축돼 있질 않단 말이야?

배우1 역시…… 용감한…….

연출　용장이란 겐가?

배우1　예.

연출　예레이— 돌대가리 같으니라구.

배우1　예?

연출　셋 다야, 셋 다. 용장, 지장, 덕장, 몽땅 합친.

배우1　…….

연출　알겠어? 용기 있고 슬기로우면서도 그릇이 큰 장군, 성장이란 말이야, 성스러운 장군.

배우1　잘 알았습니다.

연출　그런 성장이 생사를 결해야 된다고 무거운 입을 연 거 야. 어떤 분위기여야 되겠어?

배우1　다시 잘해 보겠습니다.

연출　장군이야, 장군. 넌 장군이야.

배우1　……부인.

여배우　……알고 있습니다.

배우1　……한 나라가 두 나라를 맞아 생사를 결해야 하오.

여배우　……승전 못지않게 자랑스러워지셔야지요.

연출　에이.

배우1　……. (머리를 숙인다.)

연출　……계속해, 귀찮다. 계속해.

배우1　……삶을 버리고 죽는다는 것이 쉬운 일은 아니오.

여배우　죽지 못해 삶을 잇는 것은 더욱 쉬운 일이 아니지요.

배우1　오, 부인…….

여배우　……삶을 이어 노비가 되느니 죽음 얻어 날개를 펴리다.

배우1   오, 오…….

연출   야, 야, 관둬라, 관둬!

배우1   …….

연출   넌 대본에 "껄껄"이라고 쓰여 있다구 그래 웃지 않고
        그냥 "껄껄"만 하고 관둘래?

배우1   …….

연출   그 "오, 오"가 어떤 "오, 오"야? 그냥 쓰여 있는 대로
        "오, 오" 그러구 시치미 뚝 떼면 되는 거야?

배우1   …….

연출   이건 유행가 가수의 입에 침도 안 바른 "오, 오"가 아
        냐! 장군, 바윗덩이 같은 장군의 폐부가 쥐어짜여 새
        어 나오는 넋의 언어란 말이야!

배우   …….

연출   그렇게 샹송 부르듯이 혓바닥에서만 재잘댈 거야? 오
        장육부를 활활 타 올려!

배우1   잘 알겠습니다.

연출   내면의 연기, 내면의 연기를 하란 말이야. 이 맥힌 녀
        석아!

배우1   ……오, 오……. (연출 눈치를 보며) 아냐, 이게 아닌
        데…….

여배우   내가 앞 대사를 쳐 줄까?

배우1   ……오, 오……. (다시 연출의 눈치를 본다.)

여배우   ……자, 내가 앞다리를 놓을게.

배우1   그래.

여배우   ……삶을 이어 노비가 되느니 죽음 얻어 날개를 펴리다.

배우1   오, 오……. (고개를 저으며) 아냐, 아냐, 이게 아닌
데……. 정말 오늘 내가 왜 이러지?

연출   이봐.

배우1   예.

연출   대본 이리 가져와 봐.

배우1   예?

연출   네 대본 이리 가져오란 말이야!

배우1   예. (허둥지둥 대본을 찾아 연출 앞에 어렵게 바친다.)

연출   (대본을 뒤적이며) 왜 이렇게 대본이 깨끗해?

배우1   예?

연출   대본이 왜 이렇게 얌전하게 깨끗하냐구?

배우1   그건 저…….

연출   연구하고 고민한 흔적이 하나도 없잖아?!

배우1   …….

연출   네 양심엔 이따위로 연극하면서 관객들한테 입장료
받을 수 있다고 생각하니?

배우1   (어디 쥐구멍이라도…….)

연출   (대본을 집어 던지며) 집어치워. 연극이고 나발이고 다
때려치우란 말이야!

배우1   (털썩 주저앉는다)

연출   내가 실수지, 저따위한테 배역을 맡긴 게.

여배우   (안쓰럽게 배우 1 옆으로 가 부축한다.)

배우5   (연출가에게 다가가 담배를 권한다.)

연출   (한 개비 빼 물며) 에이.

배우5   (불을 붙여 주며) ……아직 어린 사람이니 꾹 참으시고
        잘 타이르시죠.

연출   ……야.

배우1   …….

여배우   얘, 어서 대답해.

배우1   ……예.

연출   이리 와.

여배우   어서 일어나.

배우1   (비실비실 일어나 간다.)

연출   앉어.

배우1   ……. (엉거주춤 옆에 앉는다.)

연출   (담배를 권한다.)

배우1   ……괜찮습니다.

연출   피워.

배우1   (두 손으로 받아 피워 문다.)

연출   (배우 1의 어깨에 손을 얹으며) ……군인들이 나라를 위
        해 싸우는 덴 전술이란 게 필요하지. 그런데 전술보다
        우선하는 게 있어. 전략이란 거야. 그러나 전략보다
        더 우선해야만 되는 게 또 있어. 정략. 무슨 얘긴지 알
        겠어?

배우1   ……예?

연출   전술보다는 전략이 우선하고 전략보다는 정략이 더
        우선해. 그런데 그때 상황은 어땠지? 땅과 바다로 두

나라 군사가 동맹을 맺고 쳐들어오도록 왕이란 작자
는 대책은 고사하고 날이면 날마다 삼천궁녀와 주지
육림에 빠져 있었지. 그러니까 정략 면에선 애당초 참
패를 자초하고 들어간 거야. 그럼 전략 면에선 또 어
땠어? 충신들이 일찌감치 탄현과 백강에서 두 나라
군사를 막아야 된다고 진언했는데도 조정의 말만 많
은 대신들은 회의한답시고 왈가왈부만 하다가 가부
가 결정됐을 땐 이미 적군들은 요충을 지나 밀려들었
던 거 아냐? 즉 전략 면에서도 이미 패배를 하고 있었
지. 그럼 또 전술 면에선 어땠어? 간신히 끌어모은 결
사대 5000으로 그 열 배가 훨씬 넘는 적군을 앞뒤로
상대해야 돼. 더욱이 불리하기 짝이 없는 벌판에서.

배우1   …….

연출   어떻게 생각해?

배우1   예?

연출   전술 면에서도 이미 몇십 수 접혀 놓은 거 아냐?

배우1   예.

연출   그 싸움의 결과란 기적이 일어나지 않는 한 뻔히 내다
보인 게 아니었을까?

배우1   물론 그렇죠.

연출   다시 해 봐.

배우1   예?

연출   다시 장군이 돼 보란 말이야. 성장이.

배우1   (연기 자세로 되돌아가) ……부인.

여배우 ……알고 있습니다.

배우1 ……한 나라가 두 나라를 맞아 생사를 결해야 하오.

여배우 승전 못지않게 자랑스러워지셔야지요.

배우1 ……삶을 버리고 죽는다는 것이 쉬운 일은 아니오.

여배우 죽지 못해 삶을 잇는 것은 더욱 쉬운 일이 아니지요.

배우1 오, 부인…….

여배우 ……삶을 이어 노비가 되느니 죽음 얻어 날개를 펴리다.

배우1 ……. (갑자기 콱 막힌다.)

여배우 ……?

배우1 ……. (목의 힘줄이 불끈불끈 힘주어 솟더니 심하게 경련
       한다.)

사람들 (숨을 죽이고 안타깝게 배우 1을 바라본다.)

배우1 ……. (눈이 크게 확대되더니 치켜지며 핏발이 선다.)

여배우 ……. (흘끔흘끔 연출의 눈치를 보며 불안스레 배우 1을 올
       려다본다.)

배우1 ……. (입이 벌어지며 입술과 턱이 부들부들 떨리기 시작
       한다.)

여배우 (작은 목소리로) ……얘, ……어서 해.

배우1 이야! (갑자기 발작하듯 신경질이 폭발한다.)

여배우 (질겁해) 어마!

배우1 (느닷없이 칼로 무대 바닥을 내려치며 바락바락 신경질을
       부린다.) 왜, 왜, 이렇게 안 되지? 왜, 왜……. (계속 무대
       바닥을 칼로 두들긴다.)

사람들 (우르르 몰려가 진정시킨다.)

연출　……. (천천히 배우 1에게 다가간다.)

배우1　……. (숨소리를 식혀 간다.)

연출　(말없이 옆에 앉으며) 누구 커피 좀 가져와.

여배우　(재빨리 한 잔 따라다 연출을 준다.)

배우1　……죄송합니다, 선생님.

연출　(대답 대신 조용히 커피 잔을 내민다.)

배우1　……?

연출　마셔.

배우1　……고맙습니다. (마신다.)

연출　(담배를 피워 문다.)

배우1　……사실 선생님, 전 잘 납득이 안가요. 어떻게 질 게 뻔한 싸움터로 어정어정 걸어 들어갑니까?

연출　군인이니까.

배우1　예?

연출　군인은 언젠가 나라를 위해 죽기 위해 국록을 받는 거다.

배우1　허지만 정략이구 전략이구 전술이구 몽땅 거덜 난 싸움터에서 무슨 찾아 먹을 게 있다고 제 발로 뛰어듭니까? 죽을 곳인 줄 누구보다도 잘 알면서.

연출　이봐.

배우1　예.

연출　명예를 소중히 여길 줄 아는 장군은 병상에서 죽는 것을 가장 큰 치욕으로 여기지. 그리고 평온한 자연사 역시 수치로 삼아. ……장군의 가장 큰 명예— 그건 나라를 지키는 싸움터에서 온몸이 산산조각으로 흩어지며 충성의 불꽃으로 승화되는 거야.

배우1 하지만 그 사람이 정말로 현명한 장군이었다면, 이미 늦기 전에 가타부타 탁상공론이라 하고 있는 간신배들을 한칼에 먼저 밀어붙이고 적군을 탄현과 백강에서 막아야 했어요.

연출 바로 그 점이다.

배우1 예?

연출 네가 성격 구축에 성공하느냐 못 하느냐는 바로 그 점을 이해하고 납득할 수 있느냐에 달려 있어. 네가 그 뜻을 가슴으로 받아들여 소화시켰을 때 비로소 그 "오, 오"는 백 마디 천 마디를 능가하는 호소력을 지니게 된다. 심금을 후려치는 장군의 언어로. 장군, 장군, 성스러운 장군의 시로.

배우1 성장, 성장, ……그러나 선생님, 그 알뜰한 장군은 적군은 만나 보기도 전에 불쌍한 제 예편네나 먼저 죽이고 앉았단 말입니다.

연출 이, 이……. (참고) 바로 전 대사가 뭐야?

배우1 예?

여배우 (재빨리) 삶을 이이 노비가 되느니 숙음 얻어 날개를 펴리다.

연출 그 이상의 해설이 더 필요한가?

배우1 …….

연출 이봐.

배우1   예.

연출   6장을 생각해 봐.

배우1   6장요?

연출   6장과 느낌의 흐름을 연결 지어 보란 말이야.

배우1   …….

연출   좀 더 극중 상황에 젖어 들어. 적극적으로 좀 더.

배우1   …….

연출   (일어서며) 이것들 봐.

사람들   예.

연출   6장 준비들 해.

(사람들 흩어지고 배우 11, 12, 13, 무대 위로 올라간다.)

배우1   (의상 담당 쪽으로 가려 한다.)

연출   어딜 가?

배우1   예?

연출   6장 해 보라니깐.

배우1   예, 그래서 의상 갈아입으려구…….

연출   의상은 무슨 의상, 이 친구야, 그냥 한번 해 봐, 남들
        보라고 하는 거 아니니까.

배우1   ……. (무대 위의 위치를 찾는다.)

연출   네 스스로 한번 느껴 보란 말이야. 진지하게 극중 상
        황에 몰입해서.

배우1   (의자로 가 앉는다. 배우 13에 의해 등 위로 손이 묶인다.)

(껌벅껌벅 가다듬던 조명이 제자리를 맞추면.)

연출　시작해 봐.

(조명 꺼지며 장내 어두워진다.)

배우13　어서 불어!

(동시에 조명 들어온다.)

배우1　난 포로다.

배우13　고통 받고 털어놓는 자백보단 스스로 협조하는 게 서로 더 좋지 않을까?

배우1　난 엄연히 전투 행위 중 붙잡힌 포로다. 네놈들의 나라에선 포로 대우도 할 줄 모르는가?

배우13　어서 대. (뺨을 친다.)

배우1　이놈.

배우13　뭣이?

배우1　네놈들은 장군의 예우도 할 줄 모르는 야만 민족이로구나. 포로도 장군은 장군이나.

배우13　장군?

배우1　그렇다. 난 네놈들과 싸우는 독립군 중장이다.

배우12　(나서며) 독립, 독립…… 좋다, 그럼 한 가지 묻겠다. 실로 너희 역사에 한 번이라도 독립을 누린 적이 있는가?

배우 1 뭣이라고?

배우 12 최근 삼백 년만 보더라도 너희는 청국의 속국이었잖
　　　　은가?

배우 1 이, 이놈이…….

배우 12 이에 우리 나라는 너희를 위해 청국과 싸워 물리쳤다.
　　　　또한 아라사와의 전쟁에서도 너희를 위해 막대한 인
　　　　명과 재화를 던졌다. 헌데 이제 와 우리나라를 못마땅
　　　　하게 여긴단 말인가?

(갑자기 옆방에서 여배우의 비명 소리가 들려온다.)

배우 1 아니, 이게 무슨 소리냐?

(옆방 문이 열리며 배우 11 들어온다.)

배우 11 (권총 요대를 벗어 벽에 걸며) 아, 놀라지 마시오. 단지
　　　　내 부하들이 뭘 좀 물어보고 있는 것뿐이오.

배우 1 여, 여자가 아닌가?

배우 11 그렇소. 못된 놈을 남편으로 삼은 죄로 고생하는 불쌍
　　　　한 여자지.

배우 1 에이, 더러운 놈들! (배우 11에게 침을 툭 뱉는다.)

배우 12, 13 아니, 이놈이! (달려들려는데)

배우 11 (제지하며) 아, 아, 난폭하게 다루어서야 쓰나? 포로는
　　　　포로 대우를 해야지. 자, 시작해 보세.

배우 12, 13 예. (옆방으로 나간다.)

배우 11 어차피 갈 길을 공연히 버티며 시간만 끄는 건 서로가 여러모로 손해 아닐까?

배우 1 어차피 가지 않을 사람 공연히 끌어당기며 시간만 끄는 건 서로가 여러모로 더욱 손해지.

배우 11 그럴까요?

(배우 13, 전기 고문 도구들을 들고 들어온다.)

배우 1 치사한 놈들.

배우 11 아, 아, 벌써부터 흥분하면 어쩌시나?

배우 1 차라리 어서 죽여라, 치사하게 괴롭히지 말고.

배우 11 천만에, 괴롭히다니요, 포로도 장군은 장군인데 각별히 예우를 해 드려야지요.

배우 1 뭣이라고?

배우 11 단지 구경만 하시면 됩니다. 못된 놈을 남편으로 삼은 여인의 죄가 어떤 보답을 받는가를.

배우 12 (옆방 문이 열리며 여배우를 끌고 나온다.)

배우 1 ······!

여배우 ···. (죽 저졌나.)

배우 1 아니!

여배우 (배우 1을 봤다.) ······!

배우 11 오호, 반갑지도 않으신가?

배우 1 ······부인.

여배우 ……알고 있습니다.

배우1 ……싸워야만 했소.

여배우 ……승전 못지않게 자랑스러워지셔야지요.

배우11 (배우 12, 13에게) 자, 부인을 모시게.

배우12, 13 (여배우 양편에서 각각 두 손을 나누어 잡는다.)

배우1 이놈들아, 어쩔 셈이냐!

배우11 협조를 좀 해 주셔야겠습니다.

배우1 더러운 놈.

배우12, 13 (여배우의 저고리를 벗긴다.)

배우11 우리 모두가 같이 동아시아의 대국을 유지하자 함인
       데 어찌 이리 이해가 힘드시오.

배우1 이, 이, 야비한 놈!

배우12, 13 (여배우의 치마를 벗긴다.)

배우11 지금 제공자가 누구요?

배우1 모른다.

배우12, 13 (여배우의 속치마를 벗긴다)

여배우 (덜렁 팬티 바람으로 드러나자) 어마.

배우12 아, 왜 그래?

여배우 이, 이렇게까지 하는 거예요?

연출 뭣들 하는 거야?

여배우 전, 전, 이렇게 되는 건진 몰랐어요.

연출 무슨 소릴 하고 있어! 빨리 계속해.

여배우 …….

배우11 그럼, 지금 연락책은 누군가?

배우1   내가 대답할 것 같은가?

배우11   글쎄올시다.

배우12, 13 (여배우의 속저고리를 벗기려는데)

여배우   놔요, 놔.

연출   (성질이 나서) 왜 그래, 왜 그래, 왜 그래!

여배우   나, 안 할래요.

연출   뭐야?

배우1   사실, 저, 저건 너무하잖아요?

연출   넌 네 거나 잘해! (꽥 소리를 지른다.)

배우1   …….

여배우   저 정말 이렇게 하면 못 해요.

연출   이거 장난하는 건 줄 아나? 연극이 뭐 애들 소꿉장난
        인 줄 알아?

여배우   그럼 처녀 애가 관객들 앞에서 가슴을 덜렁 드러내란
        말씀예요? 아무리 연극도 좋고 예술도 좋지만.

배우5   연출 선생, 이렇게 하면 어떨까요? 벗기긴 하되 관객
        에겐 등만 보이게.

배우12   예, 선생님, 그렇게 하시죠.

배우12   저희들이 벗기면서 자연스럽게 돌려놓겠습니다.

연출   ……해 봐.

배우11   자, 그럼 다시 합니다. ……그럼 지금 연락책은 누군
        가?

배우1   내가 대답할 것 같은가?

배우11   글쎄올시다.

배우 12, 13 (여배우를 슬쩍 잡아당겨 돌려놓으며 속저고리를 벗긴
         다. 알몸으로 드러나는 잔등.)

배우 1   이, 이…….

배우 12, 13 (여배우의 두 손에 각각 밧줄을 묶어 천장에 매단다.)

배우 11 대답해 줄 수 있을까요?

배우 1   …….

배우 12, 13 (전기 고문 도구들을 풀어 전선 끝을 여배우의 두 유두에
         물린다.)

배우 1   이, 이, 천벌을 받을 놈들…….

배우 11 천천히 대답해 주셔도 됩니다.

배우 1   …….

배우 12, 13 (발전축을 돌린다.)

여배우   으으으……. (악문 이빨 사이로 힘들게 억누른 신음 소리
         가 새어 나오며 온몸이 통통 튕긴다.)

배우 1   ……그만, 그만!

배우 12, 13 (멎는다.)

여배우   (기절해 축 늘어진다.)

배우 11 자, 다시 시작해 봅시다. 자금 제공자가 누구죠?

배우 1   …….

배우 11 그럼 자금 연락책은 누군가요?

배우 1   …….

배우 11 좋습니다. 그럼 좀 더 생각하십시오. 그동안 우린 부
         인이나 부드럽게 모셔 드리죠.

배우 1   (어떤 결심을 다급히 뱉으려는데)

여배우   (의식적으로 말을 막으려는 듯) 이보시오! (간신히 그러
         나 강하게)

배우 11 부인, 말씀하시오.

여배우   ……세상에 계집으로 태어나 지아비 하나 설득 못 시
         킨대서야 꼴이 말이 아닐 터, 내가 대신 구슬러 보리다.

배우 11 호, 그거 나쁠 거 없지.

여배우   우선 이 손을 풀어 주시오.

배우 11 좋소. (배우 12, 13에게 눈짓)

배우 12, 13 (밧줄을 풀어 주며 저고리와 치마를 준다.)

여배우   (대충 몸을 가리고) 나가 주시오.

배우 13 뭐라고?

여배우   제 사내의 성미는 계집이 제일 잘 아는 법, 우리 둘만
         있게 해 주시오.

배우 11 좋소, 좋소. (배우 12, 13을 데리고 옆방으로 나가며) 잘
         쓰다듬기나 하시오.

여배우   (문이 닫히자 재빨리 걸어 잠근다.)

배우 1   ……!

여배우   (돌아서며 배우 1을 바라본다.) ……!

배우 1   ……부인!

어배우   (벽에 길린 권총 요대에서 권총을 빼어 든다.)

배우 1   ……!

여배우   (배우 1 쪽으로 다가가 포승을 풀어 준다.)

배우 1   …….

여배우   (배우 1에게 권총을 쥐여 주곤 천천히 큰절을 올린다.)

배우1 부인!

여배우 (무릎을 꿇고 다소곳이 앉아) 이미 더럽혀진 몸…….

배우1 오…….

여배우 전 분명히 자랑스런 지아비를 가진 자랑스런 계집이
       올시다.

배우1 ……삶을 버리고 죽는다는 것이 쉬운 일은 아니오.

여배우 죽지 못해 삶을 잇는 것은 더욱 쉬운 일이 아니지요.

배우1 오, 부인…….

여배우 ……삶을 이어 노비가 되느니 죽음을 얻어 날개를 펴
       리다. (두 눈을 살포시 내려 감는다.)

배우1 오, 오…….

여배우 (성스러운 자세로 기다린다.)

배우1 ……! (권총을 집어 던진다)

여배우 (다시 집어다 권총을 배우 1의 손에 쥐여 주며) 삶도 죽음
       도 쉽지 않지만 사람이 사람답게 죽을 곳과 때를 얻는
       건 더욱 어려운……. (총구가 자신의 가슴을 향하도록 배
       우 1의 두 손을 이끌어 주곤) 제 입술이 닿거든…….

배우1 (권총을 두 손으로 움켜쥔 채 두 눈을 감는다.)

여배우 (천천히 입술을 가져가 배우 1의 입술에 얹는다.)

배우1 …….

(총소리)

여배우 (꽃잎처럼 살포시 바닥에 가라앉는다.)

배우 1   (변하지 않은 자세 그대로 굳어져 있다.)

배우 11   (소리) 무슨 소리냐!

배우 12   (소리) 문 열어라!

배우 13   (소리. 문을 마구 흔들고 두들기며) 빨리 문 열어라!

배우 1   ……. (돌처럼)

배우 11   (소리) 문을 부숴라.

배우 12, 13   (문을 두들기고 발길로 찬다.)

배우 1   ……. (드디어 일어나더니 문 쪽을 향해 권총을 발사하기
         시작한다.)

(장내를 뒤흔드는 굉음과 함께 비명들.)

배우 1   (탄환이 떨어지자 빈 권총을 내던져 버리고 바닥에 허물어
         진다.)

악공들   (계면조)

배우 1   ……. (천천히 기어 여배우 쪽으로 다가가 꼭 껴안으며 엎
         드려 움직이지 않는다. 어떤 영원한 역사의 화석처럼.)

(악공들이 연주 꼬리를 흐리면.)

모두들   (박수)

여배우   (발딱 일어나며) 에이, 창피해. (옷가지들을 챙겨 매무새
         를 정돈한다.)

배우 1   ……. (그대로 엎드려 움직이질 않는다.)

여배우   ……? 얘, 일어나.

배우1   …….

여배우   ……얘 좀 봐.

배우1   …….

여배우   끝났어. (당겨 일으키다가) ……?

배우1   ……. (젖혀지며 드러나는 얼굴. 흠뻑 젖은 뺨 위에다 또다
       시 눈물을 철철 흘리고 있다.)

여배우   어머, 어머, 너 정말 우는 거니?

배우1   ……. (공연히 허공을 향해 머리를 젓는다.)

여배우   얘, 분장이 엉망 됐다, 얘.

배우1   …….

여배우   이리 와, 내가 고쳐 줄게.

연출   (둘러보며) 좀 쉬었다 하지.

(무대 위의 배우들, 적당히 극중 자세들을 허문다.)

여배우   (배우 1과 마주 앉아 분장을 고쳐 주며) 얘.

배우1   …….

여배우   너 연출 선생님한테 야단맞은 거 신경 쓰지 마라.

배우1   …….

여배우   처음엔 다 그러면서 크는 거야.

배우1   …….

여배우   나두 첨엔 얼마나 울었다구.

배우1   …….

여배우 연극이구 나발이구 다 때려치우구 시집이나 가서 남
　　　　편 월급봉투나 기다리라는 거야.

배우1 …….

여배우 분하고 창피해서 털썩 주저앉아 막 엉엉 울어 버렸어.
　　　　해해……. 그랬더니 연출 선생님 말씀이 "오, 바로 그
　　　　거야, 그렇게 우는 거야. 잘할 줄 알면서 왜 그랬어. 제
　　　　법 소질 있는데." 해해해…….

배우1 …….

여배우 넌 우습지도 않니, 내 말이?

배우1 …….

여배우 사실 연출 선생님 성질나면 꽥꽥 소리 지르구 막 부수
　　　　구 난리 치시지만 알고 보면 뒤끝이 깨끗해. 금방 잊
　　　　어버리신다구.

배우1 …….

여배우 너두 빨리 잊어버려. 그까짓 거 연출 선생님한테 야단
　　　　맞은 거.

배우1 (비로소) ……그것 때문이 아니야.

여배우 뭐?

배우2 (무대 위에 남아 혼자 연습해 보고 있다.) ……어찌……,
　　　　이러한……, 오히려……, 심지어……, 이는 짐이 독
　　　　단으로 할 일이 아니며……, 정부 대신 또한 능히 마
　　　　음대로 할 수 없고……, 정부 대소 관리와 임원 대
　　　　신……, 뿐만 아니라 초야에 묻힌 유림들의 여론을
　　　　모두 들어야……, 감히……, 병력……, 오……, 차라

리……, 짐이 죽어 순국하면 하였지……, 인준할 수 없소……, 오……, 제발……, 몸이 아프오……, 가 주시오……, 오……, 내 대신들과 상의하시오……, (뭔가 못마땅하게 입맛을 다시고 다시 시작한다.) ……어찌……, 이러한……, 오히려……, 심지어……, 저, 연출 선생님.

연출   ……. (커피를 마시고 있다.)

배우2   연출 선생님.

연출   응?

배우2   손님 오신 모양인데요.

연출   뭐? 손님?

피디   (출입구 쪽에서 들어오며) 연출 선생님 어디 계십니까?

연출   (반기며) 아, 오셨군요.

피디   안녕하십니까?

연출   고맙습니다. 이렇게 신경 써 주셔서.

피디   천만에요. 고마운 건 오히려 우리 쪽입니다. 이런 좋은 작품을 제공해 주셔서.

연출   부끄럽습니다. (배우들에게) 자, 여러분 인사들 하시죠. 방송국에서 나오신 프로듀서이십니다.

모두들   안녕하세요?

피디   수고들 많으십니다.

연출   몇 분 정도가 필요하십니까?

피디   인서트니까 한 십 분 정도면 되겠습니다.

연출   (배우들을 향해) 아, 그럼 5장 가운데부터 해.

배우5   어디요?

연출   "이 일은 동아시아 대국을 유지하려 함인데 어찌 이
      리 오해가 심하오." 하는 데서부터.

배우12   예, 알겠습니다.

피디   (카메라맨에게 위치와 각도를 지시하고 있다.)

여배우   (배우 1에게) 얘, 준비하자.

배우1   …….

여배우   잘해, 응?

피디   (오디오맨에게 마이크 설치 장소를 지시한다.)

배우1   (갑옷의 목 부분을 신경질적으로 쥐어뜯으며) 오늘 장내
      공기가 왜 이렇게 답답하지?

피디   (연출에게) 저흰 준비가 다 됐는데요.

연출   알았습니다. 자, 자, 스탠바이!

배우1   (칼을 차고 무대 위 자기 위치로)

연출   (워키토키에 대고) 라이트, 오케이? ……오디오, 오케
      이? ……좋아, 그럼 스탠바이!

(무대 위의 연기자들 진지하게 자세를 취한다.)

연출   (워키토키에 대고) 자, 상시등 꺼.

여배우   (배우 1에게) 잘해, 응?

(장내 어두워진다. 텔레비전 카메라 작동한다.)

연출　　(소리) 큐.

악공들　(연주 시작한다.)

(조명 페인드인)

배우12　……이 일은 동아시아의 대국을 유지하려 함인데 어
　　　　찌 이리 오해가 심하오.

배우3　　오해? 오해는 오히려 귀측이오.

배우12　뭐요?

배우3　　생각해 보시오. 귀국은 수년 내 우리의 가죽과 살을
　　　　도려내고 기름과 피를 빨아먹어 거의 남은 것이 없소.

배우12　이보시오.

배우2　　남아 있다면 겨우 독립이란 명칭뿐인데, 이제 그것마
　　　　저 병합하여 없이 하겠다 하니…….

배우12　독립, 독립…… 좋소, 그럼 한 가지 묻겠소. 실로 귀국
　　　　역사에 한 번이라도 독립을 누린 적이 있소?

배우2　　뭣이라고?

배우12　최근 삼백 년만 보더라도 귀국은 청국의 속국이었잖소.

배우3　　이, 이자가…….

배우12　이에 아국은 귀국의 독립을 주장하고 청국과 싸워 물
　　　　리쳤소. 또한 아라사와의 전쟁에서 귀국을 위해 막대
　　　　한 인명과 재화를 던졌소. 헌데 이제 와 아국을 못마
　　　　땅히 여기니…….

배우3　　오호, 어찌 여기까지 이르렀을고…… 타국의 일개 공

사까지 아국 정부를 이처럼 욕보이다니…….

(포성, 연이어 울린다.)

배우8 아니, 이게 무슨 소리요?
배우11 아, 놀라지 마시오. 단지 아국의 수비대가 잠시 훈련
        중인 것뿐이오.
배우4 뭣이?
배우12 자, 이제, 청국은 물러갔소. 아라사 역시 이국과의 전
        쟁에서 패했소. 미국— 그렇지, 귀국과는 우호조약을
        맺은 미국— 허지만 귀국을 돕기엔 너무나 먼 곳에
        있소.

(군대 행진 소음)

배우9 아니, 이건 또……?
배우11 아, 아, 놀라지 마시라니까. 이것 역시 아국의 수비대가
        시내 치안과 이곳의 경비를 위해 배치 중인 것뿐이오.
배우3 무어라고, 이놈!
악공들 (강주)

(조명 전환.
음향 사라진다.)

배우1   ……부인.

여배우   ……알고 있습니다.

배우1   ……한 나라가 두 나라를 맞아 생사를 결해야 하오.

여배우   승전 못지않게 자랑스러워지셔야지요. (앉는다.)

배우1   ……삶을 버리고 죽는다는 것이 쉬운 일은 아니오.

여배우   죽지 못해 삶을 잇는 것은 더욱 쉬운 일이 아니지요.

배우1   오, 부인…….

여배우   ……삶을 이어 노비가 되느니 죽음 얻어 날개를 펴리다.

배우1   오, 오…….

여배우   삶도 죽음도 쉽지 않지만, 사람이 사람답게 죽을 곳과 때를 얻는 건 더욱 어려운 일. 어서 황산벌로 달려가셔야지요.

배우1   (칼을…….)

악공들   (강조)

(조명 전환.

음향 계속된다.)

배우3   아니 되오! 아니 되오!

배우11   장군.

배우12   예. (배우 3을 끌어낸다.)

배우3   (끌려가며) 아니 되오! 아니 되오! 아니 되오!

배우11   폐하께서 여러 대신과 협의하라는 유시가 계셨으니 다시 가부를 묻겠소. (배우 3이 끌려 나간 쪽을 한 번 흘겨

보고) 참정 대신은 불가고 (배우 7에게) 공은 어떠시오?

배우7   단연코 동의할 수 없…….

배우11   (노려본다.)

(호각 소리)

배우7   ……으나 상명이 있다면 따를 수밖에 없소이다.

배우1   ……!

배우11   그러면 절대 반대는 아니니 오히려 가(可) 편이고.

(좌측 조명 들어온다.

음향 계속되고.)

악공들   (북소리)

배우1   ……부인.

여배우   ……알고 있습니다.

(조명 전환)

악공들   (북소리)

배우11   공은?

배우4   불가요.

배우11   절대적이오?

배우4   그렇소.

배우11 그럼 불가 편.

(좌측 조명, 청색으로.)

배우1 ……한 나라가 두 나라를 맞아 생사를 결해야 하오.
여배우 승전 못지않게 자랑스러워지셔야지요.

(좌측 조명, 적색으로.)

악공들 (북소리)
배우11 공은?
배우8 강약이 부동하여 거부할 힘이 없으니 어쩌겠소.
배우1 ……!!
배우11 오, 전적인 동의라 인정하겠소. 이는 절대적 가.

(좌측 조명, 청색.)

악공들 (북소리)
배우1 ……삶을 버리고 죽는다는 것이 쉬운 일은 아니오.

(좌측 조명, 적색.)

악공들 (북소리)
배우11 공은?

배우6   이런 있을 수도 없는 일이 생겼다는 자체가 불행한 일
이오. 누구를 탓하겠소.

배우11   그래서 가요, 불가요?

배우6   승낙할 수 없소.

배우11   그럼 불가 편이고.

(좌측 조명, 청색.)

악공들   (북소리)

여배우   죽지 못해 삶을 잇는 것은 더욱 쉬운 일이 아니지요.

(좌측 조명, 적색.)

악공들   (북소리)

배우11   공은?

배우9   대체로 찬동이나 연대 책임인 이상 참정 대신의 의견
에 일임하겠소.

배우1   ……!

배우11   별로 불가 편이라 볼 수 없으니 가고.

(좌측 조명, 청색.)

악공들   (북소리)

배우1   오, 부인…….

여배우　……삶을 이어 노비가 되느니 죽음을 얻어 날개를 펴
　　　　리다.

(좌측 조명, 적색.)

악공들　(북소리)

배우 11　공은?

배우 10　(배우 8, 9를 보며) 같은 의견이오.

배우 1　……!

배우 11　그럼 가. 자, 불가가 셋이고, 가 편이 넷이오. 공의 의
　　　　견은 어떠시오?

(좌측 조명, 청색.)

악공들　(북소리)

배우 1　오, 오…….

여배우　삶도 죽음도 쉽지 않지만, 사람이 사람답게 죽을 곳과
　　　　때를 얻는 건 더욱 어려운 일.

배우 1　……!!!

(좌측 조명, 적색.)

악공들　(북소리)

배우 5　불가불가…….

배우 1 ······. (목의 힘줄이 불끈불끈 힘주어 솟더니 심하게 경련한다.)

배우 11 뭐라······ 하시었소?

배우 5 불가불가.

배우 11 아니, 불가불, 가요, 아니면 불가, 불가요?

(좌측 조명, 청색.)

악공들 (북소리)

여배우 어서 황산벌로 달려가셔야지요.

배우 1 ······. (눈이 크게 확대되더니 치켜지며 핏발이 선다.)

(좌측 조명, 적색.)

악공들 (북소리)

배우 5 불가불가······.

배우 1 ······. (입이 벌어지며 입술과 턱이 부들부들 떨리기 시작한다.)

(조명 변화)

악공들 (북소리)

여배우 ······?

배우 1 (갑자기) 이야!

여배우   (깜짝 놀라) 어머— 깜짝이야.

배우들   ……!? (배우 1을 바라본다.)

연출   (객석 중앙에서) 뭐야? 왜 그래?

배우1   (배우 5 쪽으로 몸을 돌려 크게) 이야아!

연출   (벌떡 일어서며) 인마, 너 왜 그래?

여배우   얘, 너 왜 그러니?

배우1   (손쓸 틈도 없이 달려가 배우 5에게 칼을 내려친다.)

배우5   (불의의 습격에 피를 내뿜으며 고꾸라진다.)

여배우   어머.

(당황하는 사람들)

연출   (무대로 달려가며) 뭐야, 어떻게 된 거야!

배우1   (무슨 뜻인지 알아들을 수도 없는 고함을 바락바락 지르며
      마구 칼을 휘두른다.)

배우들   (어리벙벙해져서 이리저리 몰린다.)

연출   저, 저놈이, 빨리 말려!

배우1   (쓰러져 있는 배우 5에게 계속 칼을 내려친다.) 이, 이 비
      겁한, 이 못난, 이, 이…….

여배우   (달려가 배우 1에게 매달리며) 얘, 얘, 너 미쳤니! 얘,
      얘…….

연출   (뛰어 올라가 배우 1을 붙잡고 주먹으로 친다.)

배우1   (급소를 맞고 비틀거린다.)

배우들   (달려들어 배우 1의 칼을 빼앗고 사방에서 붙들어 끌고 나

간다.)

배우1   (무대 뒤쪽으로 끌려 나가며) 나쁜 놈! 죽일 놈! 칵 뒈져
       버려, 뒈져 버려! (계속 발악하며 끌려 나간다.)

여배우   애, 애, 정신 차려! (울며 뒤따른다.)

연출   (피범벅이 된 배우 5를 일으키고, 멍해져 한쪽에 몰려 있는
       나머지 스태프와 배우 들에게) 뭣들 하고 있는 거야! 빨
       리 이리 와!

사람들   (비로소 정신들을 차리고 달려와 배우 5 주위에 몰려든다.)

연출   빨리 병원으로 데려가!

(스태프들, 피투성이 배우 5를 업고, 받치며 객석 중앙 통로를 거쳐
출입구로 나간다. 뚝뚝 통로에 떨어지는 핏덩어리.
무대 뒤쪽에서는 계속 발악하는 배우 1의 고함 소리가 들려오고 있다.
뭔가 부서지고 깨지는 소리. 무슨 일이 일어났는지 배우 1의 아우성
이 점점 멀어진다.)

연출   (이리저리 무대 위에서 갈팡질팡하다가 문득 객석 쪽을 보
       고 잔뜩 찌푸리며) 당신들 뭐요? (신경질적으로 꽥 소리
       지른다.) 빨리 나가요!!

(조명 컷 아웃.
어둠.
침묵—.)

작품 해설

극작가 이현화(1943~)가 1982년 발표한 희곡 「불가불가(不可不可)」는 1987년 초연 당시 대한민국연극제 희곡상을 수상한 작품으로, 과거의 사실(史實)을 경유하여 시대를 환기하고자 했던 작가 의식을 내용과 형식의 탁월한 결합을 통해 드러낸다.

「불가불가」는 병자호란과 무신정변, 을사늑약 등 치욕스러운 사건 앞에서 벌어지는 지도자들의 갑론을박과, 황산벌 전투의 출정을 앞두고 자신의 부인을 죽여야만 하는 계백 장군의 모습을 교차하여 극화한다. 역사적 굴곡 앞에서 어떠한 결정도 내리지 못한 채 대신들에게 결정권을 전가하는 무능한 왕, 그리고 부득이 찬성할 수밖에 없다는 것인지〔不可不 可〕, 아니면 절대 반대한다는 것인지〔不可 不可〕 그 의미를 알 수 없게 "불가불가(不可不可)"라 모호하게 대답하는 대신들의 모습은 노비가 되느니 죽는 것이 낫다며 자신의 목을 베고 전장에 나가라는 계백의 부인과 이를 안타깝게 바라보는 계백의 슬픔에 극명히 대비되면서 그 부정성이 명확해진다.

이때 중요한 것은 이 내용이 잘 짜인 한 편의 극이 아닌, 이를 연습하는 극단의 연습 상황 안에서 그려진다는 점이다. 즉, 하나의 극 안에 또 다른 극이 삽입된 극중극 형식의 「불가불가」는 포괄 구조를 연극이 상연되는 시점으로, 내적 구조를 역사적 사건이 벌어지는 과거로 설정함으로써 과거를 현재의 상황 속에 포함시키는 것이다. 이와 같은 구조는 「불가불가」에서 보여 주는 역사적 사건들과 상황들이 현재와 그리 멀지 않음을 잘 표현하는 것이라 할 수 있다. 따라서 가혹했던 역사의 굴곡들마다 책임을 전가하던 왕이나 대신 들, 또한 그들이 외치던 "불가불가"는 이 작품이 발표되고 초연된 시대적 상황을 고려하여, 혹은 이 작품을 읽고 있는 현재의 시대상을 생각하며 해석해도 좋을 것이다. 그리고 편히 앉아 「불가불가」를 지켜보고 있는 관객에게 던지는 극중 연출가의 날카로운 마지막 한 마디 역시 지금, 여기에 있는 우리에게 던져진 질문이라는 점을 상기해 보아야 할 것이다.

자전거

오태석(吳泰錫) 1940~

1940년 충남 서천에서 출생하여 연세대학교 철학과를 졸업했다. 1967년
《조선일보》 신춘문예에 「웨딩드레스」가 당선되고 1968년 국립극장, 《경향
신문》 공동 장막극 공모에 「환절기」가 당선되어 극작가로 공식 데뷔했다.
1973년의 「초분」을 기점으로 초기의 서구적 드라마투르기와 부조리극의
경향으로부터 전통적이고 토속적인 경향으로 선회하여 「태」(1974), 「춘풍의
처」(1976), 「물보라」(1978) 등을 발표했다. 그 외 대표작으로 「한만선」(1982),
「자전거」(1983), 「필부의 꿈」(1986), 「부자유친」(1987), 「비닐하우스」(1988),
「운상각」(1989) 등이 있다. 1970~1980년대를 거치며 한국의 가장 대표
적인 극작가이자 연출가로 자리 잡은 오태석의 작품 세계는 매우 다양하
고 현란한 실험성을 보여 주나, 일관된 경향은 전통의 재발견과 현대적 수
용을 통한 한국적 연극의 창조라고 할 수 있다. 1987년 서울연극제 대상,
1992년 동아연극상 대상, 2004년 대한민국문화예술상, 2012년 동아연극
상 대상 등을 수상했다.

등장인물

윤 서기
구 서기
임 선생
한 씨
처녀
솔매집 남
솔매집 여
한 의원
노인
청년
황석구
아이
감나무집
머슴
당숙
망령

면사무소

윤 서기와 구 서기.

윤 서기 자네, 결근계 하나 만들어 줄 텐가.

구 서기 뭘 만들어.

윤 서기 (결근계 초안을 읽는다.) 이거, 내 결근계 초안이네. 길
가에 암장된 처녀가 야밤에 길 가는 사람 불러 잡는
바람에 졸도, 이후 경기로 눕게 되어 사십이 일간 출
근이 불가하였기로 결근계를 제출하나이다.

구 서기 그거 제출할 셈인가.

윤 서기 꾸며서라도 달리 만들기 전에는 도리 없네. 실지가 그
렇구만. 그렇게 도와줘야겠어, 자네.

구 서기 어떻게 된 일이여. 자초지종을 들어나 보드라고.

윤 서기 (잠시) 그날 일진이 좀 사납드만. 간호병 제대 돌팔이

가 사람 배를 쩨 대니 더 놔둘 수 없드만그려. 그 사람 농고 동창인디, 고발 조치했구만. 고발장 읍내 서로 보내고, 담배나 한 대 피우고 퇴근하지 하고 있는데 열너덧 살 난 계집애가 앞에 와 서드만, 도립 병원 진단서 내밀더니 즈이 언니 사망신고 하러 왔디야. 호적계 자리는 비었고, 어디서 왔냔게 문장리여. 멀리서 왔다고 처리해 줬지. 열아홉 살 폐렴이드만. 내 참.

구 서기   그 처년가── 자네 이름을 불러 대드라면서.

윤 서기   (고개를 젓는다.) 뭔 소리가 들렸던가도 모르겠어, 정신없드란게. 물속에 처박힌 것모냥 먹먹하고.

구 서기   아니여. 그러구 건너뛰었다간 뭔 소린지 모르네. 그래서, 사망신고 처리해 주고 나서.

윤 서기   내산집서 술 좀 했구만. 이래저래 심난하디, 넘 고자질 첨 해 본 것이고 그것으로 몇 사람 다치겠고, 술 좀 했어. 나중에 내산댁이 짐 되니 자전거 두고 가라고 그래 쌓드만, 그것 없으면 호젓한게 끌고 나섰지. 밤새 걸었나 싶더만 겨우 넉배재 올라섰데. (곁에 세웠던 자전거 끌고 나선다. 구 서기, 쫓는다.)

넉배재

국민학교 임 선생이 자전거 끌고 마주 나타난다.

임 선생은 손전등을 들었다. 구 서기는 옆으로 비켜선다.

윤 서기와 임 선생, 자전거 양편에 세우고.

임선생   이제 가나, 늦었네야.

윤서기   숙직이라우?

임선생   큰집이 제사라, 거기두 오늘 제 지내겠구만.

윤서기   오늘이 여드레라우, 깜박했네.

임선생   (담배에 불 당기고 쭈그려 앉는다.) 읍내 등기소 자리, 돌 실어다 놨다드만, 홍성이서 구했다던가, 여하간 꺼멓 디야.

윤서기   꺼매라우, 오석인가 보네, 그럼. 대리석으로 말들 해 쌓드만.

임 선생 돌이 좋디야. 꺼끈 것이 추모비로 무난도 하고.

윤 서기 해 넘기기 전에는 스겄구만요.

임 선생 돌 고르는디 삼 년 걸렸는디. (담배 물고 자전거 끌고 나
　　　　선다.) 서릴 내릴란가 안개가 심헌디. 저 아래, 돌다리
　　　　겟막[1]에 불은 켜 있드만. 밤길 조심허소.

윤 서기 예, 내려가시유.

(임 선생, 나간다.)

구 서기 등기소에다 뭘 세우나.

윤 서기 추모비 있잖은가, 모르던가—잉, 인공 때 읍내 등기
　　　　소, 거기가 전이도 등기소 건물이 있었다네. 그 등기소
　　　　건물에 반동분자라고, 이 군에서 이름 알려진 어른들
　　　　백스므일곱 분 갇혀 있었디야. 헌디 국군이 밀고 올라
　　　　온게 쫓겨 가는 마당에, 막판에 다급한게, 그 쳐 죽일
　　　　놈들이 불 싸질러 버렸디야. 그런게 오늘 밤 제사 지
　　　　내는 집이 백 가구가 넘으만. 아니, 오늘 밤이 아니구
　　　　먼. 그날 밤이지. 아이고, 이러다가는 날짜 때문에 정
　　　　신없겠구만, 이렇게 하세. 내 그날 헌 대로 헐 팅게 날
　　　　짜는 따지지 마소. 오늘 밤에 사고 났다고 여기소.

구 서기 그려. 오늘 밤이 사고 났어. 그래서?

윤 서기 묘판이서 한숨 자 볼까도 했구만. 예산서 당숙 되는

---

1) 게를 잡기 위해 쳐 놓은 막. '게막'이 표준어다.

어른 내려와 갖고 사금파리로 얼굴 그어 대고 집안 뒤집어 놀 생각한게 그도 안 되겠데. (고개 젓는다.) 등기소 불타던 날, 이 양반도 거기 끼었었구만. 거기서 꼭 두 양반 살아났다는디, 이 양반이 그 하나여. 근게 내 부친이 이 양반 형님뻘 되느만. 형님 같이 못 끄집어내고 혼자 살아 나왔다고, 면목 없다고, 제삿날이면 내려와서 사랑방 차지하고 사금파리로 얼굴을 긋네. (이마 주름 따라 가로 긋는다.) 밭고랑 파듯이 층층이 그어. 그러니 피가 얼굴에. (고개 젓고 자전거 밀고 나선다.) 여기서 내려가면 저쪽 신틀매 고개까지 5리가 좀 먼디, 집이 두어 채밖에 없구만. 솔매 쪽으로 깊게 들어가서 문둥이 집이 한 채 있고 생배로 넘어가는 삼거리 채 못 가서, 거위를 기른다고 거위집이라고 하는디, 한 씨여, 사람은 생불이구만, 안사람이 간질이 심해 갖고, 그래 남 뵈기 사납다고 외채로 지낸 것이 이십 년 돼 가지, 아마. 집 뒤로 뭘 좀 심어 보겠다고, 그래 개간 허가 내는 일 좀 거들어 줬구만, 내가 토지를 어디서 떠다 준 줄 아는 모양이여, 나보고 절하는 것이 이 사람 일과여. 저 보소. 야밤인디 목 빼물고 섰어.

거위집

탱자 울타리 너머로 상체를 내놓고 서 있던 한 씨가 울타리를
돌아 나온다. 도시락만 한 꾸러미를 들었다. 그것을 윤 서기의
자전거 뒤판에 묶는다. 구 서기, 한편으로 비켜선다.

윤 서기　뭐라우.

한씨　더덕 좀 캐 봤구만. 잘아서 제상엔 오르지도 못하겠네.

윤 서기　어허, 뇌물 받았다고 나 쫓겨나.

한씨　(소매 끝에 접어 두었던 쪽지 건넨다.) 아께 집 애들이 읽
　　　　어는 주드만, 시상이 엄두가 나야지. 어린것이. (성냥
　　　　불 당겨 준다. 윤 서기, 훑어본다.)

소녀 소리　날씨 맑음. 감자 두 개 썰어 지영이 공작 숙제 만들
　　　　어 줬다. 오후반 애들이 지나갔다. 읍내 쪽에서 기적
　　　　소리가 들려온다. 올라가는 기차, 내려가는 기차, 나

는 어느 기차를 타게 되나. 모른다.

한씨　두째여. 열네 살 먹은 것인디.

윤서기　언제 나갔나?

한씨　점심 지나구서 안 뵈드래. 지 말대로 찰 탔으면 대처로 간 모양이구만, 시상이 이것이, 이것이 먼 변이여.

윤서기　대처에 누가 있나?

한씨　누가 있어. 읍내 장이도 한 번 안 가 본 애여.

윤서기　이거 큰애가 줍디여?[2] 뭔 말 없고?

한씨　질질 짜기만 허지.

윤서기　내가 좀 보드라고.

한씨　(담 너머로) 야어, 거깄냐. (울안으로 들어간다.)

윤서기　일단 합의해 줘야 할 게 있네. 큰애하고 하는 소리는 넘한테 건네지 마세. 그냥 참고만 해 주게.

(구 서기 끄덕인다. 갑자기 거위 우는 소리, 울안에서 한참 소란하다. 거위를 모느라고 두런거리는 한 씨, 소리와 함께 뒤꼍으로 멀어져 가자 스무 살 넘어 보이는 처녀가 나온다. 궁색한 차림새보다 얼굴을 돌리거나 숙이지 않는 거동이 먼저 눈에 띤다. 그래서 저능한 부류들에게서 감지되는 무감, 고집을 지닌 것처럼 보일 수도 있다. 처녀의 말은 때로 윤 서기를 개의치 않고 하는 혼잣소리처럼 들리기도 한다.)

처녀　(잠시) 동생은 지가 내보냈이유.

---

2) 주던가?

윤 서기 내보내다니?

처녀 작년에 갓난애가 들어왔구만유, 앞집에서.

윤 서기 앞집 문둥이한티서?

처녀 그 애가 막내 동생으로 입적되는 걸 보고, 동생이 여
간 아니게 놀랬던 모양이라우. 지난달에, 하루는 자기
도 앞집에서 왔냐고 내게 묻더만유.

윤 서기 앞집에서 온 애가 또 있나?

처녀 (잠시, 끄덕인다.) 머스매, 올해 학교 들어갔구만유. 머슴
애 입적할 땐 동생도 어렸은게 몰랐지유. 입적이 뭔지.

윤 서기 어쨌나— 저도 앞집에서 온 애로 여기는 눈치던가?

처녀 앞집이 여기서 보기보다 솔찬히 멀어라우. 그런디, 뭐
가 그 집 문밖에 힐끔 비치기만 해도 애가 사시나무
떨듯 하는디, 영락 엄니 간질 하듯 그래라우. 밤에 자
다 보면 내 얼굴 자꾸 더듬어라우. 지 얼굴 만져 보고.
나 노려볼 때 보믄 무서워서, (흠칫 몸을 떤다.) 내가 무
서워서 내쫓았구만요. 그 애도 그렇게도 못 살 것이
고, 못 살아라우.

윤 서기 내쫓으면 어디로 가는가. 어디 가라고 내쫓아. 앞집에
가라고?

처녀 (흠칫 놀란다. 상체를 쓸어 잡고 쪼그려 앉는다. 사레가 걸
린 듯 몇 번 헛구역질을 한다.) 야가 앞집에 갔을라나—.
한번은 거위 목을 비틀고 있어라우. 꿈에 앞집이서 즈
이 엄니가 왔는디 거위가 손가락을 문게 쑥 빠지더래
요. 그거 내노라고, 엄니 갖다 준다고, 거위 목 잡고.

윤 서기　그 애도 앞집서 들여왔나?

처녀　그 애가 나 여섯 살 때 생겼구만유. 모르겄어라우. (문득 빤히 본다.) 걔도 데려왔다우?

윤 서기　내가 물어본게.

처녀　내가유, 꿈이 저 집 불 질렀어라우. 꿈이.

윤 서기　얘가 정신이 있나, 지금.

처녀　빨래를 널 수가 없어라우. 그것이 바람에 날려도 앞집 사람들 본 것모냥 속이 울렁거려서. 불 때다 삭정이만 부러져도 손가락 세어 본다우. 손가락 분질러 땐 줄 알고. 지가 이럴 바에 그 어린것이 오죽이나 죽겄을 것이요, 불쌍한 것이. 내 저 죽으라고 내쫓은 거 아니라우. 저라도 살라고, 멀리 가라고, 엄니고 언니고 다 잊으라고.

윤 서기　낫살이 그만하면 세상 물정 알 것이구만, 그 어린것이 어찌 살 것이라고 내쫓아. 한디서 밥이나 빌어먹을 줄 아냐, 밥도 못 먹어.

처녀　지 팔자가 그런게요.

윤 서기　이 사람 말하는 거 좀 보소. 자네 아버지는 뭘 받고 애들 맡아 기르는가?

처녀　(분해서 몸을 떤다.) 집 나간 애는 그런 소리 안 했어라우. 애 업어 재우고 씻기고, 지 동생들 끔찍히 알았어라우. 그저 무섭다고, 무섬 타다 나간 것이라우. 무서서.

(몸을 돌려 들어간다. 거위 우는 소리 두세 번 치솟고 잠잠해진다.

적막.)

윤 서기 내친김에 어쩐다고 솔매 쪽으로 들어섰네.

구 서기 문둥이 집으로— 야밤에 거길 가서 어쩐다고?

윤 서기 답답하더만. 애는 어디론가 멀리 가고 있고. (자전거
움직인다. 바퀴 방울 소리가 두세 번 퉁긴다. 화답하듯 거위
울음소리가 극성맞다가 급히 사그라든다.) 알겠나. 요새
부쩍 흔한 것이 가출이여. 보따리 싸 갖고 집 나갔다,
그래 버리면 까짓거 고만이구만. 헌디 이 애는 그렇게
안 되데. 쥐뿔도 모르면서 남 배를 쨌다, 그건 고발해
버리면 고만이여. 그런디 이건 달라. 뭐가 이 애를 내
쫓았느냐 이거여. 애는 뉘 집 애냐, 그것부터 알아야
쓰겠데. 그래 솔매길로 들어섰구만. 마중하듯 위서 내
려오드만그려.

(어둠 속에서, 흔히 어부들이 그렇게 차리듯 옷 위에 비치는 허름한
비닐을 부대처럼 뒤집어쓰고, 허리 묶고, 수건 두른 후에 밀짚모자
눌러쓰고, 감발을 한 솔매 사람이 나타난다. 빨간색 김장용 장갑을
낀 손에 양초 두 갑을 쥐어 내민다.)

솔매집 남 오늘 지사란 말 들었시유.

윤 서기 (양초 받아 자전거 뒤판에 꽂는다.) 요새 지내기가 어떻
다우?

솔매집 남 올이는 겨 주고 겨 바꾸게 생겼구만유. 꼬추는 제법

따겄구만. 배차가 씨가 나빴던가 싹이 누래 갖고 넘들
같지 않을 모양이유. 살펴 가시유.

(어둠 속으로 비닐 옷의 바스락거리는 소리 끌며 사라진다.)

구 서기 자네 세도가 정승보다 나 뵈네. 이 야밤에 정승이 지
        나가기로서니 그 먼 디서 초 들고 나오겠는가.
윤 서기 사람이 외로운게.
구 서기 그 애 뉘 집 애냐 묻는 거 빠쳐 먹었네, 자네.
윤 서기 느닷없이 앞에 나선게 말이 안 되더만. 좀 엉뚱하다
        싶고.
구 서기 맞어. 일은 거위집에서 벌어진 것인데. (자전거 구르며
        바퀴 방울 튕긴다.)
윤 서기 저기 삼거리 칙간에 생배 한 의원이 허옇게 앉아 있더
        만그려. 등기소 불 싸지른 날 돌아가신 어른이여.
구 서기 뭐여?
윤 서기 처음엔 타관 사람이 술주정하나 보다 했지. (자전거 뒷
        받침대 받쳐 세우고 올라앉는다.)

삼거리

왕골 돗자리로 하체만 가릴 수 있게 ㄷ 자로 만든 농부들의 간이 뒷간이 보인다. 허연 두루마기 걸친 생전의 한 의원이 목만 위 내놓고 앉아 있다. 내리 깔린 안개로 해서, 언뜻 보면 봇물에 들어앉아 머리만 내놓고 몸 씻는 듯이도 보인다.

한의원 불 있는가?

(윤 서기, 사방 둘러보며 자전거에서 내린다. 귀 기울인다. 이 장면에서 윤 서기의 움직임에 약간 혼란이 온다. 거리와 방향에서 그러하다.)

한의원 불 있는가?
윤서기 예.
한의원 날세, 나.

윤 서기 뉘시유?

한 의원 불 좀 댕기소.

윤 서기 예— 시방 찾느만유.

(잔성냥 덜그럭거리며 그어 댄다. 담배 물지 않은 한 의원 얼굴이 드러나자 한 의원이 훅 불어서 불 끈다. 윤 서기, 다시 그어 불 켠다. 한 의원, 다시 불어 끈다.)

윤 서기 아, 따궈. 이 양반이 취했나. (손바닥을 문질러 댄다.)

한 의원 아, 잔성냥은 왜 자꾸 그어 대는가. 자네 요새 술이 과하구만. 그러다 나중에 나이 들면 애먹네.

윤 서기 불 댕기셨시유?

한 의원 자네가 항갱이 세환이 손자 맞는가?

윤 서기 예. 뉘신가유?

한 의원 자전거 타고 앉은게 영락없구만, 똑같어.

윤 서기 할아버님을 어찌 아신데유?

한 의원 자네 춘부장하고 좀 전에 갈렸네. 그 양반 벌써 집에 갔겠구만. 부지런히 가소. 늦었네야.

윤 서기 두 분께서 어디 댕겨오신다우?

한 의원 읍내 장에 칡뿌리 나온 게 좀 있는가 하고 나갔구만. 칡이라고 손가락 두께나 되는 거 두어 무더기 싸 놨는데, 어디 쓰겠드라고. 아, 저 사람 뭐하고 섰디야, 싸게 가소.

윤 서기 예, 먼저 가느만유. 살펴 가시유.

한 의원 어이 가. 나도 끝났네.

(윤 서기는 자전거 받침 풀고, 마치 개울이라도 건너듯 자전거 들어 어깨에 메고 뒷걸음친다. 한 의원은 상체를 세우더니, 바지 올리고 허리띠 매고, 두루마기 끝 접어 허리에 묶었던 새끼줄 풀고 제 모습 갖추는데 노인의 깐깐한 성미 잃지 않는다. 뒷간에서 나오더니 곁에 뉘어 있던 몽당빗자루 세워 왕돗자리 틈새에 꽂고서 반대쪽으로 유유히 사라진다. 윤 서기는 자전거 둘러맨 채 이 모양을 보고 서 있다. 안개 속에 묻혀 있던 구 서기, 모습을 보인다. 이 장면에서 구 서기 눈에는 한 의원이 보이지 않는 것으로 된다. 윤 서기의 기이한 모습 으로 미루어 보아 어떤 헛것하고 윤 서기가 만났던가 보다 짐작할 뿐 이다.)

구 서기 내둥 그러고 있었나?
윤 서기 (자전거 받쳐 세우고) 그 어른 봤지. 여기서 뒤를 보고.
　　　　(구 서기, 고개 젓는다.) 말소리도 못 들었나?
구 서기 들었지. 자네 소리만 들리데. 뉘시유, 예, 시방 찾어유,
　　　　불 댕기셨슈. 저쪽은 뭐라시던가?
윤 서기 벌써 가셨어.
구 서기 (불길에 손을 쬐 보듯, 손 펴서 몽당 빗살에 대 본다.) 자네
　　　　조부님은 왜 나오셨던가? 그 소리도 하드만.
윤 서기 생배벌 건너오려면 이쪽으로 여수배미 있잖은가. 할
　　　　아버님이 읍내 소실 집서 밤늦게 오시다가 거기 빠져
　　　　돌아가셨구만, 그 얘기 끄내시드만그려.

구 서기   여수배미 그렇게 깊던가?

윤 서기   물 차야 가슴 높이여. 그런디 할아버님이 거기 자전거
        타고, 물 위로 몸을 세우고서. 그런 것모낭 돌아가셨
        더랴.

구 서기   물 위에 자전거가 서?

윤 서기   (자전거 뒷받침대 받쳐 세운다.) 여수배미 한가운데 자
        전거가 이러구 세워 있드랴.

구 서기   누가?

윤 서기   모르지. 그저 넘 손에 돌아가신 걸로 짐작만 했고, 흐
        지부지됐다드만. 할아버님이 해방 전에 주재소 순검
        을 지내셨은게 넘 손에 잘못될 수도 있다, 그랬던 모
        양이여. 내가 밤에 잘 다닌게 종종 여수배미를 지나느
        만, 한 번도 뵌 적이 없어. 그런디 이 한 의원 말씀은
        나 자전거 탄 모양이 생전 할아버님 꼭 닮았디야.

구 서기   자네 종종 헛것을 보나?

윤 서기   오늘이 귀신들 바쁜 날이네야.

구 서기   염소 고아 먹게. 한 마리로 그치지 말고 네다섯 마리
        축낼 작정하고 대드소.

윤 서기   내가 불 댕기고 따겁다고 하던 소리 들었나? 성냥골
        이 손바닥에 붙어서 그랬거니 했지. 헌데 나중에 본게
        할퀸 자국이여 그게. (손바닥 펴 보인다.) 여기, 다 아물
        었구만, 이것이 그 자국이여.

구 서기   직효네. 염소밖에 없어.

윤 서기   손바닥에 피가 한 움큼 빨갛더란게.

구 서기 헛것이 자주 뵈는 건 안 좋단 말이여. 그런게 큰 봉변
         하기 전에 염소 잡아. 아, 한밤에 원두막 지키다 헛것
         잡는다고 쫓아가서는 저수지에 떠 있드란게. 일렬이
         형님이 그러고 죽었어.
윤 서기 어허, 실지로 그랬단 말이여.

(자전거 끌고 나서니 바퀴살에 방울이 튕기며 소리 낸다.
저만치 겟막에 호롱불 걸어 놓고 쭈그리고 앉아 있는 노인이 보인다.)

구 서기 풍류여, 저 양반. 요새 누가 저러고 앉았어.
윤 서기 저 양반이 작년 판교장에서 오다가 강도 당하고서 그
         길로 포목점 거뒀구만, 구장 말이 그 강도 놈 언젠가
         저기서 저 양반 손에 잡힐 것인게 두고 보라는 거여.

돌다리 겟막

돌다리라고 길이 열 척, 폭 네 척을 넘지 않으나 돌의 부피는 매우 실해서 마치 단일석으로 된 귀부를 어디서 떠다 놓은 듯 고색창연하다. 돌다리 밑에 한편으로 볏짚으로 엮은, 깔때기 엎어 놓은 것 같은 겟막이 있다. 불빛 보고 논물 거슬러 발로 기어오르는 참게를 주워 담는 식의 게잡이다. 노인은 포목상 행상으로 논마지기나 장만하고 들어앉은 대처 물 먹은 촌로. 겟막에 나앉는 버릇은 집에 못 붙어 지내는 역마살 탓이겠다. 윤 서기는 자전거 세우고 겟막으로, 구 서기는 돌다리 위에 앉는다.

윤 서기 초저녁에 제법 올랐네.
노인   누구여— 쉬, 들어 보소. 들리는가.
윤 서기 뭐라우.

노인 (귀 기울인다.) 저쪽 골챙이에서 소를 잡는가, 저번 날 밤에도 웅성거려 쌓드만, 오늘도 그러는가 보네.

윤 서기 골챙이서 도살을 해라우?

노인 거그 샘이 있은게, 길 가는 사람 눈도 멀고.

(두 사람 귀 기울인다. 윤 서기, 게 발에서 게 잡아 구럭에 넣는다.)

윤 서기 아, 이놈 내빼네.

노인 아닌갑만.

윤 서기 누가 오는구만유.

(어둠 속에서 다리 저는 양조장 황 씨가 마치 달구지를 끌듯 배달용 흰색 플라스틱제 대두 한 말들이 술통 두 개를 뒷바퀴 양쪽에 달아맨 자전거 끌고 씨근거리며 나타난다.)

황씨 양조장 황석구가 소에 받쳐 똥물에 먹 감더라고, 누가 믿겠나. 면이서 이 말 믿을 사람은 나 황석구 빼고는 없을 거구만, 네밀헐.

노인 이거 뭔 냄새여. 아이 어쩌자고 내려온단가. 그냥 가소.

황씨 뭔 인심이여. 이 모양으로 양조장 가믄 술독 죄 쉬어.

노인 게가 한참 오르는디 갖다 똥물 튀긴단가.

황씨 저그 선동리 감나무집이 외양간 낀 칙간 안 있습디여. 거그 뒤를 본다고 들어가 앉았구만, 이쪽 왼쪽 발밑이 널빤지가 좀 기울었던가 간닥간닥하고 놀드만그려.

그래, 바로잡는다고 이러고 엎드리는디 네밀헐, 외양
간이 소란 것이 내 궁뎅이가 여물통으로 보였던가 콧
등으로 쿡 밀어 번져, 내 참. 널빤지 밑이 저승이라고
까딱했더라면 꺼꾸로 박혀 죽었지. 황석구 건드렸은
게 저는 죽었지. 끌어내서는 배지에 대고 냅다 발길질
한게 천정 모르고 뛰어오르더만 디립다 내빼데. 소 뛴
다고 소리친게, 안채서 우루루 쏟아져 나가더만.

윤 서기   야밤에 날벼락 났구만 거그.

황씨   누구여, 이 사람 여그서 뭘 하고 있디야. 난리는 그 집
서 옳게 났구만.

윤 서기   우리 소도 뜀디여.

황씨   그 양반 얼굴이 하이고, 피가 영락 비암 껍질 벗겨 논
거모냥 시뻘게 가지고, 근게 눈구녕 콧구녕 간 데 없
이 뻘게 갖고.

(윤 서기가 돌다리 위 구 서기 쪽으로 오르면서 황 씨와 노인의 거동
은 정지한다.)

윤 서기   여기 말이여. 소가 뛰었다는 대목 염두에 둬 두소. 내
가 저 소 뛰는 소리 들은 것도 같은게.

구 서기   야밤에 소가 뛰어?

윤 서기   저쪽이 좀 더 가서, 신틀매 골챙이서 그랬구만.

구 서기   저 사람 말이 그냥 풍은 아니네, 그럼.

윤 서기   그게 확실치 않당게.

구 서기 아까 저 노인도 소 얘기를 하데.

윤 서기 잉?

구 서기 저쪽 골챙이서 소를 잡는가 웅성거리더라고 안 해.

윤 서기 저 사람이 오면서 본게 산소 떼를 입히는가 몇이서 삽
질을 하더랴. 이게 며칠 뒤에 본게. 그 문장리 처녀 암
장이라. 이따가 이 사람들 만나네.

(내려서니 황 씨, 여전한 기세로 말을 잇는다.)

황 씨   시상이 그래 갖고서는 그 앞이 동선네 자당하고 대판
쌈이 벌어졌어. 동선네가 자네 부친 산소 위쪽이다 밭
을 일궜다믄서.

윤 서기 올봄이 손바닥만 하게 고르더만요.

황 씨   거그 내둥 거름 져 냈던 모양이라. 넘 어른 산소 머리
맡이다 뭔 경우냐 이거여. 누구여 그게 자네—.

윤 서기 예산 당숙이라우. 아버님 제삿날이면 와서 사금파리
로 얼굴 그어라우.

황 씨   그러구 본게 오늘이 등기소 제사네.

노인   가만 들어 보소.

황 씨   뭐라우.

노인   저쪽 골챙이서 웅성거리잖은가.

황 씨   오면서 본게 떼 입히더만 몇이서.

윤 서기 떼라우— 야밤이?

노인   도살꾼인 줄 알았네. 영락.

황씨　내가 잡을 틴게 두고 보시오. 잉.

노인　그 다리 갖고.

황씨　어허, 이 다리가 수복하믄서 이 면이 첫찌로 들어온 국방군 다리여. 자전거다 태극기 꽂고 들이닥쳤구만.

윤 서기　자전거다 태극기 꽂았어라우.

황씨　잉. 길산면 면장이 우덜 환영한다고 꽂고 나오셨드만. 내가 우리 성님 무사하낭게 자전거 내주면서 어서 가보란 게여. 앗따, 그것 밟고 생배벌 건너오는디 나락은 막 패기 시작했지, 저만치 집은 보이지, 아이고 죽겠데. 엉엉 울었구만. 나 온다고, 나 살아 온다고 소리벅벅 질러 가면서 울었어. 동네 사람들 몰려나오고 들어서면서 자전거 막 내렸구만. 아, 뭐가 뜨끔하데. 본게 죽창이라고 통이 한 뼘이 넘어. 이만 것이 소뿔모냥 여기 콱 박혔더란게. 아이고, 그거 보면서 기함해 버렸네. (왼쪽 바지 걷어 상처를 보여 준다.)

윤 서기　첨 듣네. 여태 상이용산 줄 알았구만. 누가 그랬다우?

황씨　지환이 어른, 그 얼마 뒤 돌아가셨구만.

노인　야학당 했다고 그놈들헌티 맞아 갖고 머릴 상했어, 그때.

황씨　앗따. 그 양반 돌아가신게 서럽더만. (코를 푼다.) 이 사람 뭐 하고 섰디야. 어이 가 보소. 잠잠해지는 것 같더만, 모르지 또.

(윤 서기, 자전거 끌고 나선다. 바퀴 방울 소리.)

신틀매 골챙이

구 서기   자네 부친이 기억에 있나?

윤 서기   어디가, 그때 내가 돌 조금 넘겼구만.

구 서기   통 없네.

윤 서기   그렇게 엄니 짝 났어. 예산 당숙 보면 그 어른이 부친이거니 헌당게.

구 서기   뭘 하셨던가.

윤 서기   학교 교감 지내셨다더만—— 학교 감나무서 떨어져 등 다쳐 갖고 학교 댕겨오면 소피 통에 발 담그는 게 일과였디야. 왼쪽 등이 어깨쭉이 접히셨다더만, 이렇게. 엄니가 흉내는 잘 내시느만 나는 잘 안 되네야.

(이때 맞은편 어둠 속에서 이장꾼들 모습을 보인다. 관 하나에 두 사람, 한 사람은 지게에 관 지었고, 한 사람은 빈 지게다. 뒤에 건만 쓴

청년 뒤따른다. 한편으로 비켜서서 길을 내준다.)

윤 서기 　어디로 가는가?

청년 　　외장이라우.

윤 서기 　외장이 어디여?

청년 　　귀암 너머 있구만유.

윤 서기 　일루 가믄 돌아, 이 사람아.

청년 　　뒷길로 가얀게요.

윤 서기 　한참 도는디— 해 뜨기 전이 닿을라면 서둘러 가소.

(이장꾼들 바삐 사라진다.)

윤 서기 　저러고 지나간게 이장꾼인가 보다 했지.

구 서기 　저 관은 뭔가?

윤 서기 　그렇게, 누구 만나면 둘러칠려고 그랬던 거라. 요 모
　　　　 퉁이 돈게, 다 왔어. 자네가 이걸 끌고 가소, 그래야 설
　　　　 명이 쉬워. (구 서기가 자전거 넘겨받는다.) 요 모퉁이 돈
　　　　 게 꼭 여우가 지나가는 줄 알았구만, 앞이 저만치서
　　　　 뭐가 어른거리더니 없어졌어. 그러구서 채 숨이나 돌
　　　　 렸나. 뒤판에 거위집 애가 올라앉더란게.

(어둠 속에서 거위집 둘째 딸애가 나타나 자전거 뒤판에 올라탄다.)

구 서기 　아이고, 이것이 뭐여— 이 애가 여기서 나타나나?

윤 서기 내가 겨우 정신이 들어 갖고 물어본게, 해 떨어지면서부터 저 위 묘판에 숨어 있었디야. 누가 찾더라도 거기는 무서워 못 올 줄로 알고 내둥 거기 있었디야.

(아이는 마치 현장 설명을 위한 소품처럼, 남의 일 대신해 주는 아이처럼 미동도 않고 앉아 있다. 경악의 상태에서 굳어 버린 얼굴이다. 이 아이에게서 말을 듣기까지 윤 서기로서는 대단한 인내가 필요했을 것으로 보인다.)

구 서기 역에는 안 가고?
윤 서기 겁나서.
구 서기 집으로 가지.
윤 서기 거기는 무섭고.
구 서기 어쩌겠던가?
윤 서기 저러고 떨구만 있어. 어린것이 혼자서 묘판에 있었단 게 어련했을라고. 자전거 소리가 난게 즈이 선생이나 면 서기겠거니 하고 뛰어 내려온 거라. 무턱대고 굴러 내린 것이여. 달렸지. 달래 갖고 집에 가자고 자전거 돌렸네, 돌리소.

(구 서기는 아이를 뒤판에 태운 채로 자전거 돌려 세운다. 아이에게서 미묘한 변화가 일어난다. 몸을 앞으로 기울여 똑바로 주시한다.)

윤 서기 맘을 놓게 하느라고 촛불을 켜서 앞바퀴에 매달았지.

불 켜소, 두 개.

(구 서기는 자전거 뒤 받침대를 받쳐 세워 놓고 솔매 문둥이에게서 받은 양초 갑에서 초를 꺼낸다. 윤 서기가 비닐 가방에서 꺼낸 종이로 겉을 말아 불 당긴다. 두 개 초를 앞바퀴의 양쪽 가늠대에 초 몸통을 앞쪽으로 해서 지푸라기로 비끄러맨다. 불꽃이 매우 선정적으로 흔들린다. 아이가 불꽃에 넋을 잃은 듯 보고 있다.)

윤 서기   내가 윤 서기라고 알겠느냔게 끄덕이더만. 그래 아버지한테는 내가 나서서 잘 말해 줄 것인게 맘 놓으라고. 그러구 애 맘 돌린다고 그 태극기 꽂은 자전거 얘기를 했네. 옛날에 커다란 싸움이 있었는데 국방군 아저씨가 한 분 싸움터에서 이기고 돌아오는데, 양쪽에 태극기 꽂고 휘날리면서 생배별 달려왔단다. 이러고 소리쳤다더라. 나 왔어라우. 나 살아 왔이유. 태극기 없은게 너는 지금 촛불 켜고 달리는구나. 소리 질러 보거라. 나 왔어라우. 나 왔어라우.

(이때 아이가 외마디 소리 지르면서 자전거에서 뛰어내리더니 자전거 뒤판을 잡고 줄 당기듯이 뒤로 잡아끈다. 앞을 가리키며 겁에 질린 외마디 소리 지른다. 구 서기가 자전거와 꼬여서 쓰러진다. 아이는 급히 어둠 속으로 내뺀다.)

구 서기   어딜 가나? 저 애가 왜 저러나?

윤 서기 애가 내 허리를 잡더니 거기서 누가 온다는 거여. 들어 보니 아무 기척도 없어. 그런디 애는 자꾸 온디야. 그런게 자전거 돌려서 내빼자는 거여. 그래 잡고 달래는디 내 손 물어 풀고 내빼는 거여. 그래 거기 서라고 자전거 돌리는데 저 사람이 앞에 나서.

(아이가 나간 반대쪽에서 비닐 옷 소리 내며 솔매의 문둥이가 전과 같은 모습을 보인다.)

윤 서기 직감으로 짚이는 데가 있데. 그래 어딜 가느냐고 막아섰지. 막아서게.

(한편으로 비켜선다. 구 서기, 막아서며 윤 서기 대신한다.)

구 서기 어디 가신데유.
솔매집 남 애가 나갔다느만유.
윤 서기 당신 애가 어뎄냐고 떠봤네.
구 서기 애라니, 당신 애가 어뎄소?
솔매집 남 거위집 애가 나갔데유.
윤 서기 거위집 애가 아니다, 내 다 알고서 하는 소리다. 윽박 질렀지.
구 서기 거위집 애가 아니지. 나서 거위집에 입적시킨 거 아니여, 내 다 안게.

(마치 발에 차이기라도 한 듯, 솔매 사람은 그 자리에 몸을 꺾더니 땅 짚고 두 번 절하고, 김장용 비닐장갑 낀 두 손 모아 비벼 대면서 울음을 우는지 말을 하는지 웅얼거린다.)

솔매집 남 잘못했어라우. 그 애 하나 넘같이 살라고, 넘같이 사는 거 볼라고 벌 받은 놈이 하늘 무선 줄 모르고 잘못했어라우.

윤 서기 하나가 아니다. 애들이 다 그 모냥이라고 얼러 댔네. 애들이 넘같이 사는 꼴 보려거든 찾지 말고 집 불 싸지르고 없어지라고 애들 눈앞에서 없어지라고 소릴 질렀네.

구 서기 애들은 놔둬. 놔둬야 넘같이 살어. 내 말 듣소. 불 싸지르고 오늘 밤으로 여길 떠나소.

윤 서기 그러는데 저기 솔매 쪽에 불길이 벌겋게 오르더만.

(멀리 밤하늘이 붉게 물든다.)

구 서기 저게 무슨 불이여— 자네 집 아닌가.

솔매집 남 아이구 마누래, 거기서 나오소. 거기 나와. 잘못했어라우. 어허, 일을 어쩌.

(허우적거리며 어둠 속으로 사라진다.)

구 서기 저 불은 어찌 된 건가? 누가 질렀어?

윤 서기 이 틈에 애를 잡아야 될 것 같데. 자전거 돌렸지.

구 서기 저 불 누가 질렀난게?

윤 서기 애 그냥 놔뒀다간 영 다시 잡지 못할 것 같데. 그래 자
　　　　전거 올라타고, 자전거 돌려.

구 서기 그 처녀. 거위집 처녀가 질렀나?

윤 서기 자전거 돌려 탔어. 그랬더니 저쪽에서 여자가 불러.

(구 서기, 자전거 돌려 받침대로 세우고서 올라탄다. 멀리서 여자 소
리가 가냘프게 들려온다.)

소리　　연지야, 야이 어딨냐, 나여. 연지야, 야이, 어딨냐, 나여.

구 서기 누구여.

윤 서기 불 끄소.

소리　　연지야, 야이, 나여.

윤 서기 불 꺼.

(윤 서기는 바퀴 가늠대에서 양초 두 개 뽑아 밟아서 끈다.

솔매 쪽 하늘이 노을처럼 붉다.

무엇에 차인 듯 외마디 소리를 내면서 몸을 꺾어 쓰러진다.

솔매 쪽 하늘에 비친 불꽃이 갑자기 사그라든다.

칠흑 같은 어둠 속에 소 방울 소리, 소 발굽 소리 이어지다가 돌 구르
는 듯한 소리 되어 멀리 사라진다.

침묵.

구 서기가 성냥불을 그어 양초 갑에서 초를 꺼내 불 당긴다.

윤 서기가 몸을 세운다.)

구 서기 그다음 어찌 됐나?

윤 서기 나는 정신을 잃었고, 이 자전거는 갖다 저 아래 솔가
지 위에 얹혀 있더랴. 이쪽으로 잔성냥 켜다 버린 것
이 한 갑이나 되게 거미줄모냥 널렸고, 여기 줄 끊긴
데 내가 너부러져 있더랴— 그래, 뭐 짚이는 데가 있
는가?

구 서기 (잠시) 소가, 아무래도 소가 지나간 거 아닌가?

윤 서기 소던가?

구 서기 방울 소리에 발굽 소리가 지나갔어. 소에 받혔다 그러
면 구체적인 사건이 되네. 암매장한 처녀가 불러 세우
더라는 말하고는 틀려.

윤 서기 그려. 나도 그랬은게. 뭐 받혔다는 거 말고는 생각나
는 게 없어. 그런게 소에 받혔다 싶더만, 그게 말이여,
받힌 거라면 이삼 일 그러다 말 일 아닌가. 멀쩡하다
가 숨이 가쁘고 잠이 든 것모냥 정신이 멍해 갖고 앉
았단게. 그런게 꼭 뭐한테 홀린 것모냥 그려.

구 서기 자네. 여기 다시 누워 볼 텐가.

윤 서기 누워?

구 서기 그날 그대로 재현해 보자고. 어쩌면 다른 말 해 주는
사람 나타날지도 모르네.

윤 서기 누구?

구 서기 아께 자네도 들었지. 저 애 찾는 여자 소리가 들렸어.

그 소리에 자네는 본능적으로 촛불을 껐지. 누가 오는
가 볼려고. 그러구 나서 자네는 받힌 것이고, 자네가
의식을 잃고 있는 동안에 그 여자가 여기 와 봤을 것
이다. 그렇게 추리해 보자고.

윤 서기 맞어. 그 여자가 와 볼 수도 있지. 촛불 보구 내 소재
알았을 거구만.

구 서기 눕게. 정신을 잃은 것이네.

(윤 서기 눕는다. 마치 정지됐던 필름을 이전으로 되짚어 놓고 다시
돌리기라도 하듯 촛불 끄기 전의 상황이 되풀이된다…….
멀리 밤하늘이 붉게 물든다.)

윤 서기 저게 무슨 불이야── 자네 집 아닌가?

솔매집남 아이고 마누래, 거기서 나오소. 거기 나와. 잘못했어
라우. 어허, 이를 어쩌. (허우적거리며 어둠 속으로 사라
진다.)

(윤 서기, 자전거 돌려 세우고 올라탄다. 멀리서 여자 소리가 가냘프
게 들려온다.)

소리 연지야, 야이 어딨냐, 냐여. 연지야, 야이, 어딨냐, 냐여.

(윤 서기, 촛대를 뽑아 불을 끈다. 어둠 속에서 돌 구르는 듯한 소리
들려온다. 차츰 소 발굽 소리로 변한다. 소 방울 소리 들린다. 한참

뒤에 이쪽의 반응을 헤아리기라도 하듯 부러 솔가지 부러뜨리는 소리 들려온다. 몇 번 되풀이되고 나서, 삭정까지 밟으며 발소리 다가온다. 솔매집 아낙이 모습을 보인다. 솔매집 사내와 비슷한 차림이다. 더 심하게 부식되었을 것으로 짐작된다. 움직임이 굼뜨고 체구가 몹시 외잡해서 거위집 둘째 딸애하고 비슷해 보인다. 윤 서기를 지켜본다. 흔들어 본다. 성냥불 켜서 발밑을 더듬어 본다. 밟아 끈 초 동강을 주워 불 당긴다. 주위를 살피기보다 자기 소재를 일러 주듯이 사방으로 불꽃을 옮겨 본다. 멀리 들리게 혼잣말을 한다.)

솔매집여   연지야. 집이 가거라. 뵈지야, 저 불. 엄니 집 불탔어. 엄니는 떠난다. 여기서 못 살아. 근게 연지야, 널랑 제발 집이 가거라. 잉, 아가. 너는 못써. 집 떠나면 너 죽어. 뵈지야, 저 불, 엄니 다시 못 와. 제발 널랑 집이 가거라. 아가, 내 말 들리지야. 집 떠나면 너 엄니가 찾는다. 말어, 집이 가거라. 연지야, 행여 동생들 소홀히 말고 내 말 말어. 죽더라도 말어. 엄니 병 얼마 안 남았어. 엄니 다시 못 와. 걱정 말고 집이 가거라. 아가, 말어.

(아낙은 마치 소지[3]라도 하듯 사처에 대고 불길을 올려 잡다가 절하듯 엎드려 촛불 끄고 어둠 속으로 빨려 들어간다. 비닐 옷 구겨 대는 소리가 주위를 맴도는 듯 한참 이어지다가 뚝 멎는다. 침묵. 솔매 쪽

---

3) 燒紙. 부정(不淨)을 없애고 신에게 소원을 빌기 위해 흰 종이를 태워 공중으로 올리는 일.

붉게 물들었던 하늘이 급히 어두워진다. 구 서기 나오고 윤 서기 일
어나 앉는다.)

윤 서기 저 여자, 그날 밤 읍내 병원 가서 죽었어. 화상이 심했
　　　　다네.
구 서기 쉬, 누가 오네. 자넨 눕더라고.

(윤 서기 눕고 구 서기는 몸을 숨긴다. 아낙이 나간 쪽에서 두런거리
는 남정네 소리 들려오더니 감나무집 주인과 머슴이 어둠 속에서 불
쑥 나온다. 머슴이 윤 서기 몸에 발이 걸려 넘어진다.)

머슴　　 어이쿠, 이게 뭐여? (감나무집 주인이 성냥불 그어 댄다.)
　　　　윤 서기 아니라우. 어매, 소에 받혔던갑만.
주인　　 뭔 소리여, 택도 없는 소리. 취했어. 술 못 이겨 누웠구만.
머슴　　 (성냥불 긋고 땅에 파인 소 발자국 더듬는다.) 이쪽으로
　　　　뛰었구만. 맞어.
주인　　 밤새 뛸 모양이여, 어이 가세.
머슴　　 이 양반 어쩐데유.
주인　　 나중에 깨나면 어련히 알아서 갈라구.

(두 사람, 바삐 어둠 속으로 사라진다.)

구 서기 누군가?
윤 서기 감나무집 사람들이여. (잠시) 소에 받혀 갖고 사십이

일간 누웠다. 그럴라면 말이여, 외상이라도 있어야 하는 거 아닌가, 이거. 골절을 했다거나 어디 크게 째졌다거나, 말짱한게 말이여. 답답하구만.

(상체를 저며 잡는다.)

구 서기   기절해 갖고 자넨 언제 깼는가?

윤 서기   이튿날 집에서, 양조장 황석구가 나중에 보구 실어 날렸디야.

구 서기   자네, 뭐 빠쳐 먹은 데는 없는가?

윤 서기   (잠시) 없어. 없구만.

구 서기   그 처녀 소리는 어디로 갔는가?

윤 서기   처녀?

구 서기   처음부터 처녀가 자네를 따라왔네. 내가 알기로는 저 솔매집 불길이 보일 때까지만 해도 자네는 주위에 처녀를 느낀 것처럼 여겨지는데, 갑자기 이 처녀가 없어졌다, 이 말이네. 처음부터 되짚어 보세. 차근차근 내가 처음부터 짚어 볼 테니, 빠진 데가 있거나 달리 생각나는 것이 있거던 중단시키게. (결근계 초안 쪽지를 꺼내서 편다.) 이거 자네 결근계 초안이네. 길가에 암장된 처녀가 야밤에 길 가는 사람 불러 잡는 바람에 졸도. 길가에 암장된 처녀. 결근계 첫머리에 처녀가 등장하고 있네. 그리고 자네는 두 번째 처녀를 만나지. 거위집 처녀.

거위집

갑자기 거위 우는 소리 울 안에서 한참 소란하다. 처녀의 모습.

처녀   동생은 지가 내보냈이유.

윤서기 내보내다니?

처녀   작년이 갓난애 들어왔구만유. 앞집이서.

윤서기 앞집, 문둥이한티?

구서기 집 나간 애도 앞집서 데려왔더냐고 자네가 묻네. 그러
        자 처녀는 되려 자네에게 물어보네.

처녀   그 애가 나 여섯 살 때 생겼구만요. 모르겠어라우. (문
        득) 걔도 데려왔다우?

윤서기 내가 물어본게.

처녀   내가유. 꿈이 저 집 불질렀어라우. 꿈이.

윤서기 얘가 정신이 있나, 지금.

구 서기 솔매집에서 불길이 올랐다. 그 불길 보면서 이 처녀를
연상하는 게 자연스럽잖은가.

신틀매 골챙이

구서기 신틀매 골챙이에서 또 한 여자 소리가 자네를 따라오네. 나중에 솔매집 여자로 밝혀지지만 그 전에 소리만 들렸을 땐, 그 소리로 거위집 처녀를 연상할 수도 있었네. 거기, 아이 자전거 뒤판에 싣고, 달래느라고 촛불 켜 대는 데부터 가 보세.

(윤 서기, 자전거 바퀴에 촛불 당긴다. 뒤판에 아이가 매달렸다.)

윤서기 옛날에 국방군 아저씨 한 분이 싸움터에서 이기고 돌아오는데, 태극기 휘날리면서 이러고 소리쳤다더라. 나 살아왔이유. 나 살아왔이유. 태극기 없은게 너는 촛불 켜고 달리자. 집에 가거든 소리 질르거라. 나 왔어라우. 나 왔어라우.

(아이가 외마디 소리 지르면서…… 자전거 내려 뒤판을 잡고 줄 당기듯 뒤로 잡아끈다. 솔매 사람 나타난다.)

윤서기 어디 가신데유?

솔매집남 애가 나갔다느만유.

윤서기 당신 애가 어딨어?

솔매집남 거위집 애가 나갔데유.

윤서기 거위집 애가 아니여. 내가 다 안게. 애들 다 갖다 입적
　　　　시켰지. 큰애, 갓난애 다 갖다가.

솔매집남 잘못했어라우. 그 애 하나 넘같이 살라고.

윤서기 넘같이 사는 거 볼라거든 없어져. 집이 불 싸지르고
　　　　없어져. 애들 눈앞이서 없어져.

(솔매집 쪽에서 불길이 오른다.)

솔매집남 허어. 마누래, 거기서 나오소. (솔매집 나간다.)

윤서기 (문득) 내가 갔어. 불 싸지르고 없어지란게 불이 나
　　　　서.

구서기 가다니?

윤서기 저기 솔매.

구서기 언제 갔나. 저 사람 뒤따라갔나.

윤서기 아니.

구서기 소에 받힌 다음인가.

윤서기 모르겠어. 갔구만.

구 서기 가서?

윤 서기 처녀가 거기, 거기 있더만.

솔매집

지붕이 낮아 땅에 끌릴 듯이 보이는 외양간 크기 초가가 타고 있다. 처녀가 기면서 불길을 잡으려고 달려들다가 물러나기 반복하면서 울며 소리친다.

처녀   엄니, 아이고 엄니 불났어, 나와요. 뭘 한다우. 엄니 거기서 나와, 아이고 우리 엄니 타 죽네. 왜 소리도 없어. 엄니, 아이고 내가 엄니 죽이네. 내가 불 질렀어라우. 그려, 엄니 병 꼬슬라 버리라고. 엄니 병 낫으라고. 태워 번지고 낫으라고. 아이고 엄니, 내가 무서서 그랬어. 뭘 한다우, 엄니 거기서 나오시오. 나하고 삽시다. 내가 모실 팅게 어서 나오시오. 뭘 하고 있다야. 타 죽어. 아이고 우리 엄니 죽네. 어서 나오시오. 그러다 죽어. 어쩐디야. 엄니 죽네. 내가 불 질렀어. 아이고 엄니, 아이고 엄니, 울 엄니 내가 죽였네. 이를 어쩌. 엄니, 아이고 엄니.

(처녀 거동 정지한다. 불길 정지한다. 환청처럼 호명 소리 들린다. 불길 속에 등기소에서 불타 죽은 무리의 모습이 인화지의 영상처럼 모습을 보인다.)

호명   박병훈, 성기만, 유석준, 최회복, 조준걸, 김영섭, 김재일, 이방희, 이원백, 이방진, 장동수, 김천의, 박상석, 유순헌, 이병준, 이영환, 조정도, 박중원, 신성우, 허성석, 최창환, 임홍순, 박성곤, 김명학, 김영균, 이수웅, 정차량, 이정일, 임대철, 송홍구, 이건철, 이시복, 정광일, 천두석, 현창욱, 윤정필, 이종백, 이상대, 이내원, 김인관, 정진걸, 정진영, 허광문, 심근석, 황혼연, 정광수, 정광이, 이상래, 엄정원, 백문기, 박정원, 문백현, 장금용, 윤정태, 윤정목.
윤정목, 불 지르고 짐 지고 따라와.

(한편에 앉아 있던 당숙이 보시기를 내리쳐 조각을 낸다. 조각을 집어 이마로부터 얼굴을 긋는다.)

당숙   내가 불 질렀다. 그려, 산 사람이나 살자.
호명   김중길, 박상순, 소남순, 조영호, 최영빈, 이성균, 심희준, 장금용, 장금엽, 최정연, 허광구, 성홍경, 김학수,

유의환, 김원만, 김동철, 유경석, 이방재, 변영환, 김준희, 김인식, 박재환, 신규정, 이남희, 이우경, 김중기, 안종철, 조양일, 홍종옥, 주종근, 이용길, 소기영, 노정윤, 변영훈, 이반복, 정영일, 김원평, 허혁, 최태화, 이준남, 이인재, 원정국, 소관호. 소관호, 불 지르고 짐 지고 따라와.

(한편에 앉았던 소관호, 보시기를 내리쳐 조각을 낸다. 조각을 집어 이마로부터 긋는다.)

관호   내가 불 질렀다. 그려. 산 사람이나 살자.
호명   김위성, 김수황, 권태무, 강시진, 안영상, 천길번, 조경수, 정우복, 이재근, 양태오, 신용길, 배수병, 고성진, 안의경, 신종국, 조보근, 이진호, 문백선.

(일시에 정지한다. 모두 잿빛으로 변한다.)

면사무소

윤 서기와 구 서기.

구 서기 (결근계 초안 읽는다.) 지난달 8일 야근 후 귀가 도중,
신틀매 골챙이에서 야반 질주해 온 삼 년생 한우에 받
혀 의식불명, 익일 의식은 되찾았으나 이후 고열과 의
식이 흐려지는 심한 두통으로 인하여 출근이 불가하
였기에 결근계를 제출하나이다.
본인 윤진.

작품 해설

오태석(1940~)은 1967년《조선일보》신춘문예에 「웨딩드레스」가 당선되어 극작 활동을 시작한 이후 지금까지 극작과 연출을 병행하여 독자적인 극세계를 구축해 왔다. 「환절기」 등 초기 모더니즘극 계열의 작품에서부터 「초분」과 「태」, 「물보라」 등 전통의 요소와 심성을 본격적으로 탐구한 이후의 작품에 이르기까지 그는 생동감 있는 무대 공간 및 언어의 활용을 통해 한국 연극계에서 상상력의 지평을 넓혔다.

「자전거」는 특히 오태석의 자전적인 경험에서 큰 자장을 형성하는 한국전쟁의 기억을 독특한 형식으로 극적 공간에 재현하는 작품이다. 이 작품은 1983년 김우옥 연출, 유덕형 조명, 신선희 무대 디자인으로 동랑 레퍼터리 극단에 의해 초연되었으며, 이후 주목할 만한 공연으로는 1994년 오태석 연극제에서 김철리 연출로 올린 공연과 2004년 아룽구지 소극장에서 작가가 연출한 공연을 들 수 있다.

「자전거」를 제대로 독해하기 위해서는 윤 서기가 기억을 소급해 가는 과정에서 만나는 사람들의 실체와 이것을 표현하는 독특한 극적 형식을 함께 이해해야 한다. 「자전거」는 윤 서기가 정신을 잃고 쓰러졌던 '그날'의 기억을 소급하여 구 서기에게 이야기해 주는 형식으로 '그날'의 일을 무대 공간 위에 재현한다. 이를 위해 이 작품은 극중극의 형식을 통해 좁은 무대 공간을 윤 서기의 기억을 재구성하는 공간으로 활용한다. 또한 「자전거」에서 시골길들과 '자전거'라는 오브제, 다양한 소리가 활용되는 방식은 작품을 읽고 무대화를 상상하는 재미를 배가한다.

「자전거」는 윤 서기가 '그날' 마을의 장소와 사람들을 조우하면서 한국전쟁과 관련한 내면적 고통을 대면하는 과정을 보여 준다. 윤 서기가 평소와는 다른 체험을 하며 쓰러졌던 그날은 한국전쟁 당시 마을 사람들이 등기소에서 집단 학살을 당한 '등기소 제삿날'이다. 자전거를 몰고 다니며 제사를 찾아온 혼령을 비롯한 마을 사람들을 만나는 장면, 그리고 그들을 통해 듣는 이야기들(죄의식으로 인해 제사 때마다 사금파리로 얼굴을 긋는 당숙의 이야기, 아버지의 버릇 등)은 필연적으로 윤 서기에게 전쟁과 아버지 상실과 관련한 기억의 현재성을 환기한다. 또한 기억을 재구성하며 윤 서기가 보이는 혼동, 다양한 혼령들의 개입, 윤 서기가 술에 취해 있었다는 사실 등은 한국전쟁과 아버지에 대한 윤 서기의 잠재된 무의식을 보여 주는 극적인 장치들이다.

최종적으로 「자전거」는 윤 서기 개인의 기억을 통해 한 마을 공동체의 사연을 재구성하며 전쟁 당시 억울하게 죽은 자들에 대한 추모에까지 이른다. 윤 서기가 '그날'에 대한 재구성 과정을 통해 마지막으로 기억해 내는 것은 솔매집의 화재 현장이다. 문둥병에 걸려 살아가는 솔매집의 사연은 '화재'와 끝내 지켜 주지 못한 가족에 대한 '안타까움의 정서'라는 공통점을 토대로 등기소 화재 현장과 연결된다. 이때 「자전거」는 등기소 화재 사건과 문둥병에 걸린 솔매집의 화재를 병치하고, 솔매집과 관련한 사람들이 내지르는 소리들을 결합함으로써 '안타까움'과 슬픔의 극적 정서를 극대화한다. 이어서 등기소에서 죽은 자들의 이름을 호명함으로써 한국전쟁을 기억하고 추모하는 연극적 의식의 면모를 보여 준다.

실비명

정복근(鄭福根) 1946~

1946년 충청북도 청주에서 출생하여 중앙대학교 국문과에 입학했으나 경제 상황과 건강 문제로 4학년에 중퇴했다. 1976년 《동아일보》 신춘문예에 희곡 「여우」가 당선되면서 데뷔했으며, 극단 가교에서 본격적으로 극작 활동을 시작했다. 이후 「밤의 묵시록」(1980), 「검은 새」(1985), 「지킴이」(1987) 「웬일이세요, 당신?」(1989), 「표류하는 너를 위하여」(1990), 「숨은 물」(1992), 「덕혜옹주」(1995), 「나, 김수임」(1997), 「나운규」(1999)등 30여 편이 넘는 작품을 발표했다. 2001년 「배장화 배홍련」 이후 한동안 작품 활동을 쉬다가 2010년 「있.었.다」와 2012년 창극 「장화 홍련」으로 활동을 재개했다. 정복근은 사회 문제에서 시작하여 역사와 개인의 문제, 존재의 의미 등 다양한 주제의 작품을 창작하며 종래 여성 작가들이 보여 주었던 제재와 현실 인식의 한계를 뛰어넘은 많은 문제작들을 남겼다. 「검은 새」로 1985년 제9회 대한민국연극제상을, 「실비명」으로 1989년 제13회 서울연극제 대상과 백상예술대상 희곡상을, 그리고 「이런 노래」로 1994년 제18회 서울연극제 희곡상과 1997년 영희연극상을 수상했다.

등장인물

정우(24세)

현이(23세)

순영(62세)

은옥(47세)

광식(27세)

당국자

목격자 1(30세)

목격자 2(50세)

그 외 사람들

때: 가을.

시일: 한 달 사이.

장소: 현이의 집과 여기저기.

무대:

무대는 개념상 세 부분으로 나누어진다.

현이의 집 거실과 현이가 정우의 환상과 만나는 상상적인 공
간과, 정우의 의식 세계를 보여 주는 또 다른 차원의 공간으로
구분될 필요가 있다. 그리고 정우의 집, 당국자의 사무실이 순
간순간 마련되어야 하며 무대 전면의 벽은 환상적인 장면들
을 그림자 처리 할 수 있도록 조명에 유의했으면 한다.

연극의 중심이 되는 현이의 집 거실은 마름모꼴의 한 단 높은
무대에 마련된다. 몇 개의 편안해 보이는 의자와 탁자 들로 꾸

며진 공간이다. 음악은 민요 「파랑새」의 곡조를 기본으로 편곡하여 때로는 허밍의 합창, 때로는 장고, 북, 꽹과리, 징 등의 악기와 함께 연주될 수 있었으면 한다.

막이 오르면 어둠 속에서 남자와 여자의 음성이 뒤섞인 낮고 장중한 허밍의 합창이 들리기 시작한다. 노래의 음조가 조금씩 높아지면서 무대 전면의 스크린에 크고 작은 사람들의 그림자 비친다. 그림자들, 음악에 맞추어서 크기가 점점 자라난다. 북소리, 느린 장단으로 울린다. 민요 「파랑새」의 한 소절이 북소리에 맞춰서 허밍의 합창으로 점점 빠르고 높아지는 음조로 들린다. 거대하게 자라났던 그림자와 무대를 뒤덮을 듯 들리던 음악, 징 소리와 함께 멎으며 그림자들, 일제히 절도 있는 몸짓으로 반대쪽을 바라본다. 한순간 정지된 거대한 그림자들을 배경으로 객석을 향해 앉고 선 정우, 현이, 광식의 모습, 정지된 한 장의 사진처럼 명멸하는 조명 속에 드러났다가 사라진다. 조명이 엇바뀌어 무대 중앙의 거실이 밝아진다. 한쪽 의자에 초라한 외출복 차림으로 객석을 향해 앉아서 액자에 넣은 사진을 보고 있는 순영. 은옥, 화사한 홈웨어 차림에 기품 있고 우아한 태도로 꽃다발과 화병을 들고 들어온다.

은옥   (냉담하고 오만하게) 예식장을 예약한다고 나갔지요.
        참, 아직 모르시겠군요. 결혼 날짜를 받았답니다. 내
        달 25일이지요.
순영   (액자를 탁자 위에 놓으며) 이게 그러니까 약혼 사진인

　　　　가 보구먼. (미소 짓고 끄덕이며) 예뻐요. 몸두 많이 좋
　　　　아진 것 같구…… 출감했을 때는 그렇게 상해 있더
　　　　니…… 신랑감두 훤하고…… 좋은 때지요. (생각하다
　　　　가) 내가 몇 번이나 찾아왔었다고 얘기하셨나?

은옥　　아뇨. (꽃을 다듬다가) 쉽지는 않겠지만 이제 그만 단
　　　　념하셔야 하지 않겠어요? 없어진 지 벌써 이 년이 넘
　　　　는데 사람이 살아 있으면서 그렇게 감쪽같이 사라질
　　　　수는 없어요. 비슷한 시기에 잡혀갔던 애들이 다 재판
　　　　받고 형기까지 채우고 나왔는데 아직도 소식이 없다
　　　　면 처음부터 다시 생각하셔야지요.

순영　　(공손히 듣다가) 허긴 나도 가끔은 그 애가 죽었을 거
　　　　라는 생각을 해 보기도 하지요. 사람이 산 채로 그렇
　　　　게 감쪽같이 사라져 버릴 수는 없는 노릇이니까……
　　　　그래서 이것저것 생각하다 보면 그만 그 애를 묻어 줘
　　　　야겠다 싶지요. 어디든 양지 바른 곳에 한갓지게 묻어
　　　　놓고 그만 잊어버리고 싶다우. 그런데 그 애가 밤마다
　　　　찾아오는구먼.

은옥　　(냉담하게) 그리고 우리 현이는 아드님 일하고 아무
　　　　상관이 없어요. 경찰에서도 모른다면 끝난 일인데 왜
　　　　자꾸 찾아오시는지 모르겠군요.

순영　　(생각하며) 밤에 잠이 안 와서 컴컴한 방 안에 혼자 우
　　　　두커니 앉아 있으면 문밖에 와서 불러. (무대 안쪽 어두
　　　　운 곳에서 현이의 음성 들린다.)

현이　　(낮게) 엄마.

은옥 (긴장하며 소리를 덮으려는 듯) 모르셔서 그렇지 학생운
     동하고 노동운동은 사실 별 상관이 없어요.

순영 (물끄러미 객석을 보다가) 요새 같은 대명천지에 귀신
     이 나올 리도 없고…… 헛소리를 들었나 하고 앉아 있
     으면 창밖에 와서 더 큰 소리로 불러. (어둠 속에서 현
     이 말한다.)

현이 (좀 더 크게) 엄마.

은옥 (꽃을 꽂으며 초조하게) 가다 보면 비슷한 구호들을 외
     치기도 하지만 알고 보면 하는 소리들이 아주 달라요.

순영 (침착하게) 그래도 미심쩍어서 가만히 숨죽이고 듣고
     있으면 이번에는 창문을 똑똑 두드리면서……. (무대
     안쪽에 희미한 조명이 들어온다. 흐트러진 모습의 현이, 비
     스듬히 객석으로 등을 돌린 채 속삭이듯 말한다.)

현이 밖에 누가 왔나 봐.

은옥 (차츰 날카롭게) 허황한 짓들을 하기는 마찬가지겠지
     만 그래도 연결시켜서 생각하지 마세요.

현이 문을 열어 봐.

순영 아이구, 이놈이 인제 오는구나 싶어서 문을 열러 가면
     서 좋아서 가슴이 그냥 벌렁벌렁 뛰지.

현이 (짜증 내며) 왜 못 들은 체해?

은옥 (일어나서 현이를 향해) 겁내지 마. 절대루 못 만나게 해
     줄 테다. 이젠 아무도 안 만나게 해 줄 거야. 엄마가 다
     알아서 할 테니까 걱정하지 마. (날카롭게 말한다.)

(현이 부근의 조명 사라진다.)

순영　(생각하다가 고개 들며) 문을 열고 내다보면 그냥 캄캄
　　　하기만 해서 보이는 건 없는데…… 그래도 저만큼 뭔
　　　가가 서 있다가 가 버린 기척이 있어서 마음이 설레
　　　지. (생각에 잠기며) 언젠가는 밤에 달이 훤히 떴는데
　　　건너편 민둥산 산자락으로 웬 흰옷 입은 남자들이 가
　　　뜬하게 행전1)치고 앞서거니 뒤서거니 걸어가는 게 뵈
　　　는데…… 그 맨 끝에서 뒤따라가는 게 아무래두 우리
　　　정우 녀석 같아서 눈 비비고 보니 그늘로 들어가서 사
　　　라지고 안 뵈더구먼. (은옥, 현이가 있던 자리를 보다가
　　　진정하고 돌아오며)

은옥　사람이 죽어서 길이 바뀌면 부모 자식 간에도 정을 떼
　　　려고 귀신이 한 번은 온다더군요. 아무튼 혼삿날 받은
　　　집에 와서 하시기엔 너무 사위스러운 얘기 아닌가요?

순영　(어지러운 듯 이마를 짚으며) 옛날에 고향에 살 때 동학
　　　군들 몰사 죽음한 산속에서 가끔씩 동학 귀신들이 나
　　　와서 풍물 치고 놀기도 하고 산 넘어가는 게 뵈기도 한
　　　다는 얘기는 들었지만 내 이 나이에 그런 걸 또 보게
　　　될 줄은 미처 몰랐지. 세상에 어지러워지면 그런 게 보
　　　이곤 한다는데 우리 고장에서는 그런 것두 지킴이라
　　　고들 불렀다우. (은옥, 화병을 한쪽에 있는 탁자 위에 놓고

─────────────

1) 行纏. 바지나 고의를 입을 때 정강이에 감아 무릎 아래 매는 물건.

돌아오며 순영을 유심히 보다가 동정하지 않으려 하며)

은옥 　점심을 안 잡수셨나 보군요. 아드님 그렇게 되신 다음
　　　에 누구하고 사세요?

순영 　(지친 듯) 혼자 살지요. 병 줄거리 손주 놈은 제 삼촌
　　　없어진 다음에 곧 죽고 그 애 어미도 개가하고…….

은옥 　장사는 잘되세요? 시장에서 나물 판다고 하셨던가요?

순영 　아이 찾아다니느라고 이젠 그 노릇도 그만뒀다우. 아
　　　주 가끔…… 입에 풀칠할 수 있을 만큼만 시장에 나가
　　　지. 사람이 먹고만 사는 데는 별루 돈 많이 안 들어요.

은옥 　그래도 식사는 하고 다니셔야지요. 산 사람은 살아야
　　　하지 않겠어요?

순영 　(백에서 사진을 꺼내어 내밀며) 보시우. 얼마 전에 오대
　　　산에서 나온 시체라는데 경찰에 계신 분이 우리 정우
　　　같다고 해서 가 봤지요. 처음 발견한 등산객이 찍은
　　　거라더구먼. (순영이 사진을 내밀자 은옥, 외면한다. 동시
　　　에 조명이 엇갈려서 무대 한쪽이 밝아진다. 등산복 차림의
　　　목격자 1, 조명 속에서 객석을 향해 말한다.)

목격자1 　(조금 흥분해서) 산에서 내려오는데 계곡에 조그만 동
　　　굴 같은 게 보였어요. 처음엔 무심히 지나치려 했는데
　　　나뭇가지를 꺾어서 애써 가려 놓은 게 수상해서 들여
　　　다봤더니 잔돌 무더기로 슬쩍 덮어 놓은 틈으로 사람
　　　발이 비죽 나와 보이더라구요. 그래서 고개를 디밀어
　　　봤더니…… 그 냄새……. (목격자 1, 구역질하며 외면한
　　　다. 반대쪽에 들어온 조명 속에서 당국자, 사무적인 태도로

서류를 들치며 객석을 향해 말한다.)

당국자 부주의해서 떨어져 죽은 등산객이었군요.

목격자1 등산화나 구두는 보이지 않고 양말만 신고 있었는데 한쪽 양말에 엉겨 붙은 거무스름한 얼룩이 아무래도 핏덩어리 같던걸요. 주변에 등산 용구나 소지품 같은 것도 보이지 않고…… 청바지에 빨간 줄무늬 티셔츠를 뒤집어 입었더군요. 어디 다른 데서 죽은 뒤에 운반되어 감춰진 것 아닐까요?

당국자 높은 데서 떨어진 경우에는 소지품들이 꽤 멀리 흩어질 가능성이 많지요. 지나는 이들이 집어 갔을 수도 있고 풀숲에 떨어지면 사실 찾기가 어렵답니다.

목격자1 (끈질기게) 주변엔 추락할 만한 암벽이나 산봉우리 같은 것도 없었는데요! 그냥 평탄한 계곡이지요. 그리고 사진을 찍으면서 자세히 봤는데 손톱들이 죄다 상해 있던걸요. 아예 손톱이 빠져 버린 손가락도 있고…….

당국자 들쥐는 잡식성이니까요.

목격자1 마음에 걸려서 자세히 봤더니 이마에도 상처가 있고 손목에도 끊어진 끈이 한 토막 걸려 있더군요. (낮게) 어디서 무슨…… 일 당한 사람 아닐까요? (목격자 1 주변의 조명 사라진다.)

당국자 (반대쪽을 보며) 이정우 군이 틀림없군요. 등산 갔다가 잘못해서 추락한 겁니다. 흔히 있는 일이지요. 그런 걸 그렇게 오랫동안 찾아다니셨군요. 도와 드릴 수 있어서 다행입니다. 화장한 유골이 저기 있으니 절차를 밟아서 인수하시지요. (당국자 주변의 조명 사라진다. 은옥, 안에서 들고 나온 쟁반을 탁자 위에 놓으며)

은옥　인절미예요. 현이가 좋아해서 언제나 조금씩 해 둔답니다. 한 쪽 드세요. 그런데 그게 왜 정우가 아니라고 생각하시지요?

순영　(허기진 듯 물 마시고) 그 애는 잡혀간 거지 등산을 간 게 아니었으니까요. 현이가 잡혀갔다는 말을 들은 지 사흘 만에 잡혀갔었지. 기관에서 왔다고들 하더구먼서두. 난 그게 뭔지 모르겠더구먼. 그때 현이를 잡아간 건 어느 기관이랍니까? 애들 잡아가는 갈래도 하도 여러 가닥이니 대체 어디로 잡혀간 건지 난 아직도 알 수가 없구려.

은옥　(냉담하게) 아드님이 잡혀간 게 사실이라고 해도 잡혀간 이유가 다를 테니 잡아간 기관도 다르겠지요. 설마 한다하는 명문 대학의 학생회 임원하고 단순한 공장 노동자를 같은 선에 놓고야 보았겠어요? (일어나며) 살기가 정 어려우시면 어디 파출부 자리 하나 소개해 드릴까요?

순영　(생각하며) 왜 잡혀갔었는지 어디로 잡혀갔었는지 잡혀간 곳에서 정우를 만난 일은 없는지…… 현이가 교도소에서 나온 뒤에 그런 말은 안 합니까?

은옥　그만하세요. 아주머니. 연세 대접해서 이야기를 들어 드렸더니 한이 없군요. 이제 그만 가 보세요. 떡은 싸

드리지요. (무대 안쪽에 조명이 비치면 은옥의 의식 속의 현이, 무대를 가로질러 지나가려 한다.)

순영   (조용히 힐문하듯) 처음 현이를 면회하고 나서 수감자 가족 모임에서 날 만났을 때는 현이 때문에 정우까지 잡혀가게 되어서 미안하다고 하셨었지.

은옥   (당황을 감추며) 그때는 너무 놀라고 정신이 없어서 무슨 말을 했는지 기억도 안 나는군요. (현이, 멈춰 서며 은옥에게 날카롭게)

현이   거짓말 마. (은옥, 외면한다.)

순영   현이 재판 때도 그런 말씀을 하셨었어. 내게 무섭고 끔찍한…… 죽을죄를 졌다고…… 난 그게 무슨 뜻인지 항상 궁금했다우.

현이   사실대로 말해 봐.

은옥   (침착해지며) 그랬던가요! 살다 보면 기억하고 싶지 않은 실수들을 가끔 하게 되지요. 아마 별 뜻 없는 말이었을 거예요.

순영   (집요하게) 필요하면 돈을 좀 줄 수도 있다고까지 하셨었어.

현이   언제까지 입 다물고 있을 수 있을 거라고 생각해? (현이 부근의 조명 사라진다.)

은옥   (긴장을 풀며) 동정심에서 했던 말을 갖고 트집을 잡고 싶으신 건가요?

순영   남들은 별말을 다 하지만 난 현이 때문에 정우가 어떻게 되었다고는 생각하지 않아요. 일부러 그랬을 리야

없겠지. 설사 무슨 말인가 했다 해도 할 수 없어서 해 버렸겠지. 그런 곳에 잡혀간 여자애들이 당한다는 얘기를 들어 보면…….

은옥   (민감해지며) 다 헛소리예요. 그럴 리가 있나요? 상식적으로 생각들을 하셔야지요. 과장된 헛소문들 믿지 마세요.

순영   그럼 현이가 몰래 감춰 주었다는 사람이 누군지는 혹시 아시우? 그때 애들이 잡혀간 까닭 중의 하나가 그 사람을 감춰 주었기 때문이라던데…….

은옥   (피곤해지며) 집요하시군요. 상관없는 일에 억지로 연관시키려 하지 마세요.

순영   모르실 리 없지. 귓등으로라도 들은 일이 있을 거요. 물정 모르는 나도 가끔 들은 기억이 나는걸? (순영의 뒤쪽에 들어온 조명 속에서 정우, 광식에게 낮고 날카롭게 말한다.)

정우   시류에 맞서는 일에 겁먹지 마, 형. 순간적 정의는 결코 정의가 아냐.

광식   (화내며) 뭐하러 이런 일에 나서서 주목을 받냐? 왜 적당히 타협하고 물러서지 못해?

정우   아직 타협해도 좋은 선까지 오지 않았어. 임시방편의 미봉책은 낭비밖에 아냐.

광식   월급 조금 올려 받고 물러서라. 원칙적인 얘기 꺼내지 마. 그게 얼마나 위험한 짓인지 몰라서 그래?

정우   (화내며 돌아선다.) 원한다면 돈은 몇 푼 더 줄 수 있다.

그러니까 저 아래에서 무릎 꿇고 절하고 받아라……
한껏 양보한다고 해도 그 사람들의 사고방식은 이게
전부야. 여기서 물러서면 근로조건을 개선할 방법이
없어. 현장에서 직접 건강을 위협받는 건 경영진이
아냐.

광식   첫술에 배부르냐? 왜 그렇게 서둘러!

정우   쇠는 식기 전에 두드려야지, 서로 이야기할 준비가 되
어 있을 때 할 수 있는 선까지 말해 봐야 해.

광식   표면에 나서지 마. 과녁이 되지 마라. 군중은 언제든
지 배신한다. 현이네 친구들에게도 휘둘리지 마. 대학
생이란 결국 중산층의 병아리밖에 아니다. 언제라도
제 위치로 돌아가고 말걸.

정우   그 애들은 우리한테 힘을 줘. 고생 없이 자라서 물정
을 모르지만 순수해서 우리한테 자부심을 갖게 해. 우
리도 같은 땅에 사는 동시대의 젊은이라는 느낌을 갖
게 해.

광식   학생운동을 보는 눈에는 관대함이 있을 수 있지만 보
는 각도에 따라서 너희들은 순식간에 좌경도 되고 용
공도 된다는 걸 알아야지. 더 이상 경영권에 간섭하지
마라. 이문에 타격이 온다고 생각하면 이 땅의 중산층
은 언제라도 전가의 보도처럼 그 칼을 빼어 휘두를 테
니까…….

정우   우리가 결코 좌경이 아니라는 걸 몰라서 그래?

광식   사실인가 아닌가는 중요하지 않아. 물론 결백한가 아

닌가도 문제가 안 되지. 요점은 너희가 위협적인 존재라는 사실이지.

정우 　무엇에 대해서?

광식 　간수해야 할 게 많은 사람들의 질서와 안정에 대한 열망을 건드리지 마라. 이 시대의 중산층이 얼마나 많은 것들을 희생하며 안정을 획득했는지 이해해야 해.

정우 　표면적인 질서와 안정이 영원불변의 것이라고들 생각하나? 세월이 흐르고 조건이 변하며 양상이 바뀐다는 걸 몰라? 역사를 보면…….

광식 　(낮게) 사흘 굶고 겨우 얻은 뼈다귀를 빼앗기게 되었는데 가만있을 개가 있을 것 같냐? 지식층의 양식을 믿지 마라. 배운 이들이 얼마나 파렴치한 배신으로 생존하는지 몰라서 그래?

　(진정하며) 아무튼 그쪽에서는 너희가 누군가의 사주를 받았다고 믿고 싶어 하니까 넌 대답해야 할 거다. 말해 봐라. 연습 삼아 우선 나한테 말해 봐. 네 배후의 인물이 누구냐? (반대쪽에 떨어진 고운 색조의 조명 속에서 현이, 단정한 모습으로 상냥하게 말한다.)

현이 　한 번만 더 얘기해 줘요, 정우 씨. 그 사람 만난 이야기를 할 때 자기가 얼마나 멋있고 예뻐 보이는지 모를 거야. (웃는다.) 아냐, 농담이야. 놀리는 게 아냐. 그 얘기를 듣는 사람 마음이 얼마나 편안하고 기분 좋아지는지 몰라서 그래. 얘기해 봐. 처음 만난 게 언제라고 그랬었지? (정우, 현이의 앞에 와서 정답고 친숙한 자세로

선다. 말하는 도중 낮은 허밍의 합창이 대사를 방해하지 않
을 정도의 음량으로 끼어든다.)

정우　정확하게는 말할 수가 없어. 아주 오래전부터 알고 있
　　　었던 것 같아서 처음 만났을 때도 이미 낯익었어.

현이　너도 그랬어. 처음 만났을 때부터 우리가 서로 좋아하
　　　고 있다는 걸 알았었어.

정우　열다섯 살때 공장에서 일하다가 피댓줄에 감겨서 다
　　　리를 절게 되었을 때 그 사람을 처음 봤었어. 개울가
　　　둔덕에서 버들가지를 꺾어서 혼자 호드기를 만들어
　　　불고 있는데 그 사람이 소리를 타고 와서 말했어. 일
　　　어나라, 일어나.

현이　(정우와 함께 노래하듯) 일어나라…… 일어나. 더 이상
　　　조잡한 감상 속에 앉아 있지 마.

정우　(혼자) 원칙에 대해서 생각해 보렴. 더 근본적인 문제
　　　를 생각해 봐라. (반대의 조명 속에서 광식, 낮고 격렬하
　　　게 말한다.)

광식　누구 얘기를 하는 건지 다 안다. 모든 시대의 모든 반
　　　역자들을 너는 너무 존경해.

정우　열일곱 살 때 작은 형님이 광산 사고로 매몰되었을 때
　　　회사에서는 구조 장비를 사 오려면 돈이 너무 많이 든
　　　다고 단념하라고 가족들을 달랬었어. 가망 없는 일에
　　　공연한 낭비를 해서 회사 문을 닫게 할 수는 없지 않
　　　겠냐는 거였지. 파이프를 통해서 들려오던 살려 달라
　　　는 외침이 닷새 만에 끊어져 버렸을 때 밤새도록 담벼

락에 머리를 짓찧으며 울었더니 그 사람이 등 뒤에 와
서 말했어.

현이   (정우와 함께 노래하듯) 떨치고 일어나라, 미움과 조절
이 더 이상 너를 더럽히게 하지 마.

정우   (혼자) 고개를 들고 일어서서 모든 어리석음에 대해서
화내어야 해. 목숨은 모욕받을 권리가 없다. (현이 부
근의 조명 사라진다. 대사 도중 스크린에 일어나서 점점 자
라던 그림자들, 음악과 함께 정지한다. 역광을 받아서 두 사
람의 모습도 실루엣으로만 보인다.)

광식   (화내며) 그런 식을 피하지 마라. 역사를 거꾸로 이해
하지 마.

정우   데모 현장에서 풍물 치는 소리를 가만히 들어 보면 소
리 뒤에서 또 하나의 소리가 그림자처럼 떠오르는 게
느껴지거든.

광식   기득권을 향해 맞서는 모든 시대의 모든 원칙론이 항
상 급진 취급을 받는다는 걸 모르겠냐?

(북소리, 계속 대사를 방해하지 않을 만큼 낮게 울린다.)

정우   처음에는 그냥 단순한 메아리처럼 들려오는데 계속
해서 듣고 있으면 그 소리가 사실은 음악 그 자체를
앞서서 끌고 간다는 느낌이 느껴지거든.

광식   급진은 결국 역적이지. 처형밖에 얻을 게 없다. 결과
가 불을 보듯 뻔한데 왜 빠져드냐?

정우 징에서 북에서 장고에서 그리고 꽹과리에서 낼 수 있
는 소리는 다 끌어내어 우쭐우쭐 흥 돋우어 어우러
져 춤추면서 산 넘어가지. 시간을 넘어서 어디론가 우
리를 끌고 가 버려. 더 완벽한 곳, 더 자유로운 곳, 더
환한 곳으로…… (돌아서며) 봐, 우리 안에 숨어서 우
리를 끌고 가는 누군가의 존재를…… 시대의 어리석
음과 패악으로부터 우리를 지켜보는 마음 뒤의 마
음…… 저 완벽한 규범을……. (객석을 뒤덮을 듯 격렬
하게 들리던 북소리 갑자기 멎는다.)

광식 (화낸다.) 무슨 덕을 보겠다고 우리 같은 놈들이 나서
서 피해를 보냐? 뭐하러 지목받고 잡혀가서 전과자가
돼? 누구든 적당히 대고 빠져나와라. 쓸데없는 감상에
목을 걸지 마. (조명이 엇바뀌어 광식과 정우 주변 어두워
지고 거실이 밝아진다. 순영, 자리에서 일어나며 말한다.)

순영 당국에 계신 분한테서 연락을 받았지요. 이태 동안 하
도 찾아다녔더니 나를 보면 정말 괴로워한답니다. 어
떻게 해서든지 도와주고 싶어들 하시지요. 지난해 여
름에 부산 앞바다에서 발견된 시체가 있었는데 그게
혹시 정우가 아닌가 확인하러 와 보라더군요. 또 못
만나고 가지만 결혼 전에 다시 한 번 오지요.

은옥 (따라 나가며) 아뇨. 다시는 오지 마세요. 참, 여기 떡
한 덩이 싸 놨으니 들고 가세요. (순영, 나간다. 거실의
조명 색조가 변한다. 거실 한 귀퉁이에 놓인 전화벨이 운다.
은옥, 떡을 손에 들고 불안하게 보다가 전화 받는다.)

여보세요? 아, 미연이구나. 음…… 정신없지, 뭐. 마음만 바쁘고 무엇부터 준비해야 할지 모르겠어. 응? 신랑? 내가 아직 말 안 했었니? 어머, 실수. 그랬어? 실수했다, 얘. 너 언제 한번 놀러 와라. 우리 사윗감 보여 줄게. (웃으며) 얼마나 잘생겼는지 몰라. 키두 크고 점잖은 게 아주 순둥이란다. 그런데 소문난 수재래. 음, 현이 아빠 회사에서 일부러 스카우트해 온 사람이랜다. 회장님 기대가 보통이 아니래. (듣다가) 그럼, 집안도 괜찮아. 학자 집안인데 아버지는 대학교수 하시다가 일찍 돌아가시고 어머니도 중학생 때 돌아가셨대. 친척 집에서 컸지만 워낙 물려받는 재산이 넉넉해서…… 음? 그럼, 아파트도 꽤 넓은 걸 갖고 있고. 주식이며 부동산이며 나중에 제 사업 밑천 할 만큼은 갖고 있나봐. 나는 현이 사건 난 뒤에 처음 만났는데 웬일인지 제 일처럼 나서서 적극적으로 돌봐 줬겠지. 알고 보니 저희끼리는 벌써부터 약속한 사이였다더라. 응? 동수…… 아, 현자 아들 장가간다구? (듣다가 웃는다.) 그 애가 우리 현이하고 무슨 상관이 있어서 나한테 청첩장을 못 보낸대니? 별일이다, 얘. 아냐, 동수하고 울 현이 사이에 혼담이 있었던 건 사실이지만 어느쪽이 딱지를 놓은 것도 아냐. 현이가 우리 사윗감……광식이하고 연애를 시작한 게 벌써 언제 일인데? 왜? 걱정했었어? 현이가 교도소에 갔다 와서 양갓집으로는 시집 못 갈까 봐? (듣다가 웃는다.) 사실 나두 놀랐는데 그러고 나니까 오히려 혼담이 문전성시를 이루더라. 몰라. 똑똑한 색싯감이라고 프레미엄이 붙은 건지…… 솔직히 말해서 아까운 자리들 거절하느라고 고민 좀 했었어. 속상하더라. 음? 현이 아빠? 늦게 들어오지 뭐. 사장이라고 해 봐야 고용 사장이 시세 있니? 음? (듣다가) 아이, 그 얘기 끝난 게 언젠데? 현자가 그러던? 우리가 별거한 지 오래됐다고? (웃다가) 여고 시절 라이벌은 영원한 라이벌이라더니 그 앤 정말 왜 그렇게 나 못되기를 바란대니? 할 일 없으면 밤 11시쯤 우리집에 놀러 오라고 그래. 멀쩡하게 잘 있는 우리 남편 구경시켜 줄 테니까…… (듣다가) 참, 네 딸 출산 예정일이 언제냐? (한숨 쉬며) 얘, 그러구 보니 우리도 그럭저럭 사위 보고 손자 보는 처지가 다 됐구나. 할머니 되는 거 실감 나니? (듣다가 웃는다.) 솔직히 말해서 심란하지? (한숨 쉬며) 사는 게 고작 이 모양밖에 안 되는 걸 그렇게 허둥지둥 이 악물고 살아왔나 생각하면…… 좀…… 그렇지 않니? 음? 아냐 우울하긴…… 그냥 감상이지. 기분으로 말하면 얘, 평생 이만큼 좋았던 때가 또 있었던가 싶은걸? 그래, 착잡은 하지만 나쁘진 않아……. (피곤한 듯 전화받는 은옥 주변의 조명 희미해지며 거울 앞쪽이 밝아진다. 무대 한쪽에서 고운 색조의 한복을 입고 들어오는 현이. 광식, 천천히 따라 들어온다. 현이, 길고 흰 스카프를 들고 휘돌아 보이며)

현이   어때요? 유명한 한복 디자이너의 옷이라 아주 비싸요. 보세요. 일일이 손바느질한 거야. 마음에 들어요?

광식 좋아.

현이 언제나 비싼 게 마음에 드는군요. 아빠하고 집이며 차 사는 이야기를 하는 것 같던데 그래도 괜찮은 거예요? 내세울 것도 없는 신랑감치고는 처가에서 얻어 내는 게 너무 많지 않아?

광식 (냉담하게) 확실히 좀 과한 감은 있지.

현이 집안은 또 좀 우스워? 빚지고 도망한 월북자 부친에 배추 장수 형님에…… 어렸을 때는 정우하고 아이스케키 장사도 했었다면서? 그것 말고 또 뭘 했었지요?

광식 껌팔이, 구두닦이, 수박 장수, 중국집 뽀이…… 수도 없지. 더 듣고 싶어?

현이 (초조하게 서성이며) 궁금했어요. 사람이 어떤 성장 과정을 거치면 그렇게 파렴치해질 수 있나 하고…… 무얼 갖고 우리 아빠 엄마와 흥정해서 날 얻어 냈지요?

광식 (퉁명스럽게) 몰라서 물어?

현이 심문받는 데로 날 찾아오긴 했었지만 사실은 나를 도와주러 온 것도 아니었잖아?

광식 물론…… 정우를 찾으러 갔었어.

현이 그런데도 마치 날 도우러 왔었던 것처럼 생색을 냈었지. (흰 스카프를 쓰고 돌아서며) 결혼식에 이렇게 하고 나가면 어떨까? 살풀이 수건을 뒤집어쓴 신부…… 멋있을 것 같지 않아요? (광식, 싫은 듯 외면한다.)
(웃는다.) 왜? 갑자기 손해 봤다는 생각이 들어요? 어

떻게 하나? 두고두고 억울한 생각만 들 텐데……. (현이, 노래하듯 말하면서 나간다. 은옥, 그늘에서 나오며 변명하듯)

은옥　자네가 이해하게. 조금만 더 시간을 줘 봐. 아직 회복이 덜 되어서 저두 제 마음을 못 가눠서 저러겠지. (비굴하게) 정말 내 섭섭지 않게 할 테니까 두고 봐 줘.

광식　(일어나며) 가 보겠습니다.

은옥　(초조하게) 우리 식구들이 모두 자네를 얼마나 고맙게 생각하는지 알고 있겠지?

광식　염려 마세요.

은옥　기관에 있는 친구들을 움직여서 현이가 남보다 먼저 재판받을 수 있게 도와주고 나오자마자 우리 부탁대로 결혼하겠다고 응해 주어서 집안 망신을 가려 주었지. (자조하며) 모두 우리 현이가 아주 못쓰게 되어 버린 줄 알았던 모양인데 소문난 수재 신랑감과 연애해서 결혼한다니까 믿을 수 없어 하더라니까…… 아주 통쾌했었어. 남들이 구사대니 기회주의자니 함부로 하는 말에 귀 기울이지 말게.

광식　(낮게 웃는다.)

은옥　(당황하며) 어제 회사 부근에서 아버님을 만났더니 칭찬이 대단하시더라구…… 자네 덕분에 노사분규를 잘 넘겼다고 회장님도 대견해하시더라네. 사람 반듯하면 됐지 집안 천하고 상스러운 게 무슨 상관인가…… 난 정말 자네한테 만족해. (말하며 들으며 상처

받는 두 사람. 광식, 내내 외면하고 움직이지 않는다. 전화
벨이 운다. 동시에 조명이 엇갈려 무대 한쪽이 밝아지면서
늙은 해녀 차림의 목격자 2, 객석을 향해서 말한다.)

목격자2 낮에 물질하러 들어갔던 애들이 처음 봤다더구먼. 전
복이나 딸까 하고 들어가 봤더니 물 밑 바위틈에 송장
이 떠억 끼어 있더라는 거야. 송장이야 언제 봐도 징
그럽지만 물 아래서 보는 건 특히 겁나지. 얼굴이 그
저 안반만 해 보이는데 머리카락까지 흩어져서 너울
거리니까 기 약한 젊은 애들이 보고 놀라서 병 만들
기도 한다우. 하두 무섭다고 야단들을 쳐서 내 들어가
보니 허리에 콘크리트 덩이 매달고 다리 부러진 송장
이 정말 있긴 있더구먼. 스무남은 살은 되어 보이는데
관상을 보아 하니 물 먹은 송장은 아냐. (듣는 시늉까지
하다가) 아냐, 아냐. 죽어서 물에 빠진 것하구 물에 빠
져 죽은 건 생판 다른걸? 물에 빠진 송장을 내 한두 번
봤나? 뭐라고? (듣다가 화내며) 입 다물어? 왜? 재미없
어? 무슨 재미? (엇바뀌는 조명 속에서 당국자, 객석을 향
해서 사무적으로 말한다.)

당국자 남자…… 나이 스물다섯 살가량…… 짧은 머리, 오른팔
에 문신이 있고 키는 165센티 정도…… 혈액형 O형……
기관에 연행된 뒤 이태가 넘도록 돌아오지 않는다고
주장하시더니 결국 가출해서 자살했군요. (객석을 바
라보다가) 또 부인하시겠습니까? 팔에 문신이 없고 키
가 더 크다구요? (생각하다가) 불우 청소년들이 얼마나

쉽게 좌절하고 가출해서 행방이 묘연해지곤 하는지 모르시는군요. 또 뺑소니 사고를 당했거나 행려병자가 되어서 어디 수용되어 있을지 모른다는 생각은 안 해 보셨습니까? 단순한 가출 사건일 수도 있는데 왜 자꾸 정치적인 문제로 몰고 가려고 하는지 모르겠군요. 대체 그 이정우라는 청년이 누굽니까? 어떤 사람이지요? (무대 한쪽에 떨어진 조명 속에서 고개를 숙이고 있는 순영, 고개 들고 객석을 보며 침착하게 말한다.)

순영 고맙소. 그렇게 물어 주기를 기다렸다우. 난 정말 그 애 얘기를 한번 펼쳐 놓고 찬찬히 하고 싶었어. 그게 우리 막둥이요. 내가 마흔이 다 되어서 낳았지. 그 애가 세 살 때 애들 아버지가 암에 걸려 죽었는데 죽기 전 이 년 동안 재산은 약값으로 다 날리고 빚도 수월찮게 남겨 놓았구먼. (생각하며) 가난이란 건 가만히 보면 악착스러운 함정 같아서 어쩌다 한번 빠져들면 헤어 나오기가 병까지 줄을 이어서 갈수록 태산이라는 생각만 들지. 우리 정우…… 막둥이를 내 그 독한 가난 속에서 키웠다우. 중학교에 입학하던 해에 맏형이 사고로 죽고 내가 곧 늑막염에 걸려서 열다섯 살 어린걸 공장에 취직시켰더니 피댓줄에 감겨서 한쪽 다리가 병신이 되고 말았지. 그래도 심지가 깊어서 에미 앞에서 눈물 한 번 보인 일이 없었어요. 고등학교도 못 가고 내처 공장엘 다녔는데 순둥이 같은 게 책을 많이 읽어서 검정고시두 봐서 합격하고 아는 것도 많다고 옆집 살던 채소 가겟집 광식이가 늘 칭찬하곤 하더구먼. 고집은 있지만 나서서 떠드는 일도 없고 남과 다투는 법도 없고 남의 말 꾸벅꾸벅 잘 들어주는 순하기만 한 애였는데 좋아하며 드나드는 친구들이 꽤 많았지. 공장에서 억울한 일 당한 친구들도 의논하러 찾아오고…… 나중에는 현이며 또 다른 대학생 친구들까지 의논할 일 있다고 찾아들더구먼. 나야 귀담아들어 봐야 아는 말도 없고 그저 높은 공부한 대학생 친구들이 정우 씨 정우 씨 하고 드나드는 게 고맙고 대견해서 감자도 삶아 들여가고 밀전병도 해 들이고 뒷방에 몰래 숨겠다고 찾아오는 이 있으면…… 어쩌겠소? 나쁜 짓 할 리 없는 궁지에 몰린 사람…… 다만 며칠이라도 재워 줘야지. 우리 모자 한 거라고는 그게 전부였지요…… 그러다가 어느 날인가 기관에서 나왔다는 남자들이 들이닥쳐서 아이를 개 끌듯 끌고 가더니 이태째 종무소식이구려. 그러던 이제는 잡아간 일조차 없다고 잡아떼니 어디 털어놓고 한번 얘기해 보시우. 내 이제 어떻게 하면 좋겠소?

당국자 (고개 들며) 증거가 될 만한 서류들을 구비해 갖고 오셔야겠군요. 이정우 군의 주민등록등본, 재직 증명서, 목격자의 증언 등…… 준비할 수 있으시겠지요? (당국자와 순영 주변의 조명 사라지고 엇갈려 거실이 밝아진다. 전화를 끊고 있는 은옥의 뒤에서 화를 내고 있는 현이.)

현이 왜 내가 집에 없어?

은옥   신경 쓰지 마.

현이   누군데 또 따돌렸어?

은옥   고문 피해를 취재하겠다고 찾아오는 할 일 없는 사람
      들을 일일이 다 만나 줄 필요가 어디 있니? 진상인지
      뭔지 밝히고 싶으면 자기들끼리 실컷 밝히고 취재도
      다른 데 가서 마음껏 하라고 해. 우린 아무것도 하고
      싶지 않으니까…….

현이   (화내며) 그래서 번번이 수감자 가족 모임을 따돌렸
      어? 내가 수감되어 있을 때는 그 사람들 힘이 필요하
      니까 돈 서푼 갖고 재정 지원하는 척하며 이용해 먹고
      내가 나오니까 칼로 끊듯이 돌아서 버렸지. 부끄럽지
      도 않아?

은옥   (자리에 앉으며 냉정하게) 왜들 그렇게 어리석게 군대
      니? 겉으로야 다들 동정하고 분개하는 척하지만 돌아
      앉아서 당했다는 얘기 곱씹어 가며 얼마나 지저분한
      상상들을 하면서 즐길 텐데 왜 나서서 빌미를 줘? 울
      역사상 정치가 개입된 범죄의 진상이 한 번이나 제대
      로 밝혀져 본 일이 있는 줄 아니?

현이   제대로 된 진짜 정치를 못 해 봐서 그렇지. 왜 미리 단
      념해?

은옥   아무리 흉악한 짓들을 저질렀어도 저마다 주범은 아
      니라고 생각하기 때문에 가책을 받는 사람조차 없지.
      고문을 업으로 삼는 사람들도 다 제 처자는 사랑할 줄
      알고 만나 보면 괜찮은 데가 있단다. 그래도 그 사람

들은 사람을 모욕하고 파괴하는 일에 익숙해져 버려
서 느낌이 없고 가끔은 즐기기조차 하겠지.

현이   (외면하며) 치사한 얘기는 어쩌면 그렇게 잘 아우? 그
게 바로 엄마같이 징그러운 중산층이 이를 물고 수호
하는 독재 정권의 특성 아니겠어?

은옥   (진정하려 하며) 꿈 깨라. 환상 갖지 마. 독재든 아니든
정치는 결국 범죄밖에 아니고 역사에 남은 치적을 이
루었다 해도 잘 꾸민 우수한 범죄밖에 아냐. 데모는
너희만 해 본 줄 아니?

현이   (조롱하며) 그런데도 그 잘난 명문거족이 되고 싶어서
그렇게 애썼었어? 아빠가 국회의원이 되기를 정말 치
사하게 바랐었지. 나를 동수에게 시집보내고 싶어서
얼마나 비굴하게 굴었어? 그 애가 고급 공무권의 자
식이 아니었어도 그랬겠어?

은옥   (마음 상하며) 기왕에 존재하는 필요악이라면 그걸 이
용해서 서로 잘 살아 보자는 게 뭐가 나빠?

현이   엄마는 어떻게 보면 꼭 마귀 같아요. 징그러워 죽겠
어. 얼마나 엄마가 지겨웠으면 아빠가 별거하겠다고
나갔겠어! 약혼자가 너무 가난해서 배신하고 아빠한
테 시집을 왔으면 왔지, 그 남자 사진은 왜 감춰 갖고
있다가 들켜서 아빠를 평생 의처증 환자를 만들었어?
애인한테 경멸받고 남편한테 버림받고 자식한테 조
롱당하려고 그렇게 악착같이 잘 살고 싶었어?

은옥   (상처 받고 지치며) 에미는 자존심도 없는 줄 아니? 속

상한다고 마음에 없는 소리 해서 옆에 있는 사람 상하게 하지 마라. 이제 다 끝난 일…… 더 이상 괴로워하지 마.

현이 (점점 맹렬하게 서성이며) 뭐가 끝나? 악몽의 시작이지. 어거지루 결혼시키면 모든 게 끝날 줄 알아?

은옥 (낮게) 네 몫의 싸움은 끝났어. 투사인 척하지 마라. 친구들이 뭐라던 넌 기질적으로 투사가 아냐. 싫든 좋든 내 방식으로 키워져서 넌 거기 길들었어. 잘난 체해 봐야 한계가 뻔하다는 걸 알아야지

현이 (화내며) 어쩌다가 엄마 같은 여자의 딸로 태어났는지 모르겠어.

은옥 난 뭐 너한테 반해서 사는 줄 아니? 광식이한테도 그렇게 함부로 하는 게 아니다. 지금이야 처가 위세에 눌려서 네 못된 짓 다 참아 주지만 언제까지 그럴 줄 알아?

현이 자기가 산 물건의 값을 엄마만큼 모르기도 힘들 거야. 그 불쌍한 남자가 날 진심으로 좋아한다고 생각해 본 일은 없어요? 불쌍해서 참아 주는 거라고 생각해서 일은 없어? (화내고 돌아서며) 아까부터 벨이 울리는데 왜 나가 보지 않고 거기 서 있어? (은옥, 긴장해서 일어서는데 조명 바뀐다. 무대 안쪽에 들어온 희미한 조명 속에서 순영, 자다가 깬 듯한 차림으로 무대 안쪽을 향해서 속삭인다.)

순영 거기 있는 게 너냐? 정우야? (광식이, 그늘 속에서 나오

며 말한다.)

광식 어머니.

순영 (침묵하다가 다른 어조로) 안 자고 무얼 하냐? 밤늦
　　　게…….

광식 우시는 줄 알았어요. 제 방에서는 잘 들려요. 옆집이
　　　라고 해도 판잣집 담은 얇으니까…….

순영 꿈을 꾸었어. (침묵하다가) 그놈이 문밖에 와서 부르겠
　　　지. 6. 25 때 인민재판 받아서 돌아가신 우리 친정아버
　　　지 같은 모양을 하고 목이 없는 사람들과 같이 서 있
　　　었어. (생각하다가) 그게 다 무엇들일까?

광식 저 좋아하던 역적들이겠지요. 죄짓고 목 잘린 사람들
　　　얘기를 너무 많이 해 주셨었으니까…….

순영 (지치며) 훌륭한 사람들 얘기만 해 주었단다. 최영 장
　　　군이며 사육신이며 조광조 대감이며…… (생각하다
　　　가) 어떠냐? 네 생각엔…… 그만 단념해야 할까?

광식 그러실 수 있겠어요?

순영 (생각하며) 아니…….

광식 (돌아서며) 역적은 효수해야지요, 어머니. 잘린 목은
　　　내 걸어온 세상에 구경시키고 방부제를 발라서 시간
　　　의 어둠 속에서 썩지 않게 해야지요. (웃는다.) 그래서
　　　살아 있는 사람들을 영원히 부끄럽게 하고 무안하게
　　　하고 불행하게 할 기회를 줘야지요. 그게 그 잘난 녀
　　　석들의 소원이니까…….

순영 (조심스럽게) 우냐? 넌 왜 언제나 그렇게 가엽게 구니?

사주에 천파가 들었다더니 언제나 그늘에만 서는구나. 이젠 더 모욕받지 마라. 돌아간 네 엄마 생각을 해서라도……. (순영 주변의 조명 흐려지고 안쪽에서 정우 말한다.)

정우　맞아. 더 이상 스스로 상처 받지 마. 형. 같은 과 친구들의 동태를 보고하고 장학금을 받기로 한 일 때문에 그렇게 고민한다면 그런 식으로 애써 대학에 다닐 필요가 어디 있어?

광식　(현재 속에서) 학벌 없이 신분의 수직 상승이 가능한 줄 아냐? (과거를 향해 돌아서며) 너무 쓸데없는 짓 말고 야간 대학에라도 다녀야 해. 언제까지 이런 식으로 살 거냐?

정우　이왕 빠진 함정이라 해도 상황을 이용해서 입장을 바꿔 볼 수 있잖아?

광식　이제 와서 조건을 바꿀 수 있나? 난 벌써 사 년간이나 친구들을 팔아 왔어. 그리고 일간지에 노조와 학생운동의 정체를 폭로하는 글도 썼지. 그쪽 입맛에 맞게 적당히 좌경 용공으로 매도하면서…… 내가 얼마나 좋은 조건으로 현이 아빠네 회사에 스카우트되었는지 알아? (화내고 돌아서며) 그렇냐? 그렇다고 해서 내가 후회하는 줄 아냐? 아버지 일로 협박을 받지 않았다 해도 아마 난 일 스스로 찾아서 했을 거다. 아무튼 최선의 지름길이었으니까…….

정우　아프면 아프다고 솔직히 말해, 형. 언제나 나한테 그렇게 말했었잖아? 빚지고 일본으로 밀항하셨다가 조총련에 속아서 이북에까지 가 버리신 아버지의 행적을 형이 책임진다는 건 당치도 않지. 일어나서 화내어야 해, 형. (정우 주변의 조명 사라지며 거실이 밝아진다. 광식, 거실에 서서 생각에 빠져서 화내며 말한다.)

광식   감상적인 소리 하지 마라. 적어도 난 내 본성이 어떻다는 것 정도는 알고 있으니까…… 협박을 당한다고 다 꺾이나? 유혹을 당한다고 다 무너져? (돌아섬) 악조건 속에서의 생존은 네가 생각하는 것보다 훨씬 가혹하고 잔인하고 파렴치하지. 그리고 관대해. (현이, 한쪽에서 들어오다가 긴장한 얼굴로 웃는다.)

현이   무엇에 대해서.

광식   부끄러움에 대해서……. (두 사람 긴장해서 마주 본다.)

광식   (간절하게) 인격이란 건 사실 별 게 아니다. 고통 앞에서 얼마나 쉽게 무너질 수 있는 건지 이해하고…… 용서해야 해.

현이   (묵살하며 냉담하게) 혼자 있을 때의 광식 씨의 자기 통찰은 확실히 매력이 있어요. 날 기다리면서 빈방에서 무슨 생각을 했길래 그런 독백이 나왔지요?

광식   (기대가 깨어지며) 엿들었나?

현이   아깝게도 끝 부분만…… 자, 이젠 차도 사고 집도 샀어요. 또 필요한 건 없나요? 최상급의 봉을 만났으니 뭘 좀 더 뜯어내셔야지? 식도 며칠 안 남았는데?

광식   (앉으며) 그다지 최상급도 아냐. 부실한 딸을 위한 지

참금 중에는 그보다 더한 것도 많으니까…… 외국 유
학이라든가…….

현이   (반색하며) 그런 걸 바랐었어요? 진작 말하지? 그런데
광식 씨, 공부는 할 줄 알아요? 이상한 신분 덕분에 어
거지로 들어갈 수 있었던 일류 대학 아닌가? 그런데
도 공부가 가능하겠어요?

광식   유학을 간다고 해서 꼭 머리 터지게 공부해야 한다는
법이 있나? 보내 주는 돈으로 적당히 놀다 오면 되지.
(은옥, 차 쟁반을 들고 무대 한쪽에서 나오다가 듣는다.)

현이   (상냥하게) 괜찮은 생각이네. 마음에 들어요. 그런데
그러다가 우리 집이 거덜 나서 돈을 못 보내 주게 되
면 어떻게 하지? 우리 부모님 이혼은 시간문젠데?

광식   방법이야 많지. 각자 다시 쓸 만한 짝을 골라서 재혼
하는 수도 있고…….

현이   맞아. 잘만 하면 결혼만큼 수지맞는 장사도 없을 테니
까…… 그것두 잘 안 되면 우리 창가를 차립시다. 광
식 씨는 포주 하고 나는 매물이 되어서…….

광식   조오치. 파렴치한 녀석과 순결하지 않은 여자한테 그
만큼 어울리는 직업도 없을 테니까……. (갑자기 차 쟁
반을 떨어트리는 은옥. 갑작스러운 파열음에 놀라서 돌아
보는 두 사람. 현이, 웃으며 나간다.)

현이   우린 천생연분이에요. 엄마 아빠가 사 오신 신랑감 속
속들이 마음에 들어요. (은옥, 어쩔 줄을 모르다가 광식
에게 애원하듯 말한다.)

은옥　자네두 알고 있었나? 헛소문을 들었어? 남의 말이라
　　　고들 너무 함부로 흉악하게들 하니까…… 듣기 거북
　　　하겠지만 그건 다 거짓말일세. 사실이 아냐. 그럴 리
　　　가 있겠나? 명색 공직에 있는 이들이 그렇게 흉악
　　　한 짓들까지야 했겠어? 자네도 그 부근 켯속을 좀 알
　　　지 않나? (말해 놓고 절망하며) 옷만 벗겼다네. 배후 인
　　　물을 대라고…… 아냐…… 다는 아니고 속옷은 입
　　　고…… 더 이상 다른 짓은…… (외면하며) 안 당했대.
　　　믿지 말게. 마음 상해서 억지루 하는 거짓말이니까 대
　　　강 들어 줘. (애원하다가 교활하게) 사실…… 자네도 우
　　　리한테 신붓감의 순결을 따질 만한 처지는 아니지 않
　　　나? (말하고 스스로 모멸감을 느끼고 상처 받는 은옥, 주변
　　　의 조명 사라진다. 엇갈려 다시 정우 주변이 밝아진다. 정
　　　우, 외면하고 있는 광식에게)

정우　형이 나빴어. 왜 사실대로 말하지 않아? 현이를 얼마
　　　나 좋아하는지…… 현이가 더 이상 험한 일 당하지 않
　　　도록 얼마나 애썼는지…… 그 사람들이 억지로 현이
　　　를 떠맡기려 하기 전에 왜 먼저 나서서 본심을 말하지
　　　않았어? 오래전부터 그 애를 알고 있었고 잡혀가서
　　　당한 일도 알고 있고 그래도 그 애를 좋아한다고…….

광식　(고민하며) 그 애는 네 여자였잖아?

정우　그건 다 지난 일이지.

광식　(쏟아 놓듯) 모두 너무 괴로워하며 미친 듯 거짓말을
　　　하는 바람에 마음 놓고 위로조차 할 수 없었어.

정우   이제 와서야 겨우 안 게 하나 있는데 우린 그동안 너무 본 바 없이 살았어. 서로 상처 입히고 모욕하는 법 밖에 배운 게 없어.

광식   (돌아서며 폭발하듯) 그래서 부러진 깃대 꼭지 같은 꼴이 되어 버린 거냐? 왜 적당히 애매하게 살지 못했냐? 사람 목숨이 평지 돌출이라서 혼자 죽고 혼자 다치면 끝나는 건 줄 알았어?

정우   (가까이 오며) 형은 결국 망할 거야. 모든 너무 잘난 이들과 너무 결백한 이들과 상처 입은 사람들한테 짓밟혀서 남는 게 없을 거야. 왜 그렇게 못났어? 형. (정우, 외면하고 있는 광식의 목을 정답게 끌어안는다. 조명이 엇바뀌어 무대 한쪽이 밝아지면 당국자, 반대쪽에 지친 모습으로 앉아 있는 순영을 보지 않고 서류를 들치며 말한다.)

당국자 주민등록등본을 떼어 오셨습니까?

순영   (변명하듯) 내 주민등록 서류가 몽땅 없어졌답니다. 지난번 물난리 났을 때 어떻게 되었는지 안 보인다고 기다리라고 하더구먼.

당국자 그럼 아드님의 재직 증명서는 갖고 오셨습니까?

순영   세 번이나 갔었는데 담당하는 이가 자리에 없어서 못 만났지요.

당국자 목격자의 증언은 있습니까?

순영   그건 나요. 내가 봤지.

당국자 (침묵하다가) 아드님이라고 주장하시는 이정우라는 사람이 실제로 살아 있었다는 증거는 전혀 없군요.

순영   (당황하며) 그럼 그 애가 죽었다는 말이오?

당국자   처음부터 존재하지 않았다는 얘깁니다

순영   왜?

당국자   우리도 그게 궁금합니다. 확실히 불순하고 수상한 무
        엇인가 있는 거지요. 사회에 불안감을 퍼뜨리고 안정
        에 회의를 품게 하며 끊임없이 의혹을 던지는 누군가
        가 항상 존재한다는 것…… 어떤 시대의 어떤 통제 상
        황 속에서도 결코 일망타진되지 않는 이들이 어딘가
        에 분명히 존재하고 있다는 것을 생각하면 당국으로
        서는 여간 염려스럽지 않습니다.

순영   (침착해지며) 나만큼 나이를 먹으면 사람이란 걸 이해
        하게 된다우. 우리는 더럽고 저열한 일에 참 쉽게 익
        숙해지지. 여름날 보리밥 간수하듯 자신을 정신 차려
        단속하지 않으면 곧장 쉰 냄새 나고 곰팡이가 피지.
        남자들은 모르는 일이겠지만 에미 자식 사이는 짐승
        같아서 안 보고도 저절로 알아지는 게 있지요. 이것
        저것 물어보며 대답이 나오라고 좀 괴롭혀 봤겠지.
        작심하고 해치려 한 건 아니겠지만 흥에 겨워 도를 넘
        기면 사고가 났을 수도 있겠지. 내 분풀이를 하자고
        나섰겠소? 그냥…… 어디 파묻었는지나 알려 주구려.
        명색 사람의 자식을 어둠 속에 개짐승 치우듯 해서야
        되겠소?

당국자   (밖을 보며 외친다.) 이 미친 노인네 내쫓아 버려. (당국
        자 주변의 조명 사라지고 거실이 밝아진다. 순영, 거실의 의

자에 앉은 채 움직이지 않고 있다가 가라앉은 어조로 계속 말한다. 은옥, 한쪽에서 외면하고 듣는다.)

순영 정우가 어렸을 때도 난 한 번 그 애를 잃은 일이 있다우. 여섯 살 때였는데 그때도 죽은 줄만 알았었어. 겨울이었는데 시장에 팥죽 팔러 나간 사이에 해방된 판잣집 동네에 불이 났지. 식구들이 다 뿔뿔이 흩어져서도 죄다 불에 타 죽은 줄만 알았었어. 한 달 만에 서울역 앞에서 거지가 되어 있는 아이를 찾았는데…… 굶주려 눈만 퀭한 것이 어미를 보더니 억장이 막혀서 말도 못 하고 벌벌 떨기만 하더구먼. 그러더니 밤에 품에 안겨서 겨우 말했어. (현이, 웨딩 가운을 들고 활기 있게 나온다.)

현이 엄마. (순영을 발견하고 멈춰 선다. 은옥, 생각에 잠겨서 돌아보지 않는다.)

순영 엄마한테 가고 싶었어. 밤이 깨물 것만 같았어. 어둠은 무서운 짐승 같아요. 다시는 캄캄한 데 혼자 있게 하지 마……. (생각하다가) 다 자란 후에도 그 앤 어두운 걸 아주 싫어했었지. (현이, 갑자기 폭발하듯 말한다. 웨딩 가운을 팽개치고 뒷걸음질 치며 말한다. 은옥, 놀라서 돌아본다.)

현이 그런데 내가 어둠 속으로 밀어 넣었어.

은옥 (말을 막으려는 듯 날카롭게) 아냐.

현이 다른 친구들은 그래도 다 잘 버텼는데 난 무서워서 말해 버렸어.

은옥   (속삭이듯) 네 잘못이 아냐. (조명이 현이 주변으로 좁혀

들며 사방에서 그림자들 일어난다. 북소리에 맞춘 낮은 허

밍의 합창이 들리기 시작한다.)

현이   (뒷걸음질 치며 애원하며) 네, 맞아요. 이정우예요. 그

사람이 주모자예요

은옥   자책하기 시작하면 끝이 없어.

현이   네? 접선하는 걸 봤냐구요? 봤다고 하라구요? 그럼

요. 봤어요. 다 봤어요. 뭐든지 다 말할 테니…….

은옥   (현이의 뺨을 때린다.) 무너지지 마.

현이   (뿌리치고 뒷걸음질 치며) 제발…… 가까이 오지 마세

요. 건드리지 마. 날 내버려 둬.

은옥   사람이 뭐 그리 대단한 존재인 줄 아니? 누가 감히 고

통에 맞설 수 있어? (달아나는 현이의 양옆에서 광식과

정우 일어난다. 역광을 받아서 세 사람의 모습, 윤곽으로만

떠올라 보인다.)

현이   (정우를 피하며) 결국 너를 팔았어. 부끄럽고 끔찍한

일을 피하려고 너를 팔았어. (정우와 광식의 대사, 합창

처럼 동시에 울림. 하나의 음조를 이룬다.)

광식   아냐.

정우   아냐.

현이   엄마 말이 맞아요. 처음부터 내 한계를 알고 있었어.

난 비열해.

광식   아냐.

정우   아냐.

현이	부인하고 부인하고 나 자신의 존재까지 부인했었어. 난 개 같아.
광식	아냐.
정우	아냐.
현이	(빠른 어조로) 그래도 당할 짓을 다 당해서 난 더러워.
광식	(현이를 잡으며) 그런 건 모두 더럽고 어두운 통로에 지나지 않아. 들어 봐. 말했었잖냐? 우리는 젊으니까 그런 건 모두 가뿐하게 통과해서 지나갈 수 있다고…….
현이	(뿌리치고 돌아서며 속삭이듯) 그날 밤 옆방에서 네 소리가 들렸어. 네 비명 소리인 줄 금방 알았어. 무슨 짓을 당하는지 알고 있었어. 그리고 감방으로 돌아와서는 옆집에 사는 광식이가 밀고했다고 말해 버렸어. 학교 선후배들 사이에서 무슨 취급을 받을지 다 알았지만 괴로워서 그렇게 말해 버렸어. 네가 어떻게 되었는지 난 다 알아. (음악에 맞추어서 점점 자라나는 그림자들) 나를 용서하지 말아 줘. (주저앉으려는 현이를 양쪽에서 부축하는 정우와 광식. 세 사람의 모습. 잠시 정지된 사진처럼 잠시 조명 속에 드러났다가 사라진다. 고조되던 음악 갑자기 멎으면 한쪽에 떨어진 조명 속에서 외면하고 있던 은옥, 돌아서며 말한다.)
은옥	(침착하게) 결혼식을 사흘 두고 신부가 발병했다고 모두 가엾어하더군요. (생각하다가) 아이가 완전히 망가져 버렸다는 건 재판 때부터 알고 있었답니다. 그래도 건져 내어 지키고 싶어서 피하고 못되게 굴었던 걸 용

서하세요. 가능성이 사람을 항상 불안하고 채신없게 만들지요. 모든 일이 결국 어떻게든 수습은 되는 거지만…… (상처 받은 모습으로 돌아서며) 그동안 너무 많은 모욕들을 주고받아서 이젠 부끄러운 데를 가려 볼 최소한의 체면조차 남아 있는 것 같지 않군요. 젊음도 살면서 겪어야 할 통과의례 같은 거라면 대를 물려 가면서 우린 너무 혹독하게 겪는다고 생각하지 않으세요? (순영, 지친 듯 앉아 있다가 돌아서는 은옥의 팔을 잡으며)

순영 내가 어렸을 때는 저 혼자 입 다물고 속상해하는 일도 죄라고 어른들이 말씀하셨었지. 혼자서 마음을 쥐어뜯다 보면 저절로 모질고 독해져서 저도 할퀴고 옆에 있는 사람도 상하게 한다고 나무래셨다우. (은옥의 손을 잡으며) 얘기합시다. 현이 엄마. (은옥, 울고 있었던 듯 외면한다.)

정우가 어떻게 되었는지 이젠 알겠어. 엿장수 가위 소리에 맨발 벗고 달려 나가는 아이처럼…… 저 좋아하는 죽은 이들을 따라가겠지. 어둡고 더러운 길을 지나서 더 좋은 세상을 불러오려고……. (무대 안쪽에 움직이지 않고 앉고 서 있는 세 사람의 모습. 역광을 받아 검고 뚜렷하게 떠오르며 거실이 어두워진다. 허밍의 합창 낮게 깔린다. 순영, 잠시 객석을 바라보다가)

(비탄을 누르며) 그래도 그 애가 끌려가서 당했을 일 생각하면 뼈마디가 저려서…… 에미는 결국 에미밖에

아니어서…… 가끔 못 참고 말하게 되는구먼. (손 내밀
며) 아가 정우야, 이리 온. 엄마 예 있다. 컴컴한 데 있
지 말고 이리 나와 봐. (거실의 조명 사라진다. 두 사람 움
직이지 않는다. 합창과 음악 고조되며 스크린 가득 서 있는
목 없는 그림자들 점점 커지며 걸어간다. 막 내린다.)

작품 해설

정복근(1946~)의 「실비명」은 1989년 9월 23일부터 10월 5일까지, 연출가 윤호진과 극단 실험극장에 의해 문예회관 소극장에서 초연된 작품이다. 그리고 그해 서울연극제에서 대상과 연출상(윤호진), 연기상(이정희), 신인상(송영창), 미술상(박동우)을 받는 한편, 정복근 본인에게도 백상예술대상 희곡상을 안겼다. 정복근은 작품 활동을 시작한 지 삼십여 년이 지났음에도 단독 희곡집을 간행하지 않았으며, 「실비명」은《한국연극》(1989년 11월호)에 「모욕」이라는 부제를 달고 최초로 지면에 실렸다.

「실비명」은 가난한 청년 정우과 그의 연인 현이, 현이의 정혼자이자 정우의 이웃 형인 광식을 중심으로 하여 의문사와 성 고문 등 한국 현대사의 암울한 면을 조망한다. 정우가 가난과 죽음 앞에서도 끝까지 자신의 신념을 굽히지 않은 인물이라면, 현이는 중산층 가정에서 자라난 여대생으로서 고문을 당한 뒤 좌절한 젊은 지식인이며, 광식은 가난하고 비참한 현실 속에서 신념보다는 출세를 선택한 인물이다. 그러나 「실비명」은 이 중 한 명을 악인으로 몰지 않고 모두에게 행동의 정당성과 고뇌를 부여하여, 현실 속에서 끊임없이 고통 받고 고민하는 인간상을 그려 낸다.

또한 정우의 어머니 순영과 현이의 어머니 은옥을 주로 등장시켜 가난한 하층민 여성과 중산층 여성 들의 삶과 회한을 다루어 냈다는 점이 눈에 띈다. 순영은 아들 정우가 실종된 연유를 밝히기 위해 정우의 연인이었던 현이의 집에 방문하지만, 부유하고 이기적인 중산층 여성인 은옥은 이를 냉담하게 거절하며 애써 정우와 현이를 연결

짓지 않는다. 그러나 극이 진행되며 정우와 광식이 품었던 고뇌, 그리고 고문 이후 뜻을 저버렸다는 죄책감에 미쳐 가는 현이의 모습이 점차 그려지면서 마침내 두 여인은 서로 다른 계층에 있는 다른 인물들이 아니라 시대의 희생양이 된 자식을 둔 어머니로서 화해하게 된다.

「실비명」은 이렇듯 가볍지 않은 주제를 환상적인 음악과 조명을 활용해 다루며 비사실주의적 인상을 자아내는 작품이다. 부조리한 현실 속에서 미치거나 변절하거나 죽지 않으면 견딜 수 없었던 인간상과 이를 포용하는 모성의 모습이 극적 기법을 통해 구현되는 수작이라 할 수 있겠다.

오구—죽음의 형식

이윤택(李潤澤) 1952~

1952년 부산에서 출생하여 서울연극학교(현 서울예술대학)를 중퇴하고 방송통신대학교 초등교육과를 졸업했다. 1979년 「천체수업」, 「도깨비불」 등을 《현대시》에 발표하면서 시인으로 등단했으며 1979년 7월 《부산일보》 편집부에 입사하여 신문기자 생활을 했다. 1986년 부산에서 연희단거리패를 창단하고 가마골 소극장을 개관하여 연극 활동을 시작한 후 중심지를 서울로 옮겨 현재까지 활발하게 극작과 연출 활동을 하고 있다. 그는 극작, 연출, 연기 훈련, 무대술 전반에 걸친 광범위한 작업을 통해 1990년대 한국 실험 연극의 기수로 등장했다. 그는 한국의 전통 연희를 수용한 민족 연극에 대한 모색과 함께 번역극의 재창조에도 지속적으로 관심을 두고 있으며, 인물을 중심으로 한 역사극과 현대의 문제를 파헤치는 사회극 등, 예술성과 대중성을 조화시킨 다양한 형식의 연극으로 한국 현대극의 중심축을 형성하고 있다. 대표적인 희곡 작품으로 「오구—죽음의 형식」(1989), 「시민 K」(1990), 「청부」(1991), 「문제적 인간—연산」(1995), 「시골선비, 조남명」(2001), 「아름다운 남자」(2005), 「궁리」(2012) 등이 있으며, 「산씻김」(이현화 작, 1987), 「길 떠나는 가족」(김의경 작, 1991), 「비닐 하우스」(오태석 작, 1994), 「햄릿」, 「느낌, 극락 같은」(이강백 작, 1998), 「옥단어!」(차범석 작, 2003) 등 다수의 연출 작품이 있다. 1989년 「오구—죽음의 형식」으로 한국평론가협회 최우수예술가상을 받은 이후 2005년 「아름다운 남자」로 동아연극상 희곡상, 2009년 「원전유서」로 동아연극상 연출상을 수상하는 등 수많은 연극상을 받았다.

등장인물

노모 일가
어머니
맏아들
맏며느리(맏아들의 처)
둘째 아들
손녀 봉숙

석출 일가
석출
첫째 딸 무녀
둘째 딸 무녀
셋째 딸 무녀
첫째 사위 박수
둘째 사위 박수
총각 박수

초상집 문상객들
오촌 당숙(문상객 1)
육촌 아재비(문상객 2)
팔촌 사돈(문상객 3)
여문상객 1
여문상객 2
여문상객 3
각설이
욕쟁이 할머니 ┐
예수쟁이 할머니 │ 경로당 친구들
갈 데 없는 할머니 ┘
색 쓰는 과수댁 ┐ 일하는 부녀자들
못생긴 과수댁 ┘

김 군

저승에서 온 인물들
저승사자 1
저승사자 2
저승사자 3
고(故) 이석이
걸신들린 중음신들

꿈에 본 도깨비
귀신들

1장 어머니의 꿈속 풍경(마임극)

한여름 대청마루.

심심한 어머니.

곱게 다려 입은 모시 적삼.

반들거리는 백팔염주.

심심해서 라디오를 트는데 89.1메가와트 주파수가 불행히도 저승 통신 사이클과 우연히 일치하여 저승사자들이 부르는 「백발가」가 흘러나오게 된 것이다.

어머니가 「백발가」를 자장가처럼 느끼게 되고 대낮에 시름시름 낮잠 들고 저승 풍경을 보게 된 연유도 이런 우연일 뿐.

꿈은 일상의 뒷모습.

고(故) 김수영 시인이 병풍 뒤에 죽음이 있다고 갈(喝)한 바 있듯이 우리들 일상의 뒷모습은 이렇게 한순간에 뒤집어진다.

먼저, 일상의 시간과 공간이 해체되고 살아 있는 인간의 이성, 도덕, 염치, 체면 따위 살아 있음으로 두터워진 삶의 형식이 분해되는 것이리라.

그리하여 마당에서 줄넘기를 하던 손녀 봉숙이가 요염한 여우로 둔갑하고, 사랑채의 맏며느리 다듬이질이 태엽 풀린 시계처럼 축 늘어지고, 점잔을 빼고 앉아 신문을 읽고 있던 우리 시대의 소지식인 세대주는 졸지에 신문을 뜯어 먹는 걸신으로 둔갑하는 것이다.

일상 뒤편의 세상은 이렇게 짐승적이다.

시간이 해체된 공간에 귀신은 틈입한다.

귀신은 우리들 일상의 속 모습으로 도처에 잠복해 있다.

장독에서 몽달비 귀신이 튀어나오고, 뒤주에서 청룡도를 든 신장이 출현하기도 하고, 무심하게 널린 빨래에 혼령이 침투하여 요염한 처녀 귀신들이 젖은 옷을 입고 너울너울 춤을 춘다.

이 어머니의 잠재의식 속에 숨어 있던 귀신들이 해방의 시간을 맞이하면서 무대의 일상은 뒤집어진다.

뒤집어진 일상 속에 우리의 어머니는 갇혔다.

쉽게 말해서, 개꿈을 꾸고 있는 것이다.

몽달비 귀신이 같이 놀자고 재롱을 떨고 짐승의 모습을 한 신장이 잠든 어머니 머리맡에 다가와 집적거린다.

처녀 귀신들의 등쌀은 또 얼마나 우리를 겁주는가.

우리의 소지식인 세대주를 유혹하고 열 받은 며느리가 급기야 유부녀 귀신이 되어 처녀 귀신들과 이년 저년 머리칼 뜯고 싸우고 몽달비가 손녀 봉숙이와 제기차기를 시작할 때쯤, 꿈의 절정 장면 극락왕생의 길이 열린다.

창호지 문살 너머 어두운 하늘 공중에 높이 떠서 오고 있는 흰 종이배.

종이배와 함께 온화한 표정들이 밤하늘의 별처럼 하나둘 떠오르고 맑은 합창이 깔린다.

잊힌 세월의 뿌연 먼지를 뒤집어쓰고 백팔 나한들이 웃고 서 있다.

종이배는 천천히 우리들 의식의 수면 위로 선회하면서 한 그리움을 내려놓는다.

거기 이가(李哥) 종갓집 문턱에 내려서는 자가 누구인가.

고(故) 이석이.

징병 나가 죽은 아비 아닌가.

어머니는 그만 꿈속에서도 벌떡 일어난다.

택이 아부지 ―.

불러 보지만 입만 딱딱 열리고 눈물만 뚝 떨어질 뿐 말문이 입 밖에 열리지 않는다.

얼마나 그리웠던 얼굴인가. 하이고, 그 얼굴은 늙지도 않아서 이십 대 청춘인데 나는 이미 쪼구랑바가지 오십 년 세월을 까먹었구나.

그래서 그만 설움이 복받쳐 제 얼굴을 쥐어뜯으며 돌아앉는데 아이구, 이 양반 그래도 제 여편네 좋다고 수작이다.

바람처럼 북창(北窓)이 열리고 오십 년 세월을 뛰어넘은 사랑이 이제야 옷고름을 다시 푸는구나.

칠순을 바라보는 우리의 어머니는 그만 부끄러워 살포시 고개를 돌리고 똬리를 틀어 앉는데 어머니의 기억 속에 영원한 이십 대로 남아 있는 이석이는 팔을 끈다.

어머니는 못 이기는 체 손목 잡혀 안방으로 들려는데 열린 안방 문 사이로 비죽 모습을 드러내는 흰 종이배 마소 신장 둘이 히죽 웃고 서 있다.

어머니는 그제야 안다,

죽은 아비가 자기를 데리러 온 줄.

간이 털렁 내려앉고 정신이 하나도 없어진다.

이렇게 가는 건가.

이렇게 가야 하는 건가.

돌아보니 손녀 봉숙이가 여전히 마당에서 줄을 넘고 사십 줄이 넘어서도 여전히 철딱서니 없는 아들이 며느리 치마폭 밑에서 놀고 있는데 가야 하는가, 눈물이 뚝 떨어지고 죽은 아비를 본다.

죽은 아비, 측은한 눈길로 어머니를 보고 신장들의 눈치를 살피는데 신장들이 은근히 위압적이다.

어쭈, 저것들이.

어머니는 그만 부아가 울컥 치밀고 갈 바에야 내 버선발로 간다, 나 이렇게 끌려가지는 못한다 작심을 하고 죽은 아비의 팔을 모질게 뿌리친다.

죽은 아비, 슬픈 눈길 북창에 꽂고 신장들이 체포 영장을 흔들며 들어서려는데 어머니, 신장 하나 앞가슴을 왈칵 떼밀고 어머니, 신장 둘 면상을 박치기로 받아 버리고 죽은 아비를 눈물로 방문 밖으로 내쫓는다.
방문 고리를 붙잡고 돌아서서 소리친다.

나 아직 못 가요!
택이 아부지—.
올 동지는 지나서 갈라요, 아들 김장 해 주고 석출이한테 왕생
굿 한판 해 줄라카고 갈라요.
사람 살류우—.
아아악—.

어머니의 기겁에 놀란 극장 불이 밝아진다.

2장 어머니와 아들(만담극)

어머니 (혼잣말) 깜박하면 잡혀갈 뻔했다…….

　　　　(사이) 탁아── 탁아아──.

(오십 줄이 다 된 탁이가 들어온다. 옷맵시가 영락없는 국민학교 선
생 격.)

어머니 탁아.

맏아들 와요!

어머니 나 잡혀갈 뻔했다.

맏아들 (귀를 후비며) 또 그 소리…….

어머니 이번에는 직통으로 끌려갈 뻔했다. 사자급이 아니고
　　　　염라대왕이 직접…….

맏아들 (크게) 내방하사…….

어머니   나하고 연애하자 하더라.

        (사이)

맏아들   거 새로운 레파토리를 개발하셨네.

        (사이)

어머니   (주책스럽게) 탁아.

맏아들   탁이가 아니 택이요.

어머니   그거는 동국정운식 발음이다.

        (사이)

맏아들   나도 손자 볼 나인데 탁아 탁아 하지 마소.

어머니   (섭섭해서) 나 갈란다.

맏아들   (무대 뒤를 향해) 여보, 어머니 파고다 공원 나가실 모양인께 용돈 좀 두둑이 드리소. (노모에게) 10원짜리 화투는 치지 마소. 어른들이 공원에서 담요 깔아 놓고 화투 치는 거 보기 안 좋습디다.

어머니   에라, 이 썩어 빠질 놈아.

맏아들   나 인제 엄마가 보따리 싸고 집 나갈란다는 공갈에 넘어갈 나이가 아니오.

어머니   이건 공갈이 아이다.

맏아들   공갈 아이다 소리 한두 번이오? 중학교 때까지는 깜박 속아서 엄마 치맛자락 붙들고 넘어졌지만서도…….

어머니   공갈칠 밑천이 다 떨어졌다.

맏아들   그러니까 이 장손 기둥뿌리 붙잡고 가만있으소.

어머니   나도 가만있고 싶은데 자꾸 가자 한다.

맏아들   염라대왕이?

어머니　그래.

맏아들　공갈치지 말라 하소.

　　　　(사이)

어머니　내 굿 한판 할란다.

맏아들　(이마를 치며) 아이고.

어머니　너는 내가 극락왕생하는 게 그리 싫제?

맏아들　살려 주소.

어머니　그래. 내가 화탕 지옥에 떨어져서 네 연놈들 꿈자리에
　　　　매일 밤 나타나면 될 꺼 아니가.

맏아들　그건 미신이오.

어머니　너는 조상도 없나, 후레자식 같으니라고.

맏아들　조상 섬기는 것하고 굿하는 것하고…….

어머니　한통속이다.

맏아들　돈이 어지간히 들어야지.

어머니　내 죽으면 이 집 어느 놈이 차고앉는데…….

맏아들　돈도 돈이지만서도…….

어머니　(반울음) 네 아비 서른도 못 넘기고 총 맞아 죽고 자식
　　　　둘 공부시키면서 떡 팔아 모은 집이다.

맏아들　떡 팔아서 어떻게 집 사요!

어머니　요새는 주둥이가 고급이 돼서 떡을 안 처먹지만서도
　　　　옛날에는 떡 팔아서 부자 된 사람 많았다.

맏아들　나 명색이 학교 접장[1]인데 접장 엄마가 상소리 쓰면

---

1) 원래 '보부상의 우두머리'를 말한다. 여기에서는 '교장'을 뜻한다.

되겠소?!

어머니　너도 나이 처먹어 봐라, 느는 게 욕뿐이다.

맏아들　알았소, 6월 보너스 몽땅 털 테니까 동남아 여행 한번
　　　　다녀오소.

어머니　동남아에 내가 와 가노.

맏아들　다들 부모 동남아 구경시킨다고 난리요.

어머니　미친놈들, 거기 가서 꼴깍하면 제삿밥도 못 얻어먹는다.

맏아들　백사장이 좋다 합디다.

어머니　이 나이에 물장구 칠까?

　　　　(사이)

맏아들　모래찜질은 어떻소?

어머니　흰소리 말고 석출이나 불러라.

맏아들　석출이가 누구 개 이름이오, 그 쌍놈의 자식은 언제
　　　　부터 턱쪼가리 쳐들고 상판에 맞지 않는 거들먹인
　　　　지…….

어머니　그놈이 요즘 바쁘다.

맏아들　그놈 굿해서 빌딩 사겠소.

어머니　그놈 그놈 하지 마라, 오구대왕 빽 있는 놈이다.

맏아들　돈도 돈이지만서도…….

어머니　내 살아 있을 때 소원 풀어 주라.

맏아들　솔직히 말해 동네 시끄럽소.

어머니　거 무슨 말인데?

맏아들　징을 치고 북 두들기고 칼춤 추는데…….

어머니　거 얼마나 재미있노?

맏아들   동네 창피해서 못 다니겠소!

어머니   에라, 이 혀가 만 발이나 빠져 자빠질 놈아! 동네 창피
한 굿을 왜 요새 인간들은 정동극장에 표 끊고 보러
가노?!

맏아들   그건 국가에서 문화재로 지정한 거 아이요.

어머니   석출이도 인간문화재다. 모르면 암말 말고 빨리 산오
구 한판 떡 벌어지게 차려 봐라.

맏아들   아니, 인간문화재가 왜 그 짓을 하지?

어머니   인간문화재가 뭐 말라비틀어진 훈장이냐. 무당은 생
굿판에서 놀아야 제 팔자다.

맏아들   굿해라——.

3장 굿판

푸너리장단 이어지면서

맏아들과 처, 신단을 차림. 신단은 '성주 조상상'이 제격. 노
모는 비싼 돈 들여 맞춘 '죽음의 옷'을 입는다. 무가 석출 일
행 무대로 등장한다. 극장 전체를 휘돌아 들어오는 신명 나
는 길놀이. 무대 한가운데 천왕대가 걸리고 징재비는 지게
막대기처럼 생긴 삼각대에 징을 걸고, 무녀는 남쾌자[2] 차림.
등짝에 "강복례 여사 수명장수"란 글씨를 붙였다. 한 손에
부채, 한 손에 물바가지와 손수건을 들었다. 신단을 등지고
재비를 향하여 바로 선 자세. 굿판이 준비되자.

---

2) 강신무가 입는 대표적인 무복(巫服).

석출   (객석을 향하여) 강복례 여노[3]는 젊어서 대동아전쟁에
       바깥양반을 잃고…….

어머니 그래.

석출   이때껏 혼자 자식 둘 공부시키기 위하야 채소 장사 밥
       장사 떡장사 포목 장사 등 전전긍긍하면서…….

어머니 밥장사는 안 했다.

       (사이)

석출   저번에 할 때 했다 안 했소?

어머니 네가 창작해 넣었제 언제 내가 했다 했나? 아무래도
       이번이 마지막 굿 같으이까 바로잡을 거는 딱 바로잡
       으면서 진행하자.

석출   그렇게 합시다. 밥장사는 안 (사이) 하고 떡장사를 하
       면서 푼푼이 돈을 모아 적산 가옥을 사고 땅도 몇 마
       지기 확보하야 쏠쏠히 이재를 모았으나 이제 극락 갈
       일만 남았으니 이 모든 고생과 축재도 허망하다.

어머니 그래, 말짱 도루묵이다.

석출   차라리 전 재산을 바쳐 좋은 곳에 가자 산오구굿을
       한다.

맏아들 저놈이 칼 안 든 강도네, 굿 한 판 하는데 100만 원이
       나 받아먹으면서 전 재산을…….

어머니 신경 쓰지 마라, 산오구 사설에 원래 그렇게 적혀 있
       다. 다 내 마음이니까 말뿐이다 생각하고 넘어가자.

───────────

3) 女老. 할머니.

석출　　그리하여 죽어서 좋은 곳에 가고 살아서 복이 없었던
　　　　남편과의 뒤늦은 행복도 찾아보러 지금 극락세계 정
　　　　문을 두드리는데…….

징재비　얼쑤―.

(무녀, 물바가지를 들고 「청보 1장」 장단으로 무가를 부르는데, 그
무가 선율은 강원도, 경상도 민속에 흔히 보이는 메나리 조다.)

무녀　　(능청스럽게, 혹은 연출에 따라 방정맞게) 일쇄동방 결도
　　　　량 이쇄남방 득청량 삼쇄서방 구정토 사쇄북방 영안
　　　　강 도량청정 무하예 삼보천룡 강차지 아금지송 모진
　　　　언 원자사비 밀가호 아석소조 제악업 개유무시 탐진
　　　　치 종신구의 지소생 일체아금 개참회 옴살바 모짜모
　　　　찌 사다야 사바하아. (불교의 천수경 중 도량계인데, 무
　　　　가에서 굿판 맑히는 용도로 사용한다. 이 무창은 물바가지
　　　　를 뿌리면서 진행되는데, 객석에 불쾌감을 주지 않는 한도
　　　　에서 뿌린다.)

(빈 바가지를 상 위에 내려놓고 촛불을 켠 다음, 춤을 추면서.)

무녀　　영정부정을 씻겨 냅시다.
　　　　씻겨 내고 가셔 냅시다.
　　　　조상님네 영정 가려
　　　　군웅에도 드리구요.

부정영정 소멸합쇼.

깨끗한 영정시아[4]

영정부정 씻겨 내고—.

재비들　얼쑤—.

(무녀, 춤을 추며 뒤로 물러나면.)

석출　됐다. 대충 하고 본론으로 들어가자 (창으로) 에— 에—
　　　여혼여—여혼여—여혼여—여혼여— (청승맞게)
　　　어—이—불쌍코 애장한 영가 씨[5] 구슬 같은 젖가슴
　　　쭈그렁바가지 되시니…….

어머니　(눈물을 찍어 바르며) 아이구 석출아, 니 내 젖가슴 언
　　　제 봤노?

석출　살아온 길 누가 알꼬, 저승 가니 누가 알꼬, 이—. (반
　　　울음)

어머니　아이고—.

석출　살아생전 내가 지은 업보 다 털고 조상님 곁에 갈라
　　　는데.

어머니　그래, 나 갈란다.

석출　어데 의논할 사람이 있나, (맏아들을 가리키며) 내 고생
　　　알아주는 자석이 있나.

---

4) 영정(靈精)을 강조하는 말인 듯.
5) 靈駕 씨. 죽은 사람의 넋(영가)을 높여 부르는 말.

어머니   아이고— 니가 내 새끼 해라.

맏아들   저기 누구 약 올리나.

석출   악—악—악—. (아예 운다.)

어머니   (수건을 꺼내어 눈물을 찍어 바르며 굿판 사설에 참여한
         다.) 내 살아생전 뼈 빠지게 고생하여 이렇게 극락 갈
         라꼬 좋은 세상 기다렸나.

석출   아이고—.

어머니   극락이 좋다 해도 (맏아들 머리통을 끌어당기며) 내 새
         끼 부모 공양에 미칠까. (봉숙을 안으며) 이 영계백숙
         같은 년 조자룡 자식 한 놈 턱 물고 들어와 금동 아들
         보고 가야 하는데, 하아이고 이제 다 틀렸구나아아,
         날 여기 가만 좀 안 놔두고 어데로 가잔 말고, (아예 악
         을 쓴다.) 어느 계절에 오잔 말고, 못 간다, 나는 못 간
         다아!

(노모, 울음을 터뜨린다.

아들, 신경질적으로 담배 피운다.

맏아들의 처도 실룩거리기 시작한다.

석출, 청승맞은 울음을 계속하면서 사람들 눈치를 살피고 무녀가 응
원을 나선다.)

무녀   (창으로) 간다 간다 나는 간다, 아—여— 열시 왕전으
         로 나는 가요, 아—여— 오늘 내 죽으면 아들자식 영
         못 보고 저 남은 자식 놈 어느 누구 붙잡고 울 엄니 어디

있소, (울음) 울 엄니 어디 갔소오―오―오―오, 혼
자 산단 말고…….

(이 대목에서 맏아들은 더 이상 견디지 못하고 어머니 품속으로 달
려든다.)

맏아들   엄마야. 아이구, 우리 엄마야―.
어머니   (울면서 아들 머리통을 쥐어박는다.) 돈 내라. 이 대목에
            서 돈 내야 한다. (계속 울면서 어서 신단에 돈 태우라는
            눈짓.)

(맏아들, 질질 울면서 손지갑을 찾는다. 황망 중이라 정신이 없다.)

맏아들   엄마― 돈 없다.

(어머니, 울면서 쌈짓돈을 꺼내어 흔든다. 맏아들, 울면서 어머니의
돈을 건네받아 무녀의 허리띠에 꽂는다.)

석출   축원이야 축원이야 오늘 다 축원이야.
          도리천 보내 주고
          왕래천을 보내 주심만―.

(석출, 신광주리를 들고 객석을 돈다.)

석출   이 돈을 나를 줄 때 쓸데없이 나를 줬나, 무당각시 입을 빌려 강복례 할머니 극락 노잣돈 하라고 나를 줬지. 자, 할머니 축원해 드립시다. 아저씨, 배추 이파리 한 장 내고 젊은 처자들도요. 돈 1000원씩 공양하면 시집 잘 가요. 축원이오, 축원이오, 여러 보살님네들 축원이오.

(석출과 무녀 박수들, 잽싸게 객석을 돌며 돈을 걷는다.)

어머니   석출아, 인심 사납게 놀지 말고 이제 그만 굿 진행해라. 이놈아, 돈독 오르면 신기 다 빠진다.

석출   (독백) 하여튼 저 할망구는 백 년 묵은 여우야, 도대체 굿발이 안 서니. (돌아보며) 알았소, 이제 살타령 축원으로 넘어가 봅시다. (경쾌한 창으로) 닭띠 뱀띠 소띠는 삼재가 들었습니다. 삼재 팔난살을 막아 봅시다. 삼층살 육층살 삼재 팔난 청용살 감기 몸살 개박살 동기간에 애증살 부부간에 이별살 아파트에 손재살 길 건다가 윤화살 모두 막아 주시고— 아이고 숨차라— 이제 복타령으로 넘어가요오. (창으로) 인복 들고 여복 들고 물복 들고 쇠복 들고 관복 들면 오복이요, 일 년 열두 달 삼백예순 날 정칠월 이팔월에 삼구월 짚고 사시월, 오동지 육섣달 넘어 춘하추동 다 지나가도록 가정 안락 백대 전손 남녀 구분 하나씩 놓고, 농업이고 공업이고 상업이고 학업이고 만사형통

먹고 남고 쓰고 입고 남고 구름같이 넘놀면서 모두 잘 먹고 잘 살아라──. (노모를 향해) 이걸로 마치겠습니다. 보살님네요, 저는 마쳤습니다. 난 한 고랑 냈습니다. 아이고, 죽겠다.

어머니   자네도 다 됐군. (혀를 끌 차며) 그래 젊어서 계집질 심하면 오래 못 가는 기다.

석출   내가 언제 계집 때문에 사족을 못 씁니까. 예전에는 마작판 돌다가 다 털어먹고, 요새는 빠찡꼬 때문에 돈 벌어도 헛일이오. (머리를 절레절레 흔들며) 나는 이제 늙은 축에 넣어 주시오.

어머니   웃기는 수작 말고 오구 사설로 넘어가자.

석출   (기가 차다는 듯) 할매가 다 하소. (투덜) 숨이 차 죽겠는데 오구대왕풀이가 조폐공사 지폐 찍듯이 쏟아지는 줄 아나.

맏아들   (시비 걸 호재를 만났다.) 판 거두시오! 뭐 이따위가 있어. 굿 절반도 안하고 돈 100만 원 거저 먹을려고 그래?! 잔금 없는 걸로 하고 이만 쫑합시다.

석출   (아니꼽다.) 참 세상 많이 변했구나. 보시오, 100만 원 한 지가 언제요. 복례 할머니 산오구가 이것으로 네 번째요. 육 년 전에 100만 원 받고 했는데, 지금까지 100만 원 아니오. 인플레도 감안해 주셔야지.

맏아들   아니, 굿판에도 인플레가 적용되나? 이거 순 손 안 대고 코 풀기 아니가. 굿하는 데 밑천이 드나 재료가 드나······.

석출   말조심해라. 이 짓 하는데 오십 년 경력이다. 일곱 살
      철들기도 전에 매 맞아 가면서 피 토해 가면서 배운
      도둑질이다. 요사이 택도 아닌 것들이 어디서 얼치기
      로 대충 줏어들은 통방으로 사설을 풀면서 떼돈 긁어
      모으는데, 거기 비하면 난 양심적이란 말이다——.

어머니   이 썩어질 놈들아! 이 굿판이 너희들 싸움판이가. (쌈
      지 주머니를 던지며) 자, 썩은 돈 받아라. 나 돈 필요 없
      다. 오구 사설이나 한번 시원하게 풀어라.

석출   복례 할머니 쌈짓돈은 저승 냄새 나서 못 받겠소. (맏
      아들을 향해) 걱정 마시오. 아직 굿판은 안 끝났으니까
      저기 앉아서 감상이나 하시오. 괜히 한번 틀어 보는
      것도 굿판에서는 짜여진 각본 아니오. 오늘따라 왜 이
      리 사람 심장을 긁소. (노모를 향해) 할머니.

어머니   와?

석출   내가 요즘 기력이 떨어져서 내리닫이로 굿판을 못 몰
      고 가요. 대신 (젊은 무녀를 가리키며) 저년들 월급 주고
      얻어 놓았소. 한번 들어 보시오, 제법 쓸 만하요.

어머니   젊은 것들이 가락을 아나?!

석출   요새는 젊은 아이들이 더 무섭소. (장구를 치며)

무녀   (오구 사설 무창) 슬프다, 세상사.
      사람이 일생을 살다가 부모를 두고 가는 자식도 있고
      자식을 두고 가는 부모도 있고 사람이 먼저 가고 나중
      가고
      젊은 청춘에 가고 그렇지——이.

어머니   좋다—.

무녀   사람 한 번 살다 가기는 사람마다 다 있건마는

일생에 한참 살 만하자 자식 두고 떠나가니

그 얼마나 불쌍하고 야속하노—오.

한 번 가면 영영 못 오는 길로 아주 가고 영길[6] 가네.

어머니   (대사) 그래, 한 번씩 가는 길은 다 있건마는

잘 살고 잘 먹고 고대광실 높은 집에 살다 가면 덜 섧

다 하는데,

(반울음) 떡 팔아 아들자슥 공부시켜 놓고

늘그막에 집 한 칸 장만하여 이제 쪼까 살 만한데

(울음 사설 조) 이승을 이별하고 갈라 하니 눈물이 앞

을 가려 어느 시절에 다시 올꼬—.

석출   불쌍타, 금일 영가 오구 복 받아 극락 갈라고

허우허우 내가 왔네.

(울면서) 어디로 가잔 말고 소식 없이 떠나가는 맘이

언제 올지 몰라도 사람마다 한 번은 나고 한 번은 가

고 하는데

죽어지면 어느 곳으로 가요.

부모를 두고 가는 사람은 울 엄마요 울 엄마요,

보고 싶어도 울 엄마요, (맏아들과 어머니를 의도적으로

울린다.)

마른자리 진자리 골라 가며 키워 가며 울 엄마요,

———————————

6) 영원한 길.

어디 가서 만나 보며 어디 가서 찾아볼꼬.

자식 두고 자식 두고 가는 사람은 내 체관[7]아 내 체관아,

바람이 불어도 들어오는 것 같고

개 소리만 나도 들어오는 것 같고

차 소리만 나도 들어오는 것 같고

인적 소리만 나도 들어오는 것 같고

기다리는 내 체관아, 내 자슥아—.

어머니　아이고, 내 자슥아.

맏아들　아이고, 우리 엄마야—.

무녀　이별이야 이별이야 부모 형제도 이별이야,

고향 산천 이별이야 산천초목도 이별이야.

간다 간다 나는 간다 열시왕전으로 나는 가요.

가소롭네 가소롭네 세상 일이 가소롭네.

백 년인가 요요하게 꿈같이도 지나간다.

석출, 어머니　어—으야.

무녀　언제 죽어 귀신 되어 고향 산천 찾아오나.

빈 몸 빈손 태어나서 인간 백 년 살자 하고

이 세상에 나와 갖고 닦은 것이 무엇인가.

슬프고나 슬프고나 육 척 단구 인간지사.

석출, 어머니　(반울음) 어—으—에야.

무녀　(점차 빠르게) 저승이 멀다 해도 내 가는 길 저승일세.

우리 인생 죽어지면 아주 가고 없건마는

---

7) 體觀. 모습.

한 치 앞도 못 가리고 제 살길만 찾는구나.

어머니 잘한다!

무녀   잘 가세요 잘 가세요, 산염불로 길을 닦아
        죽은 영감 썩은 손목 싫다 말고 부여잡고
        극락세계 싫다 말고 오래오래 사시라구요.

어머니 그래, 좋다!

(어머니 일어나 춤을 춘다.

석출의 장고가 신기를 먹는다.)

무녀   잔병 긴병 거긴 없고 노망 길도 없을 테고
        극락세계 방방곡곡 손목 잡고 구경 다니고.

석출, 어머니 얼쑤!

무녀   (빨라진다.) 영감 할매 넋 받들고 풀꽃같이 사랑하고
        눈도 어둡지 말고
        허리도 꼬부라지지 말고
        그저 귀 어둡지 말고
        똥 싸 벽에다 바르지 말고!

모두   얼쑤, 좋다!

무녀   다리 원력 줘 가지고 힘차게 뛰어 보시오!
        (노래로) 노세 노세 젊어서 놀아 늙어지면은 못 노나니.
        화무는 십일홍이요 달도 차면 기우나니. (합창으로)
        얼씨구절씨구 차차차 지화자 좋구나 차차차.
        인생은 일장춘몽 아니 노지는 못하리라, 얼씨구!

(석출, 북을 둥둥둥 두둥둥둥 치면서 무녀의 놀이를 끝내게 한다. 이
때! 얼굴이 환하게 달아오른 어머니, 큰 소리로 맏아들을 부른다.)

어머니　탁아, (애타게) 탁아아!
맏아들　사람 많은 데서 탁아 탁아 부르지 마소, 제발!

(사람들, 까르르 웃는다.)

어머니　(환하게 그러나 아쉽게) 나 갈란다.

(어머니, 픽 쓰러진다.
좌중, 일순 침묵.
석출, 벌떡 일어나 노모에게 다가가 앉는다.)

석출　　(멍하니) 복례 할머니 죽었다.

(좌중 얼어붙는다.)

석출　　(희미하게 웃으며) 극락 갔다.
맏아들　(어린애처럼) 엄마요, 엄마야, 아이고 우리 엄마야──.

(달려가 부둥켜안는다.
석출, 북을 치면서 석출의 오구 사설이 이어지고 어머니의 저승길이
열린다.

흰 종이배가 뜨고 백팔 나한들의 맑은 유성음이 깔리고 고(故) 이석
이가 안방 문을 열고 나와 어머니의 손을 잡는다.
어머니, 애틋한 눈길로 장독을 열어 보고 뒤주에는 쌀이 차 있는지
빨래는 다 말랐는지 며느리 년은 제대로 마른 빨래를 거둬 갈는지 시
시콜한 일상 잡사들을 염려하며 길을 떠난다.
흰 종이배를 타고 구천으로 오르는 어머니.
저승길로 인도하는 아기 동자들이 어머니에게 흰 관을 씌워 주고 죽
음의 옷을 입힌다.
이런 죽음의 제의가 이루어지는 동안 석출의 구성진 오구 사설과 백
팔 나한들의 장엄 예불이 어우러진다.)

석출   간다 간다 극락을 간다. 염불 받아 이제 간다.
       저 달 안 밝아도 대한 천지 다 비추는데
       극락 가는 구천 행로 깜깜해서 안 보이네.
       오구대왕아, 면경 비춰 저 하늘 좀 밝혀 다오.
       동자야, 내 북을 타고 할머니 길 열어 다오.
       세월 가려면 네 혼자 가지 우리 부모 왜 데려가나.
       살아생전 우리 부모 만단 시름 품고 살아
       황천길 가는 길이 여기보다 편할손가.
       여보소 말 물어봅세, 그쪽은 살기 괜찮소?
       (오열음)
       영혼아— 이— 영혼아, 영혼아— 아— 영혼아,
       귀에 쟁쟁 눈에 삼삼 어디메서 나를 찾나.
       하늘에서 나를 찾나 지하에서 나를 부르나.

허공에서 나를 부르나 세상사 연초롱 같아
넋이라도 왔건마는 혼이라도 내 여기 왔건마는
이 내 집이 비었구나, 어―어― 산천도 예 보던
산천 내 먹던 녹수건만 자식새끼 등에 업고
넘나들던 내 집인데 체관아― 백 년 체관아―
어디로 가고 어가리 넘차 떠나가는구나.
어화 넘차 땡그랑 땡땡 눈물이 앞을 가려
북망산이 캄캄하고나, 아― 어허― 너가리 넘차.
너너너 어가리 넘차 너너
어― 너가리 넘차 너허 땡그랑 땡땡
(아득하게) 너가리 넘차 너너요 너너요
어가리 넘차요 어허 너가리 넘차 너너너
어가리 넘차 너너…….
(조용히 불이 꺼지면서)
아―이―고―. (저음의 구성 합창과 함께 장면 전환.)

4장 염──죽음에 대한 거리 두기

석출 예서에 의하면 임종에 대한 준비, 초혼, 시체 거두기, 상례 동안의 역할 분담, 관 준비, 부고 등에 관한 내용이 기록되어 있다. 이것들을 차례로 설명하면 다음과 같다. 운명이 가까우면 속광, 즉 생사 여부를 확인한다. 이 절차는 황망 중이라 본인이 앞 장에서 확인한 바 있으나, 관객 여러분들의 실용적 적용을 위하여 다시 한 번 반복해서 실시한다. (맏아들을 향해) 실시──!

(맏아들, 재빨리 일어나 소도구 진열대로 간다. 더듬는다.)

석출 솜털을 집어, 솜털!
맏아들 알고 있어. 안 보이잖아. 아, 여기 있다!

어머니   왜 간질여?

맏아들   이렇게 하라매요.

석출   지금 뭣들 하는 거예요. 장난치지 말고 빨리 진행합시
        다, 이거.

어머니   간지럽잖아.

석출   아 참, 죽은 몸은 안 간지러워요. (어머니에게) 빨랑 누워
        요. (아들에게) 간지는 게 아냐 그냥 살짝 코 위에 놓아.

어머니   봐, 간지는 게 아니잖아, 간질지 마!

(어머니, 잽싸게 눕는다.

맏아들, 솜털을 코 위에 놓는다. 살랑살랑 흔들리는 솜털.)

석출   보세요. 솜털이 살랑살랑 흔들리고 있죠. 숨이 안 끊
        어졌다는 증거입니다. 이하 생략. 이어서 생사 여부를
        확인한 맏상주는 모친의 윗옷을 벗긴다.

(맏아들, 어머니의 저고리를 벗겨 든다.)

석출   저 옷은 앞치마로 기능이 바뀐다. 뭐 하는 거야?

(맏아들, 저고리를 앞치마처럼 허리에 두른다.)

석출   다음 단계는 초혼. (맏아들에게) 지붕 앞으로!

(맏아들, 무대 앞으로 뛰어와 계단 위로 올라선다.)

석출   앞치마를 흔들면서 엄마를 불러.
맏아들   엄마— 엄마…… 엄마야…….
석출   네 엄마 이름이 뭐야?
맏아들   강복례.
석출   그래, 엄마 이름을 불러.
맏아들   강복례…… 강복례…… 우리 엄마 강복례…….

(맏아들, 계단을 내려온다.)

석출   지붕에서 내려올 때는 뒤 처마를 이용해야 한다.
맏아들   뒤 처마.

(석출, 어머니에게 다가가 다리를 잡는다. 맏아들, 어머니의 어깨를
잡는다. 어머니를 성큼 든다.)

석출   (무대 가장자리에 앉아 있는 배우에게) 구경하지만 말고
          시상판이 남쪽으로 향해 있는지 확인해!

(남자 배우 두 명이 시상을 남쪽이라 짐작되는 방향으로 고쳐 놓는다.
거기 어머니를 눕힌다.)

석출   윷가락 가져와. (여배우 윷가락을 가져오면, 시체 입에 끼

운다.)

(그리고 시체의 눈을 감긴다.

발이 틀어지지 않게 나무틀에 묶는다.

손을 배 위에 모아 엄지를 함께 묶고

다른 한쪽 끝으로 엄지발가락을 묶는다.)

석출   (여배우들을 향해) 뭐 하는 거야?

(이때 사잣밥을 앞마당에 차려 밥, 동전, 짚신 등을 세 개씩 놓는다.)

여배우들 왜?

석출   행차할 저승사자는 세 명이니까. 자, 이제 본격적으로
        죽은 몸 화장에 들어가는 거다. 여자는 빠져.

여배우들 빠진 걸로 하고.

석출   먼저 목욕!

어머니 홑이불부터 덮고 벗겨!

석출   시신 위에 큰 홑이불을 덮고……
        쑥물, 쌀뜨물, 향물을 솜에 적셔 머리, 얼굴, 손을 씻기
        며 상체와 하체의 차례로 목욕을 시킨 다음…… 발을
        씻긴다. 머리칼과 함께 손톱 발톱을 깎고…….

여배우 머리는 깎은 걸로 하고. (여자 배우, 손톱 깎는 시늉)

석출   홑천으로 된 요 위에 수의를 윗옷은 윗옷끼리 끼어
        서 넣고 아래옷은 아래옷끼리 서로 끼워 시신에 입힌

다. 발에는 버선을, 손에는 악수[8]를, 머리에는 명건[9]
을 씌운 다음, 반함[10]은 이렇게 한다. (어머니의 입을 벌
리게 하고 쌀을 던져 넣으며) 1000석이오, 2000석이오,
3000석이오. (동전을 입 속에 던져 넣으며) 1000냥이오,
2000냥이오, 3000냥이오.

　　　　시신은 스물한 번을 묶는다.

어머니　대충 묶어라, 이건 실제 상황이 아니다.

석출　　이어서 대렴, 쉽게 말해서 입관!

(배우 1, 2, 시체를 달랑 들어 관 속에 털썩 던져 놓는다.)

어머니　아야! 죽은 사람한테 이런 법이 어디 있어.

배우1,2　대충 해라, 이건 실제 상황이 아니다.

석출　　죽은 몸을 이렇게 복잡하게스리 치장을 하는 것은 무
　　　　슨 연유인고?

배우1　염라대왕 앞에서 색 쓸라고.

배우2　심심해서 그런다.

석출　　그래, 네 말이 맞다.

(배우들, 무대 한가운데 자리가 깔린 위에 제각기의 상복을 가져와
놓는다.

---

8) 握手. 주검의 손을 싸는 푸른 비단과 붉은 명주.
9) 冥巾. 죽은 사람의 얼굴을 덮는 수건.
10) 飯含. 염습할 때 죽은 사람의 입 속에 구슬과 쌀을 물리는 일.

상복을 가운데 놓고 서로 마주 서는 배우들.)

석출   일동 인사.

전원   (낮은 구음) 아—이—고—.

석출   빨리 입어.

전원   (빠른 속도로) 아이고아이고.

석출   자, 다 입었으면 하나씩 나와. (배우 1에게) 너부터 줄줄이…….

(둘째 아들, 모델처럼 나와 선다.)

석출   초상집 옷 입는 격식이야말로 해골 복잡하다. 그러나 요즘같이 바쁜 세상, 실제 관행에 엄격한 규칙이 따로 없다. 의상이 복잡한 연극은 고전극에서나 지킬 일. (둘째 아들을 가리키며 간단하게 중요한 사항만 설명한다.) 총각 상주는 두건을 쓰는 게 아냐. 삼끈으로 묶고, 윗옷의 한쪽 팔은 끼우지 않고 (어깨를 만지며) 이렇게 바보온달처럼 어깨를 드러낸다. 그리고 옷섶은 여미지도 않는다. 헐렁하게 풀어! (맏아들의 처, 맵시 있게 걸어 나와 모델 포즈를 취한다.)

(맏며느리, 상복을 입고 등장.)

여배우   여상주는 머리를 풀고 이렇게 값싼 광목옷을 입는다.

이런 싸구려 옷을 입히는 것은 장례 기간 중 출랑거리지 말고 근신하라는 것이다

(여배우 1 등장)

석출　상주가 아닌 여자 복인은 이렇게 나무 비녀를 머리통 북쪽 방향으로 꽂는다. (맏아들에게) 아직 멀었어?
맏아들　아, 다 됐다.

(맏아들, 복잡한 의상을 입고 나선다.)

석출　맏아들은 굴건제복이라고 하여 제법 격식을 차려야 그럴듯하다. 어디까지나 대표 선수니까. (옷을 가리키며) 굴건제복은 이렇게 굴건, 수질, 최의, 최상, 요질, 바지, 상장, 행전, 짚신으로 구색이 갖추어진다.
둘째아들　나도 3장부터는 아들 노릇을 해야 하는데 왜 이렇게 행색이 초라해.
석출　아들이라고 다 같은 아들이 아니다. 선착순에 대한 권리가 확실히 지켜지는 게 또한 초상집의 법도다. 자, 이제 대충 의상들을 갖췄으니까 각자 역할로 들어가자. (「백발가」 노래 이어지면서 무대 전환)
　　　자네는 둘째 아들 상주니까 부의금 챙길 군번이 아니야. (배우 2를 가리키며) 니가 해. (맏아들의 처를 향해) 뭘 주워 먹어? 그렇게 근신하라고 했는데…… 상중엔

굶어.

맏며느리 아니, 상주는 아무것도 못 먹나?

석출 좀 있다가 죽 쑤어 먹어. 상주는 멀건 죽밖에 못 먹어.

맏며느리 난 점심 굶었어.

석출 그럼 무대 뒤에서 빨랑 아무거나 집어넣어.

(담배를 피우고 있는 맏아들에게) 꺼라. (조명실을 향해)

불 꺼라.

(암전 상태에서 맏아들의 담뱃불이 빛난다.)

5장 초상집—일상의 연극

석출   (건성으로 곡을 놓는다.) 아이고, 아이고, 아이고—.

여문상객1   저번에 어떤 집 가 보니 며느리가 곡을 놓는데 하이고 내가 웃어도 한참 웃었다. 꼭 염소 새끼처럼 호—호— 하고 울어 제끼는데.

여문상객2   아이고, 염소 울음만 있는 줄 압니까. 어떤 사람은 고개 한 번 들었다가 내렸다가 꼭 닭 모이 쪼아 먹는 것 같더라니까.

여문상객3   그러이까 죽은 놈만 섧은 기라, 똥밭에 굴러도 이승이 좋은 기라.

여문상객1   그러고 보니 세상 우습은 꼴이 초상집에 다 있는 거라요.

석출   아아이고. 아이고, 여기 밥상 빨리 안 차려 부는 거야? 아이고, 반나절 동안 곡을 놓았더니 창자가 꼬이고 뱃

가죽이 앞뒤로 찰싹 달라붙는구나. 밥 줘, 바압—.

맏아들   저 친구 밥상 차려 줘.

맏며느리   여기 밥상 나가요.

맏아들   곡하는 거 저거 상당히 힘드는 거야.

맏며느리   힘든 건 당신이 안 하고 어찌 그리 남한테만 맡기요.

석출   아이고, 배고파라.

(맏아들의 처, 밥상을 사납게 탕 놓는다.)

석출   개밥 그릇 놓듯이 왜 이래?

맏며느리   밥통에 걸신 들었수.

석출   밥을 먹어야 곡을 할 게 아니오

맏며느리   여기 속 편하게 밥 먹는 사람 어디 있수. 아무리 일당 받고 대신 곡하는 형편이라지만 초상집 분위기 봐 가면서 노시오!

석출   분위기 좋아하네, 나는 초상집 분위기 깰라고 특별 초청 받은 사람이오!

(맏아들의 처, 휑하니 퇴장.)

석출   (밥을 퍼먹으면서) 아이고—.

(오촌 당숙 등장)

석출   손님 온다, 아이고—.

(맏아들, 황급히 옷매무새를 고치면서 일어선다.
오촌 당숙, 부의금 접수처에 봉투를 놓고 제사상 앞 멍석에 꿇어앉아
분향하고 절 두 번 반.)

맏아들   아이고.
오촌당숙   허이.
맏아들   아이고아이고—.
오촌당숙   허이 허이.
        얼마나 수고가 많으십니까?
맏아들   바쁘실 텐데 이렇게 찾아 주셔서 감사합니다.
오촌당숙   수명장수하셨으니 호상이오.
맏아들   그렇게 말하면 나는 어떻게 대답해야 되는 거야?
오촌당숙   그냥 감사합니다 하면 돼.
맏아들   감사합니다.
석출   말도 안 되는 소리 하면서 엎드려 있지 말고 이리들
        오시오.
        안상주 상식 올릴 채비나 합시다.
        아주머니 한번 불러 보시오
맏아들   여보— 석출이가 상식 올릴 준비하래는데—.
맏며느리   나 그런 거 할 줄 몰라요.
석출   내 조금 전에 가르쳐 줬잖소.
맏며느리   그냥 막 울면 안 돼요?

석출   그냥 막 울다니?

맏며느리 곡하는 데도 작곡을 해서 울어야 돼요?

석출   작곡만 하는 게 아니고 연기까지 해야 되는 거요.

맏며느리 싫어요. 난 그냥 자연스럽게 울겠어요.

석출   자연스러운 거 좋아하시네. 그냥 생목소리 따다가는
         목쉬고 몸 버려요. 아무 소리 말고 내 가르쳐 준 대로
         하시오. 그렇게 해야 죽은 사람 듣기 좋고 산 사람 편
         해요. 자 봐요, 이 상을 가지고 가서 술잔을 올리고, 절
         하고, 치맛자락을 이렇게 이 손으로 받쳐 요쪽 뺨따귀
         에 대고 아이고 아이고, 이렇게 애원성을 놓으면, 봉
         숙이 아버지는, 애고 애고 애고, 알겠어? 목에 힘을 주
         지 말고 아랫배 단전에 숨을 탱탱하게 넣어서 그냥 쭉
         쭉 뽑는 거야, 쓸데없이 목 놓아 울지 말라고…….

맏아들   알았다.

석출   우리 인사합시다.

오촌 당숙 그러지요.

석출   (엎드려 절하며) 저는 이 집에 대신 곡하는 사람올시다.

오촌 당숙 (웃으며 넙죽 절하며) 소인은 여주 이씨 문종 종손되는
         자로서 세상 떠나신 노친의 오촌뻘 되는데 (명함을 내
         밀며) 그냥 이런 사람올시다.

석출   (명함을 받아 읽으며) 자유수호연맹 종로구 지부장, 대
         한호국불교사무국 기획위원 겸 종로신도회 섭외부장.
         허, 이거 몰라 뵈었습니다. 지체 높으신 분이시군요.

오촌 당숙 바로 요 앞길에서 복덕방 하고 있지요.

(사이)

석출   아, 네. 이런 자리에서 새로운 사람을 만나고 수인사를 트는 것도 좋은 일이지요.

오촌당숙   좋죠. 사람은 서로 만나면서 사는 거 아니겠어요?

석출   우리 화투나 한판 칩시다.

과수댁   (석출에게) 안녕하십니까?

석출   아이고, 누구시더라?

과수댁   요 옆 수원댁 아닙니껴, 지난해 굿할 때도 왔는데요.

석출   맞다, 내 몰라 뵀었네요

과수댁   지금 상식 들어가네?!

석출   응원 좀 해 주시오, 둘째 상주가 아직 총각이라 여자 혼자서 고전이오.

과수댁   그럼 나중에 또 뵙겠습니다.

(과수댁 조용히 신발 벗고 올라서서 멍석 위에 앉자마자 곡을 터뜨린다. 과수댁의 곡은 너무나 크고 유창해서 놀라운 설득력을 확보한다. 맏아들과 둘째 아들은 진짜 울음을 터뜨리면서 훌쩍거리고, 맏아들의 처는 그제야 소리가 터진다. 이때 문상객 2, 3 들어선다. 손녀 봉숙도 비쭉이 얼굴을 들이민다.)

손녀   할머니, 흑―흑―.

석출   봉숙아! 여기 소주 한 병하고 돼지머리 눌린 거 한 접시 더 가져와라!!

손녀   악―. (신경질을 팍 내며 퇴장)

(맏아들, 둘째 아들, 맏며느리 곡소리, 울음소리 드높아지면서 암전.
떠들썩한 화투판 소음 튕겨 오르면서 무대 환하게 밝아진다.)

석출　　패 돌려라.

오촌 당숙　돈 내라, 돈.

석출　　돈은 있다가도 없고 없다가도 있는 거지. (육촌 아재를
　　　　향해) 돈 만 원만 빌려 주소.

육촌 아재　당신 언제 봤다고 내가 돈 빌려 줘?

석출　　화투판에서 돈 가지고 쩨쩨하게 그러는 게 아니다.

팔촌 사돈　만 원만 빌려 줘. 나중에 이자 톡톡히 받아 챙기고.

오촌 당숙　돈 없으면 저기 가서 곡이나 하시오. 당신 곡 잘하
　　　　잖아.

석출　　돈 가지고 너무 그러는 게 아니다, 인마야.

오촌 당숙　뭐 인마? 이 사람이 내가 복덕방 한다고 사람 우습게
　　　　보나?

석출　　우습게보기는 뭘 우습게보나, 같잖게 보지.

오촌 당숙　뭐 같잖게…….

육촌 아재　거 괜한 거 가지고 시비 걸지 말고 현금 가지고 오세
　　　　요. 나잇살 먹은 양반이 화투 한두 번 치나.

팔촌 사돈　상대하지 말고 우리끼리 치자.

(석출, 맏아들에게 간다.)

석출　　내 일당 좀 선불해 주게

맏아들 다 잃었어?

석출 오늘 곡한 거 완전 헛농사다.

맏아들 화투는 그렇게 치는 게 아이다.

(맏아들, 화투판으로 간다.)

석출 패 돌려.

육촌 아재 (맏아들을 가리키며) 여기도?

석출 돌려, 난 좀 쉬겠어.

육촌 아재 점 천 피바가지 있고 전두환 고스톱이야.

맏아들 오도리냐, 육도리냐.

오촌 당숙 육도리 쳐 주고 광 천 쓰리 고는 갑절.

맏아들 고!

오촌 당숙 못 먹어도 고!

(팔촌 사돈 죽는다.)

육촌 아재 아니, 또 죽어?

팔촌 사돈 패 안 좋으면 죽는 거지.

육촌 아재 광 팔러 왔니? 다음 판부터 저 친구 빼고 돌려.

팔촌 사돈 푼돈 있다고 유세하지 마.

육촌 아재 내가 너한테 선거 유세하나?

팔촌 사돈 네 주제에 선거 유세?!

맏아들 자, 3점 올리고, 고! 초장 끗발 삼삼하다.

팔촌 사돈   초장 끗발이 파장 몽둥이다.

(과수댁이 엉덩이를 요염하게 흔들며 새 술상을 갖다 놓는다. 화투 패들, 넋을 잃는다. 과수댁, 꼬리를 흔들며 부엌으로 사라진다.)

석출   (오촌 당숙에게) 정신 차려라.

여문상객1   저 좀 봐라, 저년 하는 꼴이 서방 잡아먹고도 남았 겠다.

여문상객2   저년 눈초리로 봐서는 서방은 둘째치고 그것도 모 자라서 여럿 잡겠습니다.

여문상객1   오늘 어떤 놈인지 몰라도 기운 조금 빼겠소.

(석출의 무악(징과 북) 시작된다.)

할머니1   (이야기체) 그때야 차마 복례 할머니는 탁이 아버지 를 안 떨어질라 카고 탁이 아버지는 복례 할머니를 안 떨어질라 카고 세상 원정을 가는구나. 탁이 아버지는 내 부처님 도술로 살아서 돌아올 터이니 천지개벽을 하더라도 아무 걱정 말고 집 지키고 있거라.

맏아들   거 케케묵은 소리 그만하소.

석출   (과수댁에게) 거 목청 탁 틔었습니다.

과수댁   석출 씨 굿판에 끼워 주면 나도 한가락 하겠어요?

석출   거, 그럼, 어허허헛.

과수댁   오호홋—.

맏며느리　언니, 나 죽 한 그릇 주소.

석출　안상주 노릇 힘들지요?

맏며느리　힘든 거 별로 없는데 먹지 못해서 죽을 판이오.

석출　이젠 자지 못해서 몸살 날 거요 사흘 밤 새울 터이니.

(둘째 아들 "나도 한 그릇 주소." 하면서 옆에 앉는다.)

할머니1　기약을 하고 떠난 지 몇 해, 해방이 돼도 소식이 없구나. 마을 사람들은 다 죽었다고. 새살림 차리라 카는데 복례 할머니는 탁이 형제를 데불고 울음을 운다.

할머니들　(연창) 아이고 내 새끼야, 해가 져도 내 새끼야, 날이 새도 내 새끼야, 비가 와도 내 새끼야, 눈이 와도 내 새끼야. 사시장철 울음을 우는구나.

할머니2　하루 아침에는 밥상을 받아 들고 탁이 아버지 떠난 그 남양 열도를 치받아 보고 아이고 탁이 아버지 나는 배가 고프이 밥상을 받아 가지고 밥을 먹고 추우니 따뜻한 방 안에 이불로 덮고 있어도 춥다 카는데 당신은 죽었능교 살았능교.

할머니들　(연창) 아이고 답답어라, 아이고 내 팔자야. 아이고 답답어라, 언제 다시 만나볼꼬, 해가 져도 답답어라, 날이 새도 답답어라, 비가 와도 답답어라, 눈이 와도 답답어라, 아이고 내 팔자야, 언제 다시 만나 볼꼬.

할머니3　그때야 차마 조선 장정들이 백골이 돼서 돌아오고 산등성이에 벌겋게 불구덩이가 치솟고 집을 받치고

있던 서까래가 와르르 무너지는구나. 그때야 복례 할
매 무너진 집터에 깔려 하는 말이 아이고, 탁이 아버
지 죽니라고 불비가 저렇게 내리는가, 시체나마 찾으
라꼬 뒷산 들짐승이 저리도 우나?

(과거의 잔상들을 풀어내는 할머니들의 사설과 연창이 이어지면서
헐벗은 구천 중음신들이 슬금슬금 초상집으로 몰려들어 온다. 제사
상에 놓인 음식을 집어 먹는 귀신, 할머니와 과수댁에게 수작을 거는
귀신, 화투판을 기웃거리는 귀신들로 초상집은 득실거리고 산 자와
죽은 자들이 모두 일상의 공간 속에 뒤섞인다.)

맏아들   자, 3점 올리고 쓰리 고.
팔촌 사돈   야 맏상주 끗발 댓길[11]이네
맏아들   원 별말씀을…… 다 하십니다.
육촌 아재   가만있어 봐. (담요 밑에서 화투 한 장을 꺼내 올리며)
         이게 뭐야?

(시선들, 맏아들에게 향한다.
화투판.)

맏아들   나는 아이다.
육촌 아재   (맏아들 멱살을 쥐며) 요 파렴치한 인간 같으니라구.

---

11) 대길(大吉). 운이 매우 좋다.

게워 내— 이 자식아 몽땅 게워 내—.

맏아들　뭐라고?

팔촌 사돈　파토[12]다, 파토! (재빨리 흩어진 돈을 훔쳐 챙긴다.)

맏아들　(팔을 떨치며) 놔라, 이 가문도 없는 자식들아.

(안방)

둘째아들　저래도 되는 거요?

맏며느리　화투라면 사족을 못 쓰는 양반이 돼 놔서…….

둘째아들　참 집안 꼴 잘돼 간다. 나는 이번 기회에 독립하겠소.

맏며느리　누가 잡는 사람 있습디까?

석출　(창으로) 어—허—으, 남선부중 대한민국 서울시 종
　　　　　로구 혜화동 이씨 영가 불명은 이씨 금강화 왕생극락
　　　　　가옵소사. 세상 근심 다 씻어 버리고 이 세상 죄다 살
　　　　　아 버리고 동래 온천에 목욕하자 해운대 법성 뜰 너른
　　　　　뜰에 맨발로 밟아 가는데.

(화투판)

오촌 당숙　(화투 패를 치면서) 거 참 잘한다.

육촌 아재　소리 좀 크게 하소, 죽은 사람만 듣지 말고 산 사람
　　　　　도 같이 감상합시다.

---

12) 파투(破鬪). 화투 놀이에서, 잘못되어 판이 무효가 되는 일.

석출   썩은 손목 일수하니 광목천왕이 현신하실 때, 청보장
          악 한번 옆에서 배워 보시오

과수댁   아, 예!

둘째 아들   형님하고 합의만 되면 이 집 처분합시다. 요새 아파
          트가 좋잖소.

맏며느리   이 집 팔아서 아파트 두 채 사겠소?

둘째 아들   대지가 200평인데 평당 150만 쳐도 3억이오.

맏며느리   그래 가지고?

둘째 아들   내가 혼자 사업하겠다는 게 아니고 형수가 감사로
          턱 취임하란 말이오.

맏며느리   감사고 이사고 다 싫소. 명지 땅 팔아서 홀랑 까먹은
          게 엊그젠데 염치도 그리 없소.

(이러는 사이 석출의 타령은 유연하게 날아오른다.)

석출   상지 뜨나 달이 뜨나, 아 어—
          우량천하 대법창아 어찌라네, 이.
          (무악과 석출, 과수댁의 어깨춤)
          북은천왕 후방천왕아 우리중 전왕
          우마당아 삼십삼천에 이십팔수야.
          (무악과 어깨춤)

석출, 과수댁   육장문아 구청구워 이 어스야
          누운 천자 옥장문 열고 나무금수 하단문 열고 어—
          후—.

화투패 일동 참 한다, 얼싸—.

(같이 어깨춤, 화투는 계속.)

석출, 과수댁 중앙 황유리 화장세개 상주설법 하옵시고.
화투패 일동 좋다!

(석출 갑자기 징을 탕 치며.)

석출 손님 왔다—.
맏아들 (아쉬운 표정으로 화투를 놓고 굴건을 쓰며) 이 밤중에 무
　　　　슨 문상객이…….

(저승사자 들이닥친다.)

과수댁 꺅!

(불이 꺼진다.)

6장 저승사자—환상의 연극

다시 불이 켜지면 5장 마지막 산 자와 저승사자의 대면 장면.
일동, 스톱 모션에 걸려 있는데.

석출   (여유 있게 일어서며) 어서 오십시오, 오늘은 좀 이른
          데요.

저승사자1 오랜만이오. (악수를 청하며) 몸조심하시오, 석출 씨
          도 명단에 올랐습니다. (과수댁을 향해) 이 여자, 사자
          간 떨어지게 하네. 하마터면 까무라칠 뻔했잖아.

석출   (맏아들에게) 저기 저 양반이 오늘 제주요.

저승사자1 이거 처음 뵙습니다, 잘 좀 부탁합니다.

맏아들   (엉겁결에 굴건을 벗고 절하며) 이윤택이라고 합니다. 존
          함은 일찍 들어서 알고 있었지만 이렇게 뵙기는…….

저승사자1 처음이지요. 아, 우리 같은 사자 두 번 만났다가

는…….

석출   자, 드시지요. 먼 길 오느라 시장하셨을 텐데. (앞마당 사자 밥상을 가리키며) 저기 저리로…….

저승사자1   (산 자들을 향해) 자, 그럼 신세 좀 지겠습니다.

(저승사자 1, 일일이 둘째 아들, 문상객 1, 2, 3과 악수를 나누고 맏아들의 처와 수인사를 나누면서 들어선다. 저승사자 2, 3, 산 자들 눈치를 슬금슬금 보며 뒤따른다.
저승사자 3은 두렵고 호기심에 찬 표정이 역력하다. 저승사자들, 사잣밥 앞에 들러 앉으면 과수댁이 따끈한 막걸리 주전자와 돼지머리를 잽싸게 가져온다.)

저승사자1   아, 이러시면 안 됩니다. 술과 고기는 규정에 어긋나서…….

저승사자2   (과수댁 상을 받으며) 이거 고맙습니다. (저승사자 1에게) 그냥 눈 딱 감고 받아먹읍시다. 춥고 배고픈 놈들 규정 지키게 됐소.

저승사자1   너 지난달 징계 먹고도 아직 정신 못 차렸냐? 이번에 들통 나면 중공행이야!

저승사자2   중공행이나 팔공년도 광주행이나 징계 먹었다고 보냈소? 그냥 무더기로 죽어 들어오는데 출동 비상 걸리면 다 가는 거지. (저승사자 3에게) 야, 너 중공 갔다 왔지?

저승사자3   (시무룩하게) 그래요.

저승사자2 등소평이한테 촌지 좀 받았냐?

저승사자3 촌지가 무어요, 사자 한 놈이 굴비 대가리 엮듯 줄
        줄이 지고 가는데 만두 하나 건네주는 인간 없습니다.

저승사자1 그 동네가 워낙 후진 데가 돼서 그래.

저승사자2 중공은 그래도 괜찮다. 팔공년 광주 가서는 최루탄
        에 취해서 만성 기관지염에 걸리지 않았겠냐. (저승사
        자 1을 향해) 성님은 홍콩 매독 다 나았소?

저승사자1 대충 나았다.

저승사자2 그게 대충 나아서는 뿌리가 뽑히는 게 아니랍디다.

저승사자1 그래서 계집하고 접촉은 않기로 했다. 너도 계집 조
        심해라.

저승사자2 여기는 홍콩이 아니잖소. (과수댁을 흘끔 쳐다보며)
        암팡진 맵시가 여간한 간나이[13] 동무가 아니오.

저승사자1 시끄럽다. 촌지나 두둑이 줬으면 좋겠다.

(저승사자들이 이러는 사이

산 자들은 저승사자 촌지 문제로 숙의 중.)

석출   준비됐어?

맏아들   얼마나 주면 되는 거야?

석출   원칙적으론 부의금 들어온 건 다 주어야지.

맏며느리 말도 안 돼요. 저승에서 무슨 한국은행권이 필요하

---

13) '계집아이'의 방언.

단 말예요.

석출　여기가 저승이오? 지금 저들은 이승에 내려와 있잖소?

맏아들　맞는 말이야, 가만있자. (부의금 접수 대장을 더듬다가) 이게 뭐야? 백지잖아, 부의금이 하나도 안 들어왔나? 그렇군, 돈이 안 들어온 거 같아, 빈 봉투야!

오촌당숙　무슨 소리야?

육촌아재　난 10만 원 냈어.

팔촌사돈　(손을 들며) 내가 안 냈수.

맏아들　문상 다녀간 사람이 백 명이 넘는데…… 김 군, 김 군아!

김군　와요?

맏아들　너 어떻게 된 거야?

김군　뭘요?

맏아들　부조 들어온 건 꼬박 대장에 기입하고 돈은 여기…….

김군　(둘째 아들을 가리키며) 저기 물어보소.

둘째아들　뭘 가지고 떠들어? 내가 다 챙겨 놓았는데.

맏아들　니가 왜 챙기냐?

둘째아들　눈 뜨고 코 베어 먹히는 세상 아니우? 요즘 초상집 부조금 전문털이가 성행한단 소리 못 들었수? (품에서 봉투 하나 달랑 꺼내며) 자, 이거 저승사자 갖다 주소.

석출　너무 작은데…….

둘째아들　아, 거기다 지전 몇 장 보태서 주면 될 거 아니오. (제사상 위에 놓인 지전 서너 장 쥐어 주며) 자, 이거 보태고…….

석출　(김 군에게 건네며) 갖다 줘라.

김군　싫어요, 저 사람들 겁나요.

둘째 아들　겁나기는? 사람들이 아냐, 사자라구.

김군　아까 뺨따귀 맞는 거 못 봤소?

둘째 아들　알았어. 내가 갖다 줄게. (둘째 아들, 저승사자에게 엉거주춤 다가선다.) 이렇게 찾아 주셔서 감사합니다.

저승사자2　얼마나 수고가 많으십니까.

둘째 아들　이거 얼마 안 되지만 노잣돈으로…….

저승사자2　하, 이러시면 안 되는데…….

둘째 아들　그럼 이만.

저승사자2　네. (둘째 아들이 돌아서자 봉투 속을 들여다본다.) 이거 누구 약 올리나? 인간이 싫다, 싫어. 햐, 세상 참 많이 변했구나. (사자 1에게 봉투를 주며) 성님, 인간들이 이래두 되는 거유?

저승사자1　상당히 실망했는데.

저승사자2　안 되겠수, 저 할미를 관 뚜껑에서 벌떡 일으켜서 깨춤 한번 추게 합시다.

저승사자1　야, 사자 체면이 있지 우리는 끝까지 신사적으로 대하자. (저승사자 3에게 지전 한 장 건네주며) 이거 백지수표니까 현금으로 바꿔 와라.

저승사자3　은행이 어디 있는데요?

저승사자2　(둘째를 가리키며) 저놈 배 속이다.

(사자들이 이러는 사이 ―.)

맏아들 둘째, 너 이리 좀 와라.

둘째아들 와?

맏아들 내놔.

둘째아들 뭐?

맏아들 부조금.

둘째아들 쩨쩨하게스리.

맏아들 뭐? 이 도둑놈아!

둘째아들 도둑놈이라니.

맏아들 내가 모를 줄 아나? 너 어머니 인감도장하고 자유저
　　　　축예금 통장도 챙겼지?

둘째아들 내가 가지고 있수, 그런데 집문서는 어디로 빼돌렸
　　　　수?

맏아들 여기 있다. 등기대장, 토지대장, 가옥대장 줄줄이 다
　　　　챙겨 놓았지. 약 오르나?!

둘째아들 이거 순 도둑 아냐? 울 엄마 집문서를 왜 빼돌려!

맏아들 (부동산 계약서를 내밀며) 이건 누구 작품이냐? 죽은 어
　　　　머니가 언제 살아나셔서 행복부동산과 매매계약 했
　　　　냐, 응?

(저승사자 3, 상주들 싸움에 말을 걸지 못하고 주춤거리며 서 있다.)

맏아들 (오촌 당숙을 가리키며) 너 저놈하고 짜고 집 팔아넘기
　　　　려 했지?

둘째아들 이런 빌어먹을, 왜 그리 머리통이 안 돌아가요. 상

속세가 엄청난데 어떻게 하오. 그것도 겨우 사망 날
짜 이틀 전으로 매매계약서 만든다고 얼마나 고생
했…….

맏아들 에라, 이 후레자식아. (박치기)

둘째아들 아이코야!

맏아들 (둘째 먹살을 잡고) 말해, 누구 작품이야?

둘째아들 그거 나 혼자 한 거 아니우. 형수한테 결재받았소.

맏아들 (사이) 세상 다 살았다— (벌떡 일어서며) 줄초상이다—.

(맏아들 달려가 처의 면상에 박치기.)

맏며느리 아이고, 사람 잡네—.

(처의 비명을 신호로 초상집은 개판이 된다.
산 자들의 아비규환.
이때 한쪽에선 사인펜으로 '100,000원'이라고 쓰인 지전을 둘째 아
들 코앞에 들이미는 저승사자 3.)

둘째아들 이건 뭐꼬?

저승사자3 백지수표라며? 우리 큰성님이 현금으로 바꿔 오래.

둘째아들 내가 은행이냐?

석출 빨랑 바꿔 주시오. 잘못 건드리면 개판 되오.

둘째아들 이거 순 날강도들 아냐?

저승사자1 (먼 산 불 보듯) 저네들 왜 저래?

저승사자2　인간 세상 개판이군. (기어 나오는 저승사자 3을 보고)
　　　　　넌 왜 그 모양이야?

저승사자3　인간 싸움에 사자 등 터졌소. 옛수, 현금 바꿔 왔소.

저승사자2　정작 그럴 것이지. 제법 신사적으로 노는군.

　　　　　성님, 피리가 수금해 왔소

저승사자1　가만있거라. 잘못하면 계획에 없는 저승길 동행 생
　　　　　기겠다.

　　　　　(맏아들을 가리키며) 저네들 왜 저래?

저승사자3　(둘째 아들을 가리키며) 저놈이 나쁜 놈이오. 죽은 할
　　　　　머니를 산 것처럼 속여서 가옥 토지 매매계약서를 꾸
　　　　　몄답니다.

저승사자1　그래? (저승사자 2를 돌아보며) 그거 저승법 몇 조에
　　　　　해당되냐?

저승사자2　산 자와 죽은 자의 경계 부분 제16장 4절에 해당되
　　　　　는 사문서 위조요.

저승사자1　확실하냐?

저승사자2　분명하오.

저승사자1　출동!

저승사자2,3　출동, 출동!

(장엄 예불이 일고 공중에 종이배가 뜨고 일어서는 백팔 나한.
우— 진군해 들어오는 구천 중음신들.
엉겁결에 관 모서리에 숨어 있던 처,
관 뚜껑이 벌떡 열리고 죽었던 어머니가 일어나 앉자 꺄악—

비명을 지르며 혼절한다.

어머니, 관에서 성큼성큼 걸어나와 멱살 잡고 싸우는 맏아들과 둘째 아들에게 뺨따귀 한 대씩을 올려붙인다.)

문상객들　할매다──.

아들들　엄마다.

(모두 몸을 숙이고 사시나무 떨듯 떠는데 어머니, 제사상 위에 떡 버티고 앉는다.)

저승사자 2　(관에서 뛰어나온 어머니에게) 여노는 무슨 애로 사항이 있어 이렇게 반칙을 범하고 계시오?

(어머니, 손가락질로 다가오라는 시늉.

저승사자 2, 어머니에게 다가가 귀를 댄다.

알았다는 듯 끄덕거리는 시늉.

저승사자 2, 뚜벅뚜벅 걸어와 둘째 아들 멱살을 잡아 든다.

번쩍 들리는 둘째 아들.)

둘째아들　살려 주!

저승사자 2　안 되겠다, 어머니가 너하고 저승길 동행해야 되겠단다.

둘째아들　아이고, 나는 상주지 저승 갈 사람이 아니오.

저승사자 1　야, 이 후레자식아! 저승이 제 가고 싶으면 가고 안 가고 싶으면 여행 취소하는 온천장인 줄 알아?

석출　어떻게 편리 좀 봐줄 수 없겠소?

저승사자 1　무슨 편리?

(석출, 저승사자 1에게 다가가 귀엣말.

사자, 눈을 끔뻑이며 의미심장한 미소, 그리고 저승사자 2에게 놓아

주라는 눈짓. 털썩 떨어지는 둘째 아들.

석출, 둘째 아들에게 다가가.)

석출　게워 내, 몽땅 게워 내.

둘째 아들　싫어.

석출　(은근한 위협) 그럼, 너 알아서 해.

둘째 아들　(말없이 일어서 제사상으로 다가가 꿇어앉으며 애교 있
　　　　　게) 엄마ㅡ.

(어머니, 뺨부터 철썩 올려붙인다. 그리고 내미는 손.

둘째 아들, 옷 속에 꿍쳐 둔 부조금을 하나둘 끄집어내어 제사상 위에

놓으며, 통곡을 한다. 맏아들과 맏아들의 처도 다가와 아쉬운 듯 애고

애고 곡을 읊는다.

둘째 아들 일어서려는데 어머니, 어깨를 찍어 꿇어앉힌다.)

어머니　내 통장 내놔!

(둘째 아들, 더욱 서러운 곡 놓으며 통장과 인감도장을 제사상 위에

놓는다.)

어머니 집문서도!

맏아들 아이고 어머니, 집문서는 안 됩니다. 그게 어떻게 해
서 모은 재산입니까. 어머니가 떡장사 해서 뼈 빠지게
세운 우리 가문의 터전인데…….

어머니 집은 팔고 사는 부동산이 아니다. 요새 인간들이 가옥
과 토지를 무슨 증권 거래하듯이 굴리는데 (관객을 향
해) 이거, 안 좋아요! 집은 그냥 집이야, 방구들에 눌
어붙어 편하게 살자고 세우는 게 집이지, 돈 놓고 돈
먹는 뺑뺑이 판이 아니잖아! 알겠냐! 내가 떡장사 해
서 집 샀을 때 너희들 부동산 투기하라고 헛지랄 했
냐? 새 새끼 둥지 틀듯 자손이 이어지고 종손이 집 지
키고 제삿밥 꼬박꼬박 얻어먹을 생각으로 집 세웠지.
너희들이 집 팔고 아파트로 이사해 봐라, 내가 어떻게
너희들 찾아가냐? 서울 교통이 지옥인데 낯선 길 찾
기 어렵고 아파트 관리인에게 신고해야 되고 이 나이
에 그 높은 계단 걸어서 올라갈 군번이냐, 내가!

석출 요새 아파트 엘리베이터가 다 있어요, 복례 할머니.

어머니 혼백이 엘리베이터에 갇혀 봐라, 쥐도 새도 모르게 구
천 중음신 신세로 떨어진다. (둘째 아들에게) 빨리 집
문서 내놔라!

(둘째, 하이고 자지러지며 집문서를 제삿상 위로 던진다.

맏아들과 처도 기절할 듯 곡소리──.

어머니, 제삿상을 더듬어 다발을 꺼내어 확 뿌리며.)

어머니 자, 용돈이다. 닭 울기 전까지 신나게 화투판이나 벌
        여 봐라, 탁아, 진짜 간다!

(어머니의 활짝 편 팔, 신나게 흔들며 뿌려지는 돈.
돈 주우려고 아귀다툼하는 상주들. 무대 불 꺼진다.)

7장 산 자를 위하여

화투판이 한창이다.

맏아들　(열이 올라) 못 먹어도 고!

육촌 아재　(밉상스럽게) 독박이닷!

맏아들　(눈을 부라리며) 이런 씨팔······.

육촌 아재　아재비 보고 10원짜리 쓰네.

맏아들　아, 화투판에서 항렬 따지게 됐소?

육촌 아재　알았다, 이놈아!

맏아들　이놈이라니?

둘째 아들　화투판에서 형 동생도 없다며?

맏아들　알았다, 말 놔라. (육촌 아재를 향해) 패 돌려── (작게) 요.

(이러면서 화투판이 붙는데──.)

저승사자1 (저승사자 2에게) 얼마 안 되지만 가사에 보태 써.

(저승사자 3에게) 이건 네 용돈이야.

(저승사자 2에게) 이건 표 값, 50킬로그램 화물 한 짝하고 3인승이다.

저승사자2 이번엔 좀 편하게 갑시다.

저승사자1 대한항공이면 족하다. 저번에 사우디항공 타고도 잘만 갔다.

저승사자2 유로피언항공 스튜어디스들이 싹싹맞고 친절하답니다.

저승사자1 색 쓰지 마. (나머지 돈 챙기며 일어선다.)

저승사자2 어디 가우?

저승사자1 으응, 저어─기.

저승사자2 저어─기, 어데?

저승사자1 그냥 저어─.

저승사자2 (화투짝 패는 시늉) 이거?

저승사자1 내 한판 싹 쓸어 올게.

저승사자2 제발 관두쇼. 치면 잃는 솜씨에 또 그 손버릇이…….

저승사자1 이번 판은 진짜다.

저승사자2 난 이번엔 사우디항공 냉방도 안 되는 고물 비행기 타고 못 가요.

저승사자1 알았다, 이번엔 유로피언 개설 항로로 직행하자.

(이러면서 저승사자 1, 화투판으로 접근하는데
화투꾼들 화들짝 놀라며 뒤로 자빠진다.)

둘째 아들　(저승사자 1을 보고) 또 백지수표요?

저승사자1　괜찮아요, 괜찮아. 계속하라구요.

(그러면서 저승사자 1, 능청스럽게 비집고 앉는다.)

저승사자1　(맏아들 패를 훔쳐보며) 거 확실한 고도리에 미련 두
　　　　　지 말고 그냥 흑싸리 쭉정이로 긁어요.

맏아들　왜 이래요?

저승사자1　피로 모으는 게 상책이다— 이 말이오.

맏아들　나도 그렇게 생각 중인데 당신이 말해 버리면 전략이
　　　　들통 나잖아.

저승사자1　미안…… 미안…… 이놈의 방정맞은 주둥이가.

육촌 아재　그러지 말고 정식 신고하려면 하세요.

저승사자1　하, 이거 쑥스러워서…….

팔촌 사돈　괜찮아요, 현금 거래에 매너만 좋으면…….

저승사자1　화투판 매너야 저승에서 알아주는 이 몸. 자— 패
　　　　　돌려요.

맏아들　잘됐수. 이 집 쇠붙이 싹 쓸어 갔응께 이제 한번 게워
　　　　내 보쇼.

저승사자1　글쎄, 그게 잘될까.

둘째 아들　형님, 껍데기를 싹 벗깁시다.

오촌 당숙　점 천 피바가지 있고 전두환…….

저승사자1　육도리 쳐주고 광 천 쓰리 고는 갑절!

맏아들　쳐라!

둘째아들 죽기 아니면 까무라치기!

(이러면서 화투판이 이판사판으로 치닫는데 저승사자 2, 슬그머니 일어선다.)

저승사자3 어디 가우?

저승사자2 너 여기 똑바로 앉아 지키고 있어.

석출 밥 줘, 바압! 애고, 창자가 꼬여서 더 이상 못하겠고 나. 아니, 이 집 안상주는 밤참 준비 안 하고 어디서 처 박혀 자는 거야?

맏아들 봉숙이 엄마아, 저 친구 밥상 차려 줘—.

맏며느리 여기 밥상 나가요.

맏아들 곡하는 거 저거 상당히 힘드는 거야.

맏며느리 아, 당신이 힘든 곡 하지 왜 화투판에 붙어 있수?

맏아들 아, 화투 치는 이것이 곡보다 더 힘든 거야.

맏며느리 애고, 날 잡아 잡수소.

석출 밥 어디 나왔어? 빨리 안 가져와?

맏며느리 날 잡아먹으라니까!

(맏며느리, 투덜거리며 무대 뒤로 퇴장.
석출, 빙긋 미소 지으며 저승사자 2의 눈치를 본다.
저승사자 2, 계면쩍게 웃으며 마주 본다.)

석출 이승과 인연 한번 맺어 보시려고?

저승사자2 아하, 그게 아니고 산보 좀…….

석출 이 몸이 삼 대 할애비 때부터 대물림하는 무가 자손이
오. 오늘 저녁 점성이 남쪽 하늘에 떨어지고, 고단한
조각달 하나 떴다 싶으더니 바로 당신과 (무대 뒤편 잠
든 과수댁을 쳐다보며) 저 신녀 뚜쟁이 노릇 하라는 뜻
인 것 같소. 어서 들어가 보시오.

저승사자2 허, 이거 쑥스러워서…….

석출 저 가진 것 없이 혼자 떠도는 여자, 이 밤 지나면 내 데
려갈라 하오. 당신 말마따나 아무래도 내가 오래 못
있을 것 같소.

저승사자2 까짓 인간 세상 대충 정리하고 올라오시오. 저승도
생각보다는 편하오.

석출 자, 어서 들어가 보시오.

(석출의 북과 문상객들의 싱싱한 화투짝이 저승사자 2와 과수댁의
정사를 북돋운다. 산 자와 죽은 자가 만나는 황홀, 엑스타시— 절정
에 이르면서 새벽이 온다. 새벽길을 여는 석출의 사랑가.
아직 구천에 머물고 있는 어머니가 석출의 사랑가에 맞춰 넋춤을
춘다.)

석출 (창으로) 할미야— 할미야— 쓴 것은 네가 다 먹고
단것은 자식 밥상 오뉴월 짧은 밤 모기 빈대 뜯을세라
고단한 몸 괴롭다 않고 살부채 다 떨어질 때까지 자식
몸 위해 주고 동지섣달 설한풍 백설이 휘날리면 자식

몸 추울세라 이부자리 덮어 주며 정에 못 이겨 잠든 허리 부여잡고 탁아 탁아 우리 탁아 청산 첩첩 보배 탁아 오색 바다 누벼누벼 바지 적삼 꾸며 놓고 어화둥 둥 내 사랑, (작아지면서 흥겹게) 어화둥둥 내 사랑, 어 화둥둥 내 사랑.

(무대엔 저승사자 3과 손녀 봉숙의 대화)

손녀   커피 마셔.

저승사자3   안 먹어.

손녀   왜?

저승사자3   써서 싫다.

손녀   설탕 많이 넣을까?

저승사자3   (질겁) 날 죽이려구? 나는 설탕 먹으면 눈사람처럼 녹는다.

손녀   재미있군.

저승사자3   이 여자, 사자 잡으려구 그래.

손녀   우리 할머니는 어디로 데려가는 거니?

저승사자3   우리 할아버지에게 가지.

손녀   너희 할아버지?

저승사자3   그래.

손녀   너희 할아버지가 누군데? 염라대왕?

저승사자3   히힛, 다들 그렇게 알고 있지.

손녀   그럼 누군데?

저승사자3 너네 할아버지 성명 삼 자가 어떻게 되니?

손녀   응…… 뭐더라?

저승사자3 요사이 젊은 것들은 못쓰겠다. 자기 할애비 이름도
          까먹어.

손녀   워낙 일찍 돌아가셔서 그래. 난 한 번도 뵌 적이 없거든.
          (사이) 맞다. 바로 봐도 이석이, 거꾸로 봐도 이석이,
          이석이!

저승사자3 우리 할아버지 이름하고 똑같군.

손녀   그럼 동명이인이야?

저승사자3 아냐, 같은 사람이야.

손녀   어머, 그럼 할머니가 할아버지와 상봉하는 거야?

저승사자3 그런 셈이지.

손녀   나도 가고 싶어.

저승사자3 너도 언젠가 오게 돼.

손녀   거기가 어딘데? 아주 멀어?

저승사자3 아니, 가까워.

손녀   가까워? 어디?

저승사자3 (손녀의 가슴을 쿡 찌르며) 바로 여기!

손녀   (곱게 흘기며) 너 새똥도 안 벗겨진 게 요상하구나, 감
          히 숙녀 가슴을 건드리다니.

저승사자3 (당황) 아니다, 나는 진실을 말했을 뿐이다!

손녀   진실?

저승사자3 그래, 니 가슴에서 내가 태어났어. 우린 모두 한 생
          각, 한 몸이야.

맏아들 (환호) 장땡이다, 장땡―.

저승사자1 (쓴맛을 다시며) 막판에 가리오, 개평 좀 주소.

맏아들 엄마아― 나 장땡 잡았소―.

(맏아들, 화투판에서 모은 돈을 모두 관 위로 뿌린다.)

석출 어차피 깜깜 세상, 인간들은 구천 생각으로 하릴없이
슬퍼하지 말고, 여기 산 목숨이 바쳐 올리는 사바세계
한판 놀이극을 즐기면서 마음 턱 놓고 저승길로 가자
스라!

일동 얼쑤―.

(석출 선창과 일동 후렴)

친구 벗이 많다 하나 어느 누가 대신 가랴, 어허야 어
허야.

일가친척 많다 하나 어느 누가 대신 가랴, 어허야 어
허야.

영변 약산 진달래꽃 저기 뒷산에 묻었구나, 어허야 어
허야.

극락정토 어드메요 저기 뒷산이 극락정토, 어허야 어
허야.

(모두 만가를 부르며 새벽길을 떠나면 뒷산이 열리고, 흰 종이배가
산을 차고 하늘로 오르면 흙 속에 누웠던 지장보살들이 일어서고 백
팔 나한들이 길을 연다. 산 자와 죽은 자의 조우, 그 사이 길을 가는

어머니.)

산 자들　잘 가세요, 잘 가세요, 그 한마디였었네.
백팔 나한들　잘 있어요, 잘 있어요, 인사만 했었네.

작품 해설

  이윤택(1952~)은 시인, 신문기자라는 독특한 이력을 지닌 극작
가이자 연출가로, 1986년 극단 연희단거리패를 창단하고 가마골 소
극장을 개관하면서 본격적인 연극 활동을 시작했다.

  그의 대표작인 「오구──죽음의 형식」은 1989년 집필되어 그해 9월
서울연극제에서 채윤일의 연출로 초연되었다. 그리고 이듬해 이윤택
자신의 연출로 부산 가마골 소극장에서 재공연된 이후 동경국제연
극제(1990)와 독일 에센세계연극제(1991)에 출품되는 등 오늘날까
지 국내외를 막론하고 대중과 평론가로부터 모두 호평을 받고 있다.

  「오구」는 수차례의 공연을 통해 수정, 보완되어 새로운 희곡으
로 변신을 거듭했다. 1989년본(초고)에서는 오구굿과 관련된 자료
를 광범위하게 수집하고, 이를 현대적으로 수용할 방법을 모색했다
면, 1994년본부터는 본격적인 '굿놀이극'으로서 변화를 추구했고,
1997년본에서는 급기야 기존 굿의 해체와 새로운 총체화를 시도했
다. 이 책에 실린 텍스트는 1997년본을 저본으로 삼는다.

  전통 한옥을 배경으로 한 가족의 일상을 담은 이 작품은 크게 굿
판이 벌어지는 전반부(1~3장)와 굿판이 끝나고 장례 의식이 전개되
는 후반부(4~7장)로 나누어 살펴볼 수 있다. 전반부에서 노모(老母)
는 저승사자가 찾아오는 꿈을 꾼 뒤 큰 아들에게 '산오구굿'을 해 달
라고 청한다. 불행하게 살다 죽은 사자(死者)의 넋을 위로하고 그 영
혼을 저승에 안착시키는 무당의 제의인 '오구굿'과 달리 '산오구굿'
은 산 사람의 영혼이 죽은 후에 좋은 곳으로 천도되기를 비는 동해안
일대의 민속 전통이다. 이윤택은 보존과 재연에 치중하던 기존 굿을

해체하고 재구성하여 오늘날의 평범한 일상 속에 스며들게 만든다. 먼저 무당 석출 일행이 등장하여 오구대왕풀이를 비롯한 사설, 무가, 창, 만담 등이 오가면서 춤과 노래가 어우러지는 한바탕 난장이 벌어지자 무대는 배우와 관객이 모두 참여하는 축제의 공간으로 바뀐다. 신명 나는 놀이판이 절정에 다다를 무렵, 무녀의 놀이를 끝으로 노모는 환하게 죽음을 맞는다.

노모의 죽음 이후 후반부에서는 본격적인 죽음의 형식, 즉 장례 의식이 진행된다. 특기할 만한 점은 이때의 장례 의식이 여느 의례와 달리 신성함이나 엄숙함과는 거리가 멀다는 것이다. 무당 석출의 간략한 해설과 명령에 따라 진행되는 염(殮), 곡(哭), 절 등의 장례 절차는 양식화된 인물들의 행위를 통해 희극적으로 재현된다. 죽음의 유희화가 지닌 상징성은 작품의 말미에 등장하는 저승사자들로 인해 배가된다. 거대한 남근 모형을 단 우스꽝스러운 모양새의 저승사자들은 이승의 인간들과 어울리며 먹고 마시고, 촌지를 요구하고, 화투를 치고, 여색을 밝히기까지 한다. 그들의 출현은 현세의 속물적인 삶을 풍자하는 동시에 이승과 저승, 기쁨과 슬픔, 무대와 객석 등 엄격한 대립항으로 인식되었던 것들을 자연스럽게 통합해 '삶과 죽음'에 대한 새로운 인식을 창출한다. 죽음은 우리로부터 멀리 떨어져 있거나 두려워해야 할 무언가가 아니라 삶 속에 더불어 위치하고 있으며 언젠가 담담히 받아들여야 할 것이라는 사실을 말이다.

결과적으로 이윤택은 기존의 구태의연한 전통 양식을 새로운 방식으로 재창조함으로써 1970년대 이래로 추구되어 온 '전통의 현대화'라는 한국 연극계의 숙제를 상당 부분 해소한 것으로 보인다. 「오구」에서는 에피소드식 구성, 시공간성의 해체, 보고형 어법 등 다양한 서사극적 형식들이 전통의 양식과 무리 없이 접합되어 그가 전통과 현대성을 조화롭게 공존시키는 데 일정 부분 성공했음을 보여 준다.

사랑을 찾아서

김광림(金光林) 1952~

1952년 서울 출생으로 서울대학교 불문과를 졸업하고 미국 로스앤젤레스 캘리포니아주립대(UCLA) 대학원에서 연극학을 전공했다. 극단 연우무대와 극단 우투리의 예술감독, 서울공연예술제 예술감독 등으로 활동하며 놀이의 여러 형식들을 연극에 표현하고, 자유로운 형식과 실험 정신이 충만한 작품을 다수 창작했다. 한국예술종합학교 연극원장 등을 역임하였으며, 현재 한국예술종합학교 연극원 극작과 교수로 재직 중이다. 대표작으로 「달라진 저승」(1987), 「사랑을 찾아서」(1990), 「홍동지는 살아 있다」(1992), 「날 보러 와요」(1996), 「우리나라 우투리」(2002) 등이 있다. 연출가로도 활발하게 활동하여 「북어대가리」(이강백 작, 1993), 「춘향아, 춘향아」(이근삼 작, 1996), 「오월의 신부」(황지우 작, 2000) 등의 작품을 연출했다. 1989년 동아연극상 연출상, 1993년 백상예술대상 연출상, 1996년 서울연극제 대상, 1996년 백상예술대상 희곡상 등을 수상했다.

이 연극은 80년대 초에 어느 보험 회사 사무실에서 며칠에 걸쳐 일어났던 일이다. 어느 날 김억만이라는 오십 대 중반의 사내가 신축 중인 건물의 11층 골조에서 떨어져 죽는 사건이 발생한다. 그런데 이 사내가 이 년 전, 10억 원의 생명보험에 가입했던 사실이 밝혀짐으로써 이 연극은 시작된다. 보험 회사 조사부에 근무하는 네 명의 직원은 그의 죽음이 보험금을 목적으로 하는 고의적인 사고였음을 증명하기 위해 이 사건을 연극으로 꾸민다.

네 명의 직원은 다음과 같다.

최부장 조사 업무에 반생을 바쳤다고는 하나, 기실 윗사람 눈치 보는 일 외에는 아무런 능력도 없는 49세의 퇴역

　　　　장교.

김 대리　35세. 입사 십 년이 넘도록 과장 진급을 못 한 불운아.
　　　　미스 리의 애인이다.

미스터 하　32세의 총각. 말씨와 몸놀림이 서툴고 머리 회전이
　　　　늦은 편. 대신 매우 저돌적인 구석이 있다. 김 대리를
　　　　자신의 라이벌로 생각한다.

미스 리　29세의 미혼녀. 빼어난 미모에 유도 3단. 현실 적응력
　　　　이 뛰어나다.

이 네 사람이 맡아서 한 역할들은 다음과 같다.

김억만　10억 원의 보험금을 남기고 죽은 사내

이순례　삼십 년 전 하룻밤의 인연으로 김억만의 목숨을 구해
　　　　준 여인

박영문　이순례의 남편. 6. 25 동란에 참전했던 상이용사. 현재
　　　　는 동두천 기둥서방

이웃 남자　박영문의 친구

이웃 여자　양색시 출신이며 박영문의 정부(情婦)

수사관

국군 장교

국군 병사

이와는 별도로 사랑을 찾는 한 쌍의 남녀가 출연한다.

무대에는 사무용 책상과 의자 몇 개가 놓여 있다. 뒷벽에는 크기와 모양이 다른 대형 스크린들이 삼면에 걸려 있다. 이 스크린들은 주로 장면 전환을 위해 쓰이며 그 밖에 필요한 영상을 비추는 데도 쓰인다.

1. 사랑의 행진(1)

깊은 물속. 물소리가 음악처럼 신비롭게 들린다. 붉은 드레스를 걸친 여자가 느린 걸음으로 등장한다. 몸의 출렁거림이 보인다. 흰 양복을 입은 남자가 눈을 검은 수건으로 가리고 더듬거리며 등장한다. 여자를 찾는 중이다. 메아리처럼 외치는 여자의 소리. 나—여—기—있—어—요. 이어지는 웃음소리. 여자는 계속 느리게 춤추듯 걸어가며 남자의 애를 태운다. 두 사람은 사랑을 찾아가는 중이다. 그렇게 물속을 걸어가듯 두 사람은 무대를 가로질러 퇴장한다.

2. 휴가 중

보험 회사 사무실. 미스 리를 남겨 놓고 모두 자리를 비운 상
태다. 미스 리는 사무실 정돈을 하고 있다. 불현듯 생각난 듯
전화기 옆으로 가서 전화를 걸려다가 그만둔다. 잠시 망설이
다 이윽고 결심을 한 듯 전화를 건다.

미스리 여보세요. 김 대리님? 나예요. 옆에 있어요? 그런데
       왜 그렇게 벌벌 떨어? 자기 경처가야? 아, 경처가도
       몰라? 마누라의 '마'자만 들어도 경기 일으키는 남자.
       나 보고 싶지 않아? 보고 싶다는 사람 태도가 그 모양
       이야? 아, 전화 한 통화도 못 해? 휴가 중인데 뭐가 그
       렇게 바빠? 얘기 좀 해 주면 안 돼? 무슨 일인데에? 그
       럼 이따가 저녁때 만나자. 흥! 알았어. 전화 끊어. (수
       화기를 내려놓고는 안절부절못한 채 서성인다.)

부장 (문을 박차고 들어오며) 김막동이 전화해서 빨리 나오라고 해!

미스리 지금 휴가 중인데요.

부장 아, 휴가 중인 거 누가 몰라? 회사 다 망하게 생겼으니까 빨리 나오라구 해.

미스리 (전화를 건다.) 여보세요. 회사 일로 전화하는 거예요. 회사 다 망하게 생겼다구 빨리 나오라십니다. 안 돼요? 왜요? 회사가 다 망하게 생겼다니까요. 알고 있다구요?

부장 웬 잡소리가 그렇게 길어?

미스리 바빠서 못 나오신다는데요?

부장 뭐야? 미친놈! 전화 이리 돌려. (수화기를 들고) 이봐, 당신 정신 나갔어? 김억만이가 죽었어. 생돈 10억 원 그냥 날아가게 생겼다구. 어? 전화 끊어졌잖아? 이런 망할 자식! (미스 리에게) 전화 다시 걸어. 아냐. 몇 번이야?

미스리 932에 9933입니다.

부장 (전화를 건다.) 여보세요. 뭐, 뭐야? 야, 이 자식아! 이 자식이 환장을 했나? 뭐? 부장 아니라 부장 해래비가 불러도 못 나와? (다시 전화를 걸며) 이 자식 이거 돈 거 아냐? (수화기를 귀에 댄 채) 이젠 아예 전화도 안 받으시겠다? 좋아. 누가 이기나 어디 한번 해 보자. (미스 리에게) 미스 리! 지금 당장 가서 김막동이 붙들어 와요.

미스리 제가요?

부장   그래!

미스리   제가 왜 그 사람을 붙들어 와요?

부장   잡아 오라면 잡아 오면 되지 뭐 그렇게 말이 많아? (미
        스 리가 어이가 없다는 듯 쳐다보자) 이것들이 요새 왜들
        이러지?

미스리   이것들이라니?

부장   어, 어, 뭐야? 너 당장 나가…….

미스리   왜요?

부장   나가란 말이야.

미스리   왜 나가요?

부장   무조건 나가!

미스리   그렇게 못 하겠어요.

부장   뭐야? 부장이 나가라면 나가야지 왜 못 나가!

미스리   (전화벨이 울리자 수화기를 들며) 네, 조사부 미스 립니
        다. (숨기는 듯한 말투로) 어머, 사장님. 아니요. 네, 혼
        자예요. 네? 오늘 저녁요? 네, 괜찮아요. 그때 거기요?
        네, 알아요. 그럴게요. 네. (최 부장을 건너다보며) 그리
        구요……. 저어…… 아니에요. 이따가 말씀드릴게요.
        아니, 중요한 얘기 아니에요. 그럼 이따가 뵐게요. 으
        응, 안녕. (수화기를 놓고 아무 일도 없었다는 듯 자기 자
        리에 앉는다.)

부장   (사시나무 떨듯 떨며) 저어…… 뭐…… 시키실 일 있으
        시면…….

미스리   아니에요. 저 혼자 좀 있고 싶으니까 나가서 일 보세요.

부장   네?

미스 리 나가서 일 보라구요.

부장   네, 알겠습니다. (꾸벅 절하며) 그럼. (나가다 말고 돌아
        서서) 저어…… 이따가 잘 좀 부탁합니다. (다시 절하고
        퇴장)

(미스 리는 부장의 뒷모습을 보며 싱긋이 미소 짓다가 생각난 듯 김
막동에게 전화한다. 전화를 받지 않자 이상하다는 듯 고개를 갸우뚱
하며 수화기를 내려놓는다.)

3. 김막동 대리가 출근하는 날

사무실에는 부장과 미스 리가 있다. 미스 리는 화장을 고치고
있다. 부장은 초조한 듯 사무실 안을 이리저리 거닐고 있다.

부장   (미스 리에게) 오늘 김막동이 출근하는 날이죠?

미스 리 네.

부장   (혼잣말로) 회사가 다 망하게 생겼는데, 뭐? 휴가랍시
      고 코빼기도 안 내밀어? 흥! 고의적으로 전화도 안 받
      어? 이놈의 자식, 어디 나타나기만 해 봐라. 당장에 시
      말서다. (미스 리에게) 아니, 그런데 미스터 하 그 친구
      는 요새 왜 늘 자리에 없는 거지요?

미스 리 사건 조사한다고 나가던데요.

부장   아니, 뭐요? 무슨 사건 말입니까? 김억만이 추락 사건
      을 지가 조사한다는 겁니까, 지금?

미스리 그런 모양 같던데요.

부장   그 자식, 그거 미친 자식 아냐? 니가 그 사건에 왜 끼
     어드냐, 응? 왜 끼어들어? 아이구, 속 터져……. 이거,
     어느 놈 하나 속 안 썩이는 게 없구만. (갑자기 미스 리
     를 노려보며) 미스 리가 시켰습니까?

미스리 뭘요?

부장   김억만이 사건 조사 말입니다.

미스리 제가 미스터 하한테 어떻게 일을 시켜요?

부장   그럼 누가 시켰지? 아무도 시킬 사람이 없잖아?

미스리 (신경질적으로) 그걸 내가 어떻게 알아요?

부장   (깜짝 놀라며) 아…… 미안합니다. 그만 깜빡…….

미스리 뭘요?

부장   아……. 아닙니다. 됐습니다.

(미스 리는 어이가 없다는 듯 부장을 쳐다보고 있는데 김막동이 나
타난다. 커다란 상자를 들고 들어와 책상 옆에 내려놓는다.)

미스리 어머, 김 대리님!

막동   어, 미스 리 안녕. (일면 반가우면서도 눈을 흘기는 미스
     리에게 다가서며) 잘 지냈어? (부장에게 거수경례하며)
     충성! 덕분에 휴가 무사히 마치고 돌아왔습니다.

미스리 (상자를 가리키며) 이게 뭐예요?

막동   선물 상자.

미스리 무슨 선물인데요?

막동   나중에 봐.

미스 리 아이, 보여 줘요.

막동   나중에 보라니까.

(미스 리는 사랑스러우면서도 얄밉다는 듯 막동을 흘겨본다. 부장은
두 사람이 대화하는 사이에 자기 책상에서 종이와 볼펜을 들고 와 막
동의 책상 위에 탁 소리 나게 놓고 막동을 노려본다.)

막동   이게 뭡니까?

부장   써.

막동   뭘 씁니까?

부장   뭐긴 뭐야? 시말서지.

막동   시말서라니요?

부장   시말서 몰라?

막동   알긴 아는데요, 왜 시말서를…….

부장   이 사람아, 부장이 쓰라면 무조건 쓰는 거야. 뭘 따져?
        따지긴.

막동   이유를 알아야 쓰지요.

부장   이유를 몰라?

막동   모릅니다.

부장   정말 몰라?

막동   네, 모릅니다.

부장   정말로 몰라?

막동   정말로 모릅니다.

부장   (책상을 내리치며) 나쁜 자식, 정말로 모른단 말이야?
        (전화벨 소리)

미스 리   (수화기를 들며) 네, 조사부입니다. 네, 사장님. 계신데
        요. 네. 네. 바꿔 드리겠습니다. (부장에게) 사장님 전
        화입니다.

부장   네, 최 부장입니다. 네…… 그게 아직…… 그러니
        까…… 네, 저어…… 조사 중입니다마는……. 네, 죄
        송합니다. 알고 있습니다. 최선을 다하도록 노력하겠
        습니다. 물론입니다. 조속히 해결하겠습니다. 네, 네,
        알겠습니다. (두 손으로 공손히 수화기를 내려놓고 나서
        이마에 맺힌 땀방울을 닦는다.)

(이때 미스터 하가 겨드랑이에 서류 뭉치를 잔뜩 끼고 허겁지겁 등
장한다. 종잇장들이 바닥에 떨어지며 여기저기 날린다. 미스터 하는
떨어진 종이들을 주우려다가 겨드랑이에 낀 서류 뭉치 전체를 떨어
뜨리게 된다.)

부장   (미스터 하에게) 지금 뭐 하고 있는 건가?

미스터 하   네. 업무 추진 중입니다.

부장   누구 맘대로? 누가 당신더러 김억만이 사건에 손대라고
        했어? 대답해 봐. (미스 리를 흘끔거리고 보며) 누구야?

미스터 하   제가 스스로 일을 찾아서 한 겁니다.

부장   왜 시키지도 않는 일을 하느냔 말이야. 일을 망치려고
        환장했어? 만일 당신이 껍적거리고 다녀 가지고 일이

삐꺼덕했으면 어쩔 거야? 10억 원 물어낼 거야? 대답
해 봐. 물어낼 거냐구, 응?

미스터하 저…… 그런 돈 없습니다.

부장 그런데 왜 나서, 나서긴. 응? 대답해 봐. 왜 나서냔 말
이야?

미스리 부장님.

부장 뭐야?

미스리 이제 그만 고정하시죠. 업무 보셔야지요.

부장 뭐? (생각난 듯) 아, 네. 그래야죠. (사이) 모두 집합. (모
두 부장 앞에 일렬로 선다.) 에에…… 지금까지 있었던
여러분들의 모든 과오는 일단 덮어 두기로 하겠다. 지
금부터 업무를 개시한다. 모두 알다시피 우리 회사에
10억 원의 생명보험에 들었던 김억만이라는 자가 며
칠 전에 사망했다. 김억만은 사망 당시 대일빌딩 신
축 공사장에서 목수 일을 하고 있었는데 일개 목수가
거금의 생명보험에 들었다는 것, 이 점부터가 수상하
다. 더구나 피보험자는 김억만이와는 아무 관계도 없
는 이순례라는 여자이다. 더욱 수상한 점은 이 여자도
한 달 전에 죽었다는 점이다. 그런데 문제는 이 박영
문이. 이자는 죽은 이순례의 남편으로 동두천에 거주
하는 기둥서방 겸 포주인데 요새 회사에 나와서 살다
시피 하면서 보험금 지급을 집요하게 요구하고 있다.
이 자가 어제는 사장님 방 안까지 뛰어 들어가는 소동
을 벌였다. 전형적인 위험인물이다. 이순례의 유고 시

이 박영문이가 보험금을 타도록 되어 있다는 점을 이용하여 엄청난 범죄를 저지른 것으로 판단된다. 경찰역시 이 박영문이에게 혐의를 두고 수사에 착수했는데 아직까지 이렇게 할 성과는 거두지 못한 것으로 알고 있다. 군 지휘관 생활을 포함, 이십여 년에 거쳐 조사 업무에만 종사해 온 본인의 직감으로 볼 때 이 박영문이가 이번 사건의 범인임에 틀림없다. 이자가 김억만이를 직접 살해했을 가능성, 제삼자를 교사했거나 배후 조종했을 가능성, 또 이순례의 죽음부터 무슨 관계가 있을 수 있다는 가능성, 기타 여러 가지 가능성을 놓고 이번 사건을 조사해 주기 바란다. 이번 일에 우리 회사의 흥망이 달려 있음을 명심하라. 10억 원을 뺏기느냐, 아니냐? 우리 모두가 진급을 하느냐, 그냥 이 자리에 주저앉느냐? 혹은 회사에서 쫓겨나느냐, 그대로 붙어 있느냐? 최선을 다해 주기 바란다. 조사 종료 일자는 앞으로 사흘. 사흘 안에 이렇다 할 증거를 찾아내지 못하면 우리는 박영문이에게 보험금을 지급하지 않을 수 없게 되어 있다. 따라서 우리는 사흘 내에 박영문이가 범인이라는 물증을 잡아내야 한다. 남은 사흘간은 퇴근은 물론 휴식도 없다. 혼신의 힘을 다해 주기 바란다. 업무 분담 명령을 하달한다. 총지휘는 물론 본인이 맡고, 김 대리는 정보 수집 및 분석, 미스터 하는 총무 및 사후 관리, 미스 리는 연락 담당관. 이상, 질문 있으면 하도록. (사이) 질문 없으면 지금부터 업무 개시!

미스터하　업무 개시!

(각자 자기 자리로 돌아간다. 미스 리는 책을 읽기 시작하고 미스터
하는 흐트러진 서류들을 챙기고 있다. 김막동은 턱을 괴고 무언가 생
각하고 있다.)

부장　　(김막동을 쳐다보다가) 김 대리, 빨리 일 시작하지 않고
　　　　뭐 하고 있는 거야?

막동　　지금 구상 중입니다.

부장　　구상은 무슨 빌어먹을 구상이야? 어서 가서 현장 답
　　　　사하고 증거 될 만한 거 찾아보지 않고?

막동　　현장 답사, 증거 수집 모두 끝냈습니다.

부장　　뭐야?

막동　　제가 누굽니까? 조사부의 베테랑, 내일모레면 과장으
　　　　로 진급할 김막동 대리 아닙니까? 휴가 중에 현장 조
　　　　사, 증거 수집 모두 저 혼자 힘으로 끝냈습니다. 이제
　　　　남은 일은 수집된 증거를 어떻게 꿰어 맞추고 남들에
　　　　게 납득시키느냐 하는 것뿐이지요.

미스리　멋있어요, 김 대리님…… 아니, 과장님.

부장　　뭐? 누구 맘대로? 쓸데없는 소리 집어치우고 모아 놓
　　　　은 증거나 가져와 봐. 과장은 누구 맘대로 과장이야?

미스터하　그렇습니다. 과장은 안 됩니다.

부장　　넌 왜 나서? 들어가 있어!

미스터하   저도 나름대로 현장 조사, 증거 수집 모두…….

부장   들어가 있어!

미스리   부장님! 김 대리님이 멋지게 사건 해결을 해도 과장 진급이 안 된다는 건가요?

부장   에……. 물론 멋지게 사건 해결을 하면 진급됩니다. (막동에게) 당신 말이야, 박영문이가 범인이란 걸 밝혀 내기만 하면 그 자리에서 과장으로 특진하는 거야.

미스터하   사건 해결은 제가 할 수…….

부장   당신은 들어가 있어!

막동   하지만 부장님! 문제는 박영문이가 범인이 아니라는 데 있습니다.

부장   뭐야? 지금 무슨 소리 하고 있는 거야?

막동   그자가 범인이 아니라는 증거가 있습니다.

부장   증거가 있어도 소용없어. 이건 내 직감이야. 뿐만 아니라 사장님의 결심 사항이시기도 하고, 그따위 소리는 꺼내지도 말라구!

막동   하지만 박영문이는 범인이 아닌 걸 어떻게 합니까?

부장   그럼, 범인으로 만들어.

막동   범인이 아닌데두요?

부장   그렇게 말귀를 못 알아듣나?

미스터하   답답합니다.

부장   넌 들어가 있어.

미스터하   저한테도 기회를 주십시오, 부장님

부장   들어가 있으라니까!

미스터하 저한테도 기회를 주십시오.

부장 미스터 하!

미스터하 네, 부장님.

부장 한 번만 더 끼어들면 시말서 받아 내겠어.

미스터하 자신 있는데…….

부장 제발 자리에 좀 앉아, 부탁이야. (막동에게) 당신도 자꾸 답답한 얘기 꺼내면 시말서 받겠어. 빨리 지시한 방침대로 업무 추진해. (사이) 왜 대답이 없어?

막동 (잠시 생각하다가) 네, 좋습니다. 하지만 이 말…….

부장 (소리 지르며) 하지만은 무슨 빌어먹을 하지만이야?

막동 이 말 한 마디만 드리고 싶습니다.

부장 (쳐다보다가) 뭔데?

막동 이번 휴가 중에 저는 연구했습니다. 어떻게 하면 이 사건을 우리가 원하는 방향으로 끌고 갈 수 있을까? 그래서 생각한 것이 연극입니다.

부장 뭐, 연극?

막동 네, 김억만이 사건을 우리가 직접 연극으로 해 보는 겁니다.

부장 너 지금 어디 아프냐? 지금 한가하게 연극할 때야? 연극이라니? 지금 이거 제정신이야, 뭐야?

미스리 멋있어요, 찬성이에요.

부장 연극 같은 소리 하고 자빠졌네. 허튼 수작 부리지 말고 빨리 박영문이 잡아넣을 궁리나 하라구. 자, 어서 일 시작해. 어서!

미스터하 어서 일 시작합시다아.

미스리 부장님, 김 대리님 말이 옳아요. 이건 획기적인 아이
디어예요.

부장 획기적이면 뭘 합니까? 10억 원이 날아가는데…….
그럼 우린 모두 끝장나는 거예요. 아시겠어요? 10억
원입니다, 10억 원. 방법은 하나, 박영문이를 잡아넣
는 거야.

막동 박영문이는 범인이 아니라니까요.

미스터하 범인은 박영문이야.

막동 이것 봐! 난 증거를 가지고 있어. 김억만이는 자살을
했단 말이야.

부장 이거 이거…… 나쁜 놈 아냐? 야, 너 지금 생돈 10억
원 그냥 날리자는 거야? 너 왜 이러는 거야, 지금?

막동 제가 미쳤습니까? 생돈 10억 원을 그냥 날리게? 다 생
각이 있어서 하는 얘깁니다. 자, 들어 보세요. 우린 지
금 세 가지 가능성을 생각해 볼 수 있습니다. 첫째, 부
장님 말씀처럼 박영문이가 김억만이를 죽였다. 이건
날 샌 얘기예요. 경찰에서도 이미 김억만이의 죽음이
자살이라는 결론을 내렸다구요. 우리가 그걸 뒤집을
수는 없는 겁니다. 그러면 둘째, 이건 단순한 자살이
다. 이 경우에도 김억만이는 보험에 가입한 지 이 년
이 지났기 때문에 회사는 보험금을 지급해야 합니다.
김억만이는 이 년이 지나자마자 자살을 했거든요. 따
라서 우리는 세 번째 가능성, 김억만이는 보험금을 노

리고 자살을 했다. 이걸로 밀고 나가자는 겁니다. 생명보험 약관 제12조 3항. "보험금의 수취를 목적으로 한 고의적 사고에 대해서 회사는 그 지급을 거절할 수 있다." 아십니까?

부장 어? 그…… 그런 게 있었나?

막동 그럼요. 지금 우리가 살아남을 수 있는 건 이 길뿐입니다. 그러니까 12조 3항을 이용하자는 겁니다. 이 사건을 재판에 붙이는 거죠. 그런데 법정에서 이 복잡한 사건을 그냥 말로 설명해 갖곤 설득력이 없다 이겁니다. 그래서 연극이 필요하다는 겁니다. 중요한 장면들을 직접 보여 주자 이거죠. 우리한테 유리하게 꾸며 가지고 말입니다.

부장 야, 법정에서 연극하는 놈이 세상에 어딨냐?

막동 요새 외국에선 다 그렇게 해요.

부장 정말이야?

미스 리 그럼요. 사장님도 그러시던데요? 연극이야말로 가장 좋은 설득의 수단이야. 사람들은 왜 그걸 모르는지 모르겠어…….

부장 아니, 사장님께서 언제 그런 말씀을 하…… 하셨습니까?

미스 리 전번에 저하고 연극 구경 가…… 가셨을 때요.

부장 그렇습니까? 미스터 하, 12조 3항을 한번 외워 봐!

미스터 하 (서류를 한참 뒤져 찾는다.) 제12조 3항. 보험금의 수취를 목적으로 한 고의적 사고에 대해서는 회사는 그

지급을 거절할 수 있다.

부장   좋았어. 제12조 3항을 연극으로 한다.

미스터하 (신나서) 제12조 3항을 연극으로 한다.

부장   잠깐. 이런 중대 사안은 사장님께 미리 구두로라도 승낙을 득하는 게 좋지. (나가다 말고) 미스터 하, 아니 김 대리, 나하고 같이 가자구.

(부장과 김 대리 퇴장한다.)

미스터하 (싱글싱글 웃으며 미스 리 주변을 돌다가) 미스 리.

미스리 왜 이래요? 정신 산란하게.

미스터하 미스 리.

미스리 왜 그래요?

미스터하 미스 리.

미스리 왜 그러는 거예요?

미스터하 난 알고 있어.

미스리 뭘요?

미스터하 몸조심하는 게 좋아요.

미스리 뭐라구요?

미스터하 큰일 나는 수가 있다구.

미스리 지금 무슨 얘기 하는 거예요?

미스터하 시치미 떼지 마요. 다 알고 있으니까.

미스리 별꼴이야, 정말.

미스터하 김 대리가 뭐가 그렇게 좋아? 멀쩡한 총각 옆에 놔

두고 왜 유부남한테 빠져서 그래?

미스 리 (발딱 일어나서 밖으로 나가다가 돌아서며) 그래, 난 유부
남이 좋다. 징그럽게 굴지 마, 이 돼지야!

미스터 하 (쫓아 나가며) 미스 리, 미스 리!

(잠시 빈 무대. 암전.)

4. 이순례 여인의 죽음
(1983년 6월, 동두천)

이순례 여인이 죽은 다음 날 아침. 박영문의 집. 이순례 여인의 빈소가 차려진 방이다. 박영문, 이웃 남자, 그리고 이웃 여자 이렇게 셋이서 한가롭게 고스톱을 치고 있다. 옆에는 임시로 만든 대본들이 놓여 있다.

영문　한적하니 셋이서 판 돌리는 맛이 괜찮구만.

여자　넷은 돼야 광을 팔 텐데…… 무슨 상갓집에 문상객 하나 없어?

남자　나는 문상객 아니유?

여자　부조 돈을 내야 문상객이지.

영문　기집이 팔자가 사나우니까 죽어 자빠져서도 이 모양이구만.

남자　아, 문상객이 죽은 사람 보구 온답니까, 산 사람 보구

오지.

여자   자기 정말 패 이렇게밖에 못 돌려? (억만의 등장을 보고) 왔다. 왔어.

영문   이눔아, 시방 여그가 어디라고 그 뻔뻔한 얼굴을 내미는 것이여? (억만에게 달려 가다가 목발을 떨어뜨리며 넘어진다. 다시 달려들며) 오늘 내 손에 한번 죽어 보더라고.

남자   (영문을 뜯어말리며) 이러다가 줄초상 납니다.

영문   그려, 줄초상 한번 내 보더라고.

억만   형님, 절이라도 한번 하게 해 주십시오.

남자   거, 절이라고 한번 하게 해 주시오, 성님.

영문   이 다 시양없는 짓이여. 넌 시체가 되기 전엔 요 방에서 한 발짝도 못 움직일 것잉께.

억만   죄송합니다, 형님.

영문   더러운 연놈들이 평생 내 주변을 뱅뱅 돌면서 해꼬지를 해 대더니만 결국 한 년은 비명에 횡사하고……. 그려, 늬눔도 항꾼에[1] 따라가 보드라고. (김억만의 목을 조르며) 뒈져라, 뒈져!

여자   (영문의 팔에 매달리며) 이러다가 정말 무슨 일 내겠어요. 이 젊은 년 생각해서라도 참으세요.

영문   (멱살을 흔들며) 오늘 우리 둘 중에 하나 뒈지는 날이여. 어디 판결을 내 보더라고, 잉?

억만   제가 죽겠습니다. 형님 손에 맞아 죽지요. 죽기 전에

---

1) '함께'의 방언.

고인께 절이나 한번 올리게 해 주십시오. 부탁입니다.

여자 여보, 저를 봐서 한 번만 참으세요. 자, 이리 와서 고스
   톱이나 계속합시다.

남자 자, 성님. 이리로 오시오.

영문 (목발로 화투판을 엎으며) 판 치워 부러.

(억만은 옷깃을 여미고 빈소에 절을 올린다. 영문은 느닷없이 바닥
에 자빠져서 곡 대신 "내 마누라 살려 내에."를 되풀이한다. 이웃 남
자도 멀쩡하게 서 있기가 쑥스러운지 영문을 따라 "내 마누라 살려
내에." 하며 자빠진다. 억만은 절을 마치고 무릎을 꿇은 채 흐느끼며
운다. 이웃 여인도 혼자 가만히 있기가 멋쩍어 바닥에 주저앉아 "애
고오 애고오." 하며 운다.)

영문 애고오……. 야, 이 자슥아. 어젯밤에 넘의 마누라 꿰
   차고 어디 가서 무슨 짓을 했냐? 무슨 짓을 했길래 아
   닌 밤중에 차에 치여 뒈지게 만들었어, 이 자슥아?

억만 이 못난 놈을 패 죽여 주십시오.

영문 (곡하듯이) 이 자슥아, 늬 죽이고 나가 콩밥 먹으면 늬
   속이 시언하것지야?

억만 아닙니다, 형님. 이제 고정하시지요.

영문 나 팔자를 요러크롬 드럽게 만든 게 누군디 시방 나더
   러 고정하라는 것이여?

(영문이 억만에게 해 대는 동안 이웃 남자는 영문을 따라 덩달아 억

만에게 해 댄다.)

영문   (이웃 남자에게) 아, 따라서 좀 하지 말랑께. 시방 누구 놀리는 것이여? (억만에게) 그려, 어떠크롬 할 것이여? 우리 마누라를 살려 낼 것이여, 아니면 자네가 죽을 것이여? 시딱 양자택일하더라고.

여자   (발딱 일어서며) 정말 밸이 꼴려서 못 듣겠네. 멀쩡한 계집 옆에 두고 우리 마누라, 우리 마누라. 아, 그래, 그렇게 저것 없이 죽고 못 살겠으면 같이 따라가서 죽지그래? 흥, 평생 외간 남자 쫓아다니다가 마지막엔 서방질로 죽은 년이 그렇게 좋아? 내 보기엔 저승길 갈 사람은 이 양반이 아니라 바로 당신이야.

영문   (쫓아가 붙잡으며) 이거 왜 이려?

여자   첩년질 하기가 부처님 되기보다 힘들다더니 그 말이 틀린 말이 아니여. 나이 사십 먹도록 양놈들 좆 빨아 가며 모은 돈 몽땅 바쳐, 본마누라 눈치 보면서도 때 맞춰 보약 달여 먹였지, 철마다 옷 해다 입혔지, 짐승 같은 놈들한테 하루 저녁에 몇 차례씩 시달리고 나서도 그 짓 하자고 대들면 나 싫은 내색한 적 한 번도 없었어. 내가 그렇게 임자 모실 때 그년은 뭐 했어? 엉뚱한 놈하고 놀아나지 않았느냔 말이야? 근데 이제 와서 그년 죽어 자빠지니까 뭐, 그 앞에 꼬꾸라져서 살려 내라고 통곡을 해? 어이구우 원통해라, 이년의 팔자, 아이고오…….

영문   (달려들어 여자의 뺨을 때리며) 이년아, 꼭 고렇크롬 공
　　　치사를 혀야 속이 션컸냐? 낫살깨나 먹은 년이 고렇
　　　크롬 눈치가 없어 쓰겄어? 여하튼 겨집 땜시 뭔 일이
　　　안 된당께.

억만   형님, 모두가 제 탓입니다. (봉투를 꺼내 영문의 주머니
　　　에 넣으며) 이거 장례비에 보태시오. 경황없이 달려오
　　　느라 얼마 되진 안습매.

영문   (봉투를 집어던지며) 이런 돈 받고 싶은 맴이 아닌께 도
　　　루 넣어 두더라고, 잉?

억만   그리고 이건 제가 고인 앞으로 들어 둔 생명보험 증섭
　　　매. 갖고 계시면 뒷날 쓸 일이 있을 거요.

영문   갖고 가 부러. 당신같이 명 긴 사람 기다릴라믄 읍는
　　　손자 환갑 세는 편이 나을 것잉께.

억만   (일어서며) 내일 다시 들르겠습매. 잘 있소.

(무대가 사무실 조명으로 바뀌면 모두들 큰 소리로 웃으며 박수 친다.)

5. 연극의 진행에 대한 토론

부장 야, 이거 재밌는데. 사장님이 왜 그렇게 연극에 관심
이 높으신지 이제야 알겠구먼.

막동 부장님 연기가 아주 일품입니다.

부장 뭘, 이 정도를 가지고. 내가 나서기만 하면 웬만한 티
브이 탈렌트보다야 낫지.

미스터 하 저도 나서기만 하면요, 티브이 탈렌트 뺨친다구요.
(연기하는 시늉)

부장 이 정도면 말이야, 박영문이가 아무리 지랄 발광을 쳐
도 꼼짝 못하겠지?

막동 아뇨, 이 정도론 안심할 수 없습니다. 박영문이가 비
집고 들어올 틈을 줘선 안 되죠. 자, 그럼 다음 장면으
로 넘어가겠습니다.

부장 그런데 말이야, 막상 법정에서 이거 모두 우리가 꾸며

낸 거라고 박영문이가 우겨 대면 어떡하지?

막동　지금 이거요? 이건 모두 실제로 있었던 일이에요.

부장　증거가 있어야 할 것 아냐?

막동　(들고 들어왔던 상자에서 녹음기를 꺼내며) 네, 모든 증거
　　　가 이 안에 다 들어 있습니다. 자, 들어 보세요.

(녹음기에서 이웃 남자의 목소리가 들린다.)

부장　이 테이프 내용을 경찰도 알고 있나?

막동　경찰에는 알리지 않았습니다. 한 번에 터뜨리려구요.

미스리　부장님! 김 과장님 대단하네요. 빈틈이 없어요.

부장　좋았어. 마음에 들었어. 하지만 말이야…… 아직 과장
　　　은 아냐.

미스터하　과장은 말도 안 되죠.

부장　또 나선다. 또…….

미스리　보험 회사라고 하면 다들 피할 텐데 어떻게 그렇게 완
　　　벽한 증언을 얻어 냈어요? 참 신기하네요.

막동　사건 터지자마자 제일 먼저 달려간 데가 바로 동두천
　　　에 있는 박영문이 집이었지. (상자에서 콧수염을 꺼내
　　　붙이며) 이렇게 콧수염 하나 달고 말이야. 난리가 났더
　　　군. 보험금 타면 이제 큰 부자 된다구 동네 사람들 모
　　　여들어 술판이 벌어지구…… 그래 떡허니 들어가서
　　　이렇게 말했지. "난 베스트셀러 작가 이 아무개요. 신
　　　문에서 당신들 얘길 읽었어요. 이걸 소설로 쓰고 싶

소. 난 이 얘길 소설로 써서 큰돈을 벌 자신 있어요. 그러니 속사정을 좀 들려주시오." 그러고는 만 원짜리 몇 장을 집어 주면서 "에…… 나중에 책이 팔리면 당신들은 소설의 주인공이니까 신문에도 나고 티브이 출연도 하는 겁니다. 그리고 우리 책 판 돈은 나눠 가집시다." 이랬더니 있는 소리, 없는 소리 그냥 줄줄 털어놓더라구.

부장   당신 그거…… 사기죄로 걸려들지도 몰라.

미스리 부장니임!

부장   아, 농담입니다. 자, 계속합시다. 다음 장면이 뭐더라?

막동   1980년 봄. 동두천 골목길. 거 왜…… 김억만이가 이십오 년 동안 찾아 헤매던 이순례 여인을 극적으로 만나는 장면 있잖습니까?

부장   아, 그래. 알았어. 잠깐만……. (대본을 뒤적거리다가) 그런데 말이야……. 이게 왜 이렇게 거꾸로 가나? 아까 그 장면은 83년이었잖아? 그런데 80년 봄이라니? 쉽게 순서대로 해 나가자구.

미스터하 그렇습니다. 저도 좀 이상하다고 생각했습니다.

막동   하하……. 이게 바로 귀납적 논리라는 것입니다. 우린 이미 결론을 가지고 있습니다. 제12조 3항. 김억만이는 보험금을 노리고 고의적으로 자살을 한 것이다. 이것이 우리의 결론 아닙니까? 이 결론을 증명하기 위해서 우리에게 필요한 사건들만 골라서 논리적으로 사슬처럼 엮어 가는 거죠. 따라서 시간적 순서는 전혀 문제 될 게 없는 거지요.

(부장과 미스터 하는 막동의 설명에 대해서 무슨 애긴지 아는 듯 모르는 듯 눈만 껌뻑이며 고개를 끄덕이고 있다.)

미스리 귀납적 논리. 그래요. 바로 그거예요.

부장   그러니까…… 그래. 김억만이는…….

미스터하 보험금을 노리고 고의적으로 자살을 한 것이다.

부장   그렇지. 바로 그거야.

막동   부장님.

부장   응?

막동   우리 조사는 아직 허점이 많습니다. 왜 김억만이는 목숨까지 바쳐 가며 박영문이에게 10억 원을 넘겨주려 했는가? 우선 그 이유를 밝혀내야 합니다. 쉬운 일이 아니죠. 연습 과정에서 결정적인 증거가 찾아질 수도 있고 혹 엄청난 자체 모순이 발견될 수도 있습니다. 그러니까 우리 모두가 비판적으로, 그리고 논리적으로 생각하면서 한 편의 연극을 완성해 나가야 하는 겁니다.

부장   좋은 생각이야. 비판적으로, 논리적으로!

막동   무슨 애긴지 알겠어요, 미스터 하?

미스터하 아, 이미 알고 있었다구요.

막동   자, 그럼 다음 장면 합시다.

6. 재회 1
(1980년, 동두천 시장 골목)

당시 동두천 거리에서 흔히 들리던 음악이 흐른다. 동두천 시장에서 음식 장사를 하는 이순례가 보따리로 싼 쟁반을 머리에 이고 등장한다. 길 한 모퉁이에 숨어 기다리던 억만, 주위를 두리번거리다가 이순례에게 다가간다.

억만   저어…… 잠깐 말 좀 물읍세.

순례   아이구 놀래라. 먼 말이오?

억만   혹시, 이순례 씨…….

순례   으매…… 워치게 나 이름을 안다요?

억만   나 모르겠소?

순례   누구시오?

억만   나 누군지 모르겠냔 말이오?

순례   잘 모르겠는디라.

억만　　나 옛날 장성 마을 그 집서 하루 묵었던 김억만입매.

(순례는 머리에 이고 있던 쟁반을 떨어뜨리며 바닥에 주저앉는다.)

억만　　(순례를 부축해 일으키며) 괜찮소? 이렇게 갑자기 나타
　　　　나 놀랜갑소. 미안합매.

순례　　(일어나 쟁반을 챙겨 들고 나가며) 오매, 시상에…… 지
　　　　는 그런 사람 몰라라우.

억만　　이보우. 이보우다!

7. 재회 2
(며칠 후, 동두천 애심다방)

음악이 흐른다. 김억만과 이순례가 마주 앉아 있다. 긴 침묵.
김억만은 어쩔 줄 모르고 안절부절못하고 있고 이순례는 새
색시처럼 고개를 숙인 채 모로 돌아앉아 있다. 이 장면을 옆에
서 지켜보던 미스터 하가 화가 난 듯 쿵쾅거리며 퇴장한다.

억만   할 말은 많은데 무슨 얘기부터 해야 할지 모르겠소.

순례   그란디 뭣한다고 저를 그렇크롬 찾아다녔다요?

억만   그때 이 여사 덕분에 목숨을 건져 정처 없이 도망치던
        중 다시 국군한테 붙잡혔지비. 그래, 한동안 거제도
        포로수용소에서 지냈소. 이 여사가 나 때문에 재판까
        지 받게 되고 우리 얘기가 신문에 나서 온 세상이 떠
        들썩했다는 건 나중에 수용소에서 우연히 알았지비.
        이 여사, 난 상기도 아이 잊었소. 그때 우리가 약속했

던 것 말임매.

순례　여사, 여사 하지 마시오. 지 같은 것이 들을 말이 아니
　　　구먼유.

억만　그럼 뭐라고 부르리까? 순례 씨. 이게 좋소?

순례　(가는 미소) 난 몰라라우. 좋으신 대로 하시오.

억만　순례 씨, 그때 그 약속 기억나오?

순례　뭔 약속 말인디요?

억만　우리 둘이 어디 머언데, 전쟁도 없고 살육도 없는 평
　　　화로운 곳에 가서 살자던 약속 말임매.

순례　다 막음한 야그구만유.

(한쪽에 목발을 짚은 박영문이 어디선가 나타나 둘의 얘기를 엿듣고
있다. 두 사람은 박영문의 등장을 모른 채 계속 얘기한다.)

억만　미안합매. 이제 세월이 흘렀으니 다 지나간 얘기지비.
　　　하지만 내겐 아직 끝나지 않았소. 난 빚이 남아 있소.
　　　수용소에서 당신 생각 참 많이 했소. 처음에 전쟁 포
　　　로를 모두 북송한다는 소문이 나돌 때 '이제 순례 씨
　　　를 영 못 보겠구나.' 하는 생각에 어찌할 바를 몰랐지
　　　비. 헌데 나중에 보니 그게 아닙디다. 남이냐, 북이냐,
　　　제삼국이냐? 전쟁도 끔찍하고 좌익이니 우익이니 하
　　　는 이념 투쟁엔 신물이 나던 차에 중립국으로 가는 길
　　　이 있다고 하니까 귀가 솔깃하더구만. 하지만 순례 씨
　　　생각에 난 이남에 남기로 했지비. 54년 봄에 석방이

되자마자 장성에 그 집을 찾아가지 않았겠소? 순례
씨는 벌써 떠나고 없더구만.

순례 가막소에서 한 일 년 살다가 가석방으로 나왔지라. 칵
죽어 뿔라고 했었는디 질긴 목숨 못 끊고 집이라고 찾
아갔지라. 그란디 죽은 줄로만 알았던 냄편이 시퍼렇
게 살아 기대리고 있는 것이 을메나 놀래키는지 ─ 그
소문이 온 천지에 싸하게 퍼져 버리지 않았소? 개 패
듯 얻어맞음시롱 이날 입때꺼정 살아오구 있그만유.

억만 미안합매. 내가 죄인이오.

순례 시상이 험해 놓게 그렇크롬 된 거리라. 니 탓 내 탓이
워디 있간디요?

(박영문이 두 사람 앞에 불쑥 나타난다. 억만은 당황해서 자리에서
일어나고 순례는 겁에 질려 탁자 밑으로 숨는다. 동작이 잠시 정지되
었다가 조명 바뀌면 사무실 장면으로 이어진다.)

8. 분열

막동　(부장에게) 미스터 하는 어디 간 겁니까?

부장　어, 이 친구 어디 갔나?

막동　이런 식으로 나가면 이 사건 내일까지 마무리 지을 수
　　　없습니다.

부장　나 이 친구, 정말……. 건건이 말썽이구만. 같이 데리
　　　구 일 못 하겠어. 파면을 시키든지 어디 다른 데로 보
　　　내 버리든지 해야지.

미스리　제가 나가서 찾아볼게요. (이때 미스터 하가 등장한다.)

부장　어디 갔다 오는 거야?

미스터하　저기요.

부장　저기 어디?

미스터하　저기 밖에요.

부장　누가 근무 중에 밖에 나갔다 오랬어, 누가?

미스터 하 …….

부장　미스터 하!

미스터 하　네.

부장　회사 다니기 싫어?

미스터 하　부장님, 너무하십니다.

부장　너무하십니다? 근무 중에 지 맘대로 돌아다녀 놓고
　　　서, 뭐 너무하십니다?

미스터 하　근무 중엔 오줌도 못 누나요?

부장　뭐라구?

미스터 하　대변도 아니고 소변 좀 보고 온 걸 가지고 이럴 수
　　　있는 겁니까?

막동　이봐, 소변을 보려면 쉬는 시간에 가야지, 남 연극하는
　　　데 쑥 나가 버리면 하는 사람 기분 좋겠어? 그리고 기
　　　분이 문제가 아니야. 조금 전에 내가 뭐라 그랬어? 비
　　　판적으로 논리적으로 같이 생각해 나가면서 연극을
　　　완성해 나가자 그랬잖아? 도대체 이게 무슨 태도야?

미스터 하　지금 당신이 나한테 훈계하는 거야? 왜 이래, 이거?

막동　뭐, 당신?

부장　시끄러! 조용히들 해.

미스터 하　그 꼴난 연극 뭐 그리 대단하다고 뻐기는 거야? 뻔
　　　한 얘기 가지고.

막동　뻔한 얘기니까 멍청하게 따라만 하지 말고 생각을 하
　　　라는 거야, 이 친구야!

미스터 하　누군 뭐 머리 없는 줄 알아? 나도 다 생각해 봤다구.

하지만 이 연극은 엉터리야. 말이 안 돼.

막동 뭐가 말이 안 돼?

미스터하 내가 입만 뻥끗했다 하면 넌 가로 가게 돼 있어. 까
불지 말고 국으로 가만있으라구.

막동 정말 생긴 대로 노는구나. 어디 뻥끗 좀 해 보시지그
래?

미스터하 정말 이렇게 나올 거야? 나 다 분다.

막동 불어라, 불어!

미스터하 좋아. 김억만이, 이순례 모두 죽은 사람들이야. 당신
은 그 사람들 만나 본 적도 없어. 그런데 그 사람들 둘
이서 다방 구석에서 한 얘길 어떻게 알아냈어? 이상
하잖아?

막동 이 멍청아! 그러니까 열심히 보란 말이야. 딴생각하지
말고.

미스터하 왜 대답 못 해? 할 말 없지? 부장님은 어떻게 생각하
십니까? 이상하지 않습니까?

부장 으응? (잠시 생각하다가) 그렇지. 나도 좀 이상하다고
생각했어. (막동에게) 그래, 죽어 버린 사람들의 대화
내용을 어떻게 알아냈지? 응? (막동은 한심하다는 듯 웃
는다.) 왜 웃어? 이거 순 엉터리 수작에 우리가 놀아나
는 거 아냐? 자신 없으니까 그냥 웃어넘기겠다는 거
야, 뭐야? 감히 부장을 우롱해? 나쁜 자식.

미스리 부장님, 왜 이러세요? 자초지종도 들어 보지 않고 왜
이렇게 경솔하게 나오세요?

부장　자식이 회사를 말아먹으려고 수작을 부려? 우린 거기에 속아 넘어간 거란 말이야.

미스리　김 과장님은 그런 분이 아니에요.

부장　과장은 누가 과장이야? 넌 당장 파면이야.

미스터하　넌 임마, 파면이야, 파면.

미스리　그렇게 가만있지만 말고 뭐라고 얘기 좀 하세요.

막동　부장님, 방금 한 연극에서 박영문이 역할 하셨죠?

부장　연극이구 나발이구 난 몰라. 다 집어치워.

막동　아까 박영문이 역할 하셨죠? 대답해 보세요.

미스터하　대답하지 마세요. 또 당합니다.

막동　넌 좀 빠져. 아까 그 장면에서 박영문이가 뭘 했습니까? 대답 좀 해 보시라니까요.

부장　니가 뭔데 대답해라 마라 따지구 지랄이야? 건방진 자식. 니가 상관이냐? 이따위 꼭두각시놀음 다 집어치우자구.

미스터하　(책상 위에 널려 있는 소품과 대본을 집어 던지며) 다 집어치웁시다아…….

미스리　무슨 짓들 하는 거예요?

막동　(하를 밀어내며) 넌 좀 빠지라 그랬지? (부장에게) 대답 좀 해 보세요. 아까 박영문이 역할 할 때 뭘 하셨냐구요?

부장　연극 집어치우란 말이야! 부장이 그만두라면 그만둬야지, 왜 이렇게 질기게 굴어?

막동　나 정말 미치겠네. 그렇게 머리들이 안 도냐? 아까 박영문이 두 사람의 대화 내용을 엿들었잖습니까? 두 사람은 죽었지만 박영문이는 둘이 만나 한 얘기를 다 알구 있다는 겁니다. 아시겠어요?

미스 리 맞아요. 바로 그거예요.

막동 (상자에서 녹음기를 꺼내며) 이게 당시 상황을 술회한 박영문의 증언 내용입니다. 자, 들어 보세요.

(녹음기에서 박영문의 목소리가 나온다.)

막동 이래도 엉터립니까?

부장 (당황하며) 이제 연극은 그만두자니까 왜 이러나, 이거?

막동 그럼 이제 와서 어떡하자는 거예요?

부장 일을 해, 일을!

막동 이게 일이잖아요?

부장 연극이 무슨 일이야?

미스 리 김 과장님, 안 되겠어요. 사장님께 직접 보고드려서 파면시켜 버려야지. 이런 사람들 없어도 우리 둘이서 이 사건 충분히 해결할 수 있어요. (밖으로 나간다.)

부장 (미스 리를 붙들며) 이거 왜 이러십니까?

미스 리 이거 봐요. 머리 나쁘고 성질 고약한 사람들하고 더 이상 일 못 하겠어.

부장 아, 머리 나쁜 게 죕니까? 한 번만……. 뭐든지 다 합니다. 아, 연극하면 되지 않습니까?

미스 리 사람들이 해도 너무해서……. 누군 휴가까지 바쳐 가

며 뼈 빠지게 조사한 거 짜 맞추느라고 정신이 없는
데, 그거 도와주지는 못할망정 방해는 하지 말아야지.
왜 그렇게 못 잡아먹어서 안달이에요?

부장   아, 그럴 리가 있겠습니까? 저희도 나름대로 열심히
한다는 게 그만……. 앞으로는 잘하지요. 한 번만 기
회를 주십시오. 미스터 하!

미스터하 네.

부장   이거 모두 원위치시켜.

미스터하 네에…….

부장   자, 김 과장. 오해 풀고 다음 장면 하지. (대본을 보며)
다음 장면 들어가 주세요. 음악 큐!

(음악이 흘러나오는데 막동은 허탈감에 빠져 꼼짝 않고 앉아 있다.)

부장   김 과장, 왜 이러십니까? 우리 잘해 봅시다.

(막동은 갑자기 일어서더니 밖으로 나가 버린다.)

부장   이봐. 김 과장! 아니, 저 친구. (미스터 하에게) 빨리 가
서 붙잡아 와.

미스터하 네. (달려 나간다.)

미스 리 제가 나가서 모셔 올게요.

부장   네, 고맙습니다.

(부장은 혼자 남아 초조한 듯 사무실 안을 빙빙 돈다. 잠시 후 미스터 하가 달려 들어온다.)

부장   왜 그냥 들어오는 거야?

미스터하 미스 리가 달래고 있으니까 곧 들어올 겁니다. 제 말 보다는 애인 말을 더 잘 들을 겁니다.

부장   애인이라니?

미스터하 모르세요?

부장   누구 말인가?

미스터하 미스 리 말입니다.

부장   (긴장하며) 사장님이…… 와 계신단 말이야?

미스터하 사장님이라니요?

부장   사장님 안 와 계셔?

미스터하 아니요.

부장   예끼, 이 싱거운 친구야. 빨리 가서 데리구 와.

미스터하 제가 나가야 소용없습니다.

부장   잔말 말고 나갔다 와.

미스터하 네. (울상을 지으며 달려 나간다.)

(암전)

9. 긴 세월 방방곡곡을 헤매며

영화 「남(南)과 북(北)」의 주제가가 흘러나온다. 커다란 가방을 등에 맨 김억만이 이순례를 찾아 온 천지를 헤맨다. 해방후 사십 년 우리 역사의 기록적인 장면들이 비쳐진다.

노래   누가 이 사람을 모르시나요?
        얌전한 몸매에 빛나던 눈, 고운 마음씨는
        달덩이같이 이 세상 끝까지 가겠노라며
        나하고 강가에서 맹세를 하던
        이 여인을 누가 모르시나요?

        누가 이 사람을 모르시나요?
        부드런 정열에 화사한 이
        한 번 마음 주면 변함이 없어

님 따라 꿈 따라 가겠노라고
내 품에 안기어서 맹세를 하던
이 여인을 누가 모르시나요?

10. 불순분자
(1961년 가을, 모 기관 취조실)

체포되어 조사를 받고 있는 김억만.

수사관   이름.

억만   김억만이오.

수사관   생년월일.

억만   1929년 7월 5일 생이오.

수사관   출생지.

억만   함경남도 영흥이오.

수사관   직업.

억만   학교 선생입니다.

수사관   어느 학교 무슨 선생?

억만   부산 영도고등학교 공민[2] 선생입니다.

수사관   전직은?

억만   …….

수사관   같은 얘기 두 번 묻지 않게 해 줘. 전직은?

억만   전쟁 때 인민군 장교였소. 51년 전남 지역에서 체포되
        어 거제도 포로수용소에 이송됐다가…….

수사관   묻지 않는 말은 하지 마라. 인민군 장교로 임관된 게
        언제지?

억만   49년 8월이오.

수사관   철저한 공산주의자가 아니면 장교가 될 수 없을 텐
        데…….

억만   …….

수사관   그렇지?

억만   그 당시에는 그랬습니다.

수사관   그럼 지금은 아니란 말인가?

억만   아닙니다.

수사관   그런데 어째서 학생들에게 빨갱이는 없다고 했나? 그
        것도 공민 선생이라는 자가.

억만   그건 학생들이 이북에는 모두 얼굴이 빨간 빨갱이들
        만 살고 있다고 하길래 이북에도 우리와 똑같은 형제
        자매들이 살고 있다고 얘기한 것뿐이오.

수사관   지금도 그렇게 생각하나?

억만   그렇소.

수사관   그러니까 당신은 빨갱이야.

---

2) 公民. 지금의 윤리에 해당하는 교과목 이름.

억만   예에?

수사관 당신 교원노조 운동을 했더군.

억만   예.

수사관 그게 빨갱이들이 시켜서 하는 짓이라는 걸 모를 줄 알
      아? 넌 대한민국을 빨갱이 세상으로 만들지 못해 환
      장한 놈이다. 네가 좌익 운동의 핵심 분자라는 걸 우
      린 다 알고 있다.

억만   난 좌익 운동 한 일 없소.

수사관 여기 증거가 있는데?

억만   그럴 리 없소.

수사관 (억만을 걷어차며) 그럴 리 없소? 건방진 새끼. 내가 지
      금 장난하는 줄 아나?

억만   난 정말 좌익 운동 한 일 없소. 난 전쟁 때 내 발로 인
      민군 부대에서 도망쳐 나온 사람이오.

수사관 넌 현 정부에 대해 악랄할 정도로 비협조적이고 비판
      적이다. 물론 과거에도 넌 못 말리는 불평분자였지만
      혁명 정부가 들어서고 나서는 그 도가 지나치리만큼
      심해졌다. 그래서 우리는 너의 과거를 의심한다. 정규
      교육을 받은 인민군 장교. 고향도 이북인 데다가 사상
      적으로 철저하게 무장된 인테리. 이런 자가 수용소 수
      갑 도중 느닷없이 생각을 바꿔 이남에 남게 됐다. 뭔
      가 이상하지 않은가?

억만   …….

수사관 왜 대답을 못 하나? 대답해 봐라. 니가 어째서 이남에

남게 됐는지.

억만 　그럴 이유가 있었소.

수사관 　무슨 이유?

억만 　(한참을 망설이다가) 사람을 찾기 위해서였소.

수사관 　그게 누구지?

억만 　이…… 순례라는 여자였소.

수사관 　고향 사람인가?

억만 　아니요. 전쟁 중에 우연히 알게 된 여자요.

수사관 　왜 그 여잘 찾아야 했나?

억만 　…….

수사관 　왜?

억만 　그 여잘…… 사랑했소.

수사관 　뭐? 너 지금 사랑이라고 그랬나? (너털웃음) 사랑? 그
　　　 래, 가끔 너 같은 친구가 있어서 살맛이 난다니까. 사
　　　 랑……. 사랑?

(수사관의 웃음소리 속에 암전.)

11. 휴식 도중에 생긴 일

연극이 진행되는 동안 부장은 책상에 기대어 졸고 있다. 막동
은 미스 리에게 깨우라고 눈짓한다. 미스 리가 부장에게 다가
가 손뼉을 쳐서 깨운다.

부장   어? 나 다 듣고 있었어. 그런데 그, 그런 장면 뭣하러
        집어넣나? 요즘 말이야 연극이나 영화에 이상한 장면
        들이 많이 나와 말썽이 되나 보던데……. 골치 아픈
        장면은 빼자고. 빼 빼 빼.

막동   그건 곤란합니다. 김억만 씨는 그 후 학교를 그만두고
        떠돌이 생활을 시작하게 됩니다. 이런 사실이 재판에서
        우리한테 유리하면 유리했지 손해 볼 일은 없을걸요.

부장   그러니까 김억만이는 빨갱이였다아 이건가?

막동   뭐, 꼭 빨갱이였다기보다는 그런 사실이 있었다는 걸

알리자는 거죠.

부장   그걸 공개하는 게 우리한테 득이 된다 그 말이지?

막동   그럼요. 빨갱이 하면 우선 각개표[3] 치는 세상 아닙니까?

부장   듣고 보니 그렇네. 한데 아직 한참 남았나?

막동   그렇지 않아도 좀 쉬려던 참입니다.

부장   그래? 그럼 난 눈 좀 붙여야겠네. (바닥에 자리를 깔고 누우며) 아이구, 죽겠다. 이거 몸이 옛날 같지 않아.

미스터하   연출이 쉬라니까 쉬어야지, 뭐. (책상 위에 엎드린다.)

미스리   (막동의 어깨를 주무르며) 우리 과장님이 제일 과로하셨어. 좀 주무세요.

막동   난 좀 할 일이 있어.

미스리   또 무슨 일?

막동   (잠시 고민하다가) 실은 말이야……. 김억만이가 왜 그렇게 이순례를 찾아다녔는지, 전쟁 중에 둘 사이에 어떤 일이 있었는지 구체적인 자료를 못 찾았거든.

미스리   이순례가 김억만이를 살려 줬다가 옥살이를 했다면서요?

막동   그렇기는 한데 구체적인 증거가 필요하거든. 박영문이 얘기가 "그년이 화냥질하던 얘기가 신문에까지 났었다."는 거야. 그래 도서관이며 신문사며 할 것 없이 쫓아다니면서 당시 신문들을 다 뒤졌거든. 없더라구.

---

3) 가위표. ×표.

미스 리 그럼 어떡하죠?

(이들의 대화를 듣던 미스터 하가 자기 책상으로 가서 무언가를 찾아내더니 큰 소리로 웃기 시작한다.)

미스 리 아이, 징그러.

막동 저 친구 왜 저래?

미스 리 이봐요, 미스터 하! 좀 조용히 하세요.

미스터 하 미스 리가 조용히 하라면 조용히 해야지, 뭐. 하지만 그 사건은 어떻게 풀려고? (신문 스크랩을 막동에게 보여 주며) 이거지? 당신들이 찾는 신문 기사가 바로 이거지? 이 지구상에는 하나밖에 없는 거야.

막동 그거 어디서 구했어?

미스터 하 못 가르쳐 줘.

막동 이리 줘 봐.

미스터 하 그렇게는 못 해. 이런 결정적인 증거를 왜 너한테 주나?

막동 결정적인 증거니까 사건 해결에 사용해야 할 것 아냐?

미스터 하 그렇게는 못 해.

막동 왜 못 하겠다는 거야?

미스터 하 나도 진급해야지. 당신 과장 되면 과장 자리 없어지는데 난 언제 과장 되냐? 이런 결정적인 증거를……. 미쳤어? 당신한테 넘겨주게. 내가 바본가? 이건 10억

원 짜리 보증수표야. 내가 왜 당신한테 10억 원을 그
냥 넘겨주냐? 골이 섰냐?

막동   나쁜 자식, 넌 이 회사 직원이야! (미스터 하에게 달려들
며) 그거 이리 내놔!

미스터하   (막동을 밀어젖히며) 누가 보나 어디로 보나 내가 당
신보다야 낫지. 미스 리만 그 사실을 모르고 있을 뿐
이야. 평사원에서 바로 과장이 되는 거야. 알아? 김 대
리, 이 서류 두 부만 복사해 와. 네, 아……. 알겠습니
다. 지가 뭐……. 좆 빠지게 뛰어야지 어쩌겠어?

막동   치사한 자식.

(막동이 미스터 하에게 달려들자 미스터 하는 막동을 바닥에 쓰러뜨
린다.)

미스터하   정신 차려, 이 도둑놈 강도야! 넌 가짜야, 이 자식아.
뭐, 귀납적 논리? 비판적으로 어쩐다구? 그 잘난 상상
력으로 가짜 연극이나 열심히 하라구. (노래 부르며 퇴
장한다.)

미스리   (막동을 부축해 일으키며) 괜찮아요?

막동   응, 괜찮아. 어딜 가는 거야?

미스리   잠깐만…….

(뛰어나가는 미스 리의 뒷모습을 멀거니 쳐다보며 맥이 빠져 서 있
는 막동. 암전.)

12. 사랑의 힘

무대 밝아지면 막동은 서류를 정리하고 있고 부장은 코를 골며 자고 있다. 잠시 후 미스 리가 지치고 흐트러진 모습으로 등장한다. 막동은 미스 리의 등장을 모른 체 일을 하고 있다. 미스 리는 한참 동안 막동의 일하는 모습을 지켜보다가 흐느껴 울기 시작한다. 당황하여 미스 리를 쳐다보는 막동. 미스리는 무릎을 꿇은 채 막동의 다리에 얼굴을 묻고 계속 운다.

막동 왜 이래? (사이) 어딜 갔다 온 거야? 밖에서 무슨 일 있었어?

미스리 (고개를 들며) 병신아, 모르지? 내가 자기 얼마나 좋아하는지?

막동 (부장을 힐끗 보며) 왜 이래, 사무실에서?

미스리 왜? 누가 들을까 봐? 자기하고 나하고 좋아하면 안 되

는 사이야? 남이 좀 알면 안 돼? 사람이 사람을 좋아
하는데 어때? 그게 죄야?

막동   (난처해하며) 조용히 좀 해. 어디서 무슨 술을 마시고
와서 이래?

미스리 그래, 나 술 마셨다. 왜, 날 술 좀 마시면 안 되니? 나
하나도 안 취했어. 볼래? (제자리에서 한 바퀴 돌며) 봐.
하나도 안 취했잖아? 이건 유부남 김막동. 저건 최 부
장. 하나도 안 취했지?

막동   그래, 하나도 안 취했다.

미스리 (막동의 눈을 들여다보며) 솔직히 얘기해 봐. 이제 내가
싫어졌지?

막동   무슨 얘기야, 갑자기?

미스리 갑자기 좋아하네. 솔직하게 말해. 나 이제 싫다. 끝내
자. 마누라가 무섭다. 너 숨 막힌다. 왜 말 못 해? 그 말
하기조차 귀찮아? 그렇게 매사가 귀찮으면 숨은 어떻
게 쉬고 밥은 어떻게 먹냐?

막동   그래, 씹어라 씹어. 나 씹어서 네 속이 편해지면 마음
껏 씹어.

미스리 나 보는 눈이 왜 그래? 왜 피해?

막동   피한 거 아냐.

미스리 거짓말하더라도 입에 침이나 바르고 해라. 치사한 자
식. 이 위선자야! (사이) 마지막으로 같이 잔 게 언젠
줄 알아?

막동   바보야, 그동안 사정이 그렇게 됐잖아? 휴가 가기

전에 정신없이 바빴지? 휴가 도중 자기 하루 결근하고 어디 다녀오자고 한 것도 이 일 터지는 바람에 못 간 거 아냐? 다 알면서 왜 그래? 괜히 생떼 부리지 말라구.

미스리   그럼 내가 아직도 좋아?

막동   그래애.

미스리   그렇게 하려면 차라리 관둬. 지가 뭘 잘했다고 뚱해서 그래, 씹할. (사이) 어디 다시 한 번 해 봐. 기회를 줄 테니까.

막동   뭘?

미스리   따라 해 봐. 김막동이는 이명숙이를 좋아하고 사랑한다.

막동   (머뭇거리다가) 김막동이는 이명숙이를 좋아하고 사랑한다.

미스리   (눈을 흘기며) 엎드려 절 받기 힘들다. 그래도 그 말 들으니까 기분 좋은데? 하기 힘든 말 했으니까 선물 하나 할게. (가슴 속에서 신문 스크랩을 꺼내며) 자기가 원한다면 난 뭐든지 할 수 있어. 알아?

막동   이거…….

미스리   됐어. 어서 읽어 봐.

막동   이걸 어떻게 뺏었어?

미스리   그런 거 상관있어?

(막동은 잠시 미스 리를 쳐다보다가 신문 스크랩을 들여다본다. 잠

시 후 복받치는 기쁨을 참지 못하는 표정.)

막동　이거야, 바로. 이 신문은 폐간된 지 오래된 건데 그 멍
　　　청이가 이걸 어떻게 찾아냈지?

미스리　김억만이 하숙집을 뒤지다가 우연히 찾았대. 아까 우
　　　리 얘기 듣기 전까지는 그게 뭔지도 몰랐다나?

막동　그런데 이걸 어떻게 뺏어 냈어?

미스리　묻지 말라니까. 내가 누구하고 무슨 짓을 하건 관심이
　　　나 있어? 저만 챙기는 이기주의자. 지금 요 앞 여관에
　　　서 자고 있어. 나타나기 전에 얼른 감춰요.

막동　(여관이라는 말에 힐끗 미스 리를 보며 뭐라고 물으려 하
　　　다가 말머리를 돌리며) 그 돼지 녀석 가만있지 않을 텐
　　　데…….

미스리　구슬이 서 말이라도 꿰어야 보배라잖아요? 돼지가 그
　　　거 가지고 있어 봤자 뭐해요?

막동　그래도 가만있지 않을 거 아냐?

미스리　제가 있지 않습니까? 저야 뭐가 되든 어때요? 서방님
　　　만 잘된다면……. 어서 대본이나 쓰사와요.

(막동은 자리에 앉아 쓰기 시작하고 미스 리는 막동의 모습을 지켜
보고 앉아 있다.)

미스리　자기 이번에 과장 진급하면 나한테 뭐 해 줄 거야?

막동　(글을 쓰면서) 해 달라는 거 뭐든지 다 해 줄게.

미스 리   정말?

막동   응.

(막동과 미스 리, 손가락을 걸며 약속한다. 암전.)

13. 사랑의 행진(2)

막동과 미스 리, 최 부장 모두 잠들어 있다. 코 고는 소리가 이어지다가 물결 소리로 바뀌면 사랑을 찾는 한 쌍의 남녀가 등장한다. 여전히 느린 움직임. 남녀는 무대 중앙에 자리를 잡고 앉는다. 남자가 나무로 만든 커다란 가방을 열어 술병과 술잔, 과일, 과도, 흰 테이블보 등을 꺼내 놓고 가방으로 식탁을 만든다. 테이블보를 식탁 위에 까는 여자. 둘은 축배를 든다. 술을 한 모금 마시더니 여자는 과도를 집어 남자의 심장을 찌른다. 아주 천천히 몇 차례 반복한다. 여자의 표정은 지극히 평화롭다. 남자는 처음엔 즐거운 듯 웃더니 점차 고통을 느끼며 표정이 일그러진다. 잔이 바닥에 떨어지면서 남자는 식탁 위로 쓰러진다. 흩어진 물건들을 식탁 위에 주워 담은 후 식탁을 끌고 퇴장하는 여자.

14. 혼돈

벌써 밤이 다 지나갔다. 사무실 창을 통해 여명의 기운이 묻어 들어오고 있다. 막동이 소스라치게 놀라며 잠에서 깨어난다. 미스 리도 막동의 놀라는 소리에 잠이 깬다.

미스리 좀 더 자지 않고?

막동   꿈을 꿨어.

미스리 무슨 꿈?

막동   이상하지?

미스리 뭐가?

막동   김억만이 말이야.

미스리 김억만이가 왜?

막동   왜 목숨까지 바쳐 가면서 이순례에게 뭔가 남겨 주고 싶은 생각이 들었을까?

미스리 바보. 그것도 몰라? (사이) 사랑하니까 그런 거지. 그
        런 사랑 너무 촌스럽지 않아? 로맨틱한 건가? 아니면
        지나치게 감상적이거나. 하지만 김억만이…… 그 나
        름대로는 멋쟁이야. 괜찮은 사람이었다고 봐.

막동   그 사람이 목숨과 바꾼 마지막 희망을 이렇게 뭉개 버
        린다는 게 마음에 걸려.

미스리 쓸데없는 소리.

막동   아냐. 이 연극은 시작부터 뭔가 잘못됐어. 과장 진급
        한번 해 보겠다고 이미 죽어 버린 사람의 진실을 그냥
        짓밟아도 되는 건가?

미스리 진실은 무슨 진실이에요? 그 사람은 애당초 자살을
        생각하고 보험에 가입했고 때가 되니까 계획대로 실
        행에 옮겼고……. 그게 김억만이의 진실이야.

막동   내 얘기는 김억만이의 인생 자체가 진실했다는 거야.

미스리 지금 죽은 사람 인생 걱정하게 됐어? 살아 있는 우리
        문제가 더 걱정이지. 진짜 팔자 편한 소리 하고 있네.

(이때 밖에서 동물의 울부짖음 같은 괴성이 들려온다. 잠시 후 미스
터 하가 팬티 바람에 구두만 신고 미쳐 날뛰듯 달려 들어온다.)

미스터하 (미스 리에게 달려들며) 이 도적년, 갈보 년아! 내 옷,
        내 옷 내놔.

(미스 리는 날렵한 동작으로 그를 바닥에 메다꽂는다.)

미스터 하 (양손을 허리에 대고) 어이구, 허리…… 어이구, 내 허
리야!

미스 리 어따 대고 욕이야? 똑바로 놀아, 이 멍청아!

미스터 하 그 속에 내 비밀 서류가 들어 있단 말이야. 내 옷 내
놔. 내 옷 내놓으라구.

미스 리 어디 가서 옷 벗어 놓고 회사 와서 행패야?

미스터 하 나쁜 년. 저 갈보 년한테 속았어. 난 망했다. 난 망했어.

부장 (북새통에 눈을 비비고 일어나며) 뭐야? 왜 이렇게 시끄
러워?

미스터 하 난 망했다. 난 망했다구. 내 비밀 서류. 아! 내 돈
10억 원.

부장 아니, 너…… 왜 한밤중에 옷을 다 벗고 난리야?

미스터 하 부…… 부장님! 비…… 비밀 서류를 도둑맞았어요.

부장 그게 무슨 얘기야? 빨리 옷 입어. 사무실에서 이게 무
슨 짓이야? (막동에게) 저 친구 왜 저러나?

미스 리 며칠 밤새더니 돌았나 봐요.

부장 (혀를 차며) 젊은 사람이 밤샘 좀 했다고 정신이 나가?
하여튼 요즘 젊은 사람들 큰일이야.

미스터 하 부장님, 저 갈보 년이 내 과장 자리를 가로채 갔습니
다. 억울합니다.

부장 시끄러. 헛소리하지 말고 빨리 옷 줏어 입어. 빨리 옷
입어!

미스터 하 아, 옷이 있어야 입죠.

부장 옷 어디다가 벗어 놨어?

미스터하 저…… 저년이 훔쳐갔어요.

부장   미스 리, 이 사람 옷 훔쳐 갔습니까?

미스 리   제가 미쳤어요? 그 냄새나는 옷을 훔쳐 가게.

미스터하 나…… 나쁜 년, 도…… 도적년. 가…… 갈…….

미스 리   말조심해. 평생 허리를 못 쓰게 분질러 버릴 거야.

부장   (막동에게) 어떻게 된 거야?

막동   (외면하며) 모르겠습니다.

부장   (미스터 하에게) 빨리 옷 입으란 말이야!

미스터하 옷이 없어요. (막동에게) 너지? 비밀 서류를 훔쳐 오
       라고 시킨 게 바로 너지?

부장   그 비밀 서류란 게 대체 뭐야?

미스터하 아, 있잖아요, 그…….

미스 리   모르겠어요. 밖에 나갔다 오더니 저렇게 엉뚱한 소릴
       하네요.

미스터하 거짓말 마. 이 여우 같은……. (미스 리가 다가서자 말
       을 멈춘다.)

부장   왜들 이래? 그사이에 무슨 일이 있었나?

막동   아닙니다. 일은 무슨 일이오?

부장   그런데 저 친군 왜 발가벗고 저러는 거야?

미스터하 정말 억울합니다. 정말입니다.

부장   뭐가 정말이야?

막동   (미스터 하에게 예비군복을 던져 주며) 이봐, 미스터 하!
       그래. 이번 사건을 해결한 건 당신이야. 나 과장 진급
       당신한테 양보하겠어.

미스터하 저······ 정말입니까?

막동   그래, 정말이야.

미스리 말도 안 돼요. 발가벗고 떼쓴다고 다 진급되면 나도
        벗을래요. (옷을 벗으며) 우리 다 벗죠. 부장님도 벗으
        세요. 이사 진급 하셔야죠.

부장   동작 그만! 진급은 무슨 진급이야? 다들 진정하라구.
        사건 해결 나면 내가 다 공정하게 처리하겠어. 이봐,
        김 대리. 다음 장면은 뭔가? 어서 계속하자구. (머뭇거
        리는 막동에게) 왜? 아직 준비가 덜 됐어?

막동   아닙니다. 그게 아니라······.

부장   (시계를 보며) 조금 있으면 사장님 출근하실 텐데 그
        전에 다 끝내야지. 이따가 사장님 앞에서 멋있게 한
        번 하는 거야. 서두르자구. (막동의 책상에서 대본을 집
        으며) 이게 다음 장면인가?

막동   네. 그런데 부장님. 저어 사실은······.

부장   왜 그래?

막동   사실은 갑자기 이번 일에 자신이 없어졌습니다.

부장   뭐야? 그게 무슨 소리야? 아, 당신이 자신이 없으면
        누가 자신이 있어? 이게 잠깐 자고 일어난 사이에 모
        두들 이상해졌어.

미스터하 부장님, 빨리 연극 시작하죠.

부장   그래, 어서 하자구. (막동에게) 아, 왜 그러는 거야?

막동   정말 자신이 없어요.

부장   이 사람 겸손하긴.

미스 리   뭐 하는 거예요. 이제 와서?

막동   그게 아니라…….

부장   아니구 밖이구 시끄러. 빨리 시작하자구. (대본을 보
　　　며) 미스 리하고 둘이 나오는 장면이구만. 어서 준비
　　　들 해. 아, 어서!

(암전)

15. 풋사랑의 약속
(1951년 2월, 장성 이순례의 집)

순례 혼자 방에 앉아 옷을 깁고 있다. 갑자기 문 두드리는 소리.

순례　(놀라 일어나며) 누구시다요?

소리　(강한 함경도 억양) 문 좀 열어 줍세.

순례　요 밤중에 누구시다요?

소리　어서 이 문 좀 열어 주기요.

순례　그렇크롬 못 하겠구만유. 오밤중에 아낙네 혼자 있는
　　　집에⋯⋯.

소리　빨리 좀 열어 줍세. 사람이 죽어 가오. 목숨 좀 구해
　　　주오.

순례　으째야 쓸까?

소리　사람이 죽어 간다지 않소? 절대 해치진 않겠다이.

순례　참말로 사람이 죽어 간다요?

소리   참말이오. 이러다가 얼어 죽겠다이. 어서 문 좀 열어
        줌세.

(순례가 조심스레 문을 여는데 억만이 억세게 밀치며 들어온다. 광
목 바지에 맨발. 추위에 새파랗게 질려 덜덜 떨고 있다. 옷에는 핏자
국이 얼룩져 있다. 어쩔 줄 모르고 서 있는 순례.)

억만   쫓기고 있소. 좀 숨겨 줌세.
순례   구…… 군인인가 본디?
억만   그렇소.
순례   어느 군대다요?
억만   어느 군대면 어떻소? 밥 좀 주오.
순례   시방 집에 곡석이라곤 한 톨도 없는디요.
억만   그럼 물이라도 좀…….

(순례는 물 한 대접을 떠다가 준다.)

억만   고맙소. (방 안을 둘러보며) 몸 좀 녹이게 해 주오.
순례   사정이사 딱도 한디 이 동리에선 군인들 숨겨 줬다가
        당한 사람이 한둘이 아니구먼유.
억만   동트기 전에 나가겠소.
순례   방이라곤 이거 하나뿐인디라…….
억만   한쪽 구석에 곱게 있다가 나가겠다이. (한쪽으로 쭈그
        리고 앉는다.)

순례   (억만을 잠시 바라보다가 벽장에서 옷가지를 꺼내 억만에
       게 주며) 저……. 이거 남편이 입던 옷이어라.

(억만이 그 옷을 받다가 둘의 눈이 마주친다. 두 사람의 움직임이 멈
추면서 암전. 음악 시작되면 두 사람의 육체적 사랑을 표현하는 영상
이 스크린에 비친다. 너무 오랜 시간 갇혀 있었던 젊음의 욕구. 그 처
절한 갈망과 집요한 탐닉의 모습이 보인다. 다시 조명이 켜지면 메말
랐던 육체적 갈등이 충분히 적셔진 두 남녀의 모습. 어디 다른 세상
으로 갔다가 다시 이 세상으로 던져진 사람들인 양, 혹은 방금 전의
황홀했던 느낌을 더듬어 음미하며 기억 속에 새겨 두려는 양, 둘은
한참 동안 말없이 그냥 앉아 있다.)

억만   미안하우다. (사이) 남편은 언제 집을 나갔소?
순례   전쟁이 나고 얼마 안 되어서 국군을 따라 나섰는디 먼
       일이 생겼는지 여즉 소식 한 자 없어라우.
억만   이놈의 전쟁이 사람의 피를 모두 말린 모양인갑소. 어
       딜 가도 피비린내, 살 썩은 내……. 죽이고 죽고 또 죽
       이고. 나도 그 틈에 끼어서 미처 날뛰다가 어느 날 밤
       에 이런 생각이 듭디다. 누굴 위해서? 무시길 위해
       서? 이념의 승리를 위해서? 이런 살육으로 얻은 승리
       가 무슨 값어치가 있단 말인가? 이렇게 해서 좋은 세
       상이 온다 해도 그건 좋은 세상이 아니지비. 그래 난
       인민군 부대에서 도망쳐 나오게 된 기요. 이제 난 인
       민군 군관 김억만이가 아니고 그저 사람 새끼 김억

만이란 말이오. 그런데 이 땅에선 반다시 어느 편이든 속해 있지 않으면 목숨 붙이고 살아남질 못하겠으니……. 어드메 전쟁이 없는 먼 나라로 도망질하고 싶으오. 이편이든 저편이든 참견질하는 사람 없고 인간끼리 정을 주며 사람 새끼처럼 살 수 있는 나라.

순례 어디 그런 데가 있을께라?

억만 이 세상 어디엔간 있지 않겠소? (사이) 이보오.

순례 야아?

억만 만일 그런 데가 있다면 나하고 같이 가 주겠소?

순례 냄편이 죽었는지 살았는지 모르는 판에 어디라고 따라나선다요?

억만 내 보기엔 순례 씨 남편은 아이 돌아올 것 같소. (순례의 한숨) 날 기다려 주오. 내 꼭 다시 찾아오겠습매.

(이때 문소리가 요란하게 들린다.)

소리 문 열어라, 문 열어. (사이) 어서 열지 않으면 부수고 들어가겠다.

(서로의 얼굴을 쳐다보고 서 있는 두 사람. 잠시 후 억만이 문을 열려 하자 순례가 그를 잡는다.)

억만 미안함매. (문을 연다.)

(순간 억만과 순례의 얼굴에 각각 전짓불이 비친다. 손으로 눈을 가리는 두 사람. 암전.)

16. 한 떨기 꽃
(다음 날 아침, 장성 마을 어느 야산)

장교   너희를 현지 지휘관의 권한으로 즉결 처분한다. 김억
       만. 귀관은 국군의 추격을 피해 도주하던 중 민가에
       잠입, 부녀자를 위협 강간한 죄로 총살형에 처한다.
       이순례!

순례   야아?

장교   (자신의 권총을 건네주며) 내가 열을 셀 테니 그 안에 이
       총으로 저자의 심장을 맞히도록. 만일 실수가 있을 때
       는 너도 함께 총살이다.

(순례는 조심스럽게 총을 받는다. 병사가 김억만을 순례로부터 몇
걸음 떨어진 곳으로 데려가 세운다. 억만의 눈을 헝겊으로 가린다.)

장교   김억만! 마지막으로 할 말 있으면 하라. (대답이 없자)

준비이.

(순례는 두 손으로 권총을 잡고 서서히 들어 올려 억만을 겨눈다. 두 팔의 떨림이 역력히 보인다.)

장교　　하나, 두울, 세엣, 네엣, 다서엇, 여서엇, 일고옵, 여덟, 아호옵…….

순례　　(하늘을 향해 권총을 쏘며) 시딱 내삐시오. 내삐랑캐로.

(눈가리개를 벗고 달아나는 억만. 그 자리에 쓰러지는 이순례. 연속 되는 총소리와 함께 조명 바뀌면 모두들 다음 장면을 위해 의상을 갈아입고 있다.)

부장　　야, 대단하다.

미스터하　정말 대단하지요?

부장　　그래, 정말 대단해.

미스터하　(부장의 손을 붙들며 감격 어린 표정으로) 감사합니다.
　　　　정말 감사합니다.

부장　　갑자기 왜 이래?

미스터하　그래도 절 알아주는 사람은 부장님밖에 없잖아요?

부장　　무슨 얘기 하고 있는 거야, 지금?

미스터하　제가 말이에요, 저. 미스터 하.

부장　　니가 뭘?

미스터하　바로 이 장면 때문에 제가 목숨을 걸고 김억만의 하숙집에 잠입, 숨 막히는 수색 작전 끝에 결국 그 비밀 서류를 찾아낸 거 아닙니까? 그 10억 원짜리 서류를 바로 제가……. 정말 대단했죠. 김 대리, 그 서류 어딨어?

부장　또 시작하는 거야?

막동　(책상 위의 신문 스크랩을 가리키며) 저기 있다.

미스터하　(신문 스크랩에 입을 맞추며) 아, 네가 아니었으면 우린 지금 어떻게 되었을꼬?

부장　(혀를 치며) 저거 언제나 철이 들려나, 저거.

미스터하　아, 정말이에요. 이거 내가 찾아낸 거예요.

부장　아, 누가 아니래? 국으로 좀 가만히 좀 있어라. (김 대리에게) 그런데 이순례라는 여자 말이야…….

막동　네.

부장　나도 군 생활 하면서 산전수전 다 겪어 봤지만 말이야, 대단한 여자야. 그거 쉽지 않다고 봐.

막동　그러니까 그 전쟁 통에도 세상이 다 시끄러웠겠지요. (신문 스크랩을 집어 들며) 당시 종군기자 한 사람이 그 자리에 있었던 모양이에요. 이건 그 사람이 쓴 기산데요……. "사랑이냐, 이념이냐? 한 떨기 꽃과 같은 연약한 젊은 여성에게 그중에 양자택일을 어찌 강요할 수 있으리오? 아, 가증스럽고나, 우리의 이 민족적 비극이여……."

부장　야, 그나저나 이러다간 늦겠다. 빨리 다음 장면 들어가자.

17. 보상 약속
(1980년 3월, 동두천 애심다방)

'재회 2'의 계속. 앞에서 흐르던 음악이 연결되어 나온다.

영문　　요런, 싸가지 없는 개잡년 놈들…….

순례　　잘못했구만이라우, 한 번만 용서해 주시오. 한 번만…….

억만　　성님, 내가 죄인이오. 순례 씨는 아무 잘못이 없습매.

영문　　멋이여? 순례 씨? 순례 씨가 시방 니 각시여? 요것들
　　　　이 인자 나를 빼돌리고 즈그들끼리 협잡을 하고 지랄
　　　　이네. 이 천하의 잡것들이.

억만　　사정 얘기 좀 들어 보기요, 형님.

영문　　뭐? 형님? 나가 니 성님이여? 시상에 아무리 쌍것들이
　　　　라고 허지만서도 성님 아우가 구멍동서 히는 일은 없
　　　　는 것인께……. 고런 입에서 뱀 나올 소린 허덜 말어.

억만　　그게 아닙매.

영문 아니긴 멋이 아니여? 전상에 느하고 나하고 무신 웬
     수진 일이 있냔 말이여? 나가 니 땜시 고향 팽개치고
     요날 평상을 떠돌아다닌 몸이여. 근디 멋이 모자란다
     고 요로크롬 평지풍파를 일으키는 것이여? (양손으로
     억만의 멱살을 잡으며) 오늘 아예 결판을 내더라고, 잉?
     내 맴 같에서는 널 아예 패 죽이고 싶지만서도 그래도
     요 나라에는 벱도 있고 질서도 있는 것잉께, 가더라
     고, 잉? 파출소에 가서 순사 앞에서 조목조목 털어놓
     고 판결을 지달려 보자니까.

억만 성님, 잘못했소. 내 성님이 시키는 일이라믄 무시기라
     도 하겠습매. 내 성님의 종노릇이라도 하겠습매.

영문 늬 같은 놈 종으로 됐다가 어디 명대로 살것냐?

억만 내 어떻게든 보상하겠소. 내 목숨을 바쳐서라도 보상
     하겠소, 성님.

영문 어이구…….

(암전)

18. 이순례의 마지막 밤
(1983년 6월, 동두천 동천주막)

김억만과 이순례가 테이블을 사이에 두고 마주 앉아 있다. 김억만은 취기가 올라 있다.

순례   이제 그만 일어나시오. 시간이 많이 되었어라.

억만   알았소. 늘 순례 씨한테 짐만 되는구만. 하지만 내게
          는 일평생 오직 순례 씨 하나뿐이오. 무시기 소린지
          아오?

순례   알지라우, 지두 맴속으로야 그렇지라우. (흐느끼며) 참
          말로 얄궂은 팔자여라. 이 나이 먹도록…… 냄편이란
          게 뭔지……. 무슨 악연으로…… 평생을 구박받아 가
          면서도 이렇게 매여 살아야 하니…….

억만   (순례의 손을 잡으며) 미안합매. 다 내가 못나서 그렇지
          비. 그래, 실은 내가 순례 씨한테 해 줄 수 있는 게 뭐

가 있을까 생각해 봤지비. 아무리 생각해 봐도 나같이 돈 없고 힘없고 명예도 없는 놈이 무시기 도움을 줄 수 있는 일이 없지 않겠소?

순례   그동안 생활비에 보태라고 받은 돈만 해도 얼만디……. 그런 생각은 아예 마시오. 지야 그저 세 끼 먹고 살면 되는디……. 지에 대해선 아무 걱정 마시오.

억만   (주머니에서 보험증서를 꺼내며) 저어……. 이거 내가 순례 씨 앞으로 들어논 보험증섭매.

순례   보험은 무슨 보험이다요?

억만   혹시 나한테 무슨 일이라도 생기면 당신한테 진 빚을 갚을 길이 영 없어질 거 아이요? 그래 생명보험 쪼그만 거 하나 들어 놨던 거요. 뒷날을 생각해서 갖고 있으오.

순례   그쪽에 뭔 일이 생기면 나더러 그 돈 찾아 쓰라는 얘기여라? (무심결에 보험증서를 툭 떨어뜨리며) 시상에…… 워떻게 그런 생각을……. 그런 맴이라면 앞으로 날 찾을 생각도 마시오. (흐느끼며 뛰쳐나간다.)

억만   이보오. 이보우다!

(순례의 퇴장과 동시에 자동차 급정거하는 소리.)

19. 무엇이 소중한가?

부장 됐어, 됐어. 아아, 힘들게 끝냈다. 수고들 했어.

막동 아니……. 이제 결론을 내려야죠 지금까지 제시된 상
    황으로 볼 때 김억만 씨의 죽음을 어떻게 판단하느냐
    는 거죠. 단순한 사고사냐, 단순한 자살이냐, 아니면
    우리의 가설처럼 고의적 자살이냐?

부장 아! 그걸 말이라고 하냐? 그걸 말이라고 해? 결론은
    제12조 3항. 보험금의 수취를 목적으로 한 고의적 사
    고. 더 이상 아무것도 필요 없어.

막동 하지만 우린 아직 그걸 증명해 보이지 못했습니다.

부장 어떤 돌대가리라도 이 연극 보면 다 알 수 있게 돼 있어.

막동 부장님, 우린 지금 여가 선용하느라고 연극하는 게 아
    닙니다.

부장 누가 그렇댔어?

막동   또 사장님께 잘 보이기 위해서도 아니구요.

부장   뭐야?

막동   우리의 목표는 김억만 씨의 죽음이 보험금의 수취를
       목적으로 한 고의적 사고임을 밝히자는 거였죠. 그것
       도 법정에서 방청객들 앞에서 말입니다.

부장   그래, 그렇게 잘 알고 있는 사람이 왜 그래?

막동   그런데 지금까지 우리가 보여 준 장면만으로는 충분
       치 않다는 말입니다.

부장   뭐가 충분치 않아? (대본을 집어 여기저기 날리며) 보상
       약속, 이순례의 마지막 밤, 한 떨기 꽃, 또 뭐가? 이 동
       두천 장면들……. 이 정도면 넘친다. 넘쳐.

막동   바로 그런 장면들 때문에 김억만의 죽음이 고의적 사
       고가 아닐 수도 있다는 심증을 가질 수가 있다는 겁
       니다. 이 시점에서 우리의 가설 12조 3항은 일단 제쳐
       두고 과연 진실이 무엇인지 진지하게 생각해 볼 필요
       가 있습니다.

부장   진실 같은 소리하고 자빠졌네. 김억만이의 죽음은 제
       12조 3항, 보험금의 수취를 목적으로 한 고의적 사고
       였다. 이것이 우리의 결론이다. 이에 대한 어떠한 회
       의나 반론도 용납하지 않는다.

막동   부장님 혼자 용납하지 않으면 뭐합니까?

부장   너 지금 반항하는 건가?

막동   이래 가지고는 진실을 밝히는 건 고사하고 재판에서
       조차 이기기 힘듭니다.

부장　재판에서 이기고 지는 건 이 부장의 책임이다. 이것으로 우리의 조사 업무를 완료한다. (막동에게) 이제 자리로 돌아가라구, 어서! 여러분들 그동안 대단히 고생 많았다. 오늘 아침 해장국은 본인이 산다. 아침 식사를 마치고 회사로 복귀, 09시 30분까지 준비를 완료, 10시 정각부터 사장님 앞에서 김억만 씨의 죽음에 관한 연극을 한다. 이상. 질문 있으면 하도록.

미스터하　(손을 들며) 질문 있습니다.

부장　뭐야?

미스터하　진급 문제는 어떻게 됩니까?

부장　다 알아서 해 줄 테니까 기다려.

미스터하　전 사건 해결에 결정적인 역할을 했는데요.

부장　글쎄, 다 알고 있다니까. 좋아. 질문 없으면 지금부터 해장국집으로 출발!

(자리에 앉아 있던 막동이 갑자기 구역질을 시작한다.)

부장　왜 그래? 어디 아픈가? 왜 구역질은 하고 난리야?

미스리　그동안 너무 과로하셨어요.

막동　먼저들 갔다 오세요.

부장　아침도 안 먹고 어떻게 공연을 하려고 그래? 자, 어서 일어나!

막동　아침 못 먹겠습니다.

부장　명령이다. 어서 일어나!

막동 구역질 나서 못 먹겠다는 데 도대체 왜 이러세요?

부장 이 친구 이거 또 시작인가? 한번 해 보겠다는 거야, 뭐야?

미스 리 부장님, 김 과장님 제가 모시고 갈 테니까 먼저 가세요.

부장 안 되겠어. 그렇게는 못 하겠어요. 버르장머리를 고쳐 놔야지…….

미스 리 부장님, 조금 있으면 사장님 나오실 텐데요. 서둘러야죠.

부장 아, 그렇죠? 그런 먼저 가 보겠습니다. (퇴장하며 막동에게) 빨리 쫓아오는 거야!

미스터 하 (나갔다가 다시 들어와서) 젠장, 고생은 혼자 했나? (퇴장)

(사무실에 막동과 미스 리 둘이 남은 채 잠깐의 시간이 흐른다.)

미스 리 이제 좀 나아요?

막동 네. 이제 됐어요.

미스 리 왜애? 기분이 안 좋아?

막동 아니, 됐어요.

미스 리 그럼 왜 그래?

막동 이제 괜찮아요.

미스 리 언제부터 나하고 둘이 있을 때 그렇게 꼬박꼬박 존댓말 썼어?

막동 나 지금 혼자 있고 싶어. 어서 가서 밥 먹고 와.

미스 리 자기 도대체 왜 그래? 내가 뭐 잘못했어?

막동   그냥 밥 생각이 없을 뿐이야.

미스리 거짓말 마, 뭔가 나한테 숨기는 거 있지?

막동   제발 그냥 좀 둬. 혼자 있고 싶다고 했잖아?

미스리 왜 혼자 있고 싶어?

막동   이번 사건, 우리 연극에 대해서 다시 한 번 차분히 생각 좀 해 봐야겠어.

미스리 나 참, 기가 막혀서……. 12조 3항을 생각해 낸 게 누구야? 그때 벌써 다 결정됐던 거 아냐? 이제 와서 뭘 더 생각하겠다는 거야?

막동   연극을 꾸며 가면서 난 김억만이란 사람을 이해하게 됐어. 그래서 이제 처음과는 생각이 달라졌단 말이야.

미스리 생각이 달라지다니? 도대체 왜 그래? 진급하기 싫어?

막동   이건 진급보다 더 중요한 문제야.

미스리 지금 자기한테 진급보다 더 중요한 문제가 뭐가 있어? 입사 십 년이 지나도록 아직 대리 꼭지 못 떼고 다니는 게 그렇게 좋아? 이번이 찬스야. 이런 기회는 다시는 안 와. 제발 처음 생각했던 대로 해 나가, 응?

막동   그럴 수가 없어.

미스리 왜?

막동   그렇게는 못 하겠어.

미스리 답답하다, 정말. 이제 와서 도대체 왜 못 하겠다는 거야?

막동   김억만이는 살아 있어야 할 이유를 잃었어. 자신을 지탱해 주던 사람이 죽었어. 그것도 자기를 만나고 돌아가는 길에, 교통사고로. 그냥 더 이상 살 필요를 못 느껴 자살했다는 걸 자긴 이해할 수 없지? 전쟁과 살육, 도피와 절망, 그 속에서 만난 이순례. 자신의 입장을 생각한 능력도 없는 순진한 여인. 그렇지만 그 여인은 인간의 마음을 지닌, 사랑을 아는…… 그래서 김억만에게는 이 세상 누구보다도 소중한 사람이었다구. 그 사람이 없어졌는데 무슨 힘으로 더 버틸 수 있었겠어? 보험금, 회사, 진급…… 이런 문제하고 결부시키지 마. 김억만, 이순례는 우리하고는 다른 사람들이야.

미스리　사람이 왜 그렇게 감상적이야? 김억만, 이순례의 불행이 마치 우리 탓인 양 그래? 뭐가 그렇게 괴로워?

막동　최소한 우리 역사가, 이 사회가 책임져야 할 부분이지.

미스리　웃기지 마. 그 사람들 불행은 자기 자신들 책임이라구. 왜 남편한테 질질 끌려다니면서 평생 그 고생을 해? 또 김억만이는 그걸 그냥 보고만 있었잖아? 남편하고 결판을 내든지, 데리고 어디로 도망을 가든지……. 왜 못 해? 용기 없고 소심하고 변화가 두렵기 때문이지. 그게 어째서 역사 탓이고 사회 탓이냐구?

막동　그렇게 자기 입장에서 일방적으로만 보지 말라구.

미스리　더구나 다 끝난 일이야. 그 사람들 모두 죽었잖아? 이 마당에 박영문이라는 악질 기둥서방한테 생돈 10억원을 주자고 끌탕을 해? 정말 뭐가 뭔지 모르겠다.

막동　누가 얼마를 갖건 상관없어. 내 얘긴 김억만 씨의 죽음을 사기 행위로 만들 순 없다는 거야. 그 죽음의 의미를 우리 억지 연극으로 탈색시킬 순 없단 말이야!

미스리 어찌 됐건 그의 죽음은 사기 행위 아냐?

막동 제발! 우리가 사기꾼들이지. 이런 억지 연극으로 보험
금을 안 주자는 게 사기지. (사이) 난 이 연극을 통해서
알게 됐어. 인간의 마음을, 사랑을, 진실한 삶을…….

미스리 그렇게 잘난 사람이 왜 자기 앞의 진실은 외면해? 자
기 앞의 진실이 안 보여? 두 눈 똑바로 뜨고 봐. 안 보
여? 자기를 끔찍이 사랑하는 사람의 진실, 그 진실은
왜 못 봐? 사랑이 자기 앞에서 이렇게 허덕이고 애원
하고 울면서 목이 타게 갈망하고 있어. 대단한 걸 바
라는 것도 아니야. 따뜻한 말 한 마디. 진실에서 우러
나오는 말 한 마디. 그래, 널 사랑한다, 그 말 한 마디
도 못 해 주면서 진실은 무슨 얼어 죽을 진실이야?

막동 (매우 억울하다는 듯) 김억만 씨 얘기하는데 갑자기 우
리 얘긴 왜 해?

미스리 왜 하다니? 그 사람의 사랑, 그의 약속은 가슴 아프
고…… 우리 둘 사이의 일은 아무렇지도 않다는 거야?

막동 그게 김억만 씨하고 무슨 관계가 있어? 난 우리 사이
를 내 입으로 부인한 적은 한 번도 없었어.

미스리 대단히 고맙네. 부인한 적이 한 번도 없어서. 솔직히
말해. 이제 내가 싫어졌지?

막동 아니.

미스리 그럼 내가 좋아? (반응이 없자) 그것 봐. 대답 못 하잖
아? 내가 자기하고 같은 사무실에 있는 것도 싫고, 자

기 일 도와주는 것도 싫고, 자기한테 말도 안 시키고 아는 척도 안 했으면 좋겠지?

막동   제발⋯⋯. 왜 이래? 부탁이야. 나 좀 혼자 있게 해 줘. 우리 얘긴 나중에 하자구.

미스리 나중에 언제? 다 늙어서? 사랑도 정열도 다 쭈그렁 망태기가 된 다음에? 남의 얘기 하듯 점잖게? 그래, 혼자 있게 해 줄게. 영원히 없어져 줄게. 자기밖에 모르는 인간. (사이) 자기 사장하고 나하고의 관계 얘기 들었지? (막동은 조용히 고개를 끄덕인다.) 그런데 왜 나한테 한번 물어보지도 않아? 자긴 그런 거 물어볼 배짱도 없는 거야? (사이) 바보야. 그거 믿었어?

막동   아니, 안 믿었어.

미스리 그리고⋯⋯ 미스터 하한테서 그 신문 스크랩 어떻게 뺏었는지 궁금하지도 않아? 그런 것도 자긴 못 물어보지? 내가 미스터 하한테 몸이라도 바쳤을 것 같아? 바보야! 물어봐, 물어보면 어때? 뭐가 그렇게 두려워? (사이) 자긴 꼭 어린애 같아. 자기 나하고 한 약속 기억해?

막동   무슨 약속?

미스리 이번에 진급하면 내가 원하는 거 뭐든지 다 해 주겠다고 그랬지? (막동은 고개를 끄덕인다.) 이혼하고 나하고 결혼하자. (난처해하는 막동에게) 천만의 말씀이겠지. 자긴 겁쟁이잖아. 귀찮은 것도 싫고. 신경 쓰지 마. 그냥 해 본 소리야. 나 혼자 그런 생각 해 보고 혼자서 잠시 좋아했던 것뿐이야.

막동   미안해. 할 말이 없다.

미스리 그래도 날 좋아하긴 했었지? 그치?

막동   응.

미스리 이 세상 어느 누구보다도.

(막동은 시선을 피한 채 천천히 고개만 끄덕인다.)

미스리 나 갈게. 이제 자기 눈앞에서 영원히 사라져 줄게. 됐
       어? 그래, 자기 말대로 우린 김억만이도 아니고 이순
       례도 아니야. 나도 내일모레면 자기 잊어버릴 거고,
       자긴 사랑이 뭔지 약속이 뭔지도 모르는 사람이잖아?
       진급해. 그리고 더 이상 방황하지 말고 마누라하고 애
       들 데리고 잘 살아, 행복하게. (책상에서 핸드백을 집어
       들고 나간다.)

막동   그냥 이렇게 가는 거야?

미스리 뭐, 할 얘기 더 있어?

막동   그동안 나 때문에 괜히…….

미스리 그동안 즐거웠어. 헛된 꿈도 꾸어 왔고 열병도 앓아
       왔고 절망 속에도 빠져 봤고 거기서 헤어나려고 안간
       힘도 써 봤고……. 이상하지? 항상 결국엔 새로운 힘
       이 생겨나더라, 깊은 샘물처럼 말이야.

막동   어디로 가는 거야?

미스리 어디론가 가야겠지. 우선 아침부터 먹어야겠어. 배고
       파 죽겠어. (퇴장)

20. 사랑의 행진(3)

막동은 미스 리의 퇴장을 지켜보다가 다시 자리로 와서 앉는다. 생각에 잠긴다. 잠시 후 무언가 결심한 듯 일어선다. 김억만 씨 사건 조사에 사용되었던 증거들을 한자리에 모은다. 연극 대본들을 비롯해서 미스 리가 미스터 하에게서 탈취했던 신문 스크랩, 녹음 테이프 등이다. 이것들을 쓰레기통에 넣고 태운다. 무대는 연기로 자욱하다. 사랑을 찾는 한 쌍의 남녀가 등장한다. 두 사람 모두 눈이 멀었다. 허공을 더듬으며 서로를 찾고 있으나 끝내 만나지 못하고 스쳐 지나가 버린다. 어디 멀리서 누구의 소리인지 "꺼—어—이 꺼—어—이" 하는 울음소리 같은 것이 들린다.

(막)

작품 해설

1980년대 후반부터 연극계에 이름을 알리기 시작한 극작가 겸 연출가인 김광림(1952~)은 동서고금의 연극적 전통과 각종 장르, 스타일을 넘나드는 자유로운 상상력을 발휘한 작가로 유명하다.

「사랑을 찾아서」는 1990년 8월 12일에 동숭아트센터 소극장에서 작가 자신의 연출로 초연된 작품이다. 초연 당시 제목은 「그 여자 이순례」였는데, 그 후 개작 과정에서 바뀐 제목으로 1993년에 연우소극장에서 다시 공연되었다.

「사랑을 찾아서」는 연극 만들기에 대한 연극, 즉 메타 연극에 속한다. 극중극 형식으로 이루어진 이 작품의 배경은 1980년대의 한 보험 회사 사무실이다. 10억 원짜리 생명보험의 지불을 피해 보려고 작전을 펼치는 이 회사의 직원들은, 생명보험의 주인공 김억만과 그의 연인 이순례 사이의 이야기를 현재부터 과거까지 되짚어 가면서 극중극을 꾸민다. 애초의 목적은 보험금을 지불하지 않을 만한 꼬투리를 찾아내는 것이었지만, 그 과정을 통해 우리가 알게 되는 것은 한국전쟁이라는 거대한 사건이 평범한 두 사람의 인생을 어떻게 망가뜨려 놓았는가 하는 안타까운 진실이다.

「사랑을 찾아서」는 메타 연극이자 극중극이라는 형식을 통해 김억만과 이순례의 사정을 무대 위에 펼쳐 냄으로써, 이야기를 단순하게 전달하지 않고 현재의 시공간에서 과거의 진실을 파헤치는 효과를 얻어 낸다. 현재의 관점에서 과거를 해석하고 그 과거로부터 현재의 변화가 야기된다는 시공간 넘나들기를 통해 김광림 특유의 휴머니즘이 한층 더 잘 발휘된다. 말하자면 「사랑을 찾아서」는 한 쌍의 남녀가 겪은 일을 통해 한국 현대사의 비극을 조망해 보는 극인 동시에, '연극이란 무엇인가?' '진실이란 무엇인가?'라는 질문을 던지며 인간다움을 향해 나아가는 작품인 셈이다.

그것은 목탁 구멍 속의
작은 어둠이었습니다

이만희(李萬喜) 1954~

1954년 충남 대천 출생으로 동국대학교 인도철학과를 졸업한 후, 1979년 《동아일보》 장막희곡 공모에 「영원히 지워지지 않는 미이라 속의 시체들」이 당선되어 데뷔했다. 이후 「문디」(1989), 「그것은 목탁 구멍 속의 작은 어둠이었습니다」(1990), 「탑과 그림자」(1986), 「불 좀 꺼 주세요」(1990), 「피고지고 피고지고」(1992), 「돼지와 오토바이」(1993), 「돌아서서 떠나라」(1996), 「용띠 위의 개띠」(1997), 「좋은 녀석들」(1998) 등의 작품을 발표했다. 영화 제작에도 참여하여 「약속」(1998), 「보리울의 여름」(2003), 「와일드 카드」(2003), 「아홉살 인생」(2004), 「신기전」(2008) 등의 시나리오를 창작한 바 있다. 희곡 언어의 특성과 아름다움을 가장 잘 유지하고 있는 점이 이만희 희곡의 최고 미덕이라고 할 수 있다. 연극성이 곧 희곡이 지닌 무대 언어의 특성임을 잘 인식하고 있는 그의 희곡은 이강백의 작품들과 함께 한국에서 대표적으로 극 언어의 문학성을 잘 보여 준다고 할 수 있다. 이러한 특성을 인정받아 이만희는 서울연극제 희곡상(1990), 백상예술대상 희곡상(1991), 영희연극상(1994), 동아연극상 희곡상(1996) 등을 수상했다.

등장인물

도법
탄성
방장
원주
월명
망령
여인

1장

늙은 모습의 탄성 스님이 의자에 앉아 있다.

한정된 톱라이트.

잠시 뒤 희미한 조명이 허공을 비추면 천장에서 도법 스님이 탄 그네가 스르륵 내려와 천장의 중간쯤에 놓이게 된다.

사자(死者)의 모습인 도법 스님.

눈두덩엔 피가 홍건하다.

탁자에는 조각에 필요한 소도구가 가지런히 있고 두 개의 찻잔이 놓여 있다.

탄성, 조각칼(헤라)을 만지작거리면서 이따금씩 도법을 힐끔 쳐다본다.

다시 침묵이 계속된다.

그들 뒤에는 흉측하고 일그러진 불상이 있다.

탄성   (쉰 목소리로) 왔나? 어떤가?

도법   그냥 그래.

탄성   내려와서 차 한잔하지그래. 이승의 물맛이 그립지 않나?

도법   아니, 됐네.

탄성   나이가 드니까 참선하다가도 졸고, 횡보하다가도 졸고 그래.

도법   기력이 쇠잔해서일 거야.

탄성   그럴 짬도 없는데 그러니까 문제지. 늙으면 그저 죽어야 되나 부이. 나도 자네 곁으로나 갈까?

도법   아직 일러.

탄성   후후후. 도통하지 못했으니 더 정진하라는 얘기 같군. 아암. 그래야지. 그렇고말고. 돌대가리니 속세에 더 머무를 수밖에. 항상 자넨 나보다 앞서 갔지. 해인사 선방에서도 그랬고, 오대산 토굴에서도 그랬고. 이 봉국사에서도 마찬가지였어. 자네가 춘향이었다면 난 춘향이 시봉하는 년이었다고나 할까. 자네 생시(生時)엔 이 몸이 시샘도 많았다고. 족히 이십 년은 늦은 늦깎이 후배가 경 공부니 참선에서 자꾸 앞서 가니 괴롭지 않았겠나?

도법   허허. 처음 듣는 얘기군.

탄성   나 자신 내가 보기에 비참했다 이 말일세. 생사(生死)를 마빡에 써 붙이고 참선하는 중이 그런 하찮은 것에 신경이 끊이질 않았으니 나 자신 얼마나 미웠겠나.

도법   난 늘 자네가 앞서 간다고 생각했었네.

탄성   하하하. 자네가 미술 대학 선생 자릴 내던지고 서른 몇 살인가에 갓 입산했을 때도 난 자넬 업수이 여기질[1] 못했어. 다른 행자들과는 달리 범상치 않았거든. 거목처럼 잔바람에 휩쓸리지 않았다고. 그때 내가 이 봉국사에서 교무를 맡았을 때인데 교무 스님과 행자 사이라면 천양지차가 있을 터인데도 난 자넬 쉬이 보질 못했지. 그만큼 자네가 커 버린 채로 들어왔다고나 할까. 하하하.

(주전자 있는 데로 가서 물을 따라 한 모금 마신다. 창밖에 눈을 두다가) 어두워졌군. (의자에 도로 앉으며) 이런 어둠이 찾아올 때면 번뇌 망상이 꼬리에 꼬리를 물어. 예컨대 진리란 무엇일까? 진리란 진리라고만 불릴 뿐 애초부터 없었던 것은 아닌가? 또, 있다면 그 반대의 것도 진리가 아닐까? 하하하. 어렸을 때 생각들이 다 늙은 이제 와서 새삼스럽게 떠오르는 것은 무슨 조화인지. (내려오라는 손짓)

도법   (그네가 바닥에 닿을 듯 내려온다. 그네에서 내려 탄성에게 다가간다.) 오늘따라 말이 많군.

탄성   그렇지? 오늘은 특별한 날이거든……. 나도 자네처럼 이런저런 상념들을 저 어둠에게 맡겨 두고 어디론가

---

1) '업신여기질'의 방언.

가게 되겠지. 이젠 별것 아닌 선행으로 죽음의 위안을 삼던 나이도 지났어. 명예나 금전에 빠져 죽음 자체를 잊어 본 적도 없는 반쪽 수행자이기도 하고. 그저 먹물 옷을 입다 보니 폭행이나 강도, 강간 같은 큰 죄만은 면할 수 있었다는 자족(自足)이 있을 뿐이네.

도법 아니야. 인간은 본래가 완성자일세. 완성자임을 모르는 데서 무지가 싹트지.

탄성 (손으로 허공을 가리키며) 저것이 태양이다 했을 때 무엇이 있던가? 태양은 없고 가리킨 내 손만 허공에 있지 않던가. 내가 그 꼴일세.

도법 자네가 허공을 잡았다고 했을 때 허공이란 다만 이름만 있을 뿐 모양이 없으니 잡을 수도 없고 버릴 수도 없는 것, 이와 같이 자네의 마음 밖에서 그 무엇을 찾는다는 것은 있을 수 없는 일이야.

탄성 어둠 속에서는 나무는 있어도 그림자는 없다 이 말인가?

도법 스스로 말함이 없어야 저절로 입에서 연꽃이 필 것일세.

탄성 그러니까 자넨 나무요, 난 그림자다?

도법 (엷은 미소)

탄성 으스대지 말어. (만지작거리던 혜라로 두 눈을 찌르는 시늉을 하며 빈정대듯) 이랬었나? 다시 한 번 해 보지그래. 자넨 숱한 의문을 남긴 채, 하룻밤 뚝딱 희한한 부처를 하나 만들어 놓고는 두 눈을 찌르고 서전교 교각에서 몸을 던져 죽고 말았어. 그게 도대체 지금 나한테 무슨 상관이냐고 묻고 싶겠지……. 바위틈에 끼어 있던 자네의 시신을 들어내며, 그리고 피로 물들었던 자네의 작업실, 이 서전(西殿)을 치우면서, 언젠가는 자네의 죽음도 정리되어야 한다고 마음먹었지.

도법　탄성당,[2] 무상참회(無常懺悔)일세. 난 당시 지나간 허물은 뉘우칠 줄 알면서도 앞으로 있을 허물은 조심할 줄 몰랐어.

탄성　그 참회하는 마음으로 두 눈을 후벼 파고 용감하게 자폭했다는 얘기 같군.

도법　(미소만 지을 뿐.)

탄성　어떤 똘중들은 이런 말을 하대. 파계는 개안(開眼)이라고. 자네도 눈을 떠 보지그래, 응? 이 세상은 아직도 볼 게 많다고. (힘을 주어) 팔정도(八正道) 중 으뜸은 아직도 정견(定見)이라. 바르게 보아야지. 부처의 면상이 보잘것없다 해서 눈알을 찌르고 구도(求道)를 좇낸다는 것은 어쩐지 청정 비구로서 떳떳지 못한 행동 같지 않던가?

도법　그렇게 묻는 자네의 마음이 바로 내 마음일세.

탄성　그렇다면 자네 세상은 아직도 암흑이던가?

도법　때론 광명도 있지.

탄성　그래. 그것을 보아야지.

도법　자네도 잘 보라구.

---

2) '집'을 뜻하는 '당'을 붙여 사람을 높여 부르는 표현이다.

탄성   뭘?

도법   자네 마음속에도 있으니까.

탄성   후후후. 나이가 듦에 인생살이가 허망터니 요즈음 들
       은 얘기 중 가장 그럴듯하군.

도법   가장 흔한 얘기겠지.

탄성   그래 맞아, 흔한 얘기지. 그 흔하고 흔해 빠진 얘기 속
       에 뭔가 답이 있을 텐데 까먹고 잊어 먹고, 잊어 먹고
       까먹고 늘 그 모양일세. 이건 우문이네마는…… 왜 죽
       었나?

도법   (손가락으로 동그라미를 만들어 보이며) 옛 부처 나기 전
       에 의젓한 동그라미, 석가도 알지 못한다 했는데 어찌
       가섭이 전할손고.

탄성   (무릎을 치며) 옳고 옳고. (고개를 끄덕이며) 역시 어리석
       은 질문이었어. 나도 이젠 이런 짓거리에 신물이 나. 말
       도 안 되는 것을 말로 묻고, 말로 대답하고. 하지만 궁
       금했거든? 자네 평생 화두(話頭)만 해도 그래. "어떤 사
       람이 잠자고 일어나 거울을 들여다보니 얼굴이 없어졌
       다. 왜 없어진 것일까? 얼굴이 어디로 간 것일까?"
       그때마다 난 이렇게 결론을 내렸지. 거울을 뒤집어 뒷
       면으로 본 거라고. 단순한 생각이었어. 난 항상 단순
       한 걸 좋아했으니까. 그러나 화두란 듣고 배우고 끝
       없이 의심하는 거라고 하던가? 의심에 의심이 끊이질
       않더군.

도법   인간은 태어날 때부터 완성자라네.

탄성   그럼 자네는 완성자로 죽은 건가?

도법   아닐세.

탄성   그럼 역시 사기꾼으로 죽은 게구먼.

도법   그럴지도 모르지.

탄성   그래, 그게 무방할 거야. 난 자네의 기이한 죽음을, 완
       벽한 불상을 만들 수 없다는 한계성으로 마감했었지.
       그게 가장 쉽고도 고상한 결론이었으니까. 그러나 해
       가 바뀔수록 엉망진창이 돼 버렸어.

       이봐, 도법당.

도법   ……?

탄성   (일어나 엉거주춤한 자세로, 한 손으로 허공을 가리키는 자
       세를 취하며) 어디서 이런 엉터리 발상을 하게 됐나?

도법   후후후.

탄성   내가 말한 쉬운 부처였나, 아니면 자네가 말하던 망령
       이었나?

도법   내 불안의 그림자였지.

탄성   하면 그 불안의 그림자가 바로 망령으로 나타났다?

도법   그렇지.

탄성   하면 그 망령이란 자네의 고통만을 긁어모은 분신일
       수도 있고?

도법   (고개를 끄덕인다.)

탄성   그랬었군. 저 불상은 너무나도 참혹해서 보는 이를 당
       혹케 해. 그러나 이윽고는 그 고통에 동참케 하거든.
       불안감이나 작은 욕망 따위를 물러가게 하고 애잔한

긍휼심을 불러일으키지. 모르긴 해도 고통에 대해서 만큼은 대단한 자비 능력을 갖고 있어. 기이한 일이야. 어떻게 해서 저런 작업이 하룻밤 새에 일어나게 됐는지.

도법　난 꿈을 꿨어. 고달팠던 이 생(生)에서 마지막 악몽을 꾼 거야.

탄성　꿈속의 일들이 모두 현실로 나타났으니 그게 문제지.

도법　악몽이 너무 커서 현실을 눌러 버렸다고 생각하게나.

탄성　난 지금 망설이고 있어. 내가 죽기 전에 저 망측한 불상을 어떻게 할까 하고 말이야. 여기에 모셔 놓고 혼자 보기엔 너무 아깝고 큰법당 부처님으로 모시기엔 경망되고 잔혹스러우니, 어떻게 하면 좋겠나?

도법　자네도 악몽에 시달리나 보군.

탄성　대답해 보게.

도법　획 하고 한 선(線)을 그어 버려.

탄성　어떻게?

도법　…….

탄성　내 임의대로?

도법　물론이지.

탄성　또 나에게 미루는구먼.

도법　자네의 의지처는 항시 자네 자신뿐이니까.

탄성　이봐 도법당.

도법　응?

탄성　이 서전을 정리하려고 해. 어찌 됐든 더 늦기 전에 뭔가 답을 구해야 할 테니까.

도법   (서서히 일어나 그네에 앉는다. 허공으로 서서히 오르는 그네.)

탄성   마침 새로 온 교무 스님이 조용히 경(經) 공부할 처소를 달라기에 이곳을 말했지. 도배를 다시 하고 청소를 깨끗이 하면 자네의 체취도 자연 없어질 거야. 사실 여기야 공부하기엔 금상첨화지. 눈앞 계곡엔 모악수(母岳水)³⁾가 흐르고 서전 교각과 주위의 은행나무, 겹진달래는 아름답다 못해 무릉도원 같질 않던가. 이제야 실토하네만 이 서전을 지금껏 이대로 놔둔 것도 순전히 이 땡추의 욕심이었다고. 아마 지대방에서 대중 스님들의 험구가 대단했을걸. 도법 스님의 혼령에 사로잡혀 있다고 말이야. 헌데 아쉬운 점도 있어. 난 이따금 무료해질 때면 자네 영혼을 여기에 불러내어 혼자 횡설수설하는 것이 일과처럼 됐었는데. 아무튼 이젠 자네의 죽음을 내 머리에서 말끔히 씻어 내야 할 때가 왔어. 어떻게 정리해야 되지?

자네의 인생과 죽음과 악몽을…….

(암전)

---

3) 모악산(母岳山)에서 흐르는 물.

2장

주지실(住持室).

도법스님은 우측 책상 옆 의자에 앉아 있다. 사십 대 후반의
모습.

사미승인 월명이가 헐레벌떡 뛰어 들어온다.

월명　(가쁜 숨을 삼키며) 죄송하구먼요. 조금만 더 기다리세
　　　요. 전해 드렸으니까 곧 오실 거구먼요.

도법　…….

월명　맨날 어딜 쏘다니는지 모르겠어요. 허구한 날 방장 스
　　　님이 주지 스님을 찾아오라는데 난들 어디 계신지 알
　　　아야지요. 이리저리 찾다가 아차 싶어 배추밭에 가 보
　　　면 아, 글쎄 거기서 한가롭게 잡초를 뜯고 있다니까
　　　요. "스님, 스님, 방장 스님이 아까부터 찾으세요." 하

면 "알았다, 이놈아." 하고 한 시간…… 반나절……

한나절…… 애꿎은 나만 발만 동동, 가슴만 콩알콩알.

우리 주지 스님은 굼벵이라구요.

도법 …….

월명 (눈치를 살피다가) 스님이 도법 큰스님이시죠?

도법 큰스님?

월명 스님 얘기 다 들었어요. 삼 년간 토굴에서 참선하셨

고 또 삼 년간 묵언도 하시고, 또 굉장한 화가이시고.

우리 절 불상을 만들려고 오셨죠? 그죠? ……헤헤

헤, 다 알아요. 내가 이래 봬도 이 봉국사 정보통이라

구요.

도법 아까도 배추밭에 계시던가요?

월명 누가요? 아, 주지 스님요? 예, 거기서 맨날 산다구요.

하루 종일 배추하고 연애하는지 잡초하고 춤을 추는

지 알 수가 없다니까요.

(그때 탄성 스님이 호미를 들고 등장한다.)

탄성 (도법을 힐끗 보고 나서 월명에게) 돌멩아.

월명 제 법명은 월명이에요.

탄성 월맹이면 어떻고 돌멩이면 어떠냐. 돌대가리긴 마찬

가진걸.

월명 흥, 스님도 탄성이 아니고 우와 우와! 함성이랍디다.

탄성 허허, 또 저느무 잔솔배기.[4] 이놈아, 찻물은 올려놓은

게야?

월명   조금 전에 불을 피웠으니 조금만 더 기다리세요. (퇴장)

도법   바쁜 모양이지?

탄성   무슨 차로 할까?

도법   결명자로 하지.

탄성   (의아한 표정으로) 결명자?

도법   설탕을 듬뿍 타서.

탄성   허허, 이 사람 왜 이러나. 걸신들린 사람.

도법   그렇게 됐네.

탄성   어디서 곯은 게구먼.

도법   (사방을 둘러보며) 쭈욱 여기에 있었나?

탄성   응.

도법   난 자네가 선방으로 떠난 줄 알았어.

탄성   (도법의 건너편에 앉으며) 이게 몇 년 만인가. 육칠 년도 넘었지?

도법   벌써 그렇게 됐나?

탄성   자네가 큰법당 주불 제작(主佛製作)을 맡게 되리라곤 상상도 못 했지. 재주 있다는 소린 들었지만 이렇게 현실로 나타날 줄이야 누가 알았겠나. 방장 스님의 주문인가?

도법   응, 송구하이.

탄성   송구할 거야 무어 있겠나. 방장 스님이 잠시 물컹한

---

4) 잔소리를 많이 하는 아이.

걸 밟은 거겠지. 얼마나 걸리겠나?

도법   삼 년쯤?

탄성   삼 년씩이나? 옛날 설화에서나 듣던 얘기군.

도법   맞았어.

탄성   이젠 다시 조각가로 직업을 바꾸지그래.

도법   마지막 작업으로 삼고 싶어.

탄성   나가세. 산보도 할 겸. (저쪽에다 대고 큰 소리로) 월명
       아, 찻물이 끓으면 니놈 혼자 다 처먹거라.

(둘이 걷는다. 어두워졌다.)

탄성   우리가 마지막 본 게 오대산 토굴이었을걸?

도법   응.

탄성   빈 거울에 빈 얼굴이 준 화두가 결국 불상 제작이었
       나?

도법   글쎄, (몇 발자국 걷는다.) 자넨 변한 게 없어 보이네마는.

탄성   왜, 나도 많이 변했지. 이 봉국사가 날 가만히 놔두지
       않아. 방장 스님이사 내 것 남의 것조차 구별 못 하는
       위인이니 내가 제상 돼지 대가리가 될 수밖에. (눈을
       지그시 감아 돼지 흉내를 낸다.)

도법   아까 그 사미승한테 탄성 스님 계시냐니까 "주지 스
       님이오?" 하대. 깜짝 놀랐지. 자네가 주지라니 말이야.
       봉국사가 자네의 오감(伍感)을 덮어 버린 건 아닌가.

탄성   난 여길 사랑하지. (쪼그려 앉으며) 우선 소란스러운

그것은 목탁 구멍 속의 작은 어둠이었습니다 481

게 살맛이 나. 그동안 절이란 곳이 너무 고요해서 생
명력이 없었어. 일찍이 원효 스님도 복작복작한 시장
바닥에서 불성(佛性)을 했거든. 저 별들 좀 봐. 저걸 보
고 있노라면 난 아주 낮고 작아서 미물처럼 느껴지지.
개미가 날 보면 또 그렇게 느낄지 몰라. 거대한 것을
보면 숙연해지게 마련이니까. 인생은 그런 건데, 그렇
게 낮고 작아서 숙연해지는 것인데, 왜들 그리 요란하
고 굉장하게 떠드는지 모르겠어. 끝없이 한없이 넝쿨
처럼 뻗어 가는 욕망의 안타까운 모습들이 눈물겨워
아예 웃고 말지. 욕망도 그렇고 또 출세도 그렇고, 모
든 게 생각의 갇힘 속에 발버둥 치는 한 조각 뜬구름
이거늘. (일어서며) 안 그런가?

도법   글쎄.

탄성   또 그 글쎄군.

도법   많이 도와주게. 그리고…….

탄성   그리고?

도법   제발이지 나의 이번 작업을 속가(俗家)의 연속으로 보
진 말아 주게. 미대 선생 따위와 연관 짓지 말아 달라
는 얘길세.

탄성   노력해 봄세. 하지만.

도법   저 서전을 비워 줄 수 있겠나?

탄성   그래, 그렇게 하지.

(암전)

3장

도법의 작업실인 서전.

미완성인 거대한 불상 구조물이 무대를 압도한다.

불상 구조물에는 건축할 때 쓰는 비계목이 둘러쳐져 있고 나무 계단도 있다.

바닥 탁자에는 찰흙, 헤라, 망치, 붓, 석고 등 소조에 필요한 도구가 너절하다. 옆에 녹로(물레)도 있다. 중앙에 낡은 탁자와 의자가 있고 앉은뱅이 책상이 객석과 마주 보고 있다.

월명, 서전을 청소하고 있다. 크리스마스 캐럴을 흥얼거리면서 밀걸레로 바닥을 닦고 있다.

그때 털모자를 쓴 도법이 등장한다.

월명   히익! (노래를 멈추며) 어디 갔다 오세요?
도법   바람 좀 쐬고 오는 길이다.

월명	밖에 눈이 많이 왔죠?
도법	응.
월명	(불상 구조물 쪽을 가리키며) 여기도 치울까요?
도법	아니, 됐다. 수고했다. 이제 가 봐.
월명	예. 예. (퇴장한다.)

(도법, 먼발치서 불상 구조물을 의시하다가 뜻대로 되지 않는 듯 고개를 숙여 생각에 잠긴다. 그러다가 다시 불상을 보면서 헤라를 치켜들지만 묘안이 없다. 이러기를 여러 차례. 드디어 연장 도구함을 들고 계단을 올라 구조물 얼굴 앞에 선다. 세각을 한다. 그때 문을 통해 조심조심 등장하는 원주 스님. 여성적인 모습과 걸음걸이이다. 손에 든 보자기를 탁자에 놓은 다음 다시 조심조심 나가려 한다. 그때 도법 스님이 인기척 소리를 듣고 뒤돌아본다.)

원주	(여성적 말투로) 아유, 이 오도방정. 눈에 띄면 방해될까 봐 몰래 가려 했는데…… 죄송해요. 누룽지 좀 싸왔어요. 아무리 바쁘시더라도 그렇지 개구리 점프하듯 끼니를 건너뛰시면 어떡해요. 그럴수록 몸조릴 잘하셔야지요.
도법	점심 공양이 체했나 봐요.
원주	아, 그럼 저한테 말씀하셔야지요. 원주라는 게 뭐하는 소임입니까. 스님같이 편찮은 분이 있는가, 대중 스님들의 영양 상태는 어떤가, 콩나물, 두부, 참기름은 얼마나 있는가, 뭐 이런 것을 두루두루 살피는 게 원주

아녜요. 뭘 드릴까요? 까스명수? 활명수? 건위정? 원기소? 말씀만 하세요. 제가 즉각…….

도법   (빙긋이 웃으면서 원주에게 다가간다. 원주의 빠른 말투와 몸짓이 재미있기 때문이다.)

원주   (입을 막으며) 아유, 이 오도방정! 항상 입조심 몸조심한다는 게 또 이러니. (계면쩍은 듯) 도법 스님, 죄송해요. 전생엔 지가 비구니였나 봐요. (불상 구조물을 보며) 아유, 이쁘기도 해라. (자기의 불쑥 튀어나온 말에 놀라) 히익, 이 입! (입을 찰싹 때린다.) 부처님께 이쁘다니. 호호호호, 존안 유망하시네요. 이제 다 끝난 건가요?

도법   아직 멀었습니다. 존안도 완성되지 않은걸요.

원주   그래요? 저게 아직 안 된 거예요? 난 또…….

도법   존안이 완성되면 여기다 석고를 입혀서 틀을 뺀 다음, 다시.

원주   (말을 막으며) 아유, 무지하게 복잡하네요. 하긴 부처님 만드는 게 하룻밤 뚝딱같이 쉽겠어요? (머리를 긁적이며) 조금만 생각했어도 알 수 있을 머린데. 그래도 초파일 봉안식까진 시간이 충분하겠지요?

도법   그래야지요.

원주   이번 초파일은 으리으리할 거예요. 명찰 대덕 스님들을 모두 모셔다가 큰 잔치 벌일 테니. 대찰 큰법당 봉안식이니 허술하게 치를 수도 없잖아요.

도법   망신이나 안 당하면 다행이지요.

원주   아유, 도법 스님 하시는 일이 어련할라구요.

도법   업보만 느는 건 아닐지 모르겠습니다.

원주   아유, 도법스님이사 말이 필요하겠어요. 그대로가 무
        진 법문인데. ……저 갈래요. 도와 드린다는 푼수가
        항상 폐만 끼치니. (나가려고 돌아선다.)

도법   바쁘지 않으면 좀 앉으세요.

원주   (반가운 듯 잽싸게 의자에 앉으며) 헤헤헤. 저야 뭐 바쁠
        게 있나요. 씻고 닦고 치우고, 매양 그 일이 그 일이지
        요. 하긴 내일 대전 보살들이 들이닥칠 모양인데 준비
        해 논 건 없고 막막하답니다. 김치도 담가야겠고……
        그거야 겉절이로 하면 되겠지만 또 찌개거리, 국거
        리…… 아유, 생각만 해도 지긋지긋해요. 게다가 채
        공 행자가 갓 들어와서 일하는 걸 보면 애간장 태운다
        고요. 기껏 한다는 것이 다꾸왕 무침이니 어쩌겠어요.
        지가 헐레벌떡 설레벌떡 설쳐 대는 수밖에. 스님, 이
        번에는 절대로 우리 절 된장 안 뺏길 거예요. 이느무
        대전 보살들이 얼마나 깍쟁인지 제각각 비닐봉지 하
        나씩 가지고 와서, "스님, 된장이 아주 맛있네요. (비
        비 꼬며) 호호호호." 흥! 절은 뭐 지네들 된장 치다꺼
        리하라고 생긴 건가. (입을 막으며) 아유, 이 오도방정!
        도법 스님 앞에선 늘 조심한다는 게…….

도법   (빙긋이 웃는다.)

원주   모든 스님이 도법 스님 같다면야 시방세계가 불국토
        일 거예요.

도법   하하하, 무슨 말씀을.

원주	전 밤마다 스님만을 생각한답니다. 난 언제나 저런 스님이 될꼬. 말 없고 조용하고 그 가운데 움직이시고.
도법	겉모양뿐이지요.
원주	저렇게 겸손하시지. 같은 선방 수좌라도 우리 주지 스님은 멀었어요. 제 나이 서른셋인데 그걸 모르겠어요? 지가 선방 수좌입네 하고 시시때때 가리지 않고 욕하는 걸 보면 중인지 욕바리⁵⁾ 아나운선지 분간할 수 없대두요.

(그때 탄성 스님이 등장한다. 헝겊 가방을 어깨에 멘 것이 어디 나갈 차림이다.

도법과 원주는 탄성의 등장을 아직 모른다.)

도법	왜요, 탄성당이야 진국이지요.
원주	아유, 말도 마세요. 주지 스님이 진국이면 진국들은 맨날 "개자식 미친놈 꼴값 떨고 옘병하네." 소리가 끊이질 않으라고요.
탄성	(큰 소리로) 개자식 미친놈 꼴값 떨고 옘병하네.
원주	(그제서야) 으악! (도망친다. 잠시 후 문을 빠끔히 열고) 주지 스님, 죄송해요. 호호호호.
탄성	호호호호. 맨날 죄송죄송. 언제나 칭송칭송할꼬.
원주	흥!

---

5) '욕을 잘하는 사람'을 뜻하는 방언.

탄성   또 저쪽에 앉아, "스님, 전 밤마다 스님 생각을 한답니
      다." 이랬었누?

원주   흥! 쳇! 핏! (문을 꽝 하고 닫는다.)

탄성   (탁자에 헝겊 가방을 내려놓으며) 불상은 잘돼 가나?

도법   그럭저럭.

탄성   오늘 예불 마치고 나오다가 내가 방장 스님께 이랬지.
      "스님, 되법〔道法〕이는 예불에 맨날 빠지니 곤장이라
      도 몇 대 갈겨 줘야 되지 않겠습니까? 스님 말씀마따
      나 예불 안 들어 오는 놈이 어디 중이랍니까?" 이랬더
      니 그 골수 중 한다는 소리가 "그 자체가 원력(願力)이
      요, 기도인데 예불은 무슨 예불인고." 후후후, 그 자체
      가 뭔지 아나? ……방장 스님도 돌았지. 어째서 자네
      같은 땡추에게 이런 대불사(大佛事)를 맡겼는지. (구조
      물을 유심히 본다.) 되어 가는 대로 되어지는 게 아름다
      움이라고 했던가? 아름답군. 훌륭해. 그렇다고 명작
      이라는 뜻은 아니야. 자네 솜씨치곤 괜찮다 이거지.

도법   어쩐 일인가?

탄성   죽었나 해서 들러 봤지.

도법   들러 보이?

탄성   쉽게 죽을 것 같진 않구먼. 언제쯤이면 끝나겠는가?

도법   글쎄.

탄성   삼 년 가지고도 부족했던가?

도법   짧은 시간일 수도 있지.

탄성   자넬 보고 있노라면 석가탑을 만들었다는 어느 석공

이야기가 떠올라.

도법 　그래?

탄성 　좋은 뜻으로 얘기한 게 아냐. 그만큼 어리석다 이 말
　　　일세. 소탐대실! 사실 난 자네가 마음에 들지 않아. 돼
　　　먹지 않은 것에 집착하려 들고 그로 인해 심신이 병들
　　　어 가고 있어. 한 마디로 꼴불견일세. 속세에서 못 이
　　　룬 꿈을 꼭 이런 식으로 풀어 가야 하나? 불제자의 수
　　　도는 그래선 안 돼. 속세와의 단절 속에서 깨우쳐야만
　　　되는 거라고. 마치 수도승들이 옛 그림을 찢어 버리고
　　　말간 백지 위에 새 그림을 그려 가고 있다면 자넨 속
　　　세에서 그리다 만 헌 그림을 가져와 그 위에 덧칠하고
　　　있다고나 할까.

도법 　자네 마음에 꼭 드는 게 어디 있던가.

탄성 　없는 것을 자네가 보여 주면 얼마나 좋겠어.

도법 　그러니까 무지혜자 아닌가. 당해 봐야 깨닫게 되는.

탄성 　(구조물을 보며 혼잣말로) 화가와 수도승이라……. 자
　　　넨 어느 쪽인가?

도법 　기대승과 율곡의 편이지. 이기일원론(理氣一元論)일세.

탄성 　두 마리를 쫓다가 둘 다 놓치고 말걸?

도법 　결국 난 한 마리를 쫓고 있는 셈이지.

탄성 　그럴까?

도법 　그럼.

탄성 　(의미 있는 미소를 지어 보인 다음) 쉬었다 해. 잘 안 될
　　　땐 푹 쉬는 게 최고야. 환경을 바꿔 보든지. (도법을 살

피며) 망중유한(忙中有閑)이란 말이 있지? 짬을 내어 북성암이라도 댕겨오지그래. 거긴 아직도 입에 맞는 홍시가 남아 있을걸.

도법　(의자를 권하며) 좀 앉게.

탄성　아니, 가야 돼.

도법　어딜?

탄성　한 많은 사람이 이 세상을 하직했지.

도법　시달림 가려고?

탄성　응.

도법　그렇게 시달림 갈 스님이 없던가?

탄성　이 밤중에 누가 썩 좋은 일이라고 나서겠나. 주지 밥상 잘 차려 먹었으니 그런 데나 다녀야지.

도법　…….

탄성　시체를 보면 달포쯤 정신도 차릴 테고.

도법　…….

탄성　(침체된 분위기를 바꿔야 할 필요성을 느낀 뒤 활달하게 일어서며) 난 본디 불상에 대해 불만이 많은 사람이야. 법당에 있는 불상이라는 거이 한결같이 원만상이거든. 여유 있고 품위 있고 자비롭고 부족함이 없지. 그건 석가모니 본연의 모습이 아닐 거야. (구조물을 가리키며) 이것은…….

도법　말해 보게.

탄성　정신 차려.

도법　잘 봤네.

탄성   하나를 소유함은 더 큰 하나를 잃는 법이지.

도법   자네도 잘 보라고.

탄성   자꾸 비워 내야 할 텐데 자꾸 채워 넣고 있어.

도법   그럴까?

탄성   (가방을 메며) 가야겠네.

도법   혼자 가려고?

탄성   너무 늦으면 귀신이 심심해하거든.

도법   장사 집이 어딘데?

탄성   원포리 지물포집.

도법   길 조심하게.

탄성   빙판길엔 이력 났어. (나가려 한다.)

도법   어이, 탄성당.

탄성   (멈춘 채로)

도법   같이 가세.

(암전)

4장

초상집.

어둠 속에서 금강경 외우는 독송 소리.

용명(溶明)되면 우측 상수 병풍 앞에 흰 천으로 덮인 시신이
있다.

도법과 탄성이 그 앞에 앉아 금강경을 독송하면서 시달림(사
람이 죽었을 때 불교에서 하는 의식)을 하고 있다.

향로에 가득 찬 향불.

겨울바람 소리 세차다.

탄성   쉬었다 하세. (무릎을 두어 번 두드린 다음 몸을 풀기 위해
        일어나서 보선(步禪)을 한다.) 자네도 좀 걸어. 앞으로
        네댓 시간쯤 더 두드려 줘야 될 테니까.

도법   괜찮아.

탄성   바람 소리가 으스스한 게 다시 추워지려나 보군.

도법   글쎄.

탄성   힘들지?

도법   오래간만에 하는 거라.

탄성   그럴 거야. 난 오래 앉아 있을 수가 없어. 복수(腹水)
       증세야. 전생에 많이 처먹은 업보지.

도법   장사 집이 너무 조용하지 않나?

탄성   다들 곯아떨어졌겠지.

도법   곡(哭)소리도 안 나는군.

탄성   차라리 울지 않는 게 낫지……. 안색이 안 좋구먼?

도법   아닐세, 냄새가 좀 고약하군.

탄성   조금 있음 괜찮을 걸세. 길들기 나름이지. 한번은 고
       속버스에 치인 사람을 시달림하러 갔었는데 어찌나
       냄새가 고약하던지. 그때가 7월 뙤약볕이었나 봐. 장
       삼에 가사까지 걸치고 도로변에서 목탁을 두드리는
       데 빡빡머리가 왜 그리 야속허겠나. 그런 데선 삿갓이
       라도 쓰고 하라면 좋겠대.

도법   (마음에 없는 미소)

탄성   도법당.

도법   (건성으로) 응?

탄성   김명석.

도법   왜?

탄성   뭘 그리 생각하나?

도법   생각은 무슨.

탄성	내가 맞혀 볼까?
도법	뭘?
탄성	저 시체에 대해 생각했겠지. 왜 죽은 걸까. 죽어야 될 큰 이유라도 있는가? 어떤 기막힌 사연일까? 이 시체에서 불상에 필요한 무엇인가가 숨어 있진 않을까……. 난 안 그래. 저 사람은 죽을 때가 돼서 죽은 거야. 그뿐이야. 여보게, 도법당. 자네와 내가 뭐가 다른 줄 아나?
도법	갑자기 무슨 소린가?
탄성	모든 일을 자넨 어렵게 풀고, 난 쉽게 풀어. 불상만 해도 그래. 자넨 불상이라 하면 부처님의 미소나 자비로운 눈에 있다고 생각하지. 그래서 오직 눈과 미소만을 생각하지. 그건 어려운 일이야. 난 그렇게 생각하지 않아. 쉽게 생각해 보자고. 눈 속에 무슨 놈의 부처가 숨어 있겠나. 미소 속에 무슨 놈의 부처의 법열이 살아 숨 쉬고 있겠어. 예술가들은 그런 조그만 데서 어떤 신비를 찾는지 몰라도 그게 아냐. 부처란 몸 전체에 있다고 생각해. 목도 갸우뚱하고 입도 찌그러진, 척 봐서 느낌이 오는 쉬운 부처. 쉽게 생각하라고. 단순은 복잡 위에 있어.
도법	이 사람 어쩌다 죽었다던가?
탄성	드디어 관심이 발동했군. 자살했어.
도법	자살?
탄성	그것도 몸에 석유를 뿌리고 불 질러서.

도법	소신공양(燒身供養)처럼?
탄성	응.
도법	무슨 일로?
탄성	뭐 그렇고 그런 이유겠지. 주간지 삼류 기사처럼.
도법	…….
탄성	관심 갖지 마.
도법	…….
탄성	생각하지 말라구.
도법	…….
탄성	시달림은 시달림으로 끝내야 돼.
도법	…….
탄성	냄새 참 지독하군.
도법	안 되겠어. 향을 더 꽂아야지.
탄성	한 통 다 태웠어.
도법	더 없나?
탄성	응. 장작이라도 안 뗐으면 좋겠구먼.
도법	원래 시체 있는 방엔 불을 안 때잖아?
탄성	우리가 추울까 봐 때나 부지.
도법	이상한 것 천지야.
탄성	생각하지 말래두.
도법	아니야.
탄성	뭐가?
도법	입산한 지 얼마 안 돼 첫 시달림 갔을 때 얘긴데, 중풍으로 반신불수가 되어 고생 고생하다가 죽은 사람이

었어. 입관할 때 시신을 봤는데 반은 이미 썩었고 반은 괜찮아. 상상할 수 있겠나? 반은 괜찮고 나머지 반만 썩었다 이 말이야.

탄성　허허, 이 사람 왜 이래?

도법　그 후 달포쯤 지났을 때야. 큰법당에서 금강경을 독송하고 있는데 누가 "앗 뜨거." 하면서 지나가. 깜짝 놀라 쳐다보니 반쪽짜리 그 사람이야.

탄성　(경고하듯) 도법당!

도법　현실이었을까, 환상이었을까?

탄성　자네, 이번에도 그걸 확인해 보려고 따라나섰나?

도법　그 후론 내가 그 반쪽짜리가 되어 관 속에 누워 있는 거야. (탄성, 시체 앞에 가서 앉는다. 염불해 줄 채비.) 살아 있는 내가 죽어 있는 나를 들여다보고 히죽히죽 웃고 있다니까. 전에는 삶과 죽음의 경계가 뚜렷했고 몇만 리를 걸어도 그 경계에 도달하려면 아직도 아득하다고 생각했었지. 그런데 지금은 아니야. 그 경계가 없어. 눈만 감으면 넘나드는 거야.

(탄성, 목탁을 탁탁 두드려서 오라는 표시를 한다.
바람 소리 쌩쌩.
도법, 탄성 옆에 와 앉는다.)

탄성　금강경이나 두어 수 더 때려 주지.

도법　이번엔 내가 요령[6]을 잡을까?

탄성　마음대로 해. 우리가 염불해 준다고 뭐가 달라지겠나.
　　　그게 다 지 업(業)인데. 땡추가 땡추 제도하는 격이지.
　　　(목탁을 두드리다가) 아무래도 안 되겠어. (일어서면서)
　　　아궁이에 찬물이라도 끼얹고 와야지. (밖으로 나간다.)
도법　(요령을 흔들며 경을 외우려다가 탄성이 나간 쪽을 향해)
　　　탄성당, 탄성당. 냉수 좀 떠 오게. (대답 소리가 없자) 탄
　　　성당, 탄성당.

(이상한 듯 오른쪽으로 시선을 가져오는데 흰 천으로 덮인 시신, 상
체를 일으키고 있다.)

도법　으악!

（암전）

———————

6) 종 모양의 법구(法具)로 솔발(놋쇠로 만든 종 모양의 방울)보다 조금 작으
며 법요(法要)를 할 때 흔든다.

5장

서전.

도법은 중앙 의자에 앉아 있고 탄성은 사진 한 장을 손에 쥔 채 그 주위를 서성인다.

서로 감정을 자제하고 있다.

탄성   이게 무슨 망신인가. 자넬 업고 초상집에서 나오는 데 낯이 얼마나 뜨거웠는지 알어? 월명이 그 코흘리개를 데리고 다녀 봐도 이런 일은 없었다고.

도법   …….

탄성   그리고 제발이지 (헤라를 집어 보이며) 이 짓거리 그만 둬. 자넨 할미새야. 부러진 날개로 독수리까지 업을 수야 없잖은가.

도법   모래로 밥을 짓긴 마찬가질세.

탄성 자넨 불상 하난 만들지 몰라도 불도(佛道)는 망각해 버렸어.

도법 그만해.

탄성 허허. 이 사람 왜 이리 고집이 심하지?

도법 또 억지를 부리니까 그래.

탄성 자네 주머니에 있던 이 마누라 사진은 무엇을 뜻하는 겐가?

도법 그게 어쨌다는 것이야?

탄성 이게 다 세속적인 것에서 오는 탐욕, 분노, 우둔 때문이 아니겠나?

도법 넘겨짚지 말어.

탄성 찔렸으면 아프다고 해.

도법 왜 자꾸 쓸데없는 걸 들먹거리는 거야. 내가 아닌 말로 암내 맡은 수캐마냥 날뛰기라도 했다는 소린가?

탄성 그렇다면 나이 오십이 다 된 지금에 와서 불상을 만들겠다느니 탱화를 그리겠다느니, 왜 애먼 짓거리 하고 댕겨.

도법 그게 이거하고 무슨 상관이 있다고 그래.

탄성 (버럭 소릴 높여) 왜 상관이 없어. 절밥 먹고 있는 중이 자꾸 딴 짓거리에 한눈파니까 그렇지. (혜라를 치켜들며) 이런 놀음 하려면 절엔 뭐하러 왔어. 차라리 속가에 나가 본격적으로 시작해 보지.

도법 불사(佛事)를 놀음이라고 생각하나?

탄성 그럼 이게 신선놀음이 아니고 뭐야.

도법   뭘 모를 땐 가만히 있는 게야.

탄성   가만히 있게 됐어?

도법   가만히 안 있음 어떻게 하겠다는 거야.

탄성   이 짓을 그만두든지 속퇴를 하든지 무슨 구정[7]을 내
야지.

도법   누누이 말했잖아. 속인(俗人)이 되든 도인이 되든, 깨
우치든 망가지든, 마지막 원력으로 삼아 결판을 내고
싶다고.

탄성   그 원력이 허깨비로 나타났던가?

도법   시체가 일어섰단 말이야. 불에 타 죽었다던 그놈이 벌
떡 일어섰다구.

탄성   바퀴가 상하면 구르질 못하고 노인이 되면 수행을 못
해. 쉰이면 적은 나이가 아니야.

도법   왜, 사람 말을 안 믿어?

탄성   (냉정을 되찾아 낮은 소리로) 그래. 자네 말마따나 시체
가 다시 살아났다고 치세. 그게 뭐가 무섭나. 아닌 말
로 자넬 죽이려고 대들었다 한들 무어 그리 대수겠어.

도법   자네…… 연비[8]를 어떻게 생각하나?

탄성   연비라니…… 갑자기 연비는 왜?

도법   살다 보면 급류에 휘말리게 되고 짧은 시간 내에 큰
결론을 내리고 싶을 때가 있어. 그럴 때 택하는 것이

---

7) 귀정(歸正). '결론'을 말한다.
8) 燃臂. 승려가 되기 위하여 삭발을 하며 신체의 일부를 태우는 의식.

연비일 게야. 타오르는 촛불에 다섯 손가락을 밤새 태우면서, 피범벅 땀범벅이 되어, 후회하며 발악하며 외쳐 대는, 그러면서도 뭔가 정리하고 결심하고 참회하고 용서받는 그런 응집된 시간.

탄성 그 연비가 자네에겐 불상 조각이었다?

도법 그래.

탄성 불상 만들려다 또 그 시체 보려고?

도법 시체가 나타난다면 그것조차도 불상에 집어넣어야지.

탄성 당당하군. 그렇지만 지금도 불안에 떨고 있어.

도법 마지막 원력이라고 덮어 두게나.

탄성 원력일 것도 없어. 언제 어디서 또 다른 시체가 불쑥 나타날지 몰라 벌벌 떨면서 무슨 놈의 고상한 미사여군가.

도법 그만두세.

탄성 왜, 듣기 싫은가?

도법 계속 반복, 반복, 반복이야.

탄성 (빈정대듯) 시체를 피해서 불상 제작에 몰두해? 불상이나 시체나 다 똑같은 집착이야. 그것도 나약하기 이를 데 없는.

도법 …….

탄성 (나직하게) 집착은 끝이 없어. 하나의 집착은 또 다른 집착을 불러일으키거든.

도법 …….

탄성 자넨 오대산 토굴에서 삼 년 결사 날 때 생각나나? 그

땐 이렇게 집착이 심하지 않았지. 너무 집착하지 말게. 미색(美色)이란 한낱 허깨비에 불과해. 선방에 가 버려. 허리춤에 붙은 뱀 집어 던지듯이 획 던져 버리라고. (헝겊 가방을 어깨에 멘다.) 큰소리쳐서 미안하네.

(탄성, 퇴장한다.

멍한 시선의 도법.

잠시 후

자리에서 일어나 거닌다.

그때

화상을 입은 망령이 나타난다.

목만 하얗고 나머진 피투성이인 괴기의 모습.

망령, 도법의 뒤에 서서 도법이 움직이는 대로 움직인다.

망령의 움직임은 흉한 몰골과는 달리 천진난만한 원숭이를 연상케 한다. 어투도 그렇고.

이상한 예감을 느낀 도법, 뒤를 돌아본다.

순간 기겁하여 뒤로 넘어진다.)

망령　허허, 이 사람, 남의 삭신이라도 뜯어 먹어야지 안 되겠구만. 젊은 사람이 왜 이리 겁이 많어? 한 번 본 적이 있잖어. 이제야 알아보는 모양이군. 겁먹은 얼굴 하지 말어. 겉모양만 가지고 무서워하면 어떡해. 우리 앞으로 친하게 지내자고. 껍데기가 좀 끄슬려서 그렇지 알맹인 말짱해. 자, 잘 봐. 괜찮지?

도법   (외면한다.)

망령   안 되겠군. (두어 발짝 물러나서 가무(歌舞)한다.) 살어
       리 살어리랏다. 청산에 살어리랏다……. 어때, 이젠
       마음이 놓이지? 도법당, 우리 수인사나 하고 지내세.
       난 김명석이야. 공교롭게도 자네하고 이름이 똑같애.
       흔히들 김맹석이라고도 부르지. 그게 부르기 편한가
       봐. (다가서면 도법이 멀리한다.) 하하하하. 아직도 경계
       하는군. 하지만 다 알아. 자네 고향이 충남 보령군 대
       천읍 국말리 나무장터. 1남 4녀 중 막내. 네 계집 끝에
       고추였으니 자네 아버지 김팔만이가 얼마나 좋아했
       겠나. 맹석이, 안 그래? 자, 이제 일어나.

도법   도대체 당신은 뉘시오?

망령   나? 김명석. 김맹석이라고도 부른다니까. 아! 이제야
       입을 떼었군. 글쎄 그래야 된다니까. (다가간다.)

도법   (뒷걸음질 친다.)

망령   그래. (뒤로 물러나며) 이 정도 떨어져서 이야기하지.
       (주위를 훑어보며) 땡추 노릇하느라 고생이 많구만. (코
       를 막으면서) 어휴, 홀애비 냄새. 가끔 향수라도 뿌리
       게나. (탁자에서 헤라를 집으면서) 날이 번뜩이는군. 조
       심하게. 눈이라도 콱 찔리는 날엔 볼 장 다 보겠어. 그
       런데 이걸로 뭘 조각하지? (주위를 살피다가) 저거군.
       저것이 문제의 그 불상이렷다. (구조물을 본다.) 일리
       는 있어. 탄성당은 "이것은 개지랄이다." 자네는 "이
       것도 수행이다." 탄성당은 요만할 때부터 중노릇했기

때문에 자네 같은 신식 중하고는 달라. 예술에 대해선 도무지 깜깜이라고. 나도 그래. 그래도 탄성이보다는 조금 낫지. (유심히 본다.) 근사하군. (그러다가 갑자기 뒤로 물러난다.) 안 되겠어. (망치를 든다.)

도법　(달려가 붙들며) 왜 그래요?

망령　헤헤헤.

도법　(망치를 뺏는다.)

망령　그래. 자네가 만든 것이니 자네가 부수게. 자업자득 (自業自得)이지. 난 부처 상판만 보면 울화통이 터져서 그래. 자네들이 쥐를 보면 징그럽듯이 난 부처만 보면 속이 뒤집힌다니까. (불상에 침을 탁 뱉으면서) 에이, 더러운 자식. 아무리 할 짓이 없기로서니 여기까지 와서 날 괴롭힐 게 뭐야. 헤헤헤, 오늘은 그만 가겠네. 오래 놀다 가려 했는데 저게 있어서 기분이 잡쳤어. 다음에 또 (도법을 툭 치면서) 보세.

(망령, 손을 흔들며 퇴장.)

(암전)

6장

방장 스님의 방.

우측 상수 병풍 앞에 돗자리가 깔려 있고 거기에 방장 스님과

탄성 스님이 마주 보고 앉아 있다.

무릎 꿇고 있는 탄성.

방장 스님은 허공을 응시하고 있다.

탄성   스님.

방장   …….

탄성   방장 스님.

방장   (바로 보며) 으응.

탄성   아무래도 도법 스님을 병원에 입원시켜야겠습니다.

        증세가 심상치 않습니다.

방장   보약을 멕여 보지그래.

탄성 　기력이 쇠잔해서가 아닙니다. 마(魔)가 씐 것 같습니다.

방장 　그냥 둬.

탄성 　어젯밤에는 저에게 와서 망령이 불상을 부수려 하니
　　　막아 달라고 애걸하였습니다.

방장 　흔히 있는 일이야.

탄성 　색계(色界)에 사로잡혀 정사(正邪)를 분별치 못하고
　　　있습니다. 스님께서 직접 만나 보심이 어떨는지요.

방장 　번뇌 망상도 다 지 복인 게야.

탄성 　이제 와서 이런 말씀드리는 게 외람된 줄 아옵니다만
　　　도법당은 불상 제작의 적격자가 아닌 듯싶습니다.

방장 　하하하. 불상이 뭐 별거더냐. 그저 돌멩이야. 그 돌멩
　　　이로 되뱁이가 법을 본다면 그것으로 족한 게지.

탄성 　색계에 집착함도 법을 구할 수 있다는 하교이십니까?

방장 　어떤 사람은 죄 한 번 짓지 않고서도 법을 보지 못하
　　　고 어떤 사람은 살인을 하고서도 깨우치는 사람이 있
　　　다……. 탄성아.

탄성 　예.

방장 　어떤 두 녀석이 나무토막에다 각기 붓글씨를 쓰고 나
　　　서 대패로 밀어 보았어. 한 녀석은 댓 번 미니까 먹물
　　　이 안 보였고 다른 녀석은 삼십 번을 밀었어도 먹물이
　　　남아 있었지. 인생은 그렇게 사는 거야. 이것저것 따
　　　지게 되면 옅은 글씨가 돼 버려.

　　　　　　　　　　　　　　　　　　　　　　　(암전)

7장

요사채 마당.

노랑, 빨강, 초록색의 연등들이 쌓여 있다.

무대 중앙의 평상에 도법, 탄성, 월명이 앉아 초파일에 쓸 연등을 만들고 있다.

울력[9] 시간이다.

월명   (노래를 부른다) 외로워 외로워서.

탄성   어허, 저놈이.

월명   (더 힘을 주어) 못살겠어요.

탄성   저놈도 전생의 업장이 두터워서 가수로 못 풀리고 중이 됐지.

---

9) 여러 사람의 힘을 합해 일하는 것.

월명   (혼잣말로) 이번엔 3만 원짜릴 만들어 볼까? 주지 스님, 스님들이 꼭 이런 일을 해야 된답니까?

탄성   뭘?

월명   이 연등 만드는 것 말예요.

탄성   일일부작(一日不作)이면 일일불식(一日不食)이니라.

월명   좀 쉬운 말로 해요, 쳇.

탄성   하루 일을 하지 않으면 하루 먹지 말라는 뜻입니다. 아수라야, 알아듣겠느냐?

월명   지 말은 이런 장사를 꼭 해야 되느냐 이 말입니다, 스님들이.

탄성   장사라니?

월명   아, 그럼 이 종이딱지 원가가 얼마나 된다고 돈 받고 팔아요?

탄성   이놈아. 자고로 절이란 초파일 쉬어서 여름 나고, 칠월 칠석 쉬어 가을 나는 게야. 그래야 절도 짓고 스님들도 먹고살지.

월명   절은 더 지어서 뭘 해요. 사방 천지가 절이고 있는 절도 개판인데. 지가 큰스님 되면 사원 건축 불허령을 내리겠어요.

탄성   저놈이 무당 푸닥거리 신세를 면케 해 주니까 이젠 큰스님이 어쩌고 어째?

월명   너무 무당 무당 그러지 마세요. 울 엄마가 뭐 무당 짓하고 싶어서 하는 줄 아세요?

탄성   그럼 사내 밑둥치 맛보고 싶어서 하던가?

월명   스님은 외불알이라고 합디다.

탄성   그럼 네놈은 겹불알이었더냐.

월명   스님은.

탄성   이놈아. 대장부란 아무리 약 올려도 성냄이 없어야 되
        는 법. 항상 무심(無心)으로 살아.

월명   관두세요. 저는 금생(今生)에 성불(成佛)은 포기했으
        니까요.

탄성   (월명의 허벅지를 세게 꼬집으며) 시급한지고, 네놈의
        팔자가.

월명   왜 꼬집어욧?

탄성   아프냐?

월명   그럼 안 아파욧?

탄성   일체유심조(一切唯心造)라. 그 아픔과 안 아픔이 다 네
        마음속에 있느니라. 월멩아, 알아듣겠느냐?

월명   흥! 제 법명은 월명 스님이에요.

탄성   돌멩아, 아직도 모르겠느냐?

월명   쳇!

탄성   (알밤을 주며) 공부 좀 하거라. 허구한 날 애기 보살 꽁
        무니만 쪽쪽거리고 쫓아다니니 퉁퉁 불은 불알 잡고
        무슨 공부를 했겠느냐. 그러니 대가리가 맹탕인 게야.

월명   지가 언제 애기 보살 꽁무니만 쪽쪽거리면서 돌아다
        녔다고 그래요?

탄성   이놈아, 후원 보살 딸년은 애기 보살이 아니고 무엇이
        라더냐.

월명   아이고 아이고, 기가 막혀. 걔는 이제 여섯 살이에요.

탄성   (알밤을 주며) 이놈아, 잔소리 말고 잘 새겨들어. 일체
유심조란…….

월명   흥! 원효스님의 일체유심조를 모르는 중이 어딨어요.

탄성   무슨 뜻이더냐?

월명   일체의 것은 모두 마음먹기에 달렸다, 이겁죠.

탄성   하면?

월명   보름 전에 서울 점박이 보살이 백일기도하러 내려왔
습죠?

탄성   그래, 나도 안다.

월명   후원에서 쌀을 씻고 있데요. 찬찬히 보고 있다가 지가
이렇게 말했지요.
"네년 젖통이 듬직하구나."
그 보살이 열 받데요.
"네 이년! 뭘 그리 못마땅한 눈알로 흘겨보느냐?"
그것도 주둥인 뚫렸다고 한마디 뱉을 기세예요. 지가
바락 소래기를 질러 댔죠.
"네 이년! 자고로 미련한 년이 젖통만 큰 게야."
머리 끝까장 약이 올랐겠죠. 지가 이렇게 한 수 가르
쳐 줬습니다요.
"화났느냐? 기분이 상했어? 이것아. 그 성냄과 성내
지 않음이 다 네 마음속에 있는 게야. 관세음보살."

탄성   인석아, 그 보살이 바로 우리 봉국사 화주(化主) 보살
이야.

월명   점입가경이올시다.

탄성   좋다.

월명   가래를 뱉으려고 "칵" 했는데 큰아버지가 저쪽에서
       오기에 도로 가래를 삼키고 "안녕하세요." 하고 인사
       를 했지요.

탄성   그래서?

월명   이때 우린 여기까장 끄집어낸 가래를 아무 생각 없이
       먹은 것인데 그 누런 가래를 책받침에 일단 뱉었다가
       먹으라고 하면 못 먹는다 이 말입니다. 재료나 색깔은
       똑같은데 마음이 요랬다조랬다 요술을 부린 거지요.

탄성   을쓰꿍! 어느 똘중한테서 들긴 들은 모양이구나.

월명   뽀뽀만 해도 그래요. 순진한 나로서는 전혀 이해가 안
       가지만요. 뽀뽀할 때 상대방의 침을 쪽쪽 빨아 먹는다
       고 합디다.

탄성   옛끼, 이 녀석.

월명   그 뽀뽀를 이렇게 해 보자 이 말입니다.

탄성   어떻게?

월명   서로 주둥이만 살짝 갖다 대고 침은 각자 사발에 칵칵
       뱉어 건네준 다음 상대방의 것을 핥아 먹는 거죠. 똑같
       은 재료에 똑같은 양인데도 병신이 아닌 다음에야 누
       가 그것을 핥아 먹겠어요. 역시 마음의 조화라 이거죠.

탄성   옳고 옳고. 그 아름답고 추한 것이 다 지 마음속에 있
       는 것을……

월명   결국 사람들은 똥이라면 더럽다고 오도방정 다 떨면

서, 밑 닦은 다음 똥을 확인하고 휴지를 접고, 닦고 보고 접고, 닦고 보고 접고 하는 엉망진창 괴물 단지라 이겁니다. 더럽다면서 뭘 그렇게 쳐다본답니까요?

탄성 그래그래. 네놈 말이 맞다.

월명 일체유심조라. 해가 떠서 밝다고 보는 것도 한때의 마음이며, 해가 져서 어둡다고 보는 것도 한때의 마음인 것이니라. 탄성아, 알아듣겠느냐?

탄성 예, 큰스님.

월명 둥근 그릇엔 둥근 물, 각진 그릇엔 각진 물. 그런데도 너는 그 사실을 잊고 물의 모양에만 마음을 팔고 있어. (바닥을 세 번 치고 나서) 돼지 궁둥짝에 목련이야. 할!

탄성 큰스님의 말씀 명심하겠습니다.

월명 말씀 낮추시게. 손님이 가고 없다고 하여 여관이 없어진 것이 아닌 것처럼 자네와 나의 나이 차이야 어디 가고 없어진 것이 아니지 않는가?

탄성 무진 법문이옵니다. 하오면 (월명의 허벅지를 세게 꼬집으며) 이젠 안 아프시옵니까?

월명 (꾹 참으며) 그 아픔과 안 아픔이 다 이 마음속에 있느니라.

탄성 관세음보살.

월명 나무아미타불.

(그때 원주 스님이 쟁반에 먹을 것을 들고 등장한다.)

원주	아유, 울력 시간 한번 조촐하네요. 스님들이 예비군 훈련이다 뭐다 하여 다들 나갔지 뭐예요. 재무 스님이사 그 지체 높으신 양반이 이런 데 나올 리 없고.
월명	흥, 주지 스님도 나왔는데 재무라고 안 나와.
탄성	허허, 이놈이 아무래도 삼천 배(三千拜)를 해야 될란갑다.
월명	할 때 하더라도 할 말은 해야지요. 지가 언제부터 재무라고, 양말 빨아라 신 닦아라 하냐구요. 처녀 보살이 오면, "월명아, 꿀차 타 와라." 할머니 보살이 오면, "월명아, 먹다 남은 칡차 있쟈?" 흥! 주지 스님이 혼 좀 내야 한다구요.
원주	(먹을 것을 평상에 내려놓는다.)
월명	(집어 먹으려 한다.)
원주	아이구. (월명의 손을 탁 치며) 우리 큰스님께서 뭐 이런 걸 다 잡술려구요. (탄성에게) 자, 드시고 하세요.
월명	누군 입이고 누군 주둥이랍니까?
원주	뭐야? (순간 도법을 보고는) 어머, 도법 스님도 와 계시네. 저는 스님이 서전에 계신 줄 알고 행자 시켜 그리로 보냈는데 이를 어쩌나. (탄성, 떡을 먹으려 하자) 잠깐, 잠깐! (탄성에겐 떡을 몇 점 놓고 나머진 모두 도법에게 갖고 간다.) 그나저나 바쁘실 텐데 어떻게 나오셨어요?
도법	이제 다 끝났습니다. 금박만 올리면 되지요.
원주	어머어머, 보고 싶어라. 그동안 참 고생 많으셨어요.

도법	고생은요. 걱정이 앞섭니다.
원주	아유, 도법 스님 하시는 일이 어련할라구요.
도법	(떡을 먹으면서) 언제 제사 있었습니까?
원주	그냥 했어요. 찹쌀떡이에요. 아유! 이번 초파일을 어떻게 쉴지 걱정이에요. 재무 스님하고 손발이 맞아야 척척 착착일 텐데 그 답답한 양반하고 대사(大事)를 치르려면……. 아니, 주지 스님은 왜 그렇게 조용하세요? 주지 스님답지 않게.
탄성	거 스님은 남자답게 딱딱 끊어서 말할 수 없소? 계집애처럼 재재재재 재재재재.
원주	어머어머. 지가 언제 재재재재 재재재재 했어요. 내 참 내 원, 기가 막혀서.
탄성	그러니까 보살들이 계집애 같다고 맨날 놀려 먹지.
원주	체, 바느질에 손놀림만 부드럽다고 칭찬합디다.
탄성	쯧쯧.
원주	그럼 어느 절이고 살림하는 원주가 다 그렇고 그렇지 뭘 그래요.
탄성	어깨를 탁 펴고 "에헴, 요년들 어디 와서 나불나불대는 거야." 이래야지. (원주 흉내를 내며) "호호호호, 내 참 내 원, 기가 막혀서. 아이구, 이 오도방정." 이게 뭔가.
원주	아이구, 언제는 원주 잘 만나 청국장 잘 얻어먹는다고 아양만 떠시더니 무슨 사내 마음이 요랬다저랬다 바람난 애기 보살 같답디까?
탄성	언제 또 바람난 애기 보살과 놀아났던가.

원주   화두가 없음 조용히 묵상하세요.

탄성   자네 걸음걸일 볼 때마다 엉뎅이에서 비파 소리가 들리는 거 같아 화두를 들 수 있어야지.

원주   굽은 나무가 선산을 지킨답니다.

탄성   굽은 망아지는 달릴 수가 없답니다.

원주   길은 갈 탓, 말은 할 탓.

탄성   하하하하, 악담이 덕담이니라.

원주   저런 스님이 말하고 싶어서 어떻게 묵언(默言)을 했을꼬. 쯧쯧쯧. 자, 장 보러 가니까 필요한 물건 있으면 시방 말씀하세요.

월명   저 신이 떨어졌는데요.

원주   몇 문?

월명   대충 사 오세요.

원주   발 좀 이리 내. (적으면서) 10문 7. 다음부터 외워.

월명   또 여름 양말 네 켤레요.

원주   두 켤레만 사고. 또요?

월명   떡 더 없어요?

원주   왜요, 있지요. 하지만 적게 먹고 가는 똥 싸셔야죠.

월명   (탄성의 흉내를 내며) 하하하하, 원주가 오랜만에 옳은 말 했구나.

원주   아니, 조것이. 넌 깜장 고무신이야.

월명   여보게 원주, 노여워 말게. 꼬부랑 자지는 항상 지 발등에 오줌 눈다고 안 하던가.

원주   아니, 어머어머. (아랫도리를 가리며) 뭐 자……? 아이구, 나 말 못 해, 말 못 해.

월명　(자기 입을 때리면서) 아이구, 오도방정. 그 흔한 불알
　　　마저 없을지도 모르는데.

원주　뭐야? 왼종일 재수가 없더니 이젠 저것까지 깐죽깐죽
　　　대네그랴.

월명　재수가 없으려면 비행기 속에서도 독사한테 물려 죽
　　　는다고 안 합디까?

원주　아유, 조게 정말.

도법　아, 원주 스님

원주　(표정을 밝게 하며) 네?

도법　붓 좀 사다 주세요.

원주　어떤 붓인데요?

도법　에, 그게 어느 거냐면은…… 월명아.

월명　예?

도법　서전에 가서 노랗고 이렇게 두꺼운 붓 좀 가져오너라.
　　　탁자 위에 있느니라.

월명　예.

도법　조심해서, 다른 것 건드리지 말고.

월명　알았습니다. (나가려 할 때)

도법　열쇠를 가져가야지.

월명　(열쇠를 건네받고 퇴장.)

원주　또 없으세요?

탄성　여기 있소.

원주　뭐예요?

탄성 브라자 좀 사 오시오.

원주 브라자요? 어디에 쓰시게요?

탄성 (원주를 흉내내며) 당신 주려고요.

원주 쳇, 별꼴이야. 제가 뭐 살림하는 중이라고 약 올리는 거예요? 나도 이 짓 하기가 죽기보다 싫다고요. 50원 짜리고 100원짜리고 재무 스님한테 죄다 결재 맡아 야지. 능구랭이 같은 후원 보살 달래야지. 절 살림 해 야지. 요즘은 또 읍내 사람들이 무슨 수작인진 몰라도 우리한테 불매운동을 벌여서 배추씨를 사려도 전주 까지 나가야 된다고요. 그리고 뭐 점방마다 영수증 끊 어 달라면 옛슈 하고 척척 내주는 줄 아세요?

탄성 그렇게 귀찮은 원주 노릇 뭣하러 해. 속퇴하고 광주 양동시장에다가 한복집이나 차리시지.

원주 저도 내년에는 선방에 갈 거예요.

탄성 열녀전 끼고 서방질하시려고?

원주 뭐 스님만 선방 수좌예요?

탄성 이년!

원주 요놈!

탄성 봐라. 당신은 이년이고 난 요놈이지.

원주 아이구, 포산사 운곡 스님도 돌았지. 저런 스님을 제 일 수좌로 꼽았으니……. 하심(下心) 좀 하세요.

탄성 운곡 스님도 당신을 보았다면 마음이 달라지셨을걸.

원주 그럼요. 수고하고 무거운 짐 진 자들아! 다 내게로 오 라. 내가 너희를 쉬게 하리라. 마태복음 11장 28절.

(그때 월명이 헐떡거리며 뛰어 들어온다.)

월명   스님, 스님. 큰일 났어요.

도법   ……?

(암전)

8장

도법의 작업실, 서전.

불상 구조물의 머리 부분이 깨진 채로 바닥에 널려 있다.

화덕에 불을 지피고 있는 도법.

망령은 천진난만한 표정으로 창가에 걸터앉아 시(詩)를 읊는다.

탄성은 중앙 의자에 앉아 도법을 물끄러미 쳐다보고 있다.

탄성에겐 망령이 보이지 않는다.

망령   날이 어두워지매 먼저 태어난 자(者)들이

다투어 개새끼가 되고파 안달함이 유행이라 하더이다.

그러나 개새끼라고 다 개새끼겠소마는

솔직히 개새끼라면 다 개새끼지요.

하지만 다 개소립니다.

황금빛 언덕에 누우시려오?

푸른 창공을 날으시려오?

은빛 관세음보살 둔부에서

천일 염불이 다 무슨 업보라덥니까.

차라리 나무 십자가를 그놈의 정수리에 꽂아 박고

천국 안 지옥이 어떠시겠소.

도법   …….

탄성   …….

망령   (도법에게) 천국 안 지옥이 어떠시겠소?

도법   …….

망령   후후후, 풍랑 거지 쪽박 깨뜨린 형상이로군.

도법   …….

망령   잊어버려. 이미 깨져 버린 불상에 미련 둬서 뭘 하나.
         탄성이 말마따나 그게 다 집착이라고.

도법   …….

망령   그렇다고 날 원망하지 마. 자넬 골탕 멕이려고 이
         런 게 아니니까. 전에 말했잖어. 부처와는 상극이라
         고……. 뭐 크게 상극일 것도 없지만. (방금 떠오른 듯)
         아, 그렇지. 내가 호랑이였다면 자네가 만든 불상은
         고양이였어. 호랑이는 고양이를 보면 가만 놔두지 않
         거든. 어설프게 닮았다 이거지. 헤헤헤, 이젠 속이 다
         후련하군. (일어나서 찬장으로 간다.) 이렇게 얘기하면
         될 걸 가지고 그동안 끙끙 앓았으니. 어때, 이젠 자네
         속도 후련할걸? 헤헤헤. (찬장에서 설탕을 꺼내 찍어 먹
         는다.)

탄성   누군지 짐작 가는 사람이 있나?

도법   …….

망령   내가 그랬지.

탄성   바람이 넘어뜨렸을 리도 없고.

망령   내가 그랬다니까.

탄성   혹시 월명이가 덜렁대다가?

망령   아휴, 저 등신.

탄성   대중 스님들은 자네 짓이라고 하드만. 두 가지 이유를
        대더군. 첫째는 마음에 들지 않았거나 자신이 없어서.
        둘째는 잠시 실성을 했거나 환각에 빠져서. 덧붙여 말
        하길 요즘 자네 행동으로 보아서는 후자가 합당할 거
        라고.

도법   차 들 텐가?

탄성   그러지.

망령   좋지.

도법   결명자?

망령   좋아. 달착지근하게 끓이게.

탄성   아니, 담백한 것으로.

도법   취차?

망령   에이, 싫어.

탄성   좀 무겁지 않나?

도법   작설차?

탄성   그래, 그게 좋겠군.

망령   난 싫어. 그걸 무슨 맛으로 처먹어.

탄성   자넨 제맛을 낼 수 있을 거야. 월명이가 끓여 오는 것
       은 그게 어디 차인가.

망령   양잿물이지.

탄성   구정물이지.

망령   어이, 나도 한 잔 줘. 이리 가져오지 말고 그냥 거기다
       놔. 이리 가져오면 탄성당이 자넬 돈 사람 취급할 테
       니까.

도법   (화를 억제하다 못해 망령에게로 간다.)

망령   (뒷걸음치며) 왜 이래.

도법   왜 이래? 참는 데도 한도가 있는 거야. 도대체 넌 어떤
       놈이야? 내가 너하고 무슨 억겁의 괴연을 졌는지 말
       해 보란 말이야.

망령   탄성당이 비웃어. 저 혼자 여기서 연극한다고.

도법   불상을 부수고 종국에는 어쩌자는 거야? 원하는 게
       뭐야?

망령   허허, 탄성당이 쳐다본대두.

도법   꺼져, 사생결단 내기 전에 어서 꺼지란 말이야.

탄성   (도법을 붙들며) 도법당 왜 이래? 이 무슨 경거망동이
       야?

망령   옳지 옳지.

탄성   정신 차려.

망령   아암, 내 대신 혼내 주게.

탄성   (잡았던 것을 풀며) 허공에다 성낸다고 박살 난 조각이
       다시 붙겠나?

망령   에이, 한 대 쥐어박을 것이지.

탄성   찻물이 다 닳겠네.

도법   (체념한 듯 화덕 있는 데로 가 작설을 넣는다.)

망령   그나저나 대단히 발전했어. 처음 봤을 땐 졸도하더
     니…….

탄성   (의자에 앉으며) 이건 다른 얘기네마는 난 자넬 이해할
     수가 없어. 나야 뭐 절이 뭐하는 데인지도 모르는 채
     요만할 때 계(戒)를 받았지만 자넨 왜 중이 됐나? 듣
     자 하니 그림 솜씨도 꽤 알아줬던 모양인데. 자네도
     허무주의자였나?

망령   마누라가 겁탈당했거든.

도법   (망령을 쏘아본다.)

망령   아, 미안해. 그 상처는 건드리지 않도록 하지.

탄성   (도법의 시선을 따라 살피다가) 왜 그래?

도법   쥐새끼가 많아.

망령   쥐새끼? 저런 고얀 새끼.

도법   (찻잔을 건넨 다음 의자에 앉는다.)

탄성   (합장한 뒤 차를 마시면서) 아무튼 아주 잘된 일이야. 그
     렇잖아도 자네가 만든 불상을 보면서 죽을 때까지 예
     불드릴 일이 끔찍했었는데.

도법   (차를 마실 뿐.)

탄성   다시 만들 셈인가? 큰법당에 있는 불상도 아직 쓸 만
     하니까 웬만하면 그만두지그래. 이젠 초파일도 며칠
     안 남았어.

망령   (주전자 채로 마시면서) 그래, 아예 그만둬.

탄성   망령이란 묘안이었어. 그렇지? 이 시점에서 합리화시
       킬 수도 있고 포기할 수도 있게 되었으니까.

도법   (차를 벌컥벌컥 마신다.)

탄성   차는 그렇게 마시는 게 아니야. 천천히 사색하면서 느
       낌을 갖고.

도법   탄성당, 내 말을 믿게. (이내 낙담하며) 하긴 믿어서 풀
       릴 문제도 아니야. 그래, 내 문제겠지.

탄성   선방에 가 버려.

도법   아, 모르겠어. 내가 나를 모르고 지내는 게 너무 많아.

탄성   솔직히 대중 스님들 보기가 민망할 지경일세.

도법   용서하게.

탄성   의기양양하게 써서 보낸 봉안식 초청장이 날 아찔하
       게 만들고 있어.

도법   이젠 다 끝났어. 모두 참회하고 용서받고 싶어. 그동
       안 고마웠네. 어찌 보면 홀가분하기도 해.

망령   그래그래. 마음 잘 먹었지. 또 만들면 또 부숴야 해.

탄성   떠나겠나?

도법   가야지. 죄송스러워서라도 눌러 있을 수 있겠나?

탄성   그런 이유라면 남아 있고.

도법   아니야.

망령   집으로 가. 가서 마누라를 찾아봐라.

탄성   선방에 가련가?

도법   생각해 봐야지.

탄성   불상 제작도 집어치우고?

도법   응.

탄성   깊이 생각해 보게.

도법   생각하고 말 것도 없어.

탄성   자식, 비겁한 놈이군.

도법   ……?

망령   저 자식 왜 저래?

탄성   (벌떡 일어서며) 이놈아, 너는 부처님과 약속한 거야.
       애초에 방장 스님의 명을 받아 초파일까지 완성하겠
       다고 한 것부터가 부처님과의 약속이란 말이야.

도법   보름밖에 안 남았는데 나더러 어떻게 하란 말이야?

탄성   앞으로 보름이나 남았다고 생각하면 되잖아.

도법   보름 가지고 될 것 같아?

탄성   임마, 그걸 나한테 물어? 돼지우리 장판을 만들더라
       도 약속은 지켜야지.

망령   아니…… 저…… 저 자식이 산통 다 깨네.

                                          (암전)

9장

방장 스님의 방.

방장 스님 앞에 무릎 꿇고 있는 도법.

방장   거…… 기괴한 일이다.

도법   제 말이 믿기지 않습니까?

방장   있을 수 없는 일이지.

도법   하면 환청이라는 뜻입니까?

방장   아니지.

도법   방장 스님, 이번 일은…….

방장   무엇이 가장 무섭던고? 그 모양인가?

도법   아닙니다.

방장   하면?

도법   전체가 다입니다.

방장   (생각에 잠긴다.) 요새 앵두가 나올 때던가?

도법   아직 이릅니다.

방장   그럼 딸기는 나왔겠지.

도법   예.

방장   난 딸기보다도 앵두가 맛있더군. 앵두는 요만한 게 씨가 커서 먹을 게 별로 없거든. 발라 먹어야 되지. 그러니까 맛있어. 언제 앵두를 보게 되면 요만큼만 갖다 줄란가?

도법   예.

방장   많이 가져와도 못 먹어.

도법   예.

방장   내가 요즘 몸이 나빠. 되지도 않는 참선 한답시고 몸만 버렸지. 그래서 며칠 전에 운동 삼아 몰래 아랫마을에 내려가 보았어. 왜 시장 모퉁이에서 한약방 하는 노인 있잖은가?

도법   예.

방장   절이 시끄러워진 뒤론 한동안 못 봤거든. 약도 짓고 한담도 나눌 겸 해서 찾아갔더니만 죽을 때 다 된 놈이 무슨 놈의 몸보신이냐면서 술이나 몇 사발 받아 줄 테니 따라오라는데, 딴엔 그래. 해서 나섰지. (꾸벅꾸벅 존다.)

도법   저…… 스님…….

방장   응?

도법   저어…….

방장   아, 내가 어디까지 말했지?

도법   약주…… 드시자고.

방장   아, 그래, 그랬어. 그래서 따라갔지. 가다가 어물전 앞
에서 거지를 봤는데 그 녀석이 희한한 놈이더군. 옆으
로 기어 다니면서 동냥하러 다니는데 왼통 얼굴을 보
자기로 싸맸더란 말이야. 멀쩡한 놈 같지 않겠나? 해
서 지나가는 척하다가 보자기를 싹 벗겨 보았지. 아뿔
싸, 그게 아냐. 뭐에 어떻게 됐는진 몰라도 얼굴이 몹
시 상했어. 내가 얼마나 난처했겠나. 거지는 거지대로
능욕당했다는 생각이 들어 막 싸우려 들지, 마을 사람
들은 삥 둘러서서 늙은 땡추 어떻게 당하나 두고 보
자는 식으로 야멸차게 구경하지…… 한약방 하는 친
구가 없었으면 크게 혼날 뻔했지…… 자네, 정종 먹어
봤나?

도법   예.

방장   속가에서?

도법   예.

방장   참 좋데. 그게 한 병에 얼만고?

도법   모르겠는데요.

방장   비싸겠지?

도법   그렇게 비싸진 않을 겁니다만.

방장   그래? 다음에 올 때 그것도 사다 줄란가?

도법   예.

방장   몰래 가져와야 돼.

도법 예.

방장 그날 밤 정종을 여러 잔 마셨어. 얼굴이 부한 게 말이
      많아지더군. 뭐 이런저런 얘길 했는데 거지 얘기가 제
      일 많았지. 따지고 보면 인간이란 다 거지거든. 빈 몸
      뚱이에 빈껍데기지. 해서 김삿갓부터 천사촌 거지 왕
      초 천팔만이 그리고 청라골 과부 거지 등등. 근데 말
      이야 한약방 하는 친구가 거지에 대해서 아는 게 많더
      군. 하나가 그럴듯하더란 말이야. 들어 볼란가?

도법 예.

방장 중국 어느 지방에 거지가 있었는데 거지랄 수도 없
      는 거지였어. 왜냐하면 아주 비싼 목걸일 하고 다녔거
      든. 그런데 거지는 이 사실을 모르고 자기는 땡전 한
      푼 없는 거렁뱅이로만 여기고 있었어. 그러다가 우연
      히 옛 친구를 만났는데 자초지종 얘길 들은 거지는 깜
      짝 놀랐지. 그 목걸일 보았던 거야. 친구가 알려 줬지.
      "이 친구야, 자네 목에 값비싼 진주 목걸이가 있는데
      뭐하러 동냥하러 다니는가? 그걸 팔아 장사를 해도
      큰 장사를 할 수 있을텐데……."
      거지는 그제서야 그걸 알고 기뻐했지. 얼마나 기뻤겠
      어. 거지가 기뻐서 길길이 날뛰는 걸 보고 친구가 또
      말했지. "이 친구야. 그 목걸인 본래부터 네 것이었어.
      어디서 주운 게 아니야. 그런데 뭘 그렇게 좋아하는
      거지?"(자신의 얘기에 재미있어 큰 소리로 웃는다.) 본래
      부터 자기 것인 것을, 이제 생겨난 양 기뻐하는 꼴이

얼마나 우스웠겠나. 하하하하. 모든 것이 목탁 구멍 속의 작은 어둠이지, 안 그래? 하하하하.

도법　　저어…… 방장 스님? 제가 여쭙고자 하는 것은…….

방장　　(손을 저으면서) 자기의 의지처는 자기인 것이야. 삼라 만상이 다 내 것인데 그 무엇이 부족할꼬?

도법　　……?

방장　　(주장자[10]를 세 번 치고 화를 버럭 내며) 돼지 궁둥짝에 목 런이야! 할!

(암전)

---

10) 株杖子: 수행승들이 지니는 지팡이.

10장

어둠 속에서 천둥소리.

이어서 소나기와 번갯불이 무대를 가른다.

용명되면

도법의 작업실.

망령은 의자에 앉아 술을 마시고

도법은 창가에 서서 소낙비를 보는 듯 뒷모습을 보이고 있다.

망령   (거나하게 취해서 흥얼댄다.) 살어리 살어리랏다. 청산
      에 살어리랏다…… 도법당, 이리 와서 한잔하자고.
      (대답이 없자) 비 구경 처음 하나? 이 비는 금방 그쳐.
      지나가는 비거든. 호랑이 장가가는 날일세. 도법당,
      이리 와서 회포나 푸세. 실은 오늘이 마지막이야. 난
      이 밤이 지나면 여길 떠나야 한단 말일세. 이제 가면

오고 싶어도 못 와. 허허, 내 말이 안 들리나? 술 생각

이 나서 찾아온 친구에게 이건 너무하지 않나.

도법   …….

망령   헤헤헤, 그래도 난 자네가 좋아. 재주꾼이거든. 그에

비해 겸손하고. 헤헤헤. (자작한다.) 도법당, 나에 대해

궁금한 게 많지? (고개를 끄덕이며) 이해할 수 있어. 자

넨 입산할 때만큼이나 착잡하고 고통스러울 테니까.

불상 문제도 그렇지, 탄성이도 그렇지, 게다가 지금은

비까지 오고 있으니까. 자넨 예나 지금이나 빗방울만

보면 맥을 못 추누만. 그래 가지곤 중이 될 수 없어. 너

무 감상적이야. 하긴 옛날에도 자네 같은 녀석이 하나

있긴 있었지. 유명한 놈이야. 조주(祖疇) 스님이라고.

(시를 읊는다.)

독좌시문낙엽빈(獨座時聞落葉頻)이니

수도출가증애단(誰道出家增愛斷)이고

사량불각루첨건(思量不覺淚沾巾)이라.

홀로 앉아 낙엽 떨어지는 소리를 들을 때

누가 말하였던고, 출가하여 도를 닦으면 사랑과 증오

가 끊어진다고.

아무리 생각해도 깨우치지 못하니 흐르는 눈물이 수

건만 적시누나.

……헤헤헤. 그 자식의 무상시(無常詩)지. 십 년간 토

굴에서 면벽(面壁)했지만 힐끗 본 치마 때문에 도로

헬까닥했다는 아픈 얘기야. (밖을 본다.) 아! 비가 그쳤

군. 거봐. 내 말이 맞다니까. 자, 이젠 술 좀 마시자고.
웅? 오늘이 마지막이라니까. 자, 어서.

도법   (의자에 앉는다.)

망령   (건너편 의자에 앉으며) 머루주야. 맛이 그만이지.

도법   (한입에 털어 넣고 다시 잔을 내민다.)

망령   한 잔 더?

도법   (연거푸 세 잔을 마신다.)

망령   맛있나? 아니면 오긴가?

도법   이젠 어디로 갈 거지?

망령   하늘나라로.

도법   그래?

망령   실은 갈 데도 없어. 자네가 하두 싫어하니까 아무 데
나 가려는 게지. 그냥 있어도 되겠나? 그건 싫지?

도법   그리 싫지도 않아.

망령   그래? 그거 듣던 중 반가운 소리군. 내가 무섭지 않
나?

도법   도대체 네 정체가 뭐야?

망령   나도 한 잔 주게.

도법   (따르며) 원포리 지물포집 혼령인가?

망령   그 말 귀찮고.

도법   그럼 아무 관계도 없단 말인가?

망령   난 몰라.

도법   그런데 왜 그 시체 속에 있었지?

망령   무슨 소리야. 난 나야. 내가 도대체 어디에 있었다는

겐가?

도법   당신이 그때 벌떡 일어섰잖아.

망령   허허, 정신 차리게. 뭘 잘못 봐도 한참 잘못 봤구먼.

도법   거짓말 말어. 여기 처음 나타났을 때도 구면인 사이에 뭘 그리 놀라느냐고 안 그랬어?

망령   그래? 그럼 그렇다고 하지. 그런데 그게 뭐 그리 중요한가?

도법   (잔을 비운다.) 자, 이제 다 털어놓아 보시지.

망령   뭘?

도법   불상을 왜 부쉈지?

망령   꼭 알고 싶어?

도법   그래.

망령   눈 감아 봐.

도법   (눈을 감는다.)

망령   니놈이 불상을 만들 자격은 있는 거냐?

도법   (눈을 부릅뜨며) 뭐야?

망령   허허. 눈 감어. 넌 내가 알기로 이 세상에서 가장 비겁하고 쩨쩨한 놈이야. 너도 부숴 버리고 싶었잖아. 왜? 가짜였으니까. 고양이가 호랑이 흉내를 내 본 거였으니까. 넌 불상을 만들어 공덕을 쌓고 그 공덕으로 니 죄를 탕감하고 싶었을 거야. 허나 공덕으론 죄가 없어지지 않아. 깨우쳐야지. 자, 눈 떠.

도법   (눈을 뜬다.)

망령   (술을 따르며) 헤헤헤. 아직도 내가 징그러운가? 도법

당! 도인이 되려면 하나로 볼 줄을 알아야 돼. 자비와
해탈은 일승(一乘)이지. 네 속마음이 내 겉모양일 수
도 있거든. 안 그래?

도법 훈계하려 들지 말어.

망령 훈계가 아니야. 사실 자네의 속 것이야 내 얼굴에 비
하겠어? 벗겨 놓으면 가관일 테지?

도법 결국 말하고자 하는 것이 뭐야?

망령 자네의 화두지.

도법 내 화두가 어때서?

망령 어떻긴? 엉터리지. 어떤 사람이 잠자고 일어나 색경[11]
을 보니 얼굴이 없어졌다. 어디로 간 것이냐? 가긴 어
디로 갔겠어. 무아(無我)야. 내가 없으니 죽음을 싫어
할 나도 없고 삶을 기뻐할 나도 없어. 진짜란 가고 옴
이 없어. 있고 없고가 없어. 있든 없든 그게 그거야.
자, 무진 법문을 들었으니 넌 이제 진짜 호랑이가 된
거야. 됐다 치구 나를 보라고.

도법 (외면한다.)

망령 못 쳐다보는 건 또 뭔가. 죄의식이 다시 발동한 건가?

도법 …….

망령 마누라가 불쌍하겠지.

도법 뭐야?

망령 마누라!

---

11) '거울'의 방언.

도법   (강한 반응.)

망령   마누라가 불쌍하겠다고.

도법   (노려본다.)

망령   아하, 알았네. 술맛 잡친다 이거지. 다른 얘길 하자구.
       도법당. (묘한 웃음을 입가에 흘리면서) 자고로 술이 있
       으면 계집이 있어야 흥이 난단 말일세. 안 그런가? 내
       이럴 줄 알고 미리 준비해 뒀지. 자네도 계집이 필요
       한가? 필요 없지? 그럼 내 것만 부르겠네. (손뼉을 치
       며) 어서 들어와라.

(짙은 화장을 한 여인이 그네를 타고 내려온다.)

망령   (여인을 보며) 옳지 옳지. 사뿐사뿐. (도법에게) 괜찮은
       아이지. 서울 무슨 술집인가 하는 데서 비싸게 주고
       사 왔다고. (여인에게) 자, 인사해. (도법에게) 아마 구
       면일걸?

도법   (여인을 보자 깜짝 놀란다.) 아니…….

망령   (여인에게) 어서 인사해. 아 참, 앤 말을 못 해. 그러니
       인사하고 싶으면 자네가 하게.

도법   아니…… 이럴 수가.

망령   (여인에게) 뭘 꿈적거려. 어서 여기 앉지 않구. (옆에 앉
       힌다. 여인의 가슴 속에 손을 넣어 주무르면서) 자식, 처녀
       처럼 보송보송하군. 도법당, 자네 또 생떼 부리지 말
       어. 이젠 이 아이가 내 계집이니까. 자고로 버린 계집

미련 두는 녀석이 제일 못난 사내라구.

도법   여보, 부인!

망령   앤 내가 최면을 걸었어. 너에 대한 기억을 싹 빼 버렸지. (여인에게) 여기 왔으면 신고식을 해야지.

여인   (망령에게 입을 맞춘다.)

도법   이봐, 그 손 놓지 못해?

망령   왜?

도법   …….

망령   아하! 왕년에 쟤의 남편이었다? 이젠 아무것도 아니야. 안 그래?

(불교 음악이 애잔하게 울려 퍼진다.)

망령   십 년 전쯤일까? 동네 깡패 일곱 명에게 강간당한 게? 그때 자넨 꽁꽁 묶여 있었고 애는 그 녀석들한테 차례로 당했지.

도법   그만해.

망령   그만하긴. 이미 엎질러진 물인데. 자넨 차례로 다 보았지. 처음엔 녀석들이 윗도리를 벗기고 다음에 치마…… 속곳도 벗기고. 소리 질러 봐. 그때처럼. "살려 줘! 살려 줘! 이놈들아 제발 그만두란 말이야!" 그리고 그 순간 외면해 버렸어. 낄낄거리는 그 녀석들의 웃음소리와 함께 모든 게 끝장나 버렸지. 넌 곧장 입산했으니까.

도법   …….

망령   괴로운가?

도법   (노려볼 뿐.)

망령   (빈정대며 시를 읊는다.)

우리 모두 사랑하는 이를 갖지 말자.

우리 모두 미운 이를 갖지 말자.

사랑하는 사람은 못 만나 괴롭고

미운 사람은 만나서 괴로우니

그 사랑하고 미워하는 것이

모두 다 고통이 아니겠소.

도법   아암, 고통이지. 고통이고말고. 그러니 어떻게 할까?
저 마나님 붙잡고 덩실덩실 춤이라도 출까? 아니면
통곡이라도 할까? 원하는 게 뭐야? 말해, 이 자식아.

망령   (여인에게) 얘야, 안 되겠다. 발작 병이 다시 도진 모양
이다. 어여 인나서 선을 보여. 네 멋진 춤으로 혼을 싹
빼 버려.

여인   (일어나 춤을 춘다. 춤추며 옷을 하나씩 벗는다.)

망령   쟤는 그래도 됐어. 웬만한 계집 같았으면 죽는다고 난
리 법석을 피웠을 텐데. 저렇게 상처를 스스로 치유할
줄 안단 말이야. 옳지 옳지. (도법에게) 옛날하고 똑같
은 몸매지? 후후후.

도법   그만해.

망령   그만하라니. 그만두면 만사가 다 끝이 나나. 네놈은
어여 된[12] 게 만사가 순간순간이야? 저 술집 계집이

여기서 벗지 않는다고 다른 데서도 안 벗을 줄 알어?
천만의 말씀. 그게 저년의 직업인걸.

도법　…….

망령　(술을 마시면서) 잘 봐. 거기서 떠오르는 것이 있을 거
야. 저걸 어려운 말로 묘유(妙有)라고 하지. 진공묘유
(眞空妙有)! 묘하게 있다, 이거야. 저년을 봐. 저게 영
원히 있는 걸까? 아니지. 언젠가는 없어진단 말이야.
그러니까 없는 거지. 그렇담 완전히 없는 거야? 그것
도 아니지. 있긴 있어. 묘하게 있는 거지.

도법　(망령의 멱살을 잡으면서) 시끄러, 이 자식아.

망령　허허. (도법의 두 손을 쉽게 꺾어 눌러 앉힌다.) 자넨 어째
서 이 순간을 영원하다고 생각하지? 인생이 순간이면
영원한 건 없고 인생이 영원하면 순간이란 없을 텐데
말이야. 이건 앞뒤가 맞지 않아. 마누라가 강간당한
건 영원하고 마누라를 사랑했던 건 순간이라니 이런
엉터리 발상이 어디 있나.

여인　(속옷 차림으로 춤을 춘다.)

망령　(도법의 얼굴을 똑바로 들게 한다.) 자비의 시선으로 저
것을 봐. 봤어? 봤으면 이리 와. (도법을 일으켜 세워 탁
자 있는 데로 와서 의자에 앉힌다.) 불쌍하지?

도법　…….

망령　저년이 불쌍하지? 네 마누라는 변한 게 없어. 저년은

---

12) 어떻게 된.

아직도 너를 생각하고 있으니까. 어쩔 수 없이 당한
건 죄가 아니야. 그건 새끼손가락에 난 생채기에 불과
해. 변한 건 너야. 네가 잘못 본 거지. 아니, 잘못 본 것
도 아니야. 잘못 본 줄 뻔히 알면서도 시정하지 않았
으니까. 범부의 세속이란 다 그래.

도법   그래, 난 범부야. 속인이구 죄인이구 머저리야. 물론
내 처는 아무 잘못도 없어. 그걸 나도 알아. 이치상으
로 확실히 그래. 하지만 난 그 일을 지울 수가 없어. 지
우려고 노력이야 했지. 잊어야 한다고. 그러지 않으
면 저 여자나 나나 불행해진다고. 허나 소용없는 일이
었어. 버선코빼기만 보아도 그 일이 떠오르는 걸 난들
어쩌란 말이야. 어떤 놈이든 붙잡고 물어봐. 지 마누
라가 강간당하는 걸 보고 저건 색(色)이요 저건 공(空)
이니 집착하지 말고 아무 일도 없었던 것처럼 여겨 버
려라. 어떤 미친놈이 그대로 따르겠어. 없어. 그런 놈
은 세상에 없어.

망령   왜 없어? 있어. 째구 쎘어.

도법   그런 자들은 인간이 아니야.

망령   인간이야. 그런 썩은 동태 눈알 가지고 무슨 도(道)를
닦겠다고 그래. 이놈아. 너와 마누라는 같은 장소에서
같은 사건으로 똑같이 당했어. 둘 다 시궁창에 빠진 거
야. 그런데도 너는 말짱하고 마누라만 더럽다 이거야?

도법   불리지 말어. 난 그 일을 말갛게 지울 수가 없다는 것
뿐이야.

망령 누가 말갛게 지우래? 만약에 네 마누라가 당하는 걸
      직접 보지 못했고 그 후로도 눈치채지 못했다고 가정
      해 보자. 어떻게 했겠어?

도법 차라리 그편이 나았겠지.

망령 그런 어벌쩡한 말이 어딨어. 안 보면 괜찮고 보면 안 돼?

도법 더 이상 듣기 싫어.

망령 그럴려면 뭣하러 중이 됐어? 불상은 왜 만들었어? (힘
      을 주어) 법(法)을 보려고 했던 게 아냐? 그 법이 여기
      에 있는데 넌 지금 어디서 찾고 있는 거야, 이놈아!

도법 법이란 고통과 좌절의 아픔을 인간적인, 너무나 인간
      적인 입장에서 얼마큼 견뎌 왔느냐에 달려 있어. 나는
      그 모든 법난(法難)과 정면으로 맞서 싸워 왔고 그 좌
      절의 깊이만큼 지금은 상처가 아물게 되었던 것이야.
      알겠어?

망령 아니, 모르겠어. 본디 그 일이 어떤 상처였으며 이제
      는 어떤 법으로 어떻게 아물게 되었다는 건지 엉망진
      창이라고. 다시 말해 봐. 아주 쉽게.

도법 당해 보지 않은 놈은 몰라. 지 멋대로 입방아 찧지 말
      란 말이야.

망령 헤헤헤. 자, 그럼 난 잠자코 있을 테니 네가 찬찬히 설
      명해 봐.

도법 알 필요 없어.

망령 그럼 내가 설명해 보지. 그러니까 깡패들이 네 처를 이
      렇게 눕혀 놓고 (음악 소리 순간 정지) 그 짓을 했다. 이

그것은 목탁 구멍 속의 작은 어둠이었습니다 541

말이지? (여인을 탁자에 눕히고 당시를 재현하려 한다.)

도법　손 떼.

망령　못 떼.

도법　안 떼겠어?

망령　못 떼겠다면?

도법　(헤라를 집어 들며) 죽여 버리겠어.

망령　상처가 아물었담서?

도법　그만두지 못하겠어?

망령　우리끼리 서로 삭이지 못할 게 무어 있겠나. 색즉시공
　　　이요 무욕무탐인걸.

도법　똑바로 들어. 마지막 경고야.

망령　이놈아, 큰소리치지 말어. 넌 개자식이야.

도법　개자식이라도 좋으니 어서 꺼져 버려.

망령　누구 마음대로?

도법　어서!

망령　좋다. 마음대로 해 봐. 어디, 악마가 이기나 까까중이
　　　이기나 해 보자고. (여인을 애무하려 한다.)

도법　야!

망령　(태도를 돌변한다.) 헤헤헤. 참게, 참아. 한번 해 본 거
　　　야. 우리가 이럴 필요가 있겠어? 잠시 머리도 식힐 겸
　　　휴전을 하자고. 결론을 내릴 때가 되었으니까. ……아
　　　는 노래가 있음 한 곡조 불러 보게. ……막간을 이용
　　　해서 유서라도 써 놓든지.

(창가로 가서 창문을 여는 망령,

심호흡을 몇 번 한다.

잠시 후.)

망령 　 소감이 어떤가? 넌 하나를 전체로 보았지.

도법 　 그 일이 있은 뒤 등껍질이 벗겨지는 부두 노역을 하면
　　　　서 지금 네 말처럼 하나를 전체로 보고 착각하는 것은
　　　　아닌지 거듭거듭 생각해 보았지. (힘을 주어) 내면 깊
　　　　숙이 숨어 있던 모든 번뇌가 그 하나로 인해 모두 고
　　　　개를 쳐든 거야. 분명히 말하건대 난 마누라 일이 동
　　　　기가 되어 전체를 보았다고. 생로병사에 허덕이는 전
　　　　체 인생의 백팔번뇌를 보았던 거라고.

망령 　 해서 입산했다?

도법 　 아암.

망령 　 그리고 잊기 위해 수행도 했고?

도법 　 이기기 위해서였지.

망령 　 그래서 이겼나? 내가 보기엔 그 전체라는 게 하나처
　　　　럼 보이는데? 아직도 그 하나 때문에 전체가 망가져
　　　　가는 꼬락서닌데.

도법 　 염려 말어, 호락호락 망가지진 않을 테니까.

망령 　 그럴까?

도법 　 아암.

망령 　 흥미진진한데? 자, 그럼 시작해 볼까?

도법 　 …….

망령　　이제부터 자네에게 마지막 최면을 걸겠어. 자넨 오늘 우리의 마지막 이별을 그 조각칼로 끝내야 돼. 알겠나? (여인의 옷을 벗기고 애무한다. 빠른 행동. 극(劇)에 속도감이 붙는다.) 어떤가? 보기 싫은가? 보기 싫음 지금 네 눈을 찔러 버려. 그런 썩은 눈알이라면 계속 보아봤자 아무것도 깨닫지 못해. 사실 이런 일은 전에도 있었거든? 넌 지금 꿈을 꾸고 있거든? 그런데도 보기 싫어 미치겠다면 그거야말로 머저리지. 뭘 망설이나. 찌르라니까. …… 옳아! 그렇담 이 모습이 보기 싫지 않다 이거야? (더욱 격렬하게 애무하며) 보기 좋은가? 참을 수 있겠어? 색즉시공이야, 부처의 자비야? ……보기 좋대두 지금 찔러 버려. 이젠 안 보아도 자넨 자유자재함이야. 자넨 지금 마누라가 당하고 있는데도 대자대비의 시선으로 보고 있어. 그러니 미추(美醜)가 따로 없음이지. 뭘 해. 어서 찌르라니까. ……만약 이런저런 연유로 지르지 못한다면 자넨 이 근적끈적한 속세에 아직도 미련이 많다는 것이고 결국 이런 식으로 더 확실한 것, 더 구체적인 것을 찾다가 종래엔 아수라가 되어 육도윤회를 거듭하게 될 것이야. 망설이지 말고 어서 찔러! 어서! (더욱 세차게 여인과 정사한다.)

도법　　(혜라를 집어 든다) 개자식.

망령　　그래그래. 어서 그걸로 두 눈을 찌르라니까?

도법　　(망령에게 다가가며) 더 이상 못 참겠어.

망령　　왜 나한테 덤벼들어? 자네 두 눈을 찔러 버리라니까.

도법   흥! 네놈도 오늘로서 끝장이야.

망령   그래? 죽여 봐라, 이놈아.

(더욱 격렬하게 정사하는 망령과 여인. 격정적 감정과 휩싸인 도법,
혜라를 양손에 들고 부들부들 떤다. "야!" 하는 소리와 함께 망령을
마구 찌르는 도법.

사이키 조명이 비치다가 사라지면 순간, 암전.

용명되면, 도법에게 한정된 불빛.

쪼그려 앉은 채로 양손에서 두 눈을 감싸고 있다.

눈에서 피가 흘러내린다.

망령, 녹로 위에 앉아 있다. 불상처럼.)

망령   자넨 나를 죽이려 했지만 결국 자네의 두 눈을 찌르
        고 말았어. 난 자네의 번뇌와 불안일세. 세상 이치가
        일체유심조라. 난 바로 자네일세. 자넨 자네의 추악한
        부분을 인정하려 들지 않았어. 그러나 이젠 보았겠지.
        자네의 다른 한 부분이 얼마나 추악했던가를. 도법당.
        미추를 포기하게. 아름답고 추함이란 한낱 꿈속의 허
        깨비에 불과한 것이야. 본디 이 세상 모든 것은 묘하
        게 있을 뿐 미추란 없는 것이야. 그것을 자꾸만 추하
        다고 보는 자네 자신에게 문제가 있는 것일세. 도법
        당. 내 몸에 석고를 입히도록 하게.

(숙연해지는 무대.

범패 소리 크게 울리다 사라지면……

도법, 망령한테로 가서 석고를 입히기 시작한다.)

망령   (지금까지의 말투가 아니다. 부처의 설법처럼 들린다.) 바닷가의 조약돌은 둥글고 예쁘지. 그 조약돌을 그토록 매끄럽고 아름답게 깎은 것은 조각칼이 아니라 부드럽게 쓰다듬는 물결인 게야. 나와 싸우려 들지 말게. 칡넝쿨이 보리수를 휘어 감듯이 자네가 싸우려 들면 우린 서로 파멸하고 말아.

도법   …….

망령   자, 이젠 자네의 외부를 보지 말게. 하늘에도 바다에도 산에도 들에도 자네가 벗어날 곳은 아무 데도 없어.

도법   …….

망령   우린 태어날 때부터 완성자였어. 범부들은 이것을 몰라. 모든 것이 목탁 구멍 속의 작은 어둠이지.

도법   (소리 없이 울먹인다.) 모든 것이 목탁 구멍 속의 작은 어둠이라…….

망령   도법당, 어떤 사람이 인적 끊어진 숲 속을 헤매다가 아득한 옛날 자신이 살았던 낡은 집을 발견하였네. 그 집에는 연꽃과 보리수가 있었지. 도법당, 나도 이와 같이 먼저 깨우친 분들이 걸어갔던 (손가락으로 허공을 가리키며) 옛길을 발견했을 뿐이야.

(도법, 바르르 떨리는 사지를 가까스로 진정시킨다.

정지 상태의 망령에게 환상적인 조명이 밝혀지면,

망령, 허공을 가리키는 엉거주춤한 모습의 신비스러운 불상으로 화

(化)하게 된다. 1장에서 본 흉측한 불상이…….

막이 내린다.)

작품 해설

　이만희(1954~)의「그것은 목탁 구멍 속의 작은 어둠이었습니다」
는 1990년 삼성문화재단의 도의문화저작상을 수상한 작품으로, 극
단 민예(강영걸 연출)에 의해 1990년 4월 27일부터 5월 10일까지 문
예회관 소극장에서 공연되었다. 초연 이후 같은 해에 극단 민예가 이
작품으로 제14회 서울연극제에 참가하여 작품상, 희곡상, 남자 연기
상, 특수 부문상을 받았으며, 1991년에는 제27회 백상예술대상 연출
상, 희곡상, 인기 배우상을 수상했다. 이만희는 이 작품으로 극작가로
서 주목을 받기 시작했으며 1990년대 연극계의 유망주로 떠올랐다.
　「그것은 목탁 구멍 속의 작은 어둠이었습니다」는 아내가 집단 성
폭행을 당하는 것을 목격하고 그 고통의 기억 때문에 입산한 전직 미
대 교수이자 조각가인 도법이 불상을 조각하던 중 내면의 갈등을 이
기지 못하고 자신의 두 눈을 찌르면서 깨달음을 얻는다는 내용이다.
　이 작품은 모두 열 개 장으로 구성되는데, 1장에서는 도법이 제작
한 흉측한 불상이 무대 뒤에 자리한 가운데 죽은 도법의 혼과 탄성이
선문답을 나누며 존재의 본질과 참된 득도의 과정에 대해 화두를 제
기한다. 도법의 삶과 죽음의 의미를 정리하려는 탄성의 회상으로 1장
이 마무리되고, 2장부터 10장까지는 도법의 득도 과정이 전개된다.
도법은 4월 초파일까지 불상을 제작하라는 방장 스님의 명을 받고 봉
국사에 와서 불상 제작에 착수하나 자신의 불안과 고통의 그림자라
할 수 있는 망령의 방해로 끝내 불상을 완성하지 못한다. 도법은 망
령과의 싸움에서 불상을 부수고 조각칼로 두 눈을 찌름으로써 자신
의 외부란 없으며 인간은 완성자로 태어났다는 깨달음을 얻는다.

이만희는 이 작품에서 도법의 분신인 망령을 통해 도법의 내면세계를 표출하고, 탄성이 도법의 혼과 대화를 나누거나 망령이 죽은 도법의 아내를 불러오는 장면 등을 통해 현실과 환상을 뒤섞는다. 이러한 분신극의 활용 그리고 현실과 초현실의 넘나듦은 도법의 내적인 갈등과 고통을 부각하며, 인간의 내면에 있는 번뇌와 불안, 인간의 본질에 대한 불교적 깨달음을 연극적으로 형상화하는 역할을 한다.

작가의 불교 체험이 반영된 이 작품에는 승려들의 일상생활과 인간적인 고뇌가 해학적이면서도 진솔하게 그려지며, 도법과 탄성 그리고 도법과 방장 사이의, 철학적 깊이를 간직한 선문답식 대화는 독자와 관객 들을 끝없는 의문과 깊이 있는 사유로 이끌면서도 공감대를 형성한다. 즉 고통과, 구원의 세계를 향한 인간의 갈구를 절실하게 표출하는 가운데 인간의 본질적 고뇌를 깊이 있게 사유하게 한다는 것이 이 작품의 성취이다.

영월행 일기

이강백(李康白) 1947~

1947년 전북 전주 출생으로 1971년 《동아일보》 신춘문예에 희곡 「다섯」이 당선되어 등단한 이래 현재까지 꾸준히 활동하고 있는 현역 극작가이다. 그는 1970년대의 억압적인 정치 사회 상황에서 제도적인 폭압 체계를 상징적으로 풀어낸 「알」(1972), 「파수꾼」(1974), 「내마」(1974) 등의 작품을 창작했고, 이후 1980년대에는 「족보」(1981), 「쥐라기의 사람들」(1982), 「호모 세파라투스」(1983), 「봄날」(1984) 등의 작품을 통해 정치, 제도 등 외적인 한계에 직면한 인간의 모습보다는 운명적 조건 아래 인간 본성의 탐구에 초점을 맞추었다. 이러한 주제들은 「유토피아를 먹고 잠들다」(1987), 「칠산리」(1989), 「물거품」(1991), 「동지섣달 꽃 본 듯이」(1991) 등의 작품에 이르러서는 훨씬 더 삶의 본질적인 태도를 묻는 형이상학적인 물음에 대한 해답의 탐구로 접근해 갔다. 1990년대 이후에도 「북어 대가리」(1993), 「자살에 관하여」(1994), 「영월행 일기」(1996), 「느낌, 극락 같은」(1998) 등을 발표하는 등 꾸준히 창작 활동을 하고 있다. 1982년과 1986년 동아연극상, 1986년 대한민국문학상, 1992년과 1995년 그리고 2001년 백상예술대상 희곡상, 1996년 서울연극제 희곡상, 1996년 대산문학상 희곡 부문상 등을 수상했다.

등장인물

조당전
김시향
염문지
부천필
이동기

배경

장소 조당전의 집
시간 현대

조당전은 고서적 수집과 연구에 상당한 업적을 쌓은, 그 분야에서는 인정받은 전문가이다. 나이는 마흔 살, 이목구비가 뚜렷한 얼굴과 약간 마른 체격, 아직 미혼이다. 그는 고서적 연구 동우회 회원들과 빈번한 모임을 갖고 있다. 염문지, 부천필, 이동기 등은 그 동우회 회원들이다. 그들 중에는 대학에서 고문헌학을 강의하는 교수도 있고, 박물관 고문서 담당 직원도 있다. 김시향은 고서적 연구 동우회 회원이 아니다. 그녀는 고문자들을 해독하지 못한다. 그렇지만 그녀는 풍부한 상상력의 소유자로서, 나이는 서른 살, 한창 아름다움이 무르익은 모습, 기혼이다.

조당전의 집 서재는 고서적 연구 동우회 모임 장소로 쓰인다. 고서적들을 넣어 둔 고풍스러운 책장들이 나란히 세워져 있다. 서재 가운데에 회의용 원탁과 여러 개의 의자들이 자리 잡고 있다. 오른쪽에는 높지 않은 문갑이 있고, 전화기와 녹음기 등이 문갑 위에 놓여 있다.

서재 뒤편에는 다른 방으로 통하는 미닫이 형식의 문이 있다. 그 미닫이문은 두 쪽이며 양옆으로 여닫게 되어 있는데, 그 문이 열리면 다른 방의 내부가 보인다.

서재의 천장은 채광과 환기를 위해 둥근 돔 형태의 유리창으로 되어 있다. 아침, 낮, 저녁에 따라 그 유리창으로 들어오는 햇빛은 강약이 달라진다.

이 연극의 등장인물들 못지않게 중요한 역할을 하는 것은 당나귀와 소년 형상이다. 당나귀와 소년 형상을 만드는 데 있어서 주의할 점은, 너무 구체적인 형태여서는 안 된다는 것이다. 당나귀는 타고 다닌다는 기능적인 측면만을 살려 바퀴를 달아야 하고, 소년 형상은 몸체를 추상적으로 하되 얼굴의 표정만은 뚜렷이 강조할 필요가 있다.

1장

천장의 둥근 유리창으로부터 정오의 강렬한 햇빛이 수직으로 쏟아진다. 조당전, 책장으로 가서 『영월행 일기』를 꺼낸다. 고서적 연구회 회원들이 원탁에 둘러앉아 있다. 조당전은 그들에게 꺼낸 책을 가지고 간다.

조당전   자네들은 내 기분을 알 거야. 난 이 책을 본 순간 가슴이 뛰었어. 쿵, 쿵, 쿵, 심장의 요란한 박동 소리가 내 귀에 들릴 정도였지!

염문지   알아. 우리도 안다고. 우연히 길을 가다가 금덩이를 주운 기분일걸.

부천필   그 이상일지 몰라. 깊은 바닷속에 들어가 보물을 건진 기분, 아니면 하늘 위로 올라가 별을 따 온 기분 말이야.

이동기   하지만 흥분하면 안 돼. 차분하게 마음을 가라앉히고 이 책이 진짜인지 확인하자구.

부천필　어디 의심스러운 데가 있나?

이동기　이런 희귀한 고서적일수록 위조된 것이 많아. 지난번
　　　　내가 구입한 그 책들, 황보인과 김종서의 문집들이 모
　　　　두 가짜였거든.

조당전　그래서 난 꼼꼼히 살펴봤어. (제목을 읽는다.) 영월행 일
　　　　기…… 몇 군데 얼룩졌지만 이 정도면 상태도 양호하
　　　　고…… (책을 펼친다.) 책 내용은 영월을 오가며 쓴 일
　　　　기인데, 연대를 보니 조선 왕조 7대 임금인 세조 3년
　　　　이야. 세조 3년을 서기로 환산하면 1457년이지. 그러
　　　　니까 무려 오백 년 전에 쓴 책인데, 더욱 놀라운 건 이
　　　　일기의 글자들을 봐. 한문 아닌 순전히 한글로 썼다는
　　　　거야.

염문지　그 일기를 쓴 사람이 누구지?

조당전　음, 신숙주의 하인이야.

염문지　신숙주의 하인……?

이동기　바로 그 점이 의심스럽잖아? 세조 3년 때 한글로 쓴
　　　　일기책이라…… 한글은 그 당시엔 집현전 학자들 사
　　　　이에서나 사용했던 글자인데, 그런 글자로 전혀 학식
　　　　없는 종놈이 한 권의 일기를 썼다니 믿을 수가 있겠
　　　　어?

조당전　하지만 이 일기를 쓴 인물은 무식했던 건 아냐. 비록
　　　　신분은 미천했으나 성품은 지혜로웠어.

염문지　영리한 종놈이 소위 언문을 배워 일기를 썼다……

글쎄, 그럴 가능성이 있다고 하기에는 뭔가 미심쩍고…… 전혀 가능성이 없다고 하기에도 또 뭔가…….

부천필 신숙주의 하인이라면 그럴 가능성은 충분해. 신숙주는 한글을 만든 학자 중에 하나였으니까, 자기 집 하인에게 그 글자를 배워 익히도록 했을 거라구.

염문지 듣고 보니 그럴 수도 있겠군.

이동기 가짜일수록 그럴듯하게 꾸미는 거야. 잘 생각해 봐. 신숙주의 하인이 오백 년 전에 쓴 일기. 그것도 순전히 한글로 쓴 최초의 일기라니…… 이 책은 가짜가 분명해.

부천필 그렇게 서둘러 단정을 내리면 안 돼.

이동기 (원탁에서 일어나 뒤로 물러나며) 누군가가 기막히게 머릴 써서 만들었군! 굉장히 희귀한 서적으로 보이도록, 그래서 비싼 값으로 팔아먹으려고 만든 거라구!

부천필 자넨 이 책을 읽어 보지도 않았잖아?

이동기 읽을 필요가 없지!

부천필 자세히 읽고 나서 판단해야지, 안 그래?

조당전 사실은 내가 자네들한테 부탁하고 싶은 것도 바로 그거야. 우리가 이 책의 내용을 검토해 보면서, 객관적으로 입증할 다른 자료들을 찾는 거야. 만약 그런 자료들이 발견된다면 이 책은 진짜가 틀림없거든.

부천필 좋아, 난 기꺼이 동의하겠어.

염문지 (잠시 생각한다.) 나도 동의하지.

조당전 (이동기에게) 자네는?

이동기　(고개를 내젓는다.) 그럴 필요 없다니깐!

부천필　이 친구는 잔뜩 화가 났어. 지난번 산 책들이 모두 가짜였기 때문에 그런 거야.

조당전　화 좀 풀고, 날 도와줘.

이동기　이 책의 출처는 어디야?

조당전　내 단골 서점.

이동기　인사동의……?

조당전　음.

이동기　누군가 팔아 달라고 서점에 내놓은 것이겠지. 문제는 그 누군가인데, 확실한 신원을 알고 샀나?

조당전　아니…….

이동기　왜?

조당전　서점 주인이 신원은 밝힐 수 없다고 했거든.

이동기　정체불명한테 산 거로군…… 책값은 얼마나 줬는데?

조당전　750만 원.

이동기　750만 원이나……?

조당전　싸게 산 거야.

이동기　맙소사! 이런 가짜 책 한 권에 그 많은 돈을 주다니!

조당전　난 진짜라고 믿어.

이동기　들었겠지, 자네들? 이 책을 연구한다는 건 시간 낭비야!

염문지　(이동기에게 말한다.) 자네가 양보해. 우리 고서적 연구 동우회 회칙에 의하면, 회장은 회원들의 의견을 조정할 권한이 있어. (손바닥으로 원탁을 두드린다.) 회장인 나는 『영월행 일기』를 우리의 연구 대상으로 삼을 것을 결정한다!

이동기   그렇다면 한 가지 조건을 붙여야겠어.

염문지   그게 뭔데?

이동기   가위로 이 책을 한 조각 잘라 달라는 거야. 화학 처리
         를 해 보면, 이 책의 종이가 옛날에 만든 것인지 최근
         에 만든 것인지 확실하게 판명돼. 어쨌든 내 조건은
         그래. 진짜인 경우에만 연구할 가치가 있지 가짜라면
         그럴 가치가 없어.

조당전   (원탁에서 일어서며) 옳은 말이야.

염문지   어딜 가려구?

조당전   가위를 가져오겠어.

(조당전, 문갑으로 가서 서랍을 열고 가위를 찾는다.)

부천필   (이동기에게) 자넨 너무 심하군.

이동기   왜? 확실히 하자는 게 잘못이야?

부천필   입장을 바꿔 놓고 생각해 봐. 자네가 이런 희귀본을
         구해서 기분 좋아하고 있는데, 가위로 잘라 내라…….

(조당전, 가위를 들고 원탁으로 되돌아온다. 그는 『영월행 일기』를
조심스럽게 펼쳐 가면서 살펴보더니, 글자가 없는 공백 부분을 한 조
각 잘라 낸다. 그러다가 그는 손가락 피부가 가위에 잘리는 상처를
입는다.)

조당전 이건 꼭 내 살점이야.

염문지 아프겠는데…….

부천필 어어, 피가 흐르잖아!

조당전 괜찮아. 종이를 자르다가 다쳤어. (잘라 낸 종이를 이동기에게 준다.) 언제쯤 알 수 있나, 결과는?

이동기 글쎄, 며칠 후면 알 수 있겠지.

조당전 결과가 나온 뒤 우리 다시 만나세.

염문지 장소는?

조당전 여기, 우리 집에서.

(염문지를 비롯한 고서적 연구 동우회 회원들, 원탁에서 일어선다. 그들은 한 사람씩 조당전과 악수를 하고 나간다. 이동기는 다소 냉담하게. 염문지는 중립적인, 부천필은 우호적인 감정을 나타낸다. 조당전은 그들을 문 앞까지 배웅하고 원탁으로 되돌아와서 앉는다. 그는 가위로 잘라 낸 『영월행 일기』를 아픈 상처처럼 어루만진다. 가위에 다친 왼손 손가락에서 핏방울이 떨어진다. 그는 손수건을 꺼내 상처를 싸맨다. 무대 조명, 암전한다.)

2장

천장의 둥근 유리창은 어둡다. 두 개의 의자가 네댓 걸음의 거리를 두고 놓여 있다. 조당전과 김시향. 그 의자에 앉아 서로를 마주 바라본다. 전등 불빛이 그들을 각각 나눠 비춘다.

조당전 왜 말씀이 없으시죠?

김시향 (침묵한다.)

조당전 나를 만나러 오신 용건을 말씀해 보세요.

김시향 저어…… 알고 계실…….

조당전 잘 안 들립니다.

김시향 (고개를 들고 약간 목소리를 높여 말한다.) 제가 왜 왔는지는…….

조당전 편안히 말씀해 보세요.

김시향 제가 왜 왔는지는 선생님께서 이미 아실 거예요…….

조당전　글쎄요, 내가 뭘 알지요?

김시향　선생님, 저는 『영월행 일기』 때문에 왔어요…… 무척
　　　　오래된 책이어서 비싼 값을 받을 수 있겠구나…… 그
　　　　래서 인사동의 한 고서점에 팔아 달라 은밀히 부탁
　　　　했었죠. 그런데…… 선생님께서 그 책을 사 가셨더군
　　　　요…….

조당전　(긴장하는 태도가 되며) 내가 샀습니다만?

김시향　(다시 목소리가 낮아진다.) 그 책을…… 되찾고 싶은…….

조당전　안 들립니다. 좀 더 크게 말씀하시지요.

김시향　그 책을 되찾고 싶어요.

조당전　『영월행 일기』를 되돌려 달라구요?

김시향　네…….

조당전　그렇다면 헛걸음하셨군요. 다른 물건이야 사고판 다
　　　　음 되물릴 수도 있겠습니다만 고서적은 그럴 수가 없
　　　　습니다. 일단 거래가 끝나면 판 사람이 누구이며 산
　　　　사람은 누구인지 그것마저 불문에 붙이기 마련이죠.

김시향　고서점 주인 역시 같은 말씀을 하셨어요. 그 책을 사
　　　　신 분을 알려 달라고 하니까 어찌나 심한 역정을 내시
　　　　던지…… 여러 날 애원해서 간신히 알아냈죠. 선생님,
　　　　부탁합니다. 만약 제가 그 책을 되찾지 못하면 저는
　　　　정말 큰 곤경에 빠지게 돼요.

조당전　안 됩니다. 되돌려 드릴 수는 없어요.

김시향　그 책은…… 제가 훔친 거예요.

조당전　도둑질한 물건이다, 그겁니까?

김시향   (고개를 끄덕인다.)

조당전   장물을 사고팔면 법에 걸린다, 그 정도의 상식쯤은 알
         고 있습니다. (의자에서 일어나 고서적들을 넣어 둔 책장으
         로 간다.) 이 책들을 보세요. 여기 가득 차 있는 고서적
         들은, 감옥을 두려워했다가는 모을 수가 없는 겁니다.

김시향   하지만 제가 어디에서 훔쳤는지 아신다면…… 놀라
         실 거예요.

조당전   어디에서 훔쳤는데요?

김시향   저희…… 집…….

조당전   안 들립니다.

김시향   (목소리를 높여 말한다.) 저희 주인집에서 훔쳤어요.

조당전   주인집이라니요?

김시향   네, 그 책은 제 주인 것이에요. 저는 겁이 나서 고백했
         죠. 책 판 돈은 이미 다 써 버렸다구요. 저희 친정집 부
         모님이 남의 빚보증을 잘못 서서 그걸 대신 갚아야 했
         거든요. 주인은 무섭게 화를 내며 고함을 질렀어요.
         "몸을 팔아서라도 반드시 그 책을 찾아오라!" (의자
         에서 일어나 웃옷을 벗는다. 어깨와 가슴의 일부가 드러난
         다.) 제 몸을 보세요. 선생님, 제가 750만 원의 가치가
         있을까요?

조당전   글쎄요…….

김시향   대답해 주세요.

조당전   유감입니다만 나는 오늘날의 인간을 볼 줄 몰라요. 혹
         시 옛날의, 그러니까 수백 년 전 인간이라면 얼마든지

부르는 값을 주고 살 텐데요. 실례지만 지금 나이가 얼마나 되십니까? 삼백 살? 사백 살? 오백 살?

김시향 선생님, 제 말은 농담이 아니에요.

조당전 최소한 백 년 이상은 되셔야 합니다. 그래야 골동품적 가치가 있거든요.

김시향 (의자에 주저앉는다.) 실망인데요…….

조당전 어떤 것을 기대하셨죠?

김시향 (침묵한다.)

조당전 말씀해 보세요.

김시향 (벗었던 웃옷을 입으며) 선생님은 제 말을 전혀 듣지 않으셨어요!

조당전 아뇨. 들었습니다.

김시향 아예 처음부터 들을 마음이 없으셨던 거죠!

조당전 난 지금까지 귀담아들었어요. 부인께선 낮은 목소리로, 알아듣기 힘들게 시작했었죠. (원탁으로 가서 그 위에 놓여 있는 『영월행 일기』를 집어 든다.) 이 책이 무척 오래된 것이어서 비싼 값을 받을 수 있겠구나, 그래서 인사동의 고서점에 내놓았는데, 사 간 사람이 나였다…… 그러고는 부인은 약간 목소리를 높여서 이 책을 되돌려 달라 하셨습니다. 난 거절했지요. 다른 물건이야 되물릴 수도 있겠지만 이런 고서적은 안 된다구요. 그랬더니 부인은 옷을 벗으시고는 자신의 몸값이 얼마쯤 되겠느냐 물으셨어요.

김시향 하지만 가장 중요한 게 빠졌군요.

조당전 뭐가 빠졌어요?

김시향 두려움이죠.

조당전 두려움……?

김시향 선생님은 제가 지금 얼마나 두려워하고 있는지 모르세요. 그 책을 찾아가지 않으면…… 제 주인은 저를 죽일 거예요.

조당전 죽이다뇨?

김시향 네. 그분은 충분히 그럴 수 있어요.

조당전 부인의 주인은 누구시죠? (원탁 위의 『영월행 일기』를 펼쳐 본다.) 사실은 나도 그분이 누구신지 궁금했습니다. 이런 희귀본을 갖고 계셨던 분이라면, 고서적에 대한 전문 지식이 굉장하실 텐데요?

김시향 그분은 고서적을 전혀 읽지 못해요.

조당전 읽지 못한다……?

김시향 그분에겐 고서적은 다만 값비싼 골동품, 옛날 청자라든가 그림이라든가 그런 것들 중의 하나일 뿐이에요.

조당전 다른 골동품도 많다면, 부인은 왜 하필 이 책을 훔쳐 파셨습니까?

김시향 모든 건 제 주인의 소유물이에요. 제가 다른 것을, 도자기나 그림을 훔쳐 팔았어도 주인께선 분노하실걸요.

조당전 그렇겠군요.

김시향 하지만 그분은 모든 것의 겉모양만 가졌을 뿐 속 내용은 조금도 갖지 못했어요. 그 책도 그렇죠. 어떤 내용인지 알지도 못하면서 그냥 갖고만 계셨어요.

조당전 그러니까 더욱 궁금하군요. 모든 것의 형태만 가진 주인, 내용은 전혀 갖지 못한 그분은 누구십니까?

김시향 저의 남편이십니다.

조당전 네?

김시향 저 역시 그분의 소유물이구요.

(문갑 위의 전화기가 울린다. 조당전, 김시향에게 잠시 기다려 달라는 몸짓을 하고 문갑으로 가서 전화를 받는다.)

조당전 여보세요? 아, 자넨가! 음…… 음…… 그 종이를 화학적으로 분석한 결과…… 제발 애태우지 말고 결과를 말해 줘. 음……『영월행 일기』가 진짜라는 판명이 났군! 고맙네. 알려 줘서! 그래, 우리 집에서 모두 만나세!

(조당전, 통화를 끝낸다. 김시향은 그사이 의자에서 일어나 원탁으로 가 있다. 그녀는『영월행 일기』를 가져가려는 듯 집어 든다.)

조당전 우리가 어디까지 이야기했죠?

김시향 저는 남편의 소유물, 그분은 주인이시고 저는 종이에요. 그분 관심은 오직 저의 겉모습…… 마음속이 어떤지는 조금도 아시려고 하질 않아요. 선생님, 저를 살려 주세요. 저에겐 이 책이 필요해요.

조당전 부인…… 그 책을 이리 줘요.

김시향   (떨리는 손으로『영월행 일기』를 조당전에게 돌려준다.)
         죄송해요, 선생님…….

조당전   부인 심정을 이해 못 하는 건 아닙니다. 하지만 이젠
         집으로 돌아가시지요.

김시향   선생님…….

조당전   오늘은 더 이상 말씀하셔야 소용없습니다.

김시향   그럼…… 내일은요?

조당전   내일이라뇨?

김시향   내일도 안 된다면 모레 다시 오죠.

조당전   부인…….

김시향   언제 다시 올까요?

조당전   이번 주에는 전혀 시간이 없습니다. 화요일엔 박물관
         자문 회의, 수요일은 전국고서적협회 정기 총회, 목요
         일과 금요일은 강의…… 꽉 차 있어요.

김시향   다음 주에는요?

조당전   글쎄요, 다음 주 수요일은 오후가 비어 있습니다만…….

(조당전, 자신의 말이 의외라는 듯 놀란 표정이 된다. 김시향은 그 표
정의 변화를 놓치지 않는다.)

김시향   오후 몇 시쯤이죠?

조당전   3시부터 5시 사이…… 그런데 또 헛걸음만 하실 텐
         데요?

김시향   고맙습니다, 선생님. 다음 주 수요일 오후 3시에 다시

와서 뵙지요!

(김시향, 조당전에게 고개 숙여 인사하고 나간다. 무대 조명, 암전
한다.)

3장

서재 가운데를 차지했던 원탁과 의자들은 구석으로 옮겨져 있다. 조당전은 넓어진 공간에서 당나귀 모형을 조립하는 중이다. 당나귀 몸뚱이에 머리와 꼬리, 네 다리를 끼워 넣는다. 당나귀 다리에는 끌고 다니기에 편리한 바퀴를 부착한다. 출입문을 두드리는 소리가 들려온다. 조당전은 작업을 계속하면서 문을 향해 외친다.

조당전　들어오세요! 문은 잠겨 있지 않습니다!

김시향　(출입문을 열고 들어온다.) 안녕하세요, 선생님.

조당전　미안합니다. 이걸 만드느라 문을 열어 드리지 못했어요.

김시향　(조당전이 만들고 있는 것을 살펴보며) 이게 뭐죠?

조당전　당나귀입니다.

김시향　(소리 내어 웃는다.) 당나귀요……?

조당전 네, 당나귀처럼 안 보입니까?

김시향 글쎄요, 볼수록 우습게 생겼군요!

조당전 (당나귀 옆에 놓여 있는 『영월행 일기』를 집어 들며) 여기,
이 책에 씌어 있는 대로 만든 것이죠. (책을 펼쳐 읽는
다.) "신숙주 대감의 하인인 나는 걷기로 하고, 한명회
대감의 여종은 당나귀를 타기로 하였다. 당나귀는 작
은 몸매에 비해 두 귀가 유난히 크고, 털은 잿노란색
이며, 어깨와 다리에 줄무늬가 있는데, 꼬리는 길다.
당나귀의 온순하면서도 영리한 눈은, 사람 마음을 훤
히 꿰뚫어 보는 듯하다."

김시향 이 책에 그런 당나귀가 적혀 있다니, 저는 처음 들어요.

조당전 이 당나귀를 타세요.

김시향 제가…… 타요?

조당전 네.

김시향 왜 당나귀를 타야 하죠?

조당전 부인께서 다녀가신 후 나는 많이 생각해 봤어요. 그러
고는…… 결심했지요. 이 책을 부인의 남편에게 되돌
려 드리기로요.

김시향 고맙습니다, 선생님.

조당전 그러나 이 책의 형태만을 되돌려 드리렵니다.

김시향 형태만이라뇨?

조당전 내용은 우리가 갖는 것이죠.

김시향 무슨 말씀이신지……?

(조당전, 문갑 위에 있는 녹음기의 작동 버튼을 누른다. "꼬끼오—."
새벽을 알리는 닭 울음소리가 들린다.)

조당전   어서 당나귀에 올라타요. 그럼 부인과 나는 『영월행
        일기』의 내용을 알게 됩니다.

(김시향, 머뭇거릴 뿐 타지 않는다. 조당전은 김시향을 강제로 부축
해서 당나귀에 올려 태운다.)

조당전   새벽닭이 울었잖아! 더 이상 망설일 시간이 없어!
김시향   선생님도 타세요!
조당전   둘이 타면 무거워서 당나귀는 달리지 못해!

(조당전, 바퀴 달린 당나귀의 고삐를 잡고서 달리기 시작한다. 그의
걸음은 점점 빨라지고 호흡은 가빠진다.)

김시향   멈춰요!
조당전   안 돼!
김시향   멈춰 줘요, 제발!
조당전   안 된다니까!
김시향   어지러워 견딜 수가 없어요!
조당전   참아! 참으라구!

(조당전, 더욱더 빨리 달린다. 김시향은 끌려가는 당나귀를 부둥켜

안고 비명을 지른다. 조당전은 지쳐서 비틀거린다. 그는 걸음을 멈추
고 가쁜 숨을 몰아쉰다.)

조당전　헉헉…… 숨이 가빠…… 잠시 쉬자구…… 그런데 여
　　　　긴 어디일까?
김시향　우린 맴을 돌았어요. 방 안을 빙빙 돌다가 제자리에
　　　　멈춘 거예요.
조당전　아니야. 굉장히 멀리 온 거야.
김시향　제 소지품이 없어요!
조당전　없다니…… 뭐가?
김시향　제가 갖고 있던 모든 것요! 당나귀를 타기 전까지는
　　　　분명히 있었거든요!
조당전　정말 아무것도 없어?
김시향　없다니까요!
조당전　이런…… 달리는 동안에 떨어뜨린 모양인데…….
김시향　(당나귀에서 내려와 주위를 살펴본다.) 저기 핸드백이 떨
　　　　어져서 열린 채 있군요. 화장품들은 튕겨져 나가 있고
　　　　손거울은 깨졌어요. (흩어진 물건들을 주워 핸드백에 담
　　　　는다.) 아까 멈춰 달라고 했을 때 멈췄으면 이런 일이
　　　　없을 거예요.
조당전　그땐 멈출 상황이 아니었어.
김시향　선생님은 저를 당나귀에 태웠던 때부터 반말을 하시
　　　　는군요.
조당전　(『영월행 일기』를 펼쳐서 한 대목을 가리킨다.) 그게 궁금

하거든 이걸 읽어 보라구.

김시향   난 옛날 글자는 못 읽어요.

조당전   그렇다면 내가 읽지. "영월을 가는 동안 우리는 부부 행세를 해야 했다."

김시향   부부라니요?

조당전   사람들 눈에 이상하게 보이지 않도록 하라는 거야. (책을 읽는다.) "상전께서는 말씀하셨다. 너희에게 당부하는 이 일은 지극히 은밀한 것이니, 아무도 알지 못하게 하라."

김시향   도대체 무슨 일인데요?

조당전   영월에 유배시킨 임금, 단종을 살펴보고 오라는 거야. 임금과 대신들, 그런 높으신 분들께서야 직접 가서 볼 수는 없고, 양반 출신을 보내자니 이해관계에 따라 본 것을 왜곡시킬 염려가 있기 때문에, 그래서 우리 같은 하찮은 종놈과 종년을 뽑은 거지. (책을 읽는다.) "너희 둘을 함께 보냄은 혹여나 혼자 잘못 보지 않도록 하기 위함이다. 그런즉 너희는 영월에서 본 것만을 사실대로 말하여라. 그리하면 너희가 바라는 것을 상으로 주리라." (책을 덮고 김시향에게 묻는다.) 임자는 뭘 바라겠어?

김시향   글쎄요…… 뭐가 좋을까…….

조당전   내가 바라는 건 오직 한 가지, 자유야.

김시향   자유……?

조당전   종살이에서 풀려나는 것, 이 세상에 그것보다 더 좋은 건 없어! (당나귀를 끌고 와서 김시향 앞에 세운다.) 자, 그만 쉬고 가자구!

(김시향, 잠시 망설이다가 당나귀에 올라탄다. 조당전은 당나귀를 끌고 간다.)

김시향   제발 천천히 가요. 어지러워 혼났어요.

조당전   영월은 멀고도 멀어. 가는 데만 400리, 오는 데도 400리, 합쳐서 800리 길이지.

김시향   정말 까마득하네!

조당전   지루하거든 경치를 구경해.

김시향   경치라니요?

조당전   800리 길이 모두 볼거리야.

김시향   제 눈엔 아무것도 안 보여요.

조당전   마음의 눈으로 봐.

김시향   (침묵한다.)

조당전   옛날 어릴 적 기억나? 따뜻한 봄이 되면 아이들은 참 좋아했었지. 풀과 나무마다 파릇파릇 새싹이 돋고, 예쁜 꽃들이 피었어. 추운 겨울 동안 집 안에만 웅크리고 있다가 밖에 나와서 보게 되는 그 환한 광경, 마치 봉사가 눈을 뜬 순간처럼 신기하고 놀라웠지. 아, 저기 나비 좀 봐!

김시향   (두 손으로 눈을 가리며) 노랑나비예요? 흰나비예요?

조당전   왜 눈은 가리고 묻지?

김시향　옛날 어른들이 말씀했었죠. 그해 처음 노랑나비를 보면 운이 좋고, 흰나비를 보면 운이 나쁘대요.

조당전　그렇다면 가만히 눈을 떠 봐.

김시향　(가렸던 손을 떼고 허공을 바라본다.) 어머나, 노랑나비네! 한두 마리가 아니에요! 여기도 노랑나비! 저기도 노랑나비! 온통 노랑나비 떼가 우리를 둘러싸고 있어요!

조당전　임자, 처음엔 내키지 않더니 이젠 흥이 났군.

김시향　선생님은요, 선생님도 흥이 나셨으면서!

조당전　날 선생이라고 부르면 안 돼.

김시향　그럼 어떻게 부르죠?

조당전　임자라 불러.

김시향　임자……?

조당전　당신이라 부르든가.

김시향　(웃으며) 호호호. 당신…….

조당전　이놈 당나귀도 신이 난 모양이야. 연신 코를 벌름거리면서 꼬리를 흔들어 대는군.

(조당전, 끌고 가던 당나귀를 멈춰 세운다.)

조당전　두 갈래 길인데…….

김시향　영월은 어느 쪽이죠?

조당전　동쪽이야, 강원도는.

김시향　저기, 남쪽 길은요?

조당전　저기 남쪽 길로 가면 전라도나 경상도가 되겠지.

김시향　(두 손을 합장하고 머리를 조아린다.)

조당전　뭘 비는 거야?

김시향　당신도 빌어요. 어느 쪽 길로 가야 좋을까…….

조당전　아까 우린 행운의 징조, 수많은 노랑나비들을 봤었잖
　　　　아?

김시향　그것만 가지곤 부족해요.

조당전　임자는 마음이 약하군.

김시향　우리, 이렇게 해요. 당나귀 고삐를 놓는 거예요. 저 두
　　　　갈래 길에서, 당나귀가 동쪽 길로 가면 우리도 그쪽
　　　　길로 가고, 당나귀가 남쪽 길로 가면 우리도 그쪽 길
　　　　로 가요.

조당전　(당나귀의 고삐를 놓는다. 그리고는 당나귀의 엉덩이를 힘
　　　　껏 밀어붙인다.) 가라, 당나귀야! 우리 운명이 너한테
　　　　달렸다!

(당나귀, 밀려 나간다. 김시향은 당나귀에 탄 채 두 발로 바닥을 박차
면서 달린다. 조당전은 그 뒤를 쫓는다. 김시향은 붙잡히지 않으려
달아나고, 조당전은 그녀를 붙잡으려 한다. 마치 놀이처럼 계속되던
그 광경은 조당전이 당나귀의 고삐를 붙잡음으로써 끝난다.)

조당전　잡았다, 잡았어!

김시향　(웃음이 섞인 비명을 지른다.) 당나귀가 동쪽으로 왔어
　　　　요? 남쪽으로 왔어요?

조당전　동쪽으로 왔어!

김시향　(흘러내린 머리카락을 쓰다듬어 올리면서) 어찌나 빨리
　　　　달렸는지 정신이 없군요.

조당전　(김시향의 손을 잡아 제지하며) 아냐, 그냥 둬!

김시향　네?

조당전　발갛게 상기된 얼굴, 흘러내린 머리카락, 흐트러진 옷
　　　　자락 사이로 엿보이는 뽀얀 가슴…… 임자 모습이 참
　　　　아름답군.

김시향　부끄럽게…… 가슴은 왜 봐요…….

조당전　내가 종살이에서 풀려나면, 그땐 임자와 혼인하겠어.

김시향　저는 주인이 있는 몸이에요.

조당전　임자도 자유를 달라고 해.

김시향　말도 안 되는 소리 마요. 그런데 선생님은…… 당신은
　　　　결혼하셨어요?

조당전　아니.

김시향　어째서 안 했지요?

조당전　난 사랑 없이는 결혼 안 해.

김시향　사랑 없이도 사람은 결혼해서 살 수 있어요.

조당전　내가 임자를 사랑한다면?

김시향　제발 그런 소리 마요! 무서운 우리 주인이 저도 죽이
　　　　고 당신도 죽일 거예요!

(조당전, 말없이 당나귀를 끌고 간다.)

김시향　이렇게 몇 날 며칠을 가는 거죠?

조당전　아무리 빨라도 엿새나 이레는 걸려.

김시향　(동요를 부르듯이) 해가 뜨고 해가 졌다, 달이 뜨고 달
　　　　이 졌다, 하루가 지났다…… 해가 뜨고 해가 졌다, 달
　　　　이 뜨고 달이 졌다, 이틀이 지났다…… 해가 뜨고 해
　　　　가 졌다, 달이 뜨고 달이 졌다, 사흘이 지났다…….

조당전　그동안 여주, 원주, 제천을 지났으니까 이젠 영월에 다
　　　　왔어. (『영월행 일기』를 펼쳐 읽는다.) “우리는 영월 읍내
　　　　에 도착해서 포목점을 찾아가 옷감과 실을 샀다.”

김시향　왜 사죠, 그런 걸?

조당전　떠돌이 봇짐장수로 꾸며야 했거든. “다른 가게에 들
　　　　러서는 가위와 바늘도 샀다.”

(조당전, 당나귀를 문갑 앞으로 끌고 간다. 그는 문갑 안에 준비해 둔
봇짐을 꺼내더니 굵은 띠로 묶어서 등에 짊어진다.)

조당전　내가 진짜 장사꾼으로 보여?

김시향　글쎄요…….

조당전　단종 눈엔 그렇게 보여야 할 텐데…….

(조당전, 다시 당나귀를 끌고 간다.)

조당전　이제 조금만 더 가면 청령포야.

김시향　청령포……?

조당전 음, 단종이 갇혀 있는 곳이지. (『영월행 일기』를 읽는
       다.) "영월의 청령포는 이 세상에서 가장 외진 곳, 험
       준한 절벽이 뒤편을 가로막고, 평창강이 굽이굽이 앞
       쪽과 옆쪽을 막아 흐르니, 날개 달린 짐승이 아니고서
       는 감히 빠져나갈 엄두조차 내지 못하였다."

김시향 정말 지독하네!

조당전 얼마나 괴롭고 쓸쓸할까? 임금 자릴 빼앗긴 것도 억
       울할 텐데, 왕비마저 강제로 이별당하고 홀로 떨어져
       지내야 하다니…….

김시향 저길 봐요! 강물이 보여요!

(조당전, 당나귀를 멈춘다.)

조당전 저 강을 어떻게 건너간다……?

김시향 나룻배가 있는지 찾아보세요.

조당전 배는 보이지 않아, 한 척도.

김시향 그럼 어떻게 건너가죠?

조당전 뭔가 방법이 있겠지. (『영월행 일기』에서 인용한다.) "청
       령포 지키는 군사들이 강물 위에 외나무다리마냥 부
       교(浮橋)를 가설해 놓았는데, 겨우 한 사람이 오고 갈
       정도였다." 임자, 당나귀에서 내려. 내가 먼저 저 다리
       를 건너갈 테니까, 임자는 나중에 건너와.

김시향 싫어요.

조당전 그럼 순번을 바꾸지. 먼저 임자가 건너가고 다음은 내

가 어때?

김시향 싫다니까요. 저는 당나귀를 탄 채 건너가겠어요.

조당전 그랬다간 다리가 무너져!

김시향 우리가 무사할 운명이라면 다리는 안 무너져요.

조당전 맙소사, 이번에도 운명을 시험해 보겠다는 거야?

김시향 노랑나비는 흔해요. 그런 것으로 우리 운명을 믿을 수
       는 없죠. 두 갈래 길도 그래요, 당나귀가 남쪽 길 아닌
       동쪽 길로 갔다는 건 순전히 우연일 수 있거든요. 하
       지만 이번에는 달라요. 당나귀를 탄 채 저 다리를 무
       사히 건너가면, 그건 우리가 아무 탈 없으리라는 징조
       예요.

조당전 차라리 당나귀를 타고 물 위를 달려가지그래?

김시향 그 방법도 좋죠!

조당전 그런 엉뚱한 기적은 바라지 마! 임자는 저 다리를 건
       너갈 마음이 없는 거야. 건너갈 마음만 확실하면 기적
       따윈 바랄 필요 없는 거라구. 노랑나비는 우연이 아
       냐. 임자 마음이 노랑나비를 보려고 했기 때문에 그게
       보였던 거야. 두 갈래 길도 그래. 임자 마음이 두 갈래
       길에서 동쪽을 정했기 때문에 당나귀가 동쪽 길로 갔
       던 거지. (의자를 가져와서 당나귀의 고삐를 묶는다.) 당
       나귀는 여기 다리 앞에 묶어 두겠어. 임자는 마음대로
       해. 다리를 건너갈 마음이 있거든 당나귀에서 내려서
       건너가고, 그럴 마음이 없거든 여기 남아 있으라구.

김시향 좋아요. 그럼, (당나귀에서 내려온다.) 걸어서 건너가죠.

하지만 당신이 먼저 가요. 당신이 아무 탈 없이 건너
가는 걸 본 다음에야 저도 다리를 건너가겠어요.

(조당전, 조심스럽게 다리를 건너간다.)

조당전 건너와! 임자 차례야!
김시향 전 못 해요!
조당전 못 한다니……?
김시향 무서워서 다리를 못 건너간다구요!

(조당전, 봇짐을 묶었던 굵은 띠를 풀어 들고 다리를 되돌아간다.)

조당전 이 띠를 꼭 붙잡고 건너와!

(조당전은 앞에 가고, 띠를 잡은 김시향이 뒤따라간다. 그녀는 중간
에서 균형을 잃고 다리 아래로 떨어진다.)

조당전 띠를 붙잡아! 놓치면 죽어!
김시향 어서 끌어당겨요!

(조당전, 띠를 끌어당긴다. 강물에 떠내려가던 김시향은 그 띠를 붙
잡고 안전한 강가로 끌어 올려진다.)

조당전 임자 옷이 물에 다 젖었어. 신발은 벗겨져서 물결 따

라 흘러가잖아!

김시향 저런, 내 신발!

조당전 그래도 목숨을 건졌으니 다행이군!

김시향 그 책을 보세요. 제가 물속에 빠졌다고 적혀 있어요?

조당전 (『영월행 일기』를 뒤적인다.) 아니, 그런 건 없어.

김시향 호호, 우스워라! 그럼 괜히 빠졌네! (맨발로 앞장서서 걸어간다.)

조당전 맨발로 걸어?

김시향 맨발이 어때요? 봄날 포근포근한 땅을 밟는 감촉이 좋잖아요!

조당전 하하, 임자는 정말 귀여운 계집종이야!

(봇짐을 지고 걸어가던 조당전, 긴장하면서 멈춘다.)

조당전 가만있어 봐…….

김시향 왜요?

조당전 창과 칼을 든 병사들이야. 그런데…… 우릴 보고서도 못 본 척 비켜 주는군.

김시향 뭔가 내통이 되어 있는 모양이죠?

조당전 으음…… 그런 모양인데.

(조당전과 김시향, 나란히 바짝 붙어서 걸어간다. 조당전이 다른 방으로 통하는 미닫이문 앞에서 걸음을 멈춘다.)

조당전 여기, 숲 속에 조그만 기와집이 있군.

김시향 기와집요……?

조당전 아무도 안 계시느냐고 여쭈어라!

김시향 이상해요…… 인기척이 없어요…….

조당전 봇짐장수 왔노라고 여쭈어라!

김시향 아무 응답이 없군요.

조당전 우리 함께 저 대문을 열어 보자구.

(조당전과 김시향, 긴장하면서 조심스럽게 미닫이문을 양쪽으로 밀어젖힌다. 그러자 그 뒤의 공간이 보인다. 하얀 석고 덩어리처럼 무표정한 얼굴의 소년 형상이 의자 위에 앉아 있다.)

김시향 누군가 있어요…….

조당전 그래…… 쫓겨난…… 어린 임금이야…….

김시향 전혀 움직이질 않는데요…….

조당전 얼굴엔 아무 표정도 없어……. 아무 표정도…….

(조당전과 김시향은 뒷걸음으로 물러선다. 무대 조명, 서서히 암전한다.)

4장

저녁 무렵. 조당전과 고서적 연구 동우회 회원들이 원탁에 둘러앉아 있다. 그들은 여러 종류의 고서적들을 원탁 위에 쌓아 놓고 뒤적이면서 『영월행 일기』의 내용을 객관적으로 입증할 수 있는 자료들을 찾는 중이다.

이동기   신숙주 문집에는 없어. 아무리 찾아봐도 자기 집 하인을 영월로 보냈다는 기록이 없다구.
부천필   자넨 아직도 『영월행 일기』가 가짜라고 의심하는군?
이동기   한명회의 자료들도 뒤져 봤는데, 여종을 보낸 기록이 없어.
부천필   비밀로 했던 일, 기록을 안 했을지도 몰라.
염문지   글쎄…… 어쨌든 객관적인 입증이 필요해.
조당전   신숙주의 하인과 한명회의 여종이 영월을 처음 다녀

왔던 때는 세조 3년 봄, 그러니까 4월 초순이었어. (원
탁에 놓인 고서적들 중에서 두터운 책 한 권을 펼친다.) 이
건 『세조실록(世祖實錄)』 중에서 그때에 해당되는 기
록이야. 세조 3년 4월 열여드렛날, 눈에 띄는 대목이
있어. 모두들 이리 와서 이걸 좀 보게.

(조당전의 주위로 친구들이 모여든다.)

조당전   어전회의 기록이야. "신하들이 임금 앞에서 무표정한
　　　　얼굴에 대해 논쟁하였다……."
이동기   이런 짧은 구절로는 논쟁 내용이 뭔지 알 수 없잖나?
조당전   구체적인 내용은 다른 자료에 있어. (원탁 위의 고서적
　　　　들 중에서 필사체본 한 권을 펼쳐 놓는다.) 이건 그 당시
　　　　대사헌이었던 양성지의 『해안지록(解顔之錄)』이야.
　　　　얼굴을 해석한 기록이다 그건데, 어전회의 내용이 대
　　　　화체로 자세히 적혀 있지. (부천필에게) 자넨 신숙주의
　　　　발언을 읽어 주게.
부천필   (신숙주의 발언 대목을 읽는다.) "전하, 영월에 다녀온
　　　　자들이 말하기를, 노산군의 얼굴에는 아무 표정이 없
　　　　었다 하나이다."
조당전   노산군이 누군지는 다들 알겠지?
부천필   단종 아닌가!
조당전   단종을 평민으로 낮춘 다음 붙인 이름이 노산군이지.
부천필   (계속해서 읽는다.) "무릇 인간의 얼굴이란 감정이 있

어야만 표정이 있는 법, 노산군의 무표정은 아무 감정
도 없음이니, 전하께선 괘념치 마옵소서."

조당전 　(이동기에게) 한명회는 자네가 읽게.

이동기 　"아니 되옵니다, 전하. 인간이란 요사스러운 것, 마음
속 가득히 원한을 품고서도 능히 얼굴로는 무표정하
게 감출 수가 있사옵니다. 전하께선 노산군의 무표정
에 속지 마옵시고, 반드시 그를 죽여 화근이 되지 않
게 방비하소서."

부천필 　"전하, 노산군의 무표정이 두려워 그를 죽이시면 만
백성의 비웃음거리만 될 뿐이옵니다. 오히려, 그를 살
려 둠으로써 전하의 인자하심을 칭송받으시옵소서."

염문지 　세조는 내가 읽어야겠군. "경들의 주장이 이토록 다
르니 짐 또한 무표정을 판단하기 곤혹스럽구나."

이동기 　"노산군의 무표정은 위험하나이다. 지체 마시고 그를
죽이소서!"

부천필 　"노산군의 무표정은 위험하지 않사옵니다. 그를 살려
두소서!"

이동기 　난 한명회의 의견에 동감이야. (원탁 의자에서 일어나
며) 도대체 무슨 생각을 하고 있는지 알 수 없는 얼굴
은 위험해.

부천필 　난 신숙주가 옳다고 봐. 얼굴에 아무 표정이 없다고
해서 죽여 버리면 이 세상에 살아남을 사람이 몇 명이
나 되겠어?

이동기 　이 세상이라니? 지금 우린 오백 년 전 세상을 다루고

있는 거야.

부천필 이건 요즘 세상 문제이기도 해! 요즘 사람들을 보라
구! 세상이 뭐가 잘못돼서 그런지. 사람들 얼굴에 아
무 표정이 없잖아!

염문지 어어, 점점 언성이 높아지는데!

이동기 어째서 자넨 요즘 사람들까지 들먹거리나?

부천필 (의자에서 일어나 이동기와 마주 서서) 우리가 고서적을
연구하는 이유가 뭐겠어? 과거의 문제를 참조해서 현
재의 문제를 풀자는 것 아냐?

이동기 과거와 현재를 혼동하지 마! 과거는 과거의 시각으로
봐야지. 현재의 시각으로 보면 오류만 생겨!

염문지 (『해안지록』에서 세조의 마지막 발언을 찾아 읽는다.) "경
들은 들으라! 영월로 다시 사람을 보내 노산군의 표정
을 살펴 오도록 하라!"

(염문지, 의결권을 가진 회장으로서 손바닥으로 원탁을 세 번 두드
린다. 이동기와 부천필은 다시 원탁 의자에 앉는다.)

조당전 어쨌든 자네들도 인정할 거야. 『영월행 일기』는 『세
조실록』과 일치하고 그건 또 『해안지록』과도 연관돼
있어.

염문지 그래, 그건 인정하지. (부천필과 이동기를 번갈아 바라보
며) 그런데 이 사람들 얼굴 좀 봐. 둘 다 잔뜩 화가 난
표정이잖아. 진짜 성낼 사람은 나야! 골치 아픈 세조,

바로 나라구!

(무대 조명, 암전한다.)

5장

조당전, 당나귀를 세워 놓고 손질한다. 그는 가끔씩 손길을 멈추고 출입문과 손목시계를 번갈아 바라본다. 문갑 위의 전화기가 울린다. 조당전은 당나귀를 끌고 문갑으로 가서 전화를 받는다.

조당전 네, 그렇습니다. 떠날 준비를 해 놓고서 기다리는 중인데요, 왜 이렇게 늦는 거지요? 들어오기가 싫다니요? 무슨…… 무슨 영문인지…… 거긴 어딘데요? 길 건너 주유소라면 우리 집 앞까지 다 오신 것 아닙니까? 여보세요, 내 말 듣고 있습니까? 어서 들어오세요. 집에 들어와서 자세한 말씀을 하셔야지, 싫다고만 하고는 돌아가 버리면 안 됩니다!

(조당전, 수화기를 내려놓는다. 전혀 예상 못 했던 일에 난감한 표정이 되더니, 당나귀에 거꾸로 올라탄다. 당나귀의 머리가 조당전의 뒤쪽에 있고, 꼬리가 조당전의 앞쪽에 있다. 그는 당나귀를 거꾸로 타고 실내를 왔다 갔다 한다. 잠시 후 문 두드리는 소리가 들린다. 조당전은 당나귀를 타고 달려가 출입문을 열어 준다.)

조당전　들어오세요!

김시향　(망설이면서 들어오지 않는다.)

조당전　어서요!

김시향　(머뭇거리며 안으로 들어온다. 한복 '치마저고리에 두루마기 차림이다.)

조당전　(당나귀에서 내린다.) 도대체 무슨 일이죠?

김시향　제발 그만…… 저는 선생님과 장난하고 싶지 않아요.

조당전　장난이라뇨?

김시향　선생님은 장난만 하셨어요. 저를 당나귀에 태워서는 이리저리 끌고 다니기만 하셨거든요.

조당전　그건 『영월행 일기』의 내용을 알기 위해서 했던 겁니다.

김시향　아뇨, 내용을 알기 위해서라면 그 책을 읽어 주시는 것으로 충분하잖아요?

조당전　당신은 뭔가 오해하고 있군요.

(조당전, 고서적들을 넣어 둔 책장으로 간다. 그는 『영월행 일기』를 꺼내 든다.)

조당전 이 책을 보세요. 이 책은 오백 년 전 과거의 책입니다. 지금은 사용하지 않는 옛날 글자들로 쓰여 있지요. 물론 나는 이 옛 글자들을 읽을 수는 있어요. 그러나 읽는다는 건 내용의 참맛이랄까, 생생한 느낌을 맛보지는 못합니다. 내가 당신을 당나귀에 태우고 다녔던 걸 장난이라 생각지 마세요. 그건 이 책의 과거 내용을 현재의 생생한 감정으로 맛보기 위해서입니다.

김시향 글쎄요…… 그게 가능할까요? 선생님과 저는 지금, 그러니까 현재의 사람들인데요…… 어떻게 과거를 생생하게 맛볼 수가 있겠어요?

조당전 과거와 현재는 겹쳐 있습니다. 마치 두 장의 사진처럼. 현재의 우리 모습은 과거의 우리 모습을 닮은 거예요. 더구나 감정은 변함이 없죠. 옛날의 짜디짠 소금은 지금 맛보아도 짜디짜고, 옛날의 달디단 꿀은 지금도 달디단 맛이듯이. (당나귀를 가리키며) 자, 저 당나귀를 타고 영월로 갑시다!

김시향 잠깐만요, 저는 그렇게 한가하지 않아요!

조당전 네……?

김시향 선생님, 저는 하루라도 빨리, 아니 단 한 시간이라도 어서 그 책을 제 주인께 갖다 드리고 싶어요. 사실은 선생님…… 전 겁이 나 죽겠어요. 지난번 선생님 댁을 다녀갔던 날, 저의 주인은 몹시 성난 얼굴로 저를 기다렸다가, 도대체 어딜 갔다 오느냐고 다그치듯 물으셨어요.

조당전 그래서 뭐라고 대답했지요?

김시향 저는…… 그냥 백화점엘 다녀온다고 거짓말을 했어요.

조당전 솔직하게 대답해야 합니다. 그럴 때는, 이 책의 내용
       을 우리가 알고 난 다음엔 반드시 되돌려 드리겠다,
       그렇게 솔직하게 말하세요.

김시향 하지만 그런 말을 제 주인이 믿겠어요?

조당전 거짓말은 오히려 그분의 의심만 키울 뿐이죠.

김시향 그래요…… 의심만 커져요. 오늘은 한복을 곱게 차
       려입고 친척 집 결혼식에 간다면서 집을 나왔는데
       요…… 뭔가 이상해요…… 제 뒤를 쫓아오는 것만 같
       은…… 지금도 감시당하는 기분이에요.

조당전 따라오고…… 감시한다…….

(조당전, 허공을 향해 누군가에게 들으라는 듯이 큰 소리로 말한다.)

조당전 좋습니다! 우리를 감시하면서 무슨 말이든 다 엿들어
       도 좋아요! 그런데, 한 가지 묻겠습니다. 이 책을 언제
       쯤 되돌려 받기를 원하십니까? 지금 당장 되돌려 받고
       자 하시면, 이 책의 형태만 갖게 되실 뿐입니다. 그러
       나, 나중에 받을 요량으로 우리를 느긋하게 지켜봐 주
       신다면, 이 책의 내용마저 알게 되는 겁니다. 그럼 결
       국엔 형태와 내용 둘 다 소유하시는 것이지요. 자, 무
       엇을 바라는 겁니까? 형태만 되돌려 받기를 원하시면
       침묵을, 내용까지 되돌려 받기를 원하시면 응답을 하

십시오. 응답 방법은 저희 집 전화번호 824-8169번,
지금 곧 전화를 걸어 주십시오!

(문갑 위의 전화기가 울린다. 김시향은 깜짝 놀란 표정이 된다.)

김시향 어떻게 전화기가 울리지요?

조당전 놀랄 것 없어요. 남편께선 우리 대화를 도청하고 계십니다.

김시향 (문갑으로 뛰어가서 수화기를 든다.) 여보세요…… 여보세요…… 전화가 끊겼어요.

조당전 그분의 뜻은 분명해요. 오늘도 우리더러 영월을 다녀오라는 겁니다.

김시향 도청 장치는 어디 있어요?

조당전 부인의 귀걸이일 수도 있고, 목걸이일 수도 있죠.

김시향 (다급하게 귀걸이와 목걸이를 떼어 낸다.)

조당전 그것만이 아닙니다. 손가락의 반지일 수도 있고……
       (반지를 빼려 하는 김시향을 제지하며) 그냥 두세요.

김시향 (낮은 목소리로) 선생님은 두렵지 않아요?

조당전 나도 두렵습니다. 그분은 무서운 힘을 가지신 분……
       어젯밤 나는 그분을 봤었지요. 텔레비전 뉴스를 보고
       있었는데, 어떤 분이 높은 단상에서 두 주먹을 불끈
       쥐고, 국가에 대해서, 민족에 대해서, 굉장한 연설을
       하더군요. 단상 밑에서는 수많은 사람들이 열광적인
       박수를 치고 있었구요.

김시향 　(자신의 입술 위에 손가락을 대고) 쉿, 말조심해요.

조당전 　(낮은 목소리로 묻는다.) 내 짐작대로 그분이 부인의 주
　　　　인 맞아요?

김시향 　쉿, 당나귀나 끌어와요.

(조당전, 당나귀를 끌어다가 김시향 앞에 세운다. 김시향은 두루마
기를 벗어서 장옷처럼 둘러쓰고 당나귀에 올라탄다. 조당전은 당나
귀 고삐를 잡고서 느릿느릿 걸어간다.)

김시향 　오늘은 왜 이렇게 걸음이 느려요?

조당전 　기분이 안 좋아서 그래. 우리가 잘못 본 것도 아닌데,
　　　　또 갔다 오라니…….

김시향 　그 무표정한 얼굴?

조당전 　그 무표정 때문에 죽여야 한다느니, 살려야 한다느니,
　　　　높으신 양반들끼리 싸움이 붙었다는군.

김시향 　닭싸움이나 소싸움이 아니거든 관심 갖지 마요. 괜히
　　　　높은 양반들 싸움에 끼어들어 봤자 좋을 게 없어요.

조당전 　하지만 우린 본의 아니게 이미 끼어들었는걸.

김시향 　이번에 가서 봐도 그 얼굴이 무표정하면 어쩌죠?

조당전 　그러면 갔다 와서 또 가야 하겠지!

김시향 　또 가서 봐도 무표정하면요?

조당전 　다시 또 가야겠지!

김시향 　아이구, 지겨워라! 도대체 뭣 때문에 그 얼굴이 무표
　　　　정할까요?

조당전 글쎄…… 아마 두려움 때문이겠지. 임자도 그렇잖아. 임자가 무서운 주인을 말할 때는 얼굴에 표정이 없어.

김시향 제 얼굴이 그래요?

조당전 내 얼굴도 그렇구. 사람이란 누구나 겁먹으면 표정이 없어져. 처음 난 그 얼굴을 보러 갈 때는 마음이 가벼웠어. 나하고는 아무 상관 없는 얼굴인지 알았고…… 단 한 번만 보고 오면 되는 줄 알았지. 그랬는데 그게 아냐…… 이젠 몇 번이나 다녀와야 하는지도 모르겠고…… 언제쯤이나 나는 이런 종노릇에서 풀려날지 그것도 모르겠어…….

(조당전, 의기소침한 모습으로 느릿느릿 당나귀를 끌고 간다. 김시향은 둘러썼던 두루마기를 접어서 당나귀의 목에 걸쳐 놓는다.)

김시향 우리 노랑나비를 찾아봐요. 지난번엔 수많은 행운의 징조들을 봤었잖아요.

조당전 한 마리도 없어, 지금은…….

김시향 그럼 흰나비는요?

조당전 흰나비도 없어!

김시향 왜요?

조당전 모든 꽃이 시들었거든.

김시향 설마…… 그럴 리가…….

조당전 어느덧 봄은 지나가고 지금은 여름이야. 나무마다 풀마다 이파리만 시퍼렇게 무성하지. 저길 봐. 징그러운

벌레들이 나비 대신 날아다니고, 흉측한 독버섯들이
꽃 대신 돋아나 있잖아!
김시향   당나귀를 멈춰요!

(조당전, 당나귀를 멈춘다.)

김시향   이 길이 지난번 우리가 갔던 길이에요?
조당전   그래, 똑같은 길이야.
김시향   똑같은 길인데 왜 이렇게 달라요?
조당전   임자, 저기 두 갈래 길이 보여?
김시향   네, 보여요.
조당전   임자가 운명을 시험했던 것 기억날 거야. 그땐 당나귀
        가 동쪽 길로 갔었지. (당나귀의 고삐를 놓는다.) 이번엔
        내가 운명을 시험해 봐야겠어.
김시향   어리석은 짓 마요.
조당전   어리석다니?
김시향   지난번엔 어느 쪽이 영월로 가는 길인지 몰랐었죠. 하
        지만 이제는 당나귀도 알고, 저도 알고, 당신도 알아
        요. (당나귀를 앞으로 가도록 하며) 이걸 보세요. 그냥 뒀
        어도 당나귀가 동쪽 길로 가요. 심드렁하게, 우리 운
        명엔 아무 흥미도 없다는 듯이, 느릿느릿 졸면서 가고
        있어요.

(조당전, 당나귀의 꼬리를 잡아당긴다.)

김시향 그냥 가게 놔둬요!

조당전 안 돼! 되돌아와!

김시향 왜 끌어당기는 거예요?

조당전 이 당나귀가 너무 건방지잖아! (당나귀를 멈춰 세워 놓고 꾸짖는다.) 이놈아, 뭐가 어째? 다 아는 길이라고 심드렁하게 졸면서 가? (당나귀의 양쪽 뺨을 때린다.) 이 건방진 놈아, 정신 차려! 정신을 바짝 차리고 우리 운명에 흥미를 가져!

김시향 제발 그만 때려요!

조당전 (당나귀를 뒤로 끌어당겨 놓는다.) 자, 가 봐! 저 두 갈래 길 중에서 어느 쪽으로 우리가 가야 좋을지 시험해 보라구!

김시향 결과는 뻔할 텐데요?

조당전 이놈이 뻗대기는…… 얼마나 더 맞으려고 이래!

김시향 (두 발로 힘껏 바닥을 걷어차서 당나귀가 달려가게 한다.) 가요! 간다구요!

(조당전, 당나귀가 달려가는 쪽을 바라보더니 커다란 목소리로 외친다.)

조당전 이번엔 뭔가 잘될 모양이야! 당나귀가 동쪽으로 가고 있어!

김시향 기막혀라! 이 길로 갔다가 큰 봉변을 당할지 모르겠네!

(조당전, 당나귀를 뒤쫓아와서 고삐를 붙잡는다. 김시향은 화가 난 듯 조당전을 외면한다.)

조당전 어디 좀 봐, 임자…….

김시향 (얼굴을 돌린 채) 싫어요.

조당전 지난번 이 길을 달려왔을 때, 임자 얼굴은 발갛게 상기되어 있었지. 검은 머리카락은 물결처럼 흘러내리고…… 열린 옷자락 사이로 뽀얀 젖가슴이 보였어.

김시향 (머리를 쓸어 올리고 옷자락을 여미며) 쉿, 조용히.

조당전 임자는 언제 봐도 아름다워.

김시향 (화난 감정이 풀린 듯 조당전을 바라보며) 제발 좀 목소리를 낮춰요.

조당전 난 일기에 내 느낌들을 써 놓았지. (손에 들고 있는 『영월행 일기』를 펼쳐 읽는다.) "내 비록 영월 가기가 심난하여도 중단 못 함은 아름다운 자태와 동행함이다." 이렇게 글자로 써 놓으면 언제 읽어도 느낌이 되살아나거든.

김시향 쓴 것들은 모두 지워 버려요. 당신은 그 글자들 때문에 큰 화를 당할 거예요.

조당전 "무심하게 한 말이었으리라. 내가 써 놓은 글자들로 인해 큰 화를 당하리라는 그 말은 무슨 근거가 있지는 않으리라. 그러나 간혹 무심하게 한 말이 용한 점술가의 예언보다 더 적중할 때가 있다. 영월로 가는 길은 험난하기만 한데, 아름다운 자태는 내 마음을 지워 버려라 한다."

(조당전, 당나귀를 끌고 간다. 사이. 그는 문갑 옆에 당나귀를 멈춰 세운다.)

조당전　어느덧 400리 길…… 영월까지 다 왔어.
김시향　다시 봇짐장수로 꾸밀 거예요?

(조당전, 문갑 안에서 굵은 띠로 묶인 봇짐을 꺼내 걸머진다.)

김시향　강은 어디 있죠? 지난번엔 강을 건너갔었잖아요?

(조당전, 문갑 위의 녹음기를 작동시킨다. 강물이 흐르는 소리가 들린다. 조당전은 당나귀를 끌고서 강가에 다가가 흘러가는 강물을 바라본다.)

조당전　강물에 내 얼굴이 비쳐 보이는군…….
김시향　(당나귀에서 내려와 조당전 옆에 서서 강물을 바라본다.)
　　　　그 옆에 제 얼굴도 있군요.

(조당전과 김시향, 말없이 강물을 바라본다.)

김시향　무슨 생각을 해요, 우리 얼굴을 바라보면서……?
조당전　강 건너의 그 얼굴…….

김시향　그 얼굴이 보여요?

조당전　우리 얼굴과 겹쳐 보여. 점점 그 표정이 달라지는군.

김시향　어떻게요?

조당전　아주 슬픈 표정이야…….

김시향　하염없이 강물만 바라보고 있을 거예요?

조당전　어쨌든…… 다리를 건너가야겠지…….

(조당전, 당나귀를 끌고 다리 쪽을 향해 간다. 김시향은 그를 따라간다. 그들은 부교(浮橋) 앞에 말뚝처럼 박혀 있는 출입 금지 표지를 발견한다.)

조당전　그런데 여기 다리 앞에 웬 비석이 세워져 있군. 금표비(禁標碑)라, 뭘 금지시킨다는 걸까? (씌어 있는 글자를 소리 내어 읽는다.) "동서 300척, 남북 490척 이내에는 일반의 출입을 금한다." 지난번엔 이런 걸 못 봤었잖아?

김시향　우리가 그냥 지나쳤을지도 몰라요.

조당전　우린 괜찮아. 밀명을 받았으니 금지를 무시하고 건너가자구.

김시향　이번엔 제가 먼저 건너가죠!

(김시향, 강물 위에 위태롭게 놓인 다리를 성큼성큼 건너가기 시작한다.)

김시향   흔들흔들, 재미있네요!

조당전   조심해! 빠지면 죽어!

김시향   지난번보다 훨씬 강물이 불어났어요!

조당전   여름 장마가 져서 그래!

(김시향, 다리를 건너간다. 그녀는 되돌아서서 조당전을 향해 외친다.)

김시향   이젠 당신 차례예요!

조당전   (당나귀에게) 너는 여기 있거라!

(조당전, 봇짐을 어깨에 둘러멘다. 그는 한 발 한 발 곡예사가 줄을
타고 가는 동작으로 조심스럽게 건너간다.)

김시향   빨리빨리 건너와요!

조당전   봇짐이 무거워!

김시향   겨우 옷감 몇 필인데 무거워요?

조당전   실도 있고, 바늘도 있고, 가위도 있어!

(조당전, 다리를 건너온다.)

김시향   그까짓 게 뭐 무겁다고 엄살을 떨어요?

조당전   임자가 짊어져 봐!

김시향   내려놔요. 제가 머리에 이고 갈 테니.

(조당전, 봇짐을 내려놓는다. 김시향은 봇짐을 머리에 이고 날렵하게 걸어간다.)

김시향   가벼워라! 덩실덩실 춤도 추겠네!
조당전   그만, 그만…… 지금은 춤출 때가 아냐.

(김시향이 앞장서고, 조당전이 그 뒤를 따라간다. 사이. 그들은 미닫이문 앞에 다가가서 멈춘다. 김시향이 팔꿈치로 조당전의 허리를 쿡 찌른다.)

김시향   기와집의 대문 앞에 다 왔어요. 당신이 불러 봐요.
조당전   음…… 음…… 목이 잠겨서…….
김시향   불러요, 어서.
조당전   지난봄에 왔었던 봇짐장수, 다시 왔다고 여쭈어라…….
김시향   그렇게 불러서는 들리지 않아요. 크게, 크게 외쳐요!
조당전   지난봄에 왔었던 봇짐장수, 다시 와서 문안드리오!
김시향   더 크게요!
조당전   난 더 크게 부를 테니깐, 임자는 그 봇짐 속에 든 물건들을 모두 꺼내서 문 앞에 늘어놔!

(김시향, 미닫이문 앞에 봇짐을 풀어 물건들을 꺼낸다. 적색, 녹색, 황색의 옷감들과 실과 바늘과 가위를 책장 앞에 나란히 늘어놓는다. 조당전은 무릎 꿇고 아뢴다.)

조당전   지난번에 황망하여 저희 물건 보여 드리지도 못하고
         되돌아갔었습니다. 하지만 이번에는 가득 풀어 놓았
         사오니 구경하여 주십시오.

김시향   아무 반응이 없어요.

조당전   구경하시라고 문을 열어 드려.

(김시향, 미닫이문으로 다가가서 조금씩 열어젖힌다. 다른 방의 내
부가 보인다. 의자에 앉은 소년 형상의 얼굴은 지극히 슬픈 표정이
다. 야윈 뺨에는 피눈물이 흘러내린 흔적이 역력하고, 입술은 통곡을
삼키는 듯 일그러져 있다.)

김시향   슬픈 표정이에요. 이번에는…….

조당전   울고 계셔…… 피눈물을 흘리고 계셔…….

김시향   어떻게 하죠? 문을 닫을까요?

조당전   너무나 슬픈 표정이신데…….

김시향   봇짐을 싸겠어요.

조당전   아냐, 그냥 둬. (소년 형상을 향해 말한다.) 이왕 가져온
         물건이니 놓고 갑니다. 부디 사양 말고 받아 주십시오.

(조당전, 미닫이문 앞에 진열했던 물건들을 안으로 넣어 준다. 김시
향도 거들어 준다.)

김시향   남자한테 저런 물건들이 무슨 소용 있어요?

조당전   아무 소용 없을까……?

김시향 옷감과 가위, 실과 바늘, 여자라면 쓸모 있겠죠.

조당전 그래도 우리 물건이 뭔가 위로가 되었으면 좋겠는
데…… 세상에 태어나 저런 슬픈 얼굴은 처음 봤어.

김시향 저 역시 처음 봐요.

(조당전과 김시향, 슬픈 얼굴로부터 큰 충격을 받은 듯하다. 무대 조
명, 암전한다.)

6장

조당전, 원탁에 앉아 『영월행 일기』와 다른 고서적들을 대조
해 보고 있다. 출입문이 열린다. 염문지를 비롯한 고서적 연구
회 회원들이 들어온다. 염문지는 보석함처럼 생긴 상자를 갖
고 있다.

조당전　어서들 오게!

염문지　자네 집 앞에 수상한 자동차가 있는데.

이동기　안테나가 달렸어, 기다란.

조당전　나도 알고 있어.

부천필　안다구? 알면서도 그냥 둬?

조당전　기분은 나쁘지만…… 쫓아내면 또 다른 방법을 사용
　　　　하겠지. (원탁에 앉기를 권하며) 자, 다들 앉게.

(조당전의 친구들, 경직된 태도로 원탁에 앉는다.)

조당전 저녁 식사는 했나?

염문지 저녁이야 먹었지.

조당전 나한테 좋은 술이 있는데…… 기분 전환으로 어때?

염문지 무슨 술인데?

조당전 옛날 영월에서 만든 술이야.

(조당전, 고서적 책장으로 다가간다. 그는 고서적들 뒤에 감춰 두었던 도자기 형태의 술병과 조그만 잔들을 꺼내 와서 친구들에게 술을 따라 준다.)

조당전 마셔 봐, 맛이 기가 막혀.

부천필 색깔도 곱군.

조당전 향기도 좋아.

(조당전과 친구들, 술맛을 음미하듯 조금씩 마신다.)

조당전 자, 한 잔씩 더…….

이동기 영월은 물이 좋아서 술이 좋은 거야.

부천필 자네 영월에 가 봤었나?

이동기 아니.

부천필 가 보지 않고 술 좋은 건 어떻게 알아?

이동기 술맛을 보면 물맛도 알지. 그런데 자넨 영월에 가 봤어?

부천필   가 보진 않았지. 하지만 영월은 세상에서 가장 외로운
        곳, 슬픈 곳이야. 이 술맛을 느껴 봐. 그런 외로움, 슬
        픔의 맛이 나잖아.

이동기   자네 혀가 잘못된 모양이군. 난 한 잔 다 마셨어도 그
        런 맛은 못 느꼈어.

염문지   요즘 자네들은 이상해. 영월만 나오면 사사건건 싸워.

조당전   『영월행 일기』때문이겠지.

염문지   그래, 그 책 때문이야. 사실은 나도 이상해졌어. 자네
        들, 내가 이런 걸 가져왔다고 놀라지 말게.

(염문지, 상자 뚜껑을 열고 그 속에서 조선 왕조 시대의 옥새를 꺼
낸다.)

염문지   옥새야! 옛날 나라님들이 쓰시던 진짜 옥새라구!

조당전   이걸 어디서 구했나?

염문지   쉬잇, 묻지 마.

부천필   합법적으로 구한 것이 아닌가 본데…….

이동기   어쨌든 굉장하군. 이런 옥새를 손에 넣으려면 큰돈이
        들걸?

염문지   그 빌어먹을 자식이 너무 비싼 값을 요구했어! 그 자
        식이야 어디에서 슬쩍 훔친 물건일 텐데, 나에겐 제
        값을 다 받아먹으려고 했거든. 아이구, 이런! 내가 흥
        분해서 소리를 질렀잖아!

조당전   괜찮아. 옥새 들고 큰소리치는데 말릴 수 없지.

(염문지, 옥새를 높이 들었다가 원탁 위에 쾅 눌러 찍는다.)

염문지　눈을 크게 뜨고 바라봐! 죽느냐, 사느냐가 이 도장 찍
　　　　기에 달렸어!

부천필　이럴 땐 이렇게 말해야 하겠군. "고정하소서, 전하!"

염문지　(조당전에게) 『세조실록』은 찾아 났나?

조당전　노산군 표정에 대한 두 번째 어전회의 기록이야. (두
　　　　툼한 『세조실록』을 펼쳐 놓는다.) "세조 3년 8월 열이튿
　　　　날. 노산군의 슬픈 표정에 관한 어전회의가 열렸다."
　　　　(또 한 권의 고서적인 『해안지록』을 펼쳐 놓는다.) 구체적
　　　　인 회의 내용은 여기 『해안지록』을 참고하자구.

염문지　어디야, 내가 읽을 곳이? (조당전이 손가락으로 가리키
　　　　는 대목을 낭독한다.) "영월에 다녀온 자들이 뭐라더
　　　　냐? 여전히 아무 표정이 없다 하더냐?"

이동기　(한명회의 발언 구절을 읽는다.) "신 한명회 아룁니다.
　　　　노산군의 표정이 달라졌다 하옵니다."

염문지　"무표정이 달라졌다……?"

이동기　"노산군의 얼굴은 슬픈 표정이라 하나이다. 자고로
　　　　간악한 자는 표정을 바꾸는 법, 무표정도 믿지 못하였
　　　　거늘, 어찌 슬픈 표정을 믿을 수 있으리이까? 노산군
　　　　의 슬픈 표정은 세상 사람들의 동정을 사서 역모를 꾀
　　　　하려는 술수임이 분명하옵니다."

부천필　"전하, 통촉하옵소서. 노산군의 슬픈 표정을 역모 술
　　　　수라 함은 합당하지 않나이다."

이동기 (부천필에게 힐난하는 어조로서 말한다.) "대감은 어찌 그렇게도 노산군을 감싸시오? 일찍이 노산군을 동정하여 성삼문, 하위지, 박팽년 등이 역모를 꾀하다가 형장의 이슬로 사라졌었소. 노산군은 그 먼 영월에 유배당하고서도 제 버릇 고치지 아니하고 슬픈 표정을 지어 또다시 역모의 무리를 모으려는 것이오!"

부천필 (이동기를 마주 바라보며 말한다.) "대감, 영월이란 어디이오니까? 이 세상의 가장 외진 곳이 영월이외다. 노산군은 그곳에 홀로 유폐되었거늘, 어찌 세상 사람들이 그의 얼굴을 볼 수 있으며, 어찌 그를 동정할 수 있겠소이까?"

염문지 "판단은 짐이 한다. 경들은 서로 다투지 말라!"

이동기 "전하. 영월이 멀고 외진 곳이라 한들, 그곳 역시 전하의 땅이나이다."

염문지 "그곳도 짐의 땅임을 누가 모른다 하는가?"

이동기 "전하의 땅에 사는 자가, 더구나 지난번 모반 때 전하의 은덕으로 목숨을 구한 자가 슬픈 표정을 짓는다니 무슨 해괴한 짓이옵니까! 이는 도저히 용납해선 안 될 줄 아옵니다."

염문지 "듣고 본즉 경의 말이 옳도다!"

이동기 "전하, 노산군의 슬픈 표정을 반역죄로 다스리소서! 그 슬픈 얼굴을 가만 두시면 제왕의 위엄을 업신여기는 자들의 모반이 끊이지 않을 것이옵니다!"

염문지 (옥새를 허공 위에 높이 들어 올린다.) "노산군을 죽여라!"

부천필 "황공하오나, 전하. 재삼 숙고하여 주옵소서. 슬픈 표
정을 반역죄로 처형하시면, 전하께서는 도리어 제왕
의 위엄을 잃게 되나이다!"

염문지 "제왕의 위엄을 잃는다……?"

부천필 "노산군의 슬픈 표정은 다만 그의 외로운 심사를 나
타낸 것일 뿐 결코 역모지사는 아니옵니다. 하온데 전
하께서 그 외로운 마음마저 용납 못 하시고 죽여 버리
시면, 이는 제왕의 위엄을 지나쳐 제왕의 포악이 되옵
니다."

염문지 "짐에게 그 슬픈 표정을 견디란 말인가?"

이동기 "주저 마옵소서, 전하! 어서 속히 그를 처형하옵소
서!"

부천필 (원탁 의자에서 뒤로 물러나며) 살인자 같으니!

이동기 뭐라구?

부천필 더 이상 저런 자와 상대 못 하겠어!

이동기 (원탁 의자에서 벌떡 일어나며) 저런 자……? 지금 나한
테 하는 말이야?

염문지 어어, 왜들 이래?

이동기 저 친구가 나를 욕하잖아! (부천필에게 다가가서 따지듯
이) 살인자라구? 날 어떻게 보고 하는 소리야?

부천필 자넨 그냥 책을 읽는 게 아냐!

이동기 난 적힌 대로 읽었어!

부천필 아주 잔인한 감정을 드러내며 읽었다고!

조당전 (이동기와 부천필 사이를 떼어 놓으며) 진정해. 실감 나

게 읽다 보니깐 그런 오해가 생긴 거야.

이동기 　오해라니, 천만에! 저 친구는 정말 나를 잔인한 인간
　　　　으로 아는걸!

염문지 　흥분하지 말고들 앉아! 어쨌든 결정을 내야지. 옥새를
　　　　든 채로 있자니까 팔이 아파 죽겠어.

조당전 　(부천필에게) 자네가 먼저 사과해!

부천필 　(이동기에게 손을 내밀며) 미안하네, 괜히…….

이동기 　진심으로 미안한 거야?

부천필 　자네를 한명회와 혼동했어. 하지만 자넨, 나를 신숙주
　　　　와 혼동했는지, 무섭게 치켜뜬 눈으로 노려보더군.

이동기 　내가 자네를 노려봤다고?

부천필 　그래. 내가 신숙주를 읽을 때마다 무섭게 쩨려봤어.
　　　　허튼소리 하지 말라, 너 같은 샌님은 차라리 입을 닥
　　　　치고 있어라, 그런 시선이었지.

(부천필과 이동기, 각자의 의자에 돌아와서 앉는다.)

염문지 　원래 강경파와 온건파는 대립하게 되어 있다고. (옥새
　　　　를 원탁 위에 내려놓는다) 어이구. 팔이야! 한명회와 신
　　　　숙주도 그렇지. 한명회가 신숙주를 보기엔 말만 할 뿐
　　　　결정은 전혀 않고, 신숙주가 한명회를 보기엔 생각 없
　　　　이 그저 행동만 하는 것 같거든.

이동기 　(부천필에게) 난 자네 사과는 안 받아.

부천필 　그렇다면 미안할 필요도 없군.

이동기   날 오해해도 좋아. 나는 한명회야!

염문지   (내려놓았던 옥새를 다시 집어 들고) 우리가 어디까지 읽
          었더라……?

이동기   "전하, 노산군의 슬픈 표정을 반역죄로 다스리소서!"

염문지   그건 이미 읽었던 것 같은데?

부천필   "노산군의 슬픈 표정은 다만 그의 외로운 마음을 나
          타낸 것일 뿐 결코 역모 행위는 아니옵니다."

염문지   그것도 이미 읽었어. (『해안지록』에서 세조의 발언을 찾
          아내 읽는다.) "짐은 결정을 유보한다! 다시 영월로 사
          람을 보내 노산군의 표정을 살펴 오도록 하라!"

조당전   또 나는 영월에 가야 하는군!

염문지   책을 봐. 언제 가게 될지.

부천필   (원탁의 자기 잔에 술을 따라 마시며) 여봐. 영월에 가거
          든 이런 술 한 병 가져 와.

조당전   그러지.

부천필   그 말투가 뭔가, 주인한테?

조당전   네, 구해 드리겠습니다.

이동기   내 것도 가져와. 한 병이 아니라 열 병쯤…….

조당전   알겠습니다.

염문지   난 많을수록 좋아. 당나귀 허리가 휘어지게 실어 와.

조당전   날 완전히 종처럼 부려 먹을 모양이군! 좋아. 그 대신
          나도 부탁이 있어.

부천필   (웃으며) 뭔데?

조당전   (잠시 머뭇거린다.)

이동기   말해 봐. 어서.

염문지   어떤 부탁이야?

조당전   친구로서 꼭 들어주게. 그런데 누가 엿듣지 않도록.
        여기 종이에 내 부탁을 적겠어.

(조당전, 원탁 위에 있는 종이에 글자를 쓴다. 친구들이 조당전의 등
뒤에 모여 와 종이 위에 써 나가는 글자들을 바라본다. 무대 조명, 서
서히 암전한다.)

7장

아침. 조당전, 당나귀의 고삐를 잡고 서 있다. 그 앞에는 김시향이 마주 서 있다. 천장의 둥근 유리창으로 햇살이 쏟아져서 바닥에 밝은 원반 형태를 만든다.

조당전 일찍 오셨군요. 오늘은.

김시향 네.

조당전 (당나귀를 가리키며) 그럼 타실까요?

김시향 아직은요…… 저희 주인께서 궁금한 게 있다고 선생님께 꼭 여쭤 보라 하셨어요.

조당전 뭐를요?

김시향 첫째는 친구 분이 자랑하신 옥새, 그게 진짜예요?

조당전 글쎄요. 내 친구는 진품이라고 주장하더군요.

김시향 저의 주인께선 그걸 갖고 싶으신가 봐요.

조당전 하지만 옥새는 모조품이 너무 많아요. 너도나도 가지려고 하니까 마구 가짜를 만들어 내는 거죠. 황학동 골동품 시장에 가면 진품과 구별할 수 없는 옥새들이 수두룩해요.

김시향 그리고 또 하나…… 선생님이 친구분들께 뭘 부탁하셨는지 알고 싶으시답니다.

조당전 아, 그건요…….

김시향 말씀 대신 종이에 쓰셨다면서요?

조당전 그랬었죠. (당나귀에 타도록 손짓하며) 당나귀를 타요. 그 궁금증은 우리가 영월에 가면 저절로 풀리게 돼요.

(김시향, 당나귀를 타지 않고 밝은 원반의 테두리를 따라 걷는다. 조당전은 당나귀의 고삐를 잡은 채 그대로 서 있다.)

김시향 『영월행 일기』엔 뭐라고 씌어 있죠? 우리가 세 번째 영월로 갈 땐, 날씨는 어떻고 풍경은 어땠는지 알려 주세요.

조당전 (『영월행 일기』를 펼쳐 든다.) 지금은 10월이야. 하늘은 청명하면서 대기는 찬 기운이 감돌고…….

김시향 (두 팔을 벌리고 심호흡을 하면서) 아, 그래서 걷는 기분이 상쾌하군요!

조당전 이미 추수가 끝난 들녘에는 허수아비 떼만이 바람에 흔들거리고 있다는군.

김시향 이번에는 당신이 당나귀를 타요.

조당전 내가?

김시향 저는 두 번이나 탔었거든요.

조당전 그렇다고 내가 탈 수는 없지. 남자는 당나귀를 타고,
       여자를 걸어가게 한다…… 사람들이 뭐라고 하겠어?
       바보 같은 놈이라고 손가락질을 하며 웃어 댈걸!

김시향 여긴 한적한 들판, 허수아비밖엔 없어요.

조당전 그럼 허수아비들이 웃어 댈 거야.

김시향 웃든지 말든지 당신이 타세요. 저는 기분 좋아 잘도 걸
       어가는데, 당신은 발병이 났는지 걷지를 못하잖아요.

(조당전, 한숨을 쉬면서 바닥에 주저앉는다.)

김시향 어머나, 주저앉기까지 하시네!

조당전 (침묵한다.)

김시향 얼굴은 핼쑥하고…… 몸 전체가 아픈 거예요?

조당전 (침묵한다.)

김시향 (조당전의 곁에 와서 나란히 앉으며) 이러다간 영월에 못
       가요.

조당전 난 무슨 병인지 모르겠어. 이상해…… 눈앞에 이상한
       환각이 보여. 바로 이 길을 내가 이미 수천 번 수만 번
       다녀온 것 같기도 하고…… 이게 무슨 착각인가, 환상
       인가, 정신을 차려야겠다 하면서도 영원히 빠져나갈
       수 없는 길을 갔다가는 돌아오고…… 돌아왔다간 또
       가는 것 같아…….

김시향　사실은…… 저도 같은 느낌이 들어요.

조당전　임자도……?

김시향　네.

조당전　그래. 우린 동행자이니깐…….

김시향　하지만, 저는 이렇게 저 자신을 타일러요. 냉정해라. 냉정해. 냉정하지 않으면 이 길 때문에 미치게 된다…….

조당전　낮이나 밤이나 나는 무서운 꿈을 꾸지. 당나귀를 끌고 이 길을 가는 내가 보여. 이 길의 끝, 막다른 저쪽에는 한 얼굴이 있고…… 나는 온몸에 진땀을 흘리면서 다가가는 거야. 그랬다가…… 얼굴을 바라본 나는 섬뜩 놀라 되돌아오지…… 길의 이쪽 끝, 막다른 곳에는 나를 기다리는 자들이 있는데…… 어떤 표정을 봤느냐 다그쳐 묻고…… 나는 내가 본 표정을 말하면서 결과가 어떻게 될지 몰라 초조해지고…… 너무나 무서운 꿈이어서 소스라치게 놀라 깨어나면…… 또 다른 무서운 꿈…… 저기, 영월 가는 길이 보여…….

김시향　(조당전을 위로하듯 그의 뺨을 어루만지며) 무서운 꿈 꾸지 마요. 우린 그 얼굴과 상관없어요. 그 얼굴이 무슨 표정을 짓든지, 우리에겐 아무 책임이 없다구요.

조당전　아무 책임이 없다…….

김시향　우린 종이에요. 가서 보라면 보고, 와서 말하라면 말하고, 단순한 도구일 뿐이죠.

조당전　난 그렇게 생각 못 해. 남들이 우리를 종처럼 도구처럼 대우하는 것도 억울하고 분한데, 우리가 우리 자신

을 그렇게 인정하란 말인가…… 아냐, 난 죽어도 종노
릇은 안 할 거야!

김시향   당신은 너무 잘난 척해서 탈이에요!

(김시향, 옷을 훌훌 털고 일어선다. 그녀는 당나귀의 고삐를 잡아끌
어 온다.)

김시향   여기 있다간 해 저물어요. 어서 올라타요.

조당전   (당나귀 위에 올라탄다.) 미안하다. 당나귀야. 이번엔 네
        신세를 져야겠구나.

(김시향, 고삐를 잡아당기지만 당나귀는 움직이지 않는다.)

김시향   당나귀가 끄덕도 않네!

조당전   내 몸이 무거운가……?

김시향   당신 머릿속의 생각이 무거워서 그래요.

조당전   그럼 내 머릿속의 뇌를 빼내야겠군.

김시향   당신 배 속의 자존심도 무겁죠.

조당전   내 오장육부를 몽땅 빼내야겠어! 훌훌 가볍게 다 빼내
        야 당나귀가 나를 싣고 갈 모양이야!

(조당전, 두 손으로 머릿속과 배 속에 든 것을 빼내 던지는 동작을 한
다. 김시향, 당나귀 고삐를 잡아끌고 간다.)

조당전 성난 놈, 웃는 놈, 샐쭉 토라진 놈, 히죽히죽 제정신이
       아닌 놈, 가을 들판엔 온갖 허수아비들이 다 모여 이
       얼굴을 흔들흔들. 저 얼굴을 흔들흔들, 얼굴 자랑이
       한창인데, 당나귀 타고 가는 어떤 놈은 얼굴 들기 창
       피한 듯 고개 꺾어 푹 숙였네.

(김시향, 당나귀를 끌고 가면서 조당전의 자조적인 말을 흉내 낸다.
그러나 그녀의 말은 오히려 흥겹게 들린다.)

김시향 머릿속이 텅 빈 년, 창자가 쑥 빠진 년, 윗도리 아랫도
       리 홀랑 벗은 년, 드넓은 벌판에는 온갖 허수아비들이
       다 모여 이 몸뚱이 보아라 저 몸뚱이 보아라 몸매 자
       랑이 한창인데, 당나귀 끌고 가는 어떤 년은 지가 제
       일 잘난 듯이 네 활개를 치고 가네.

조당전 임자…….
김시향 왜 불러요?
조당전 내 소리보다 임자 소린 더 구성져.
김시향 당신은 아직 뇌와 창자들이 덜 빠져서 소리가 구성지
       질 않아요.

(김시향, 당나귀를 끌고 가다가 멈춰 세운다.)

김시향 두 갈래 길에 왔어요.

조당전 이번엔 동쪽, 아니, 남쪽 길로 가지.

김시향 남쪽으로요?

조당전 영월로 가지 말고, 우리 함께 다른 데로 도망치자구!

김시향 도망치면 안 될걸요.

(문갑 위의 전화기가 요란하게 울린다. 김시향, 문갑으로 가서 수화
기를 들고 말한다.)

김시향 네, 네, 염려 마세요. 반드시 저희는 동쪽 길로 가겠어요.

(김시향, 되돌아와서 당나귀의 고삐를 잡는다.)

김시향 그것 보세요. 우리더러 딴짓 말라는 경고예요.

조당전 우린 도망칠 수도 없군.

김시향 당나귀가 당신보다도 영리해요. 벌써 눈치 빠르게 동
        쪽 길로 가고 있잖아요.

조당전 처음부터 이놈은 영월 가는 길로만 갔어.

김시향 미련한 놈이나 엉뚱한 길로 가지요.

조당전 마치 내 욕을 하는 것 같군.

김시향 당나귀 칭찬을 한 거예요.

조당전 그러지 말고, 직접 나한테 욕을 해 봐.

김시향 욕을 하라니요?

조당전 주저할 것 없어. 날 위해서 욕을 해 줘.

김시향 당신은 아직 자존심을 못 버려서, 욕 들으면 화낼 텐

데요?

조당전　이젠 자존심이고 뭐고 다 버리겠어! 그러니 제발 욕 좀 해 줘! 지독한 욕을 얻어먹어야 그게 약이 되어서 머릿속에 든 것이 쑥 빠지고 배 속에 든 것이 쑥 빠질 거야!

김시향　개 같은 자식!

조당전　그 정도 가지곤 어림도 없어!

김시향　돼지 같은 자식! 소 같은 자식! 당나귀 같은 자식!

조당전　히이잉, 당나귀가 재미있다고 웃는데!

김시향　염병에 걸려 죽어라! 문둥병에 걸려 죽어라! 이질 학 질 겹쳐 앓다가 뒈져라! 더 이상은 못 하겠어요.

조당전　더 해! 더 하라니까!

김시향　못 해요.

조당전　지금 쑥쑥 잘 빠지고 있는데 왜 그만둬?

김시향　제가 안 해도 사람들이 하잖아요.

조당전　사람들이……?

김시향　여주를 지날 때 여주 사람들이 당신을 손가락질하며 욕하던데요. 원주를 지날 때는 원주 사람들이 욕을 했 고, 제천을 지날 때는 제천 사람들이 욕하더니, 이젠 영월에서는…… 저런 망할 놈들이 있나! 영월 놈들은 욕하면서 돌멩이까지 집어 던지네!

조당전　(머리를 감싸 안으며) 어이구! 돌멩이에 맞았어!

김시향　야, 이놈들아! 그만 던져!

조당전　머리통이 깨졌어! 이 피 좀 봐!

김시향 저놈들이 계속해서 돌을 던지며 따라와요! (당나귀 뒤
        쪽을 향해 외친다.) 야, 영월 놈들아! 너희는 당나귀 타
        고 가는 남자를 처음 보냐? 뭐…… 뭐라구? 저놈들이
        지독한 욕을 하네!

조당전 뭐라고 욕하는데?

김시향 우리더러 사람 잡는 백정이래요! (돌멩이를 집어서 되
        던지며) 야, 빌어먹을 놈들아! 너희들만 돌멩이질 잘
        하는 줄 아느냐? 나도 잘한다, 이 망할 놈들아!

조당전 임자는 던지지 마.

김시향 저런 놈들은 혼을 내야 해요!

조당전 아냐, 이럴 때일수록 못 본 척하고 태연히 가는 거야.
        머리를 들고 가슴을 펼치고서…… 의젓하게 가는 거
        라구.

(김시향, 당나귀를 끌고 가다가 멈춰 선다.)

김시향 평창강에 왔어요. 청령포를 가려면 저 다리를 건너야죠.

조당전 여기까지 날 싣고 오느라 수고했다. 당나귀야.

김시향 욕을 듣고 돌멩이에 맞으니깐 좀 어때요?

조당전 음, 괜찮아.

김시향 정말 괜찮아요?

조당전 머릿속도 편하고 배 속도 편해.

김시향 이번엔 누가 먼저 저 다리를 건너갈까요?

조당전 (당나귀에게 묻는다.) 너도 갈 테냐? 이놈이 궁금한 모

양이야. 자기도 저 다리를 건너가겠다는군.

김시향   그랬다간 다리가 무너질걸요.

조당전   언젠가 임자는 기적을 바랐었지. 당나귀를 탄 채 저
         다리를 건너가는 기적을…… 난 지금 껍데기뿐이야.
         속이 텅 빈 껍데기뿐이라구.

(조당전, 당나귀를 타고 다리를 건너간다.)

조당전   기적이야. 기적! 임자도 어서 건너와!

김시향   알았어요!

(김시향, 건너온다.)

김시향   그런데 이렇게 빈 몸으로 가도 되는 거예요?

조당전   왜……?

김시향   봇짐이 없잖아요?

조당전   지난번 몽땅 드렸잖아!

김시향   봇짐장수가 봇짐도 없이 갈 수 있어요?

조당전   글쎄…… 기적이 일어났으니 뭔가 어떻게 되겠지.

(조당전, 미닫이문 앞에 와서 당나귀를 멈춘다.)

조당전   기와집 문 앞이야.

김시향   조용하군요. 여전히…….

조당전   음…….

김시향   우리가 왔다고 말해요.

조당전   (당나귀에서 내려와 목소리를 가다듬고 말한다.) 문안드
　　　　리오! 지난여름 다녀갔던 봇짐장수, 가을에 다시 와서
　　　　문안드리오!

(미닫이문, 양쪽으로 벌어지며 열린다. 그 뒤쪽에 웃는 표정의 소년
형상이 보인다. 소년 형상 앞에는 수많은 인형들이 나오는데, 염문지
와 부천필과 이동기가 기다란 대나무에 줄을 매단 그 인형들을 움직
인다. 염문지가 소년의 목소리를 흉내 내어 말한다.)

소년형상   어서 오라. 그대여! 나는 그대 덕분으로 만면에 가득
　　　　웃음을 짓는도다. 보아라, 그대여! 그대가 나에게 주
　　　　었던 가위로 옷감을 자르고, 바늘과 실로 사람 형상으
　　　　로 꿰매었더니, 비록 안에는 톱밥을 채워 놓고 사지는
　　　　줄로 매달았으나 능히 살아 있는 듯 움직이도다. 성삼
　　　　문아, 박팽년아, 하위지, 이개, 유성원, 유응부야, 나를
　　　　위해 죽은 사육신이여! 내 앞으로 가까이 오너라!

(부천필과 이동기, 여러 인형들을 움직여서 웃는 얼굴 앞으로 옮겨
세운다.)

소년형상   김시습, 성담수, 조여, 이맹전, 원호, 남효원, 나를 위
　　　　해 자취 감춘 생육신이여! 그대들도 오늘은 내 앞으로

나오너라!

(부천필과 이동기, 또 다른 인형들을 웃는 얼굴 앞에 옮겨 놓는다.)

소년 형상   어서 오너라, 나를 핍박한 한명회도 반가웁고, 나를
동정한 신숙주도 반가웁구나! 오랫동안 쓸쓸한 공백,
텅 비었던 시야가 문무백관으로 가득 찼으니 내 어찌
기쁘지 아니하랴! 왕후여, 그리운 왕후여, 내 옆에 와
서 좌정하십시오! 만조백관들이 엎드려 절을 하니, 흔
쾌한 웃음 짓고 이 절을 받으십시다!

(염문지, 왕후의 의복으로 성장을 한 조그만 인형을 소년 형상 옆에 앉
힌다. 부천필과 이동기는 수많은 신하 인형들을 움직여 절을 드린다.)

소년 형상   보아라, 그대여! 내 몸은 비록 왕관 빼앗기고 곤룡
포 벗김 당하였으나, 내 마음은 헝겊으로 만든 만조백
관들을 바라보며 흡족하도다! 들어라, 봇짐장수여!
그대는 돌아가서 그대를 보낸 자들에게 내 말 전하여
라! 내 마음이 진정 왕과 같거늘, 어찌 구차한 왕관을
쓰기 바라고, 구태여 곤룡포를 입기 바라겠느뇨? 나
는 나를 왕좌에 복위시키려는 그 어떤 짓도 관심이 없
고 그 어떤 사람과도 관련이 없으니 그대는 돌아가 이
사실을 명명백백하게 전할지어다!

(벌어졌던 미닫이문이 닫힌다. 조당전은 당나귀와 함께 돌아선다. 그러나 김시향은 조금 전 봤던 광경에 사로잡힌 듯 제자리에 멈춰 서 있다.)

조당전 뭘 해, 가질 않고……?
김시향 아…….
조당전 우린 돌아가야지. 돌아가서 본 대로 들은 대로 전해 주자구.
김시향 네…… 가요…….

(조당전과 김시향, 미닫이문 앞을 떠나간다. 그러자 염문지, 부천필, 이동기가 그 문을 열고 서재로 나온다.)

이동기 쉽지 않더군. 인형들을 살아 있는 듯 움직인다는 게…….
부천필 어때? 자네 부탁이어서 잘해 보려고 애는 많이 썼는 데?
조당전 아주 잘했어.
염문지 정말인가?
조당전 나중엔 스스로 살아 움직이는 것처럼 보였지.
친구들 실감 나게 보였다니 다행이군!
조당전 (김시향에게 친구들을 소개하며) 고서적 연구 동우회 회 원들이죠. 염문지 씨, 부천필 씨, 이동기 씨입니다.
친구들 안녕하십니까!
김시향 안녕하세요.

조당전 (친구들에게 김시향을 소개한다.) 이분은 『영월행 일기』
를 나에게 파셨었지.

부천필 언젠가는 직접 뵙고 싶었습니다. 이 친구하고 영월에
갔다 오곤 하신다는 건 알고 있었지요.

김시향 저도 선생님들 말씀은 많이 들었어요.

염문지 그런 우리가 『영월행 일기』를 연구한다는 것도 아시
겠군요?

김시향 네.

염문지 오늘은 우리와 자리를 함께하십시다. (원탁을 가리키
며) 저기 원탁 위에 여러 가지 자료들이 있어요. 영월
에 다녀온 뒤의 결과가 어떠했는지, 저 자료들을 살펴
보면 알게 됩니다.

(염문지가 먼저 원탁으로 가서 앉는다. 그다음에 부천필과 이동기가
염문지를 가운데 두고 좌우로 나눠 앉는다. 조당전과 김시향은 부천
필 옆 의자에 앉는다.)

염문지 영월에서 돌아온 날짜가 언제였지?

조당전 (원탁 위에 놓여 있는 『영월행 일기』를 집어 들고 날짜를
확인한다.) 음…… 우린 9월 그믐날 돌아왔어.

염문지 (『세조실록』을 펼쳐서 페이지를 넘기며) 어전회의는 그
이후에 열렸겠군.

김시향 무슨 책이 그렇게 두툼해요?

염문지 『세조실록』이죠. 모두 사십오 권이나 되는 방대한 규

모입니다.

조당전 이 일기에 씌어 있기를 어전회의는 10월 열여드렛날에 열렸다는군.

염문지 그렇게 늦게……?

조당전 회의를 늦추며 뭔가 대관들끼리 의견 절충을 하려고 했던 모양이야.

이동기 나 같으면 절대로 절충은 안 해!

부천필 저 고집 좀 봐!

염문지 아, 여기 찾았어. "세조 3년 10월 18일, 노산군의 기쁜 표정에 대해서 논의하였다."

이동기 (『해안지록』을 펼쳐서 부천필에게 밀어 주며) 『해안지록』의 마지막 장이야. 자네가 먼저 읽게.

부천필 (『해안지록』을 이동기에게 밀어 준다.) 아냐, 자네가 먼저 읽어.

이동기 "소신 한명회, 전하께 아뢰옵니다."

염문지 『세조실록』에는 그날 임금은 늦은 보고에 몹시 기분이 상했다고 적혀 있군.

이동기 "영월에 다녀온 자들이 말하기를 노산군의 얼굴은 만면에 웃음 지은, 기쁨의 표정이라 하나이다. 이는 날이 갈수록 그가 오만불손해지고 있음이니, 전하께선 더 이상 지체 마옵시고 그를 처형하소서!"

(이동기, 『해안지록』을 부천필에게 밀어 준다.)

부천필 "전하…… 영월에 다녀온 자들이 말하기를, 노산군은
        왕권에는 관심이 없고, 복위에도 관련이 없다 하였나
        이다. 노산군의 기쁨은 무욕에서 우러나오는 것, 그의
        웃는 얼굴은 욕망을 버린 증거이온데, 어찌 죄가 되오
        리까? 전하께선 부디 그를 살려 주옵소서."

김시향 저렇게 주장하는 분은 누구시죠?

조당전 신숙주입니다.

이동기 (부천필에게) 그 책 이리 줘. 내 차례야.

부천필 (이동기 앞으로 책을 밀어 주며) 좀 부드럽게 읽어.

이동기 부드럽게 안 되는 걸 어떻게 해?

염문지 그래, 자네 성질대로 해.

이동기 "전하, 하늘에는 두 개의 태양이 있지 아니하며, 땅에
        는 두 명의 제왕이 있지 않나이다. 그러함에도 노산군
        은 방자하게 자신이 왕의 마음을 가졌다 하였으니 이
        는 전하와 동격이라는 주장인 바 결코 용납해서는 안
        될 것이옵니다."

염문지 여기 실록에는…… 세조가 노기충천하여 그 말이 사
        실인지를 재차 물었어.

이동기 "의심 마옵소서, 전하. 소신과 신 대감이 함께 들었나
        이다."

부천필 (이동기 앞에 놓인 『해안지록』을 황급하게 가져가서 읽는
        다.) "전하, 통촉하옵소서. 한낮 필부도 마음이 흔쾌할
        때는 제왕을 부러워하지 않는 법, 노산군의 말을 곡해하지
        마옵소서."

염문지 (『해안지록』을 자신의 앞으로 당겨 놓고 세조의 발언 대목을 찾아 읽는다.) "경들은 들으라! 노산군의 무표정을 견뎠던 내가, 슬픈 표정도 견뎌 냈던 내가, 기쁜 표정만은 도저히 견딜 수가 없도다! 만약 노산군의 기쁜 표정을 그대로 두면 온갖 시정잡배마저 제왕과 다름없다 뽐낼 터인즉, 대체 짐이 무엇으로 그들을 다스릴 수 있겠느냐?"

이동기 "소신의 주장이 처음부터 그 뜻이었나이다. 전하, 속히 처단하소서."

염문지 "노산군을 죽여라!"

김시향 (놀란 표정으로 의자에서 벌떡 일어나며) 죽여요?

염문지 "당장 영월로 사약을 보내라. 하늘에는 오직 한 태양만이 빛을 내고, 땅에는 오직 짐만이 웃는 얼굴임을 보여 줘라!"

(무대 조명, 급격히 암전한다.)

8장

밤. 서재 한복판, 전등 불빛이 두 개의 빈 의자를 비춘다. 사이.
조당전과 김시향이 의자에 다가와서 서로를 마주 보며 앉는
다. 조당전은 『영월행 일기』를 자신의 무릎 위에 올려놓는다.

조당전 부인, 아실 겁니다. 영월의 단종은 사약을 받고 죽었
       습니다.
김시향 정확한 날짜는요?
조당전 1457년 10월 24일. 기쁨의 얼굴은 사약을 받아 삼켰
       고…… 아니, 아닙니다. 사약을 먹지 않으려고 몸부림
       치다가…… 참혹하게 목이 졸려 죽게 됩니다.
김시향 우린 더 이상 영월에 갈 필요가 없게 되었군요.
조당전 네…….
김시향 그럼, 약속대로 『영월행 일기』를 되돌려 주세요.

조당전　하지만 우린 아직 끝나지 않았습니다. (무릎에 놓인 『영월행 일기』의 뒷부분을 펼친다.) 여기 남은 부분이 있어요. (읽는다.) "10월 스무나흗날, 당나귀가 밤새껏 울부짖었고, 나 또한 영월의 얼굴을 생각하며 잠 못 이뤘다. 다음 날 아침 일찍이 상전을 뵙고 간청하기를, 이제는 내 마음대로 살고자 하니 종살이에서 풀어 달라 하였다. 영월에 다녀오면 무엇이든 소원을 들어주마 약조했던 상전께서는 놀란 기색이 완연하여, 네가 마음대로 살려 했다가는 반드시 죽게 된다고 만류하였다. 그럼에도 나는 몇 날 며칠을 거듭해서 간청한 즉, 상전께서 내 고집 꺾지 못하고 노적에서 나를 빼내 주었다."

김시향　선생님은 마침내 자유를 얻으셨네요.

조당전　(『영월행 일기』를 손에 든 채 일어나서 읽는다.) "종에서 풀려나는 날, 당나귀에 올라타고, 상전 집 대문을 나서는데, 환히 웃는 내 얼굴이 하늘의 태양만큼 밝았고, 기쁜 내 마음은 그 어느 제왕이 부럽지 않았다." (김시향 앞으로 다가오며) "나는 신이 나서 영월을 함께 다녔던 동행자를 만나러 갔다."

김시향　아, 그때 저를 만나러 오셨겠군요.

조당전　"하지만 내 얼굴을 보자 기겁을 하며……."

김시향　계속하세요.

조당전　(『영월행 일기』를 내려트린 채 침묵한다.)

김시향　기겁을 하면서 제가 무슨 말을 했죠?

조당전　중요한 건 지금 우리들입니다.

김시향　읽지 않으셔도 짐작이 가요. 저는 이렇게 말하였겠죠. "기쁜 표정을 짓지 마세요. 그런 얼굴은 반드시 죽음을 당해요. 무표정한 얼굴은 살 수 있고, 슬픈 얼굴은 살 수 있어도, 기쁜 얼굴은 살지 못해요." (의자에서 일어선다.) 선생님과 함께 『영월행 일기』의 내용을 알게 되면서 참 많은 걸 느꼈어요. 오백 년 전을 여행하면서 현재의 저 자신을 봤죠. 그러나 결국 달라진 건 없군요. 옛날이나 지금이나 전혀 달라진 게 없어요.

조당전　부인, 달라지는 기회가 다시 온 겁니다. 이번엔 반드시 자유를 얻으십시오. 그래야만 우리는 서로를 사랑하면서, 행복하게 살 수 있습니다.

김시향　그 책 『영월행 일기』의 결말은 행복한가요? 두 명의 종이 마침내 자유를 얻고, 서로 사랑하면서, 행복하게 살았다고 씌어 있나요?

조당전　이 일기의 마지막 장은…… (『영월행 일기』의 뒷장을 펼쳐서 보여 준다.) 텅 빈…… 공백입니다.

김시향　공백이라뇨?

조당전　우리가 지금부터 써야 할 부분이죠.

김시향　아뇨. 선생님, 그건 옛날의 우리가 쓸 수 없었던 공백, 현재의 우리도 쓸 수 없는 공백이에요.

(어둠 속, 문갑 위의 전화벨이 요란하게 울린다.)

김시향　저의 주인 전화예요. 세 번 울린 다음 끊어지고……
　　　　다시 두 번 울린 다음…… 반복해서 세 번 울리고……
　　　　저에게 빨리 돌아오라는 신호죠. (허공을 향하여 외친
　　　　다.) 네, 네, 알았어요! 알았으니 곧 집으로 가겠어요!

(전화기의 울림이 멈춘다.)

조당전　안타깝군요. 이번에도 기회를 놓칠 겁니까?

김시향　저는 살고 싶어요. 옛날이나 지금이나 제가 바라는
　　　　건, 불안한 자유보다는 안전한 목숨이거든요. 보세요,
　　　　우리 마음속의 마지막 풍경요. 두려움을 느낀 저는
　　　　슬픈 얼굴인데, 당신은 정반대의 기쁜 얼굴이군요.

조당전　내 눈에도 보여요. 당나귀를 타고 거리를 다니면서 사
　　　　람이면 누구나 기쁜 얼굴이어야 한다고 외쳐 대는 내
　　　　모습이 보입니다.

김시향　그래서 당신은 단 하루를 못 넘기고 죽게 될걸요. 종
　　　　들은 당신의 외침에 호응하기는커녕 오히려 불안감
　　　　을 느끼고, 결국은 당신을 붙잡아 뭇매를 때리죠. 몽
　　　　둥이로 치고, 발길질을 하고, 돌을 던지고…… 미안해
　　　　요. 그들 중에 저도 있어요. 상전들은 뒷짐을 진 채 구
　　　　경이나 하고…… 이해하세요. 종들은 안심하고 살기
　　　　위해 당신을 죽이는 거예요.

(조당전, 침묵한다. 전화기가 다시 울린다. 세 번과 두 번, 반복해서

울린다.)

김시향   저를 어서 오라고 재촉하는군요. 이젠 그 책을 가져가
         겠어요.

(김시향, 조당전에게 다가가서 그의 무릎 위에 있는 놓여 있는 『영월
행 일기』를 집어 든다. 그녀는 마지막 장의 공백에 묻어 있는 혈흔을
발견한다.)

김시향   이 검붉은 반점은 뭐죠?
조당전   피입니다.
김시향   피……?
조당전   내 상처에서 묻은 피예요. 그 일기가 진짜임을 확인할
         때 상처를 입었거든요.

(김시향, 책을 덮고 뒤돌아선다. 조당전과 김시향은 한동안 침묵한다.)

김시향   당나귀는 어디 있나요? 작별 인사를 하고 싶어요.

(조당전, 의자에서 일어나 구석에 세워 둔 당나귀를 끌고 온다. 김시
향, 당나귀를 쓰다듬는다.)

김시향   그동안 정이 들었는데…… 너를 언제 다시 만나지?
         그래…… 오백 년이 지난 후에 또다시 만날 수 있겠

영월행 일기 637

지……. (조당전에게 작별의 악수를 청하며) 안녕히 계세
요, 선생님. 우리가 다시 만날 그때를 저는 기다리고
있겠어요.
조당전 (김시향이 내민 손을 잡는다.) 잘 가요. 내가 사랑한 여
종…… 우린 또 이렇게 헤어지는군요.

(김시향, 출입문을 향해 걸어간다. 문 입구에서 돌아본다. 조당전이 당
나귀 고삐를 잡고 서 있다. 김시향은 그 모습을 바라보더니 나간다.)

(막)

작품 해설

「영월행 일기」는 1995년 10월 3일부터 10월 15일까지 채윤일의 연출로 극단 세실에 의해 문예회관 소극장에서 공연되었다. 이 작품은 1995년 제19회 서울연극제 희곡상을, 1996년 제4회 대산문학상 희곡상을 받았다.

이강백(1947~)은 「영월행 일기」에서 오백 년 전의 시공간과 현재의 시공간을 중첩시킴으로써 억압으로부터의 자유를 희구하는 인간의 갈망을 심도 있게 극화한다.

고서적 수집가인 조당전이 인사동의 한 단골 서점에서 『영월행 일기』를 입수하자 김시향이 찾아와 자신이 남편 몰래 책을 팔았다며 책을 돌려줄 것을 간청한다. 조당전은 김시향에게 책의 내용을 재연하여 내용을 소유하게 되면 그 후에 돌려주겠다고 약속한다. 이 책은 오백 년 전 신숙주의 하인이 한글로 쓴 가공의 일기로, 신숙주의 하인과 한명회의 여종이 영월에 유폐된 노산군(단종)의 표정을 살피고 오라는 세조의 명령을 받고 영월을 오가는 내용을 담고 있다. 남종과 여종은 세 번에 걸쳐 영월을 찾아가는데, 노산군의 얼굴은 석고처럼 굳은 무표정한 얼굴에서 슬픈 얼굴, 마지막으로는 웃는 얼굴로 바뀐다. 조당전을 포함한 고서적 연구 동우회 회원들은 『세조실록』과 『해안지록』을 참조하여 이러한 영월행의 결과에 대한 세조, 신숙주, 한명회의 반응을 살피는데, 단종의 표정에 대해 신숙주와 한명회는 각기 다른 해석을 내리면서 신숙주는 단종을 살릴 것을, 한명회는 죽일 것을 주장한다. 세조는 단종이 무표정할 때와 슬픈 표정을 지었을 때는 살려 두었으나 웃을 때만큼은 그 표정을 용납할 수 없다며 사약을 내린다.『영월행 일기』의 내용을 알게 된 후 조당전은 김시향에게 억압적인 남편에게서 벗어나 자유를 찾으라고 말하지만, 김시향은 불안한 자유보다는 안정된 생존을 추구하겠다며『영월행 일기』를 가지고 남편에게로 돌아간다.

이강백은「영월행 일기」에서 권력의 억압과 자유 사이의 갈등을 형식과 내용, 보이는 것과 보이지 않는 것의 대립으로 그려 낸다. 극중극을 통해 과거와 현재, 현실과 상상, 역사와 허구의 간극을 자연스럽게 넘나들어 연극적 상상력을 확대하는 것이 이 작품의 묘미이다.『영월행 일기』라는 책과, 나무로 만든 당나귀는 극중 인물 및 관객 들의 연극적 상상력을 불러일으키며 현재와 과거, 실제와 상상을 연결하는 매개체의 기능을 한다.

「영월행 일기」는 극중극과 역할 놀이를 통해 과거와 현재를 순환적인 위치에 놓는데, 과거의 단종, 남종, 여종이 추구하는 자유를 현재의 조당전과 김시향이 추구하는 자유와 겹쳐 놓음으로써 자유에 대한 갈망을 보편적인 것으로 형상화한다. 남종과 여종이 영월을 찾아가는 세 번의 여정에서 단종의 표정이 두려움에 질린 무표정으로부터 통제와 억압의 상태에 대한 인식에서 비롯된 슬픈 표정으로, 탈속을 통해 정신적 자유를 획득한 사람의 웃는 표정으로 변화하는 과정은 자유에 대한 남종의 인식 변화와 맞물린다. 이강백은 이 작품에서 내면의 자유를 통해 현실의 통제에서 벗어나려는 시도와 이를 억압하려는 권력의 힘을 형상화함으로써 자유의 본질과 권력의 속성에 대한 깊이 있는 사유를 보여 준다.

세계문학전집 318

한국 희곡선 2

1판 1쇄 펴냄 2014년 2월 14일
1판 9쇄 펴냄 2023년 12월 21일

지은이 허규 외
엮은이 양승국
발행인 박근섭, 박상준
펴낸곳 (주)민음사

출판등록 1966. 5. 19. (제 16-490호)
서울특별시 강남구 도산대로1길 62(신사동) 강남출판문화센터 5층 (우편번호 06027)
대표전화 02-515-2000 팩시밀리 02-515-2007
www.minumsa.com

ISBN 978-89-374-6318-1 04800
ISBN 978-89-374-6000-5 (세트)

*잘못 만들어진 책은 구입처에서 교환해 드립니다.

세계문학전집 목록

세계문학전집은 계속 간행됩니다.